HEYNE

SCIENCE FICTION

Herausgegeben
von Wolfgang Jeschke

Von **SHADOWRUN™** erschienen in der Reihe
HEYNE SCIENCE FICTION & FANTASY:

1. Jordan K. Weisman (Hrsg.): *Der Weg in die Schatten* · 06/4844

TRILOGIE GEHEIMNISSE DER MACHT

2. Robert N. Charrette: *Laß ab von Drachen* · 06/4845
3. Robert N. Charrette: *Wähl deine Feinde mit Bedacht* · 06/4846
4. Robert N. Charrette: *Such deine eigene Wahrheit* · 06/4847

5. Nigel Findley: *2 X S* · 06/4983
6. Chris Kubasik: *Der Wechselbalg* · 06/4984
7. Robert N. Charrette: *Trau keinem Elf* · 06/4985
8. Nigel Findley: *Schattenspiele* · 06/5068
9. Carl Sargent: *Blutige Straßen* · 06/5087

TRILOGIE DEUTSCHLAND IN DEN SCHATTEN

10. Hans Joachim Alpers: *Das zerrissene Land* · 06/5104
11. Hans Joachim Alpers: *Die Augen des Riggers* · 06/5105
12. Hans Joachim Alpers: *Die graue Eminenz* · 06/5106

13. Tom Dowd: *Spielball der Nacht* · 06/5186
14. Nyx Smith: *Die Attentäterin* · 06/5294
15. Nigel Findley: *Der Einzelgänger* · 06/5305
16. Nyx Smith: *In die Dunkelheit* · 06/5324
17. Carl Sargent/Marc Gascoigne: *Nosferatu 2055* · 06/5343
18. Tom Dowd: *Nuke City* · 06/5354
19. Nyx Smith: *Jäger und Gejagte* · 06/5384 (in Vorb.)
20. Nigel Findley: *Haus der Sonne* · 06/5411
21. Caroline Spector: *Die endlosen Welten* · 06/5482
22. Robert N. Charrette: *Gerade noch ein Patt* · 06/5483
23. Carl Sargent/Marc Gascoigne: *Schwarze Madonna* · 06/5539
24. Mel Odom: *Auf Beutezug* · 06/5659 (in Vorb.)

CARL SARGENT &
MARC GASCOIGNE

SCHWARZE MADONNA

Dreiundzwanzigster Band
des
SHADOWRUN™-ZYKLUS

Deutsche Erstausgabe

WILHELM HEYNE VERLAG
MÜNCHEN

HEYNE SCIENCE FICTION & FANTASY
Band 0605539

Titel der Originalausgabe
BLACK MADONNA
Übersetzung aus dem Amerikanischen von
CHRISTIAN JENTZSCH

Umwelthinweis:
Dieses Buch wurde auf chlor- und säurefreiem Papier hergestellt.

Redaktion: Ulrich Petzold

Erstausgabe bei ROC, an imprint of Dutton Sigent,
a division of Penguin Books US Inc.

Printed in Germany 1996
Umschlagbild: FASA Corporation
Umschlaggestaltung: Atelier Ingrid Schütz, München
Technische Betreuung: M. Spinola
Satz: Schaber Satz- und Datentechnik, Wels
Druck und Bindung: Elsnerdruck, Berlin

ISBN 3-453-11880-4

Dieses Buch ist Lynn Picknett gewidmet,
dem Sherlock Holmes der Leichentuch-Forscher,
ohne den es nicht möglich gewesen wäre.
Danke für alles.

Geschichte ist eine Verbindung von Wirklichkeit
und Lüge
Die Wirklichkeit der Geschichte wird zur Lüge.
Die Unwirklichkeit des Märchens wird zur Wahrheit.

Jean Cocteau

Prolog

0:00

Die Welt war kurz davor auseinanderzufallen, aber damit hätte er kaum rechnen können. Manche Dinge ereignen sich nicht gerade jeden Tag.

Sam Kryzinski hatte sich auf einen weiteren langweiligen, normalen Tag im Büro eingestellt. Renraku zahlte ihm seit vier Jahren ein anständiges Gehalt als Koordinator der Matrix-Sicherheit der Niederlassung in Chiba, und das entsprach in etwa dem Zeitraum, den die meisten guten Decker blieben. Es war ein Tag wie jeder andere. Der 20. April 2057, graue Wolken am Himmel und 16 Grad am späten Nachmittag, also sehr angenehm für die Jahreszeit. Auf der Erde waren keine neuen Kriege ausgebrochen, jedenfalls keine bedeutsamen, und seit Wochen hatte sich kein verrückter Decker auf mehr als einen Flirt mit der IC-Festung eingelassen, die das zentrale Renraku-System umgab. Es war außerdem ein Tag näher zu seiner Pensionierung und einer anständigen Rente. Sam war vierunddreißig, hatte leichtes Übergewicht und wurde bereits kahl, ein Amerikaner mit erhöhter Infarktgefahr, die normal für jemanden seines Alters und mit seinem Beruf war. Er zog sich die Jacke seines herabgesetzten, aber dennoch überteuerten italienischen Anzugs made in Taiwan aus und ließ sich auf das ergonomisch gestaltete Titan-Chrom-Gestell des Schreibtischstuhls in seinem Büro sinken. Ein ganz gewöhnlicher Tag.

Bis Mitternacht.

Er freute sich bereits darauf, die Dienstlimousine zu rufen, die ihn zu seiner durchschnittlichen, farblosen, desinteressierten Frau und zwei leicht hyperaktiven

Rangen mit einem für amerikanische Kinder ihres Alters entschieden durchschnittlichen Spektrum von Verhaltensproblemen bringen würde, als der Drek mit Macht zu dampfen anfing. Ein kompletter Systemabsturz.

Es gab überhaupt keine Vorwarnung. Keine IC-Aktivierung, kein Alarm von den im System patrouillierenden Deckern. Gerade hatte das System noch einwandfrei funktioniert, und im nächsten Augenblick ging alles zum Teufel. Sam ging gerade gelangweilt ein paar Daten auf einem mit dem Mainframe vernetzten Laptop durch, als der Schirm plötzlich mit einem leisen Klicken erlosch. Er überprüfte das Stromkabel und fummelte ein wenig daran herum. Dann wurde ihm schlagartig klar, daß etwas nicht stimmte. Wenn sein Terminplaner nicht zusammen mit dem Rest des Systems abgestürzt wäre, hätte er vielleicht bemerkt, daß sich der Zeitpunkt seines bevorstehenden Herzinfarkts um ein paar Monate vorverlagert hatte.

Der Blackout dauerte fünfzehn Sekunden. Bevor der Schirm seines Laptops wieder flackernd zum Leben erwachte, war er bereits aufgesprungen und aus seinem Büro geeilt und schrie aus Leibeskräften durch den Flur, während auf seinem Schreibtisch die Telekoms zu summen begannen. Ein kreidebleicher Tech, der aus einem Computerlabor stürzte und einem enthaupteten Huhn gleich durch den Flur irrte, hätte ihn fast über den Haufen gerannt.

»Was, zum Teufel, geht hier vor?« brüllte Sam, indem er den Mann am Arm festhielt. Jegliche Antwort, die über das anfängliche Gestammel des Mannes hinausging, wurde von einem chaotischen Geschrei übertönt, da Renrakus führende Kräfte herauszufinden versuchten, was, zur Hölle, mit ihren verdammten Megamilliarden-Nuyen-Matrixsystemen los war.

Als endlich so etwas wie Ruhe eingekehrt war, saß Sam wieder in seinem Büro. Seine Pulsfrequenz lag immer noch bei ungesunden 105 Schlägen pro Minute, und er war von einem Haufen Wissenschaftlern umgeben, die um ihn herumgluckten. Über die größeren Bildschirme seines Büros und den des Laptops huschten Datenströme, die seine Sinne überfluteten, während er sie aufzunehmen versuchte.

»Es war jedenfalls kein Stromausfall«, sagte einer der Weißkittel hilfsbereit.

»Brillant. Das war ziemlich offensichtlich. Was glauben Sie, warum wir vier Reservesysteme haben?« fauchte Sam. »Drek, wir haben sogar eigene Generatoren im Kellergeschoß und mehr Spannungsstabilisatoren als Sie Therapiesitzungen bei Ihrem Seelenklempner. Überraschen Sie mich und sagen Sie mir, daß sie geholfen haben. Nun machen Sie schon. Erzählen Sie mir etwas Neues!«

Kurze Zeit später traf endlich Dmitar Radev ein. Er stolperte beinahe über einen Wust Endlospapier, das um seine Beine hing, während er durch die halb geöffnete Tür von Sams Büro stürmte, und Sam glaubte, daß er möglicherweise jetzt eine vernünftige Antwort von jemandem bekommen würde. Sam hatte eine hohe Meinung von dem Bulgaren, einem der besten Computer-Köpfe in Chiba. Die Japaner stellten die beste und billigste Hardware her, aber sie verstanden einfach nichts von Programmierung und Decken. Ob die Leute aus Europa, Amerika oder sonstwoher stammten, volle siebzig Prozent von Renrakus besten Systemanalytikern und Deckern waren jedenfalls Nicht-Asiaten. Der schwarzhaarige, gebeugte Bulgare mit seinen dicken Nikotinfingern und den vom Wodka angegriffenen Zähnen war vielleicht der beste von ihnen.

»Massives Eindringen in das System mit anschließender Abschaltung«, knurrte Radev mit seiner von fünfzig Zigaretten pro Tag chronisch heiseren Stimme. »Jemand ist direkt in die Haupt-CPU eingedrungen. Und wenn ich ›direkt‹ sage, dann meine ich auch direkt. Keine IC-Aktivierung.«

»Das ist unmöglich«, stammelte Sam.

»Sicher. Bedauerlicherweise bleibt nur das Unmögliche, wenn man das Unwahrscheinliche ausschließen kann. Ich sage Ihnen, genau das ist passiert.« Radev setzte sich auf die Kante von Sams riesigem Schreibtisch und forderte einen der Lakaien auf, ihm einen Kaffee zu bringen.

»Was wollen Sie mir verklickern? Daß wir letztes Jahr vier Milliarden Nuyen ausgegeben haben, um die ICs zu verbessern, und irgendein Wichser hindurchspaziert ist, als gäbe es sie nicht?«

»Sie haben's erfaßt«, sagte Radev kategorisch, indem er mit dem Filter einer Zigarette auf das Teakholz des Schreibtisches klopfte. Sam warf einen Blick auf das Rauchen-Verboten-Schild im nächsten Fenster, seufzte tief und holte einen Aschenbecher aus der Schreibtischschublade.

»Ich dachte, Sie hätten es aufgegeben«, sagte Radev lakonisch, indem er ihm sein Päckchen hinhielt.

»Ich habe mir den falschen Zeitpunkt ausgesucht«, erwiderte Sam grinsend, während er mit sinnlicher Behutsamkeit eine Zigarette aus dem dargebotenen Päckchen zog und sich anschließend von dem schwitzenden Bulgaren Feuer geben ließ. Dann kam ihm einer der besten Gedanken seines ganzen Lebens.

»Sind nur wir betroffen?«

Radev zuckte die Achseln, während er inhalierte und einen fast perfekten Rauchring blies.

»Was, zum Teufel, will der Kerl?«

»Ich glaube, wir werden es in Kürze herausfinden«, sagte Radev zögernd.

»Versuchen Sie es mit Fuchi«, sagte Sam in dringlichem Tonfall, wobei er sein ganzes Team einbezog. In die Leute kam rasch Bewegung. »Gehen Sie an die Arbeit! Ich will wissen, ob nur wir betroffen sind. Und bringen Sie mir die Schadensmeldungen. Und eine Bestandsaufnahme des Peripherstatus des Systems. Zum Teufel, besorgen Sie mir alles, und zwar schnell!«

1:59

Normalerweise gehört es sich nicht, mit Macht in die zentralen Matrixsysteme eines anderen Megakonzerns zu decken. Das ist praktisch gleichbedeutend mit einer Kriegserklärung. Aber es gibt Zeiten, da ist es in Ordnung, ein wenig an den Rändern herumzustochern, besonders dann, wenn man Grund zu der Annahme hat, daß etwas äußerst Merkwürdiges vorgeht.

Und als Kryzinskis Decker ins Fuchi-System eindrangen, fanden sie Beweise dafür, daß etwas mehr als ›äußerst Merkwürdiges‹ vorging. Die zentrale CPU von Fuchi Tokio war um Mitternacht für genau fünfzehn Sekunden ausgefallen. Nachdem das Renraku-Team auf diese vielsagenden Daten gestoßen war, machte es, daß es aus dem Fuchi-System herauskam. Das einzige Opfer war ein Decker, der einfach nicht schnell genug gewesen war, um einer Aufspür-und-Rösten-IC zu entkommen – soweit es Sam Kryzinski betraf, ein absolut akzeptabler Verlust von Ressourcen. Man konnte es so drehen, daß es wie ein Unfall aussah. Und selbst wenn nicht, konnte sich Renraku die paar Hunderttausend leisten, um sich das Schweigen der Ehefrau des Burschen zu erkaufen. Die Daten, die sein Team zurückbrachte, verrieten ihm augenblicklich, daß viel mehr auf dem Spiel stand.

»Fuchi?« Sam konnte es nicht glauben. »Zur gleichen Zeit?«

»Keine Millisekunde später. Um Punkt Mitternacht«, bestätigte Radev. »Genau wie bei uns. Ist das nicht höchst interessant?«

»Wissen wir, ob sie versucht haben, in unser System zu decken?«

»Nein, aber sie werden es noch tun«, sagte der Bulgare mit einem harschen Grinsen. »Natürlich stehen wir unter Vollalarm. Aber das war bei ihnen nicht anders.«

Der große Zeiger der altmodischen Uhr auf der anderen Seite des Büros sprang auf die volle Stunde. Sam hatte sie auf einer Reise nach England gekauft und eine lächerliche Summe für eine viktorianische Standuhr bezahlt, bei der es sich wahrscheinlich um eine Fälschung aus dem ausgehenden zwanzigsten Jahrhundert handelte, die nur einen Bruchteil davon wert war, aber die Bronzependel und das metronomische Ticken des Dings konnten manchmal sehr beruhigend sein, wenn sein Streßpegel zu sehr in die Höhe schnellte. Sam hatte die Hände auf einem gewaltigen Stapel von Statusmeldungen über Systeme auf der ganzen Welt gefalten und saß ein paar Sekunden in Gedanken versunken da, während das silberne Metall seinen Zenith erreichte. Zwei Uhr morgens.

Tock.

Tock.

Alle Schirme in seiner Umgebung wurden schwarz.

Einen Moment lang setzte die Schwerkraft aus. Sams Pulsfrequenz schoß nach oben und pendelte sich bei über 110 ein. Einen entsetzlichen Augenblick lang glaubte er, die Schmerzen in der Brust, die er normalerweise auf zuviel Koffein und schlechte Ernährung zurückführte, würden ihr grimmiges Versprechen frühzeitig erfüllen. Er war noch jung und daher dumm genug, sich der Illusion der Unsterblichkeit hinzugeben, die charakteristisch für jugendliche Unreife ist. Ein stechender Schmerz, der bis zu seinem Zwerchfell ausstrahlte, vermittelte ihm einen Vorgeschmack auf die vor ihm liegenden mittleren Jahre. Neben ihm hatte sich Radev in das Excalibur auf dem Schreibtisch eingestöpselt. Er hatte die Zähne gebleckt, und seine Augen waren geweitet, als sei er zu einem blutigen Kampf bereit.

Gott, laß mich diese Nacht lebendig überstehen, dann mache ich sofort Schluß hier, betete Sam. Ich gebe diesen verdammten Job auf und setze mich mit Judith und den Kindern zur Ruhe. Auf einer abgelegenen schottischen Insel oder in einer Strandhütte in Polynesien, irgendwo, nur laß mich diese Nacht lebendig überstehen. *Bitte.*

Als der stechende Schmerz nachließ und er nach der schmerzstillenden Spritze in der untersten Schreibtischschublade griff, waren die Schirme nicht mehr leer, sondern mit Schnee gefüllt. Radev war völlig reglos, und das Blut war aus seinem Gesicht gewichen. Er sah nicht ganz so aus, als hätte er einen Geist gesehen. Vielmehr sah er aus, als habe er einem die Hand geschüttelt.

Sam hatte die Hydrokodein-Methoxymorphin-Verbindung aufgezogen und in seinen Blutkreislauf injiziert, als wieder normale Bilder auf den Schirmen erschienen. Mittlerweile war es seiner Pulsfrequenz gelungen, wieder in zweistellige Bereiche zu sinken. Als er mit offenem Mund auf das ungewöhnliche Bild starrte, das vor ihm aufgetaucht war, sank sie für ein paar Augenblicke auf null. Das Bild war kaum sechs Jahrhunderte alt, aber mit ihm waren über zweieinhalbtausend Jahre Lügen und Geschichte verbunden, und obwohl er in diesem Augenblick weder das Bild noch seine Bedeutung begriff, erfüllte ihn seine Anwesenheit mit Furcht und Entsetzen.

Das Bild wurde von einer kurzen Textbotschaft begleitet. Er machte sich nicht die Mühe, die Eventualitätsklauseln zu lesen. Alles wurde aufgezeichnet. Er konnte sich die Einzelheiten später in aller Ruhe durchlesen. Der Teil, den er las, war die Forderung.

Zwanzig Milliarden Nuyen sollten bis zum Mittag des 2. Mai 2057 bezahlt werden, sonst würde jedes Renraku-System gelöscht und völlig zerstört werden.

Sehr langsam, die rechte Hand flach über dem Herzen, um sich zu versichern, daß er noch lebte, benutzte Sam die linke Hand, um eine Taste seines Telekoms zu drücken.

»Verbinden Sie mich mit Yukiano Watanabe«, sagte er auf japanisch, bevor sich das Bild der gleichmütigen japanischen Sekretärin auf dem Schirm stabilisierte.

»Es tut mir leid, aber Ms. Watanabe ist ...«

»Hier spricht Sam Kryzinski, Koordinator der Matrix-Sicherheit Chibas«, sagte er mit tödlicher Ruhe. »Diese Sache hat absoluten Vorrang. Wir haben eine Rot-10-Krise. Und jetzt verbinden Sie mich mit der Dame, sonst fallen Ihre Aktien bis zum Morgen auf null. Wenn die Londoner Börse Wind von der Sache bekommt, könnte es auch noch früher geschehen. Also verbinden Sie mich.«

Der Schirm flackerte, und ein Wartebild erschien, ein unangemessen geschmackvoller und friedlicher orientalischer Garten. Siebzehntes Jahrhundert, aber Sam war im Augenblick nicht an Geschichte interessiert.

Neben ihm hatte sich der Bulgare ausgestöpselt, und seine zitternden Hände hatten Mühe, sich eine weitere Zigarette anzuzünden.

1

Der Engländer war überrascht, sich in Chiba wiederzufinden. Natürlich hatte er schon zuvor für Renraku gearbeitet – zu seinen Klienten zählten praktisch alle Megakonzerne –, aber dies war das erstemal, daß er genötigt worden war, seine Manhattaner Basis zu verlassen, um mit einem Johnson zu reden. Mit einem Luxus-Suborbital hatte er gerechnet, aber warum wollten sie, daß er nach Chiba kam? Die Limousine, die ihn abholte, hatte die üblichen getönten Fenster und die übliche gepanzerte Karosserie, und in die gewaltige Fahrgastzelle war sogar ein Lebenserhaltungssystem eingebaut. Sein Empfangskomitee bestand neben dem Chauffeur aus vier Trollsamurai, und auch das kam ihm übertrieben vor. Sie wissen etwas, das ich nicht weiß, sagte er sich.

Obwohl er bereits auf die Dreißig zuging, stand Michael James Sutherland noch immer in dem Ruf, einer der besten freischaffenden Decker der Welt zu sein. Er war diplomatisch und diskret und wurde nicht nur für sein Können, sondern auch für seine Arbeitsweise und sein Schweigen nach der Erfüllung eines Auftrags bezahlt. Es war ein hochgewachsener, blonder, eleganter Mann, der behutsam in die Limousine stieg, aber das hatte mehr mit einer Rückenverletzung als mit irgendeiner Zurschaustellung von Würde zu tun. Vor zwei Jahren hatte Michael eine Kugel ins Rückgrat bekommen, die ihn beinahe gelähmt hätte, und jetzt mußte er ein spezielles Stützkorsett tragen. Er hatte kurzfristig erwogen, sich einen Gehstock mit silbernem Knauf zuzulegen, um seine Schmerzen beim Gehen zu lindern. Der Stock hätte gewiß sein sorgfältig aufgebautes Image gestützt und seinen perfekten Anzug aus der Saville Row unterstrichen, aber schließlich hatte er davon Abstand genommen, da es ihm irgendwie ein wenig zu abgedreht vorkam.

Während Michael noch über die absolute Geräuschlosigkeit der Fahrt in dem Phaeton staunte, hielten sie fünfzehn Minuten später vor der Tür eines Restaurants, für das der Besitzer angesichts der in Chiba herrschenden Überbevölkerung und des verschwenderischen Umgangs mit dem Platz im Innern des Restaurants mindestens fünf Millionen Nuyen Miete jährlich auf den Tisch legen mußte. Jeder Tisch war von Trennwänden samt unauffällig gestalteter akustischer Abschirmung und Schiebetüren aus einer Plastik-Metall-Legierung umgeben.

Ich weiß nicht, wie teuer das Essen hier ist, dachte Michael, aber wahrscheinlich kostet es schon ein paar Hundert, hier nur zu atmen.

»Sam Kryzinski«, sagte der Mann mit der beginnenden Glatze zu ihm, als er durch die zischenden Türen von Séparée 17 trat. »Koordinator der Matrix-Sicherheit. Freut mich, Sie kennenzulernen.« Der Händedruck des Mannes war ein wenig schlaff und schweißfeucht. Michael stellte seine Abneigung gegen den Mann zurück. Sie war für die anliegenden Dinge irrelevant. Worum es sich dabei auch handeln mochte.

»Wir haben ein kleines Problem«, begann der Amerikaner, wobei er sich mit einem Seidentuch die Stirn abwischte, während er die Speisekarte durchging. Auf der Kristallplatte des Lacktisches standen bereits glitzernde Kristallgläser mit absolut reinem Wasser. In winzigen, reichverzierten Tontöpfen wuchsen Orchideen.

»Davon bin ich ausgegangen, sonst wäre ich nicht hier«, sagte Michael gelassen. Er nahm einen Schluck von dem kalten Wasser und schlug angelegentlich die Speisekarte auf. Hinter den Gerichten stand kein Preis. Er hatte auch nicht erwartet, einen zu finden. Wenn man sich nach dem Preis erkundigen mußte, et cetera.

»Das beste Sushi in ganz Japan«, informierte ihn Kryzinski. »Der ›Seetang mit sieben Gewürzen‹ ist auch etwas ganz Besonderes.«

»Ich folge Ihrer Empfehlung«, sagte der Engländer glatt. »Warum werfen wir jetzt nicht einen Blick auf den Vertrag?«

»Es handelt sich um eine Verzichtserklärung und eine Vertraulichkeitsübereinkunft«, erwiderte der Amerikaner abwehrend.

Michael bedachte ihn mit einem Blick, der an mitleidig grenzte. »Wenn ich das wirklich unterzeichnen müßte, wäre ich nicht hier«, stellte er fest. »Sie wissen, was ich Sie kosten werde, mehr oder weniger. Sie wissen, was Sie für Ihr Geld bekommen, mehr oder weniger. Können wir bitte auf die Förmlichkeiten verzichten?«

»Ich würde mich besser fühlen«, sagte Kryzinski mit Nachdruck.

»Wenn Sie unbedingt wollen«, sagte Michael mit einem ganz leicht affektierten Seufzer. Er nahm die Dokumente entgegen, zog einen silbernen Füllfederhalter aus der Innentasche seiner Jacke, zeichnete jede Seite mit seinen fein geschwungenen, schnörkeligen Initialen ab und unterzeichnete die letzte Seite mit seinem vollen Namen. Kryzinski wollte die Dokumente wieder an sich nehmen, als Michael sie mit einer etwas theatralischen Geste aus seiner Reichweite riß.

»Nun, da ich sie unterschrieben habe, werde ich auch das Kleingedruckte lesen, alter Junge«, sagte er gelassen. »Ich habe schon für Renraku gearbeitet, und ich vertraue Ihnen, aber es kann niemals schaden, sich zu vergewissern, daß das Vertrauen gerechtfertigt ist.«

Zum erstenmal lächelte der Amerikaner und entspannte sich ein wenig. Die Türen öffneten sich mit einem leisen Zischen, und ein unpassenderweise wie ein englischer Butler gekleideter japanischer Kellner näherte sich lautlos, um ein Tablett mit Appetithäppchen auf dem Tisch abzustellen. Winzige Portionen, hauptsächlich Meeresfrüchte, perfekt arrangiert und mit genau der richtigen Menge mikroskopisch kleiner Schüsseln mit Dips und Soßen. Drei Sorten Chili, Ingwer und Zwetschge, zwei verschiedene Sojasoßen und eine Kräutersahnesoße für jene, denen der orientalische Geschmack nicht ganz zusagte. Gekühlter Saki und kleine Flaschen Dom Perignon mit Leinentüchern zum Umwickeln der Korken und silbernen Champagnerverschlüssen, um das Aroma für den langsamen Trinker zu bewahren, vervollständigten diesen ersten Gang.

»Ich habe mir die Freiheit genommen, eine Vorspeise zu bestellen«, murmelte Kryzinski, während sich Michael das Kleingedruckte durchlas. Der Kellner war bereits wieder verschwunden.

»Wunderbar«, erwiderte Michael ungerührt, indem er sich eine kleine Portion Sojabohnenkeime und weißen Fisch mit einer Spur Ingwer und Zwetschge auf seinen Teller häufte. Er ignorierte die Eßstäbchen und nahm den Silberlöffel. Wenn man etwas nicht gut kann, soll man es ganz lassen, dachte er. Zum Teufel mit den Eßstäbchen.

»Wir haben eine gewisse Schädigung unserer Computersysteme erlitten«, sagte Kryzinski bedächtig, während er fasziniert zusah, wie Michael, dessen Mund und Augen geschlossen waren, den widerstreitenden Konsistenzen des knackigen Gemüses und des zarten Fisches gestattete, seine Sinne zu umgarnen. Die Soßen waren perfekt, scharf genug, um die Geschmacksknospen anzuregen, und geschmacklich so abgerundet, daß sie die Kehle wärmten.

»Mh-mh«, murmelte Michael mit geschlossenen Lippen, während er den Bissen hinunterschluckte. Wie der Job auch aussehen mochte, das Essen war jedenfalls ausgezeichnet. Er legte den Löffel auf den Teller und griff nach seiner Viertelliterflasche Champagner.

Er wickelte das Tuch um den Korken und drehte die Flasche, um ihn langsam und mit der Fertigkeit des gewohnheitsmäßigen Champagner-Trinkers zu lösen. Ein leises Zischen entweichender Kohlensäure und das zarte Entzücken des Bouquets des Dom Perignons ging dem Eingießen in seine Champagnerflöte voran. Er nahm einen Schluck und stieß das Seufzen des zufriedenen Hedonisten aus.

»Ein Eindringen in die zweite Ebene der CPU hier in Chiba«, fuhr Kryzinski fort. »Gefolgt von einem unmittelbaren Systemabsturz.«

Michael war augenblicklich ganz Ohr. »Für wie lange?«

»Etwa fünfzehn Sekunden.«

»Irgendeine Vorwarnung?«

»Absolut nichts.«

»Ich werde einen vollständigen Bericht der Systemüberwachung brauchen.«

»Die Systemüberwachung wurde unwirksam gemacht.«

»Tatsächlich?« Michael war beeindruckt.

»Bis zum Endzustand des Absturzes. Wir haben Berichte über den Endzustand für die Systeme und alle peripheren Einheiten.«

»Wenn es keinerlei Vorwarnung gab, haben Sie wahrscheinlich irgendwelche Endzustandsdaten. Hat Ihr Decker eine Nachricht oder Forderung hinterlassen?«

Der Amerikaner zögerte unmerklich. Obwohl er es augenblicklich spürte, verbarg Michael diese Tatsache, indem er sich mehr Essen auflegte.

»Es ist eine finanzielle Forderung gestellt worden. Außerdem ist ein Icon im System hinterlassen worden. Eine Signatur, wenn Sie so wollen. Da hat jemand ein ziemlich aufgeblasenes Ego«, sagte Kryzinski verächtlich. Er reichte Michael ein Bild, das glänzte und beinahe naß aussah. Die Augen des Engländers verengten sich beim Anblick des seltsamen, merkwürdig vertrauten Motivs auf dem Bild, das vor ihm auf dem seidenen Tischtuch lag.

»Das ist eigenartig«, sagte er schließlich.

»Bedauerlicherweise ist das die einzige Spur, die wir haben«, sagte Kryzinski jämmerlich.

»Was?« Michaels Kopf ruckte hoch. »Es muß mehr geben. Sie müssen doch Spuren im System gefunden haben. Niemand kann in das System hinein- und wieder herausgekommen sein und die CPU, auch wenn es nur eine CPU der zweiten Ebene war, zum Absturz gebracht haben, ohne mehr zu hinterlassen als das hier.«

»Mehr haben wir nicht«, sagte Kryzinski mit einem Anflug von Verärgerung.

»Wunderbar. Das ist wirklich hervorragend«, sagte Michael mit zusammengebissenen Zähnen. Lügner, dachte er. Ihr habt mehr als das. Ihr müßt. All diese Milliarden und einen Stab, der nur noch von Fuchi übertroffen wird, und ihr könnt keinem Absturz nachgehen? Blödsinn.

Seine eleganten Finger strichen über das Bild, und er betrachtete es konzentriert. Der Körper war nackt, die Hände über den Genitalien gekreuzt, wobei die rechte Hand das Handgelenk der linken umschloß. Der Körper eines Mannes, groß und hager. Das Bild war schwarz-weiß, und es sah merkwürdig aus, wie das Negativ einer Fotografie. Verblüffenderweise lag das Bild eines Gesichts über dem Körper, das kein Negativ zu sein schien, jedenfalls sah es auf den ersten Blick so aus. Dann wurde Michael klar, daß das absonderlich lächelnde Gesicht, das ihn anstarrte, das einer schwarzen Frau war. Sie schien einen Kopfputz oder eine Krone zu tragen, und auf ihrer Stirn waren dunkle Streifen. Auch auf Händen und Füßen waren dunkle Streifen, Tropfen, und auf einer Seite der Brust des Körpers, tief unten in der Nähe des Hüftknochens, hing etwas, das wie eine Träne aussah.

»Sie müssen bereits Daten darüber haben«, sagte er.

»Nicht viel. Der Absturz liegt erst vierundzwanzig Stunden zurück.«

»Dann geben Sie mir, was Sie bis jetzt herausgefunden haben.«

Kryzinski zögerte. »Wir wollen, daß Sie einen Bericht über das erstellen, was Sie dem entnehmen können«, sagte er zögernd.

»Spielen Sie keine Spielchen«, sagte Michael wütend.

»Das tue ich nicht«, konterte Kryzinski. »Es ist nur so, daß ich in der Lage sein muß, gewissen Parteien Ihre detektivischen Fähigkeiten zu beweisen, für die sich andere Parteien innerhalb des Konzerns verbürgen. Bitte seien Sie nachsichtig mit mir. Und ich bin sicher, ich muß Sie nicht daran erinnern, daß Sie das Bild niemandem zeigen dürfen.«

Es klang mehr als dürftig, aber Michael war neugierig. Sein Ruf war gut bei Renraku. Der Konzern hatte ihm in den letzten vier Jahren annähernd dreieinhalb Millionen Nuyen gezahlt, und wenn plötzlich jemand Zweifel hatte, mußte es jemand aus der obersten Etage sein. Das wiederum verriet ihm, daß man ihm nicht alles sagte, was der Konzern wußte, und das bezog sich nicht nur auf das Bild, das er anstarrte. CPU-Systeme der zweiten Ebene? Vielleicht. Vielleicht auch nicht. Ich muß hier raus, um meinem Arbeitgeber auf den Zahn zu fühlen, dachte er.

»Haben wir ein Zeitlimit?«

»In der Forderung wird der 2. Mai erwähnt«, sagte Kryzinski. »Wir brauchen alles, was Sie herausfinden, so schnell wie möglich.«

»Nun, dann zum Teufel mit dem Essen«, sagte Michael liebenswürdig. »Ich bin sicher, daß sie mir alles in eine Hundetüte packen. Ich esse unterwegs.« Er wollte gerade aufstehen, als ihm klar wurde, daß ihm noch ein Glas Champagner blieb. Er verkorkte die

Flasche mit dem silbernen Verschluß und steckte sie in seine Tasche, dann deponierte er das Bild in seiner Aktenmappe.

»Ich veranlasse alles Nötige«, sagte Kryzinski sofort.

Er ist froh, mich von hinten zu sehen, dachte Michael. Dieser Mann steht unter extremem Druck. Wie interessant.

»Ach so, und den Spesenvorschuß, bitte. Wenn Sie so freundlich wären«, sagte Michael glatt, während er beim Aufstehen bedächtig ein paar imaginäre Krümel von seinem Revers schnippte. Der Amerikaner griff in seine Brieftasche und reichte ihm wortlos einen Kredstab.

»Mit Elfenbeingriff, also das ist wirklich sehr geschmackvoll«, sagte Michael anerkennend. »Mir werden noch die Taschen ausgehen, in denen ich Ihre großzügigen Gaben verstauen kann, Mr. Kryzinski.« Mit jenem jungenhaften Lächeln, das immer noch alle Leute entwaffnete, die sich vielleicht über ihn ärgern mochten, machte Michael Sutherland auf den Absätzen seiner italienischen Schuhe kehrt und schritt zum Ausgang.

Dreißig Minuten später hatte er sich in einer kleinen Absteige eingetragen und schob eine unscheinbare graue Diskette in das Telekom, welche die Videoverbindung unterbrach und das Signal und seinen Ursprung hoffnungslos zerhackte.

Wenn Renraku versucht, diesen Anruf zu verfolgen, dachte er grinsend, werden die auf dem Zerfall von Strontium-90 basierenden Zufallsschaltungen ihnen verraten, daß ich in diesem Augenblick in Bogota bin und eine Millisekunde später in Johannesburg. Und während ich anfänglich mit meiner Tante Agatha in Peru rede, ist es ein Sekundenbruchteil später mein Finanzberater in St. Petersburg.

Der Anruf wurde durchgestellt, und er hörte die

vertraute, volltönende walisische Stimme eines alten Bekannten, eines Mitglieds des britischen Oberhauses. Die Stimme eines politisch äußerst einflußreichen Mannes mit Finanzinteressen auf dem ganzen Erdball.

»Geraint, hallo«, sagte Michael leutselig. »Wie geht es Laura?«

»Ich habe keine Ahnung. Meinst du vielleicht Dinah?«

»Ich kann mich über deine Affären einfach nicht auf dem laufenden halten«, stöhnte Michael. »Hör mal, ich glaube, ich bin da auf etwas extrem Interessantes gestoßen. Abgestürzte Matrixsysteme. Gewaltiges Kaliber. Ich meine, wir sollten uns unterhalten.«

»Wo bist du jetzt?« In Geraints Stimme klang ein Anflug von Besorgnis durch.

»Keine Bange«, versicherte Michael seinem Freund. »Im Moment in Chiba, aber ich bin wieder in Manhattan, bevor du sagen kannst: ›Renraku hat mich angeworben.‹ Ich rufe dich von dort aus an. Ach ja«, fügte er wie als Nachsatz hinzu, während er das Hologramm betrachtete. »Kennen wir jemanden, der sich mit verdrehtem Drek auskennt?«

»Welche Art verdrehter Drek schwebt ›uns‹ denn vor?«

»Okkultes Zeug. Obskur religiös, hermetisch. Wem können wir vertrauen?«

»Nun, da wäre natürlich Serrin«, antwortete Geraint, ansonsten als Lord Llanfrechfa bekannt.

»Natürlich. Wo ist er?«

»Er erwacht wohl gerade aus dem Winterschlaf, den er in einem Schloß in Shetland gehalten hat, das mir gehört«, sagte Geraint. »Mit seiner Frau.«

»Ach ja«, sagte Michael mit einem Kichern. »Meine Ex-Frau, ich erinnere mich. Das war eine ziemlich merkwürdige Geschichte. Trotzdem ist alles gut ausgegangen.«

»Ich glaube nicht, daß ich die intimen Details wissen will«, sagte Geraint trocken. »Jedenfalls reicht das einstweilen. Ruf mich an, wenn du zurück bist. Nein, warte bis morgen. Hier sind wir noch in den frühen Morgenstunden, du lästiger Störenfried.«

»Ich lasse dich jetzt mit Dinah allein. Wieder eine Blondine, nehme ich an?« Michael unterbrach die Verbindung, bevor der Waliser seinerseits mit einer Beleidigung kontern konnte. Grinsend steckte er den Quantenzerhacker wieder ein, rief ein Taxi und fing an zu planen.

Das Geld ist nicht schlecht, dachte er. In Manhattan wähle ich erst einmal die Nummer, die Kryzinski mir gegeben hat, und kassiere die Hunderttausend. Die kaufen mich für die nächsten paar Wochen, und ich bin das Geld auch wert.

Aber es ist ein enormer Vorschuß.

CPUs der zweiten Ebene?

Ja, klar.

2

Michaels Körper protestierte gegen den Weckruf. Zwei Suborbitalflüge an einem Tag waren zuviel Provokation für einen Körper, der sich noch mit den Nachwirkungen einer Langzeitverletzung herumschlagen mußte, und ein stechender Schmerz tief unten im Rücken ließ ihn zusammenzucken. Er blieb ein paar Sekunden lang ganz still liegen und erhob sich dann von dem Futon, indem er seitwärts glitt und sich dann sachte und behutsam aufrichtete. Er rieb sich die Augen, strich sich durch das wirre Haar und nahm einen großen Schluck von dem Mineralwasser mit einem Stück frischer Zitrone auf dem Nachttisch. Die saure Bitterkeit der Zitrusfrucht ließ ihn den Kopf schütteln wie ein Hund, der aus einem Fluß steigt, dann ging er ins Bad und widmete sich dem angenehmen Ritual der morgendlichen Rasur.

Die Smartframes, die er gleich nach seiner Rückkehr ins Rennen geschickt hatte, waren mit der für sie üblichen Datenmasse zurückgekehrt. Das bei Renraku hinterlassene Icon war sehr rasch identifiziert worden, und ein Ausdruck in zwei Versionen, eine mit Schlüsselwörtern und einer kurzen Zusammenfassung, die andere ein ausführliches Dokument mit Querverweisen und Appendices, wartete nur darauf, daß er sich seiner annahm. Er nahm sich die kurze Zusammenfassung vor, während er darauf wartete, daß der Entsafter mit den Orangen fertig wurde und ihm sein Frühstück lieferte.

Bei dem männlichen Körper handelte es sich um das Leichentuch von Turin, verriet ihm die Zusammenfassung. Angeblich das Tuch, das den Leib Christi in Josefs Grab bedeckt hatte, war es gegen Ende des letzten Jahrhunderts durch radioaktive Zerfallsbestimmung als Fälschung entlarvt worden, da die Messungen ein Alter von 700 bis 850 Jahren ergeben hatten. Die Zusammenfassung verwies auf ein technisches Detail in bezug auf Daten zur dreidimensionalen Tiefenschärfe in dem längeren Ausdruck.

Hmmm, sann er. Es kam mir vage bekannt vor. Vor sechzig, siebzig Jahren hat es eine ziemliche Kontroverse darum gegeben, aber nachdem die Wissenschaftler unwiderlegbar bewiesen hatten, daß das Leichentuch eine Fälschung ist, geriet es in Vergessenheit. Dennoch ging von dem Bild etwas Unwiderstehliches, Kraftvolles aus, sogar für einen Mann, dem jeglicher Sinn für die Absurditäten der Religion fehlte.

Als er den Orangensaft ausgetrunken hatte und nur noch Reste von Fruchtfleisch im Glas zurückblieben, hatte Michael das technische Detail gefunden, auf das verwiesen wurde, und las stirnrunzelnd den Text.

Wahrscheinlich gibt es eine Diskontinuität in bezug auf Körper und Kopf, was die Tiefenschärfe des Bildes angeht, lautete der Text. *Die Bildintegrität reicht für eine weiterreichende Analyse nicht aus.*

Und wenn schon, dachte er. Der Kopf ist offensichtlich ohnehin ein separates Bild, und das ganze verdammte Ding ist eine Collage. Was macht es da, wenn Kopf und Körper eine verschiedene Tiefenschärfe aufweisen? Doch in seinem Hinterkopf fand so etwas wie ein vages Begreifen statt, und er hatte das Gefühl, als wisse er intuitiv etwas, das sich hartnäckig weigerte, in sein Bewußtsein aufzusteigen. Dann fielen ihm weiter unten auf der Seite zwei Schlüsselwörter auf.

Mona Lisa.

Das Bild des Gesichts ist ein umgestaltetes Bild, das auf der Schablone der Mona Lisa beruht, die von Leonardo da Vinci gemalt wurde, stellte der Text schlicht fest.

Er nahm das Bild aus dem Scanner und unterzog es einer eingehenden Betrachtung. Es war keineswegs offensichtlich für ihn. Doch das vertraute, tatsächlich sogar übermäßig vertraute Bild der Mona Lisa war in seiner normalen Gestalt so bekannt, daß sich sein Verstand weigerte, dasselbe Gesicht als fotografisches Negativ zu betrachten, denn genau so wirkte das Gesicht der schwarzen Frau. Die Verwirrung war noch größer, wenn man bedachte, daß das Bild des Männerkörpers ebenfalls als fotografisches Negativ wiedergegeben war, ebenso wie der Leichentuchmann von seinem Schöpfer.

Dann kam ihm ein Gedanke. Augenblick. Woher weiß ich, daß es sich um das Gesicht einer schwarzen Frau handelt? Wenn das Gesicht eine Negativaufnahme wie der Rumpf ist, wäre es doch das Gesicht einer weißen Frau, oder nicht? Aber ich *weiß*, daß sie schwarz ist. Woher weiß ich das?

Er betrachtete wieder das gleichmütige Lächeln und gestattete sich einen Augenblick geistigen Abschweifens, als er darüber nachsann, wie viele Millionen Männer sich wohl schon Gedanken über das rätselhafte Beinahelächeln der Mona Lisa gemacht hatten. Unzufrieden mit sich selbst legte er das Bild wieder in den Scanner und gab Anweisungen für Vergrößerungen und verschiedene Bildumwandlungen ein. Während das System mit der Arbeit begann, traf er eine rasche Entscheidung und setzte seine Frames auf ein wenig Archivarbeit an.

Querverweis Leichentuch/Leonardo, wies er an. Das intelligente Analyseprogramm brauchte knapp fünf Sekunden, bis die Antwort auf dem Schirm aufblinkte.

Eine Theorie der Schaffung des Leichentuchs postuliert, daß es von Leonardo da Vinci in der ersten Hälfte der neunziger Jahre des fünfzehnten Jahrhunderts wahrscheinlich auf Geheiß von Papst Innozenz VII. hergestellt wurde. Bei dem Prozeß der Herstellung machte er sich eine primitive, quasi-fotografische Technik zunutze, indem er das Prinzip der Camera Obscura und lichtempfindliche Pigmente be-

nutzte, die Leonardo damals zur Verfügung standen. Rekonstruktionen dieser Technik durch britische und südafrikanische Forscher werden von kritischen Autoritäten als Bestätigung dieser Theorie betrachtet, die erstmals im Jahre 1994 publik gemacht wurde. Siehe auch die folgenden Verweise ...

Michael überging die Auflistung, die folgte. Also habe ich es mit einem Decker zu tun, der auf Leonardo fixiert ist, dachte er. Tja, er ist nur der letzte in einer sehr langen Reihe. Nach da Vinci müssen mehr Viren benannt sein als nach irgend jemandem oder irgend etwas anderem, und ich habe längst den Überblick verloren, wie viele Decker ich schon gesehen habe, die sich in der Matrix als Leonardo maskieren.

Eine letzte Eingebung ließ ihn noch eine abschließende Frage eingeben.

Querverweis 2. Mai/Leonardo da Vinci.

Leonardo da Vinci starb am 2. Mai 1518.

Nun, da haben wir es ja, dachte er mit einem Grinsen. Und jetzt setzen wir die Frames auf jeden Möchtegern-Leonardo an, der von Sysops, Deckern und Konzernquellen in den letzten fünf Jahren gemeldet wurde. Dann können wir anfangen, die Spreu vom Weizen zu trennen und Renraku eine Verdächtigenliste aushändigen. Mittlerweile werden sie diese Liste bereits haben oder in Kürze bekommen. Das ist elementarer Kram, aber ich muß durch die richtigen Reifen springen, um die nächste Stufe zu erreichen und an richtiges Geld zu kommen.

Seine Gedanken wandten sich schwierigeren Aufgaben zu. Der nächste Schritt bestand darin, in das Renraku-System zu decken und herauszufinden, welcher Schaden tatsächlich angerichtet worden war. Die Sache hatte etwas von einem Katz-und-Maus-Spiel an sich. Er nahm an, Renraku rechnete möglicherweise damit, daß er genau das tat. Was er nicht wußte, war, ob sie sein Eindringen als akzeptabel betrachten – als

Beweis für seine Fertigkeiten und die Fähigkeit, sich seine Ziele selbst zu definieren – oder ihm das ernstlich verübeln würden.

Nun, egal, dachte er. Ich werde tief in ihre Datenspeicher eindringen und sehen, wie tief dieser Drek ist. Und ich werde Hilfe brauchen.

Er rief die Londoner Nummer an. Eine Stunde später hatte er eine Reservierung für einen weiteren Suborbitalflug, und sein Körper ächzte bereits ob dieser Aussicht.

Big Ben schlug zehn, als die Limousine Michael vor dem Oberhaus im Westminster-Bezirk Londons absetzte. Er stieg aus und sofort in eine andere, deren Polster mit roter Seide und Satin bezogen und mit Hermelin abgesetzt waren. Außerdem kam es ihm so vor, als hafte überall das Wappen Seiner Majestät.

Er bedachte seinen Freund mit einem Grinsen. »Wie läuft's im Außenministerium?«

»Wie immer«, erwiderte Geraint lakonisch. »Die Kriege sind klein, die Sterling-Anlagen sind stabil, und die Franzosen sind nicht mehr und nicht weniger ein Schmerz im Hintern als sonst auch.« Er ließ sich in seinen Sitz zurücksinken und wickelte den luxuriösen Burberry-Mantel um sich, als wolle er die Kälte abwehren. Er sah müde aus und hatte Ansätze von dunklen Ringen unter den Augen.

»Danke für deine Hilfe«, sagte Michael mit gewinnendem Lächeln.

»Ich habe eigentlich noch gar keine Hilfe zugesagt«, stellte Geraint fest. »Ich kann mich erinnern, daß ich dich nur für die Nacht bei mir aufnehme.«

»Ich glaube, die Geschichte wird dich ziemlich faszinieren«, redete Michael ihm weiter zu.

»Hört sich für mich nach einem glatten Langweiler an«, sagte Geraint. »Nach einem übergeschnappten Trottel mit einer Besessenheit für Leonardo.«

»Einem Trottel mit einer Besessenheit für Leonardo, dem es gelungen ist, Renrakus CPUs binnen zwei Stunden zweimal lahmzulegen«, sagte Michael, als sei es nicht wichtiger als die üblichen britischen Feststellungen in bezug auf das Wetter. Geraint fuhr zusammen, und seine scharfen Augen musterten ihn wie die eines Seeadlers aus einem seiner Anwesen.

»Habe ich dich richtig verstanden?«

»Du hast«, sagte Michael. »Ich dachte mir schon, daß dich die Einzelheiten im Hinblick auf deine geschäftlichen Verbindungen interessieren würden. Natürlich gehe ich davon aus, daß du alles, was ich dir erzähle, streng vertraulich behandelst.« Er wartete die wegwerfende Handbewegung nicht ab, mit der Geraint ihn beruhigte. »Aber im Hinblick auf deine unzähligen Geschäftsinteressen, die selbst ich kaum noch nachvollziehen kann, hielt ich es für fair, einen alten Freund in das Geheimnis einzuweihen.«

Der Waliser grinste und stieß ein leises ironisches Kichern aus.

»Du raffinierter Hund«, sagte er anerkennend. »Du hattest schon immer ein Händchen dafür, die Leute zu manipulieren.«

»Ich habe viel von dir gelernt«, erwiderte Michael kühl.

»Also willst du Hilfe als Gegenleistung dafür, daß du mich eingeweiht hast«, sann Geraint. »Das klingt fair. Tatsächlich wird es sogar eine Erleichterung sein. Das Leben hier war in letzter Zeit ziemlich langweilig. Manchester klappert die Kolonien ab, ich meine die Mitgliedstaaten des Commonwealth, und das schon seit einer Ewigkeit, und während seiner Abwesenheit hat sich nichts von Bedeutung ereignet. Nur der übliche endlose Papierkram.«

Michael kannte den legendär barschen Earl of Manchester nicht, Geraints Vorgesetzten im Außenministerium, aber Geraints Beschreibungen von ihm zufolge gab die Abwesenheit dieses Mannes keinerlei Anlaß, so etwas wie Verlust zu empfinden. Er warf einen Blick auf den verblichenen und verkratzten roten Aktenkoffer, den Geraints Chauffeur im hinteren Teil des Phaeton verstaut hatte, und schätzte, daß wahrscheinlich eine ziemliche Menge Papierkram in ihn hineinpaßte, was er auch sagte.

»Man sollte meinen, daß sie dir irgendwann einmal eine neue Aktentasche kaufen«, sagte er.

»Was?« Geraint klang beinahe schockiert. »Dieser Aktenkoffer ist seit fast siebzig Jahren Eigentum des unglücklichen Ministerialangestellten in meiner Stellung. Er ist Tradition, wie kannst du da so etwas sagen?«

»In einen moderneren und bequemeren paßt vielleicht nicht so viel Papierkram hinein«, stellte Michael trocken fest.

»Nun, ich glaube, ich lasse den Papierkram von Jenkins bearbeiten«, erwiderte Geraint. »Der kleine Wichtigtuer muß mit Arbeit überhäuft werden, um ihn ruhig zu halten. Unverhohlener Ehrgeiz bei einem Untergebenen drückt ja wohl einen Mangel an Stil aus, findest du nicht auch?«

Sie lachten leise. Die Limousine schlich dem Herzen Mayfairs entgegen.

»Das ist sehr schön«, sagte Michael anerkennend.

Er meinte es ehrlich. Die Einrichtung der Wohnung in Mayfair mußte mehrere Millionen gekostet haben, und doch rief sie in ihrer klassischen Schlichtheit den Eindruck von Bescheidenheit und Genügsamkeit wach. Nach Jahren in New York empfand Michael den Gegensatz als verblüffend. Geraint sagte nichts, sondern zog lediglich seinen Mantel aus und schaltete den OC-Player ein. Als er ohne innezuhalten weiter in die große Küche ging, erfüllten die ersten leisen Stimmen das geräumige Zimmer, und die Polyphonie rankte sich um den ersten Satz.

Magnificat anima mea Dominum, meine Seele preiset den Herrn …

Michael setzte sich müde auf das plüschig gepolsterte Sofa und ließ sich von der zeitlosen Musik einhüllen, die sich langsam um ihn aufbaute, während er auf das jubilierende *in Deo salutari meo* der Einleitung wartete. Er schloß die Augen und lächelte, friedlich und still.

Er hatte die Augen gerade wieder geöffnet und betrachtete die Kunst an den Wänden, als Geraint mit einem Silbertablett und einem Kaffeeservice darauf aus der Küche zurückkehrte.

»Der ist sehr gut«, sagte Geraint, als er das aromatische Gebräu in die perfekten Porzellantassen goß. »Eine Jamaika-Mischung. Kostet die Welt, und sie produzieren dieser Tage nicht sehr viel davon, nachdem dort vor zwei Jahren dieser verdammte Wirbelsturm gewütet hat.«

»Ich wollte schon immer einmal nach Jamaika«, sann Michael.

»Ich würde es lassen«, sagte Geraint scharf. »Die Mordrate liegt zehnmal höher als in New Orleans und die durchschnittliche Lebenserwartung der einheimischen Männer bei vierunddreißig. Wenn du unbedingt Urlaub in der Karibik machen willst, dann lieber auf den Inselgruppen über oder unter dem Wind.«

»So ein Urlaub ist im Augenblick nicht gerade ein dringliches Problem«, sagte Michael mit einem Lächeln, während er die Tasse an die Lippen hob. »Mann, du hast völlig recht! Der Kaffee *ist* gut.«

»Tja, wir haben genug, um uns durch die Nacht zu bringen, und ich habe fast sechzig Chips von Palestrina und Josquin, die dich zufriedenstellen müßten.«

»Vielen Dank«, wiederholte Michael. Der Waliser hatte ein ausgezeichnetes Gedächtnis für die Vorlieben und Geschmäcker anderer und war ein ständig großzügiger Gastgeber. »Was ist mit Dinah?«

»Ist in Paris zu einer neuen Kollektion«, sagte Geraint ein wenig verächtlich. »Sie ist Modejournalistin.« Sein Tonfall besagte, daß einer von ihnen vermutlich ein modisches Anhängsel für den anderen war, aber höchstwahrscheinlich waren es beide. Michael verfolgte das Thema nicht weiter.

»Und Serrin?«

»Ich hoffe, er wird morgen hier eintreffen«, sagte Geraint. »Das Wetter dort oben ist schauderhaft, aber die Voraussage für morgen läßt hoffen, und eigentlich müßte ein Flug möglich sein. Ich dachte, wir könnten hier zusammen essen.«

»Klingt gut«, erwiderte Michael. »Ich schicke ihn vielleicht auf eine wilde Gespensterjagd, aber ich habe eine ganze Wagenladung arkanen Drek, und vielleicht kann er mir so viel Hinweise geben, daß ich ein psychologisches Profil von unserem Trottel erstellen kann. Von unserem äußerst begabten Trottel, sollte ich wahrscheinlich hinzufügen.«

Geraint lächelte und versenkte ein Messer mit Elfenbeingriff in den blau geäderten Stilton-Käse und schnitt sich ausreichend krümelige Stücke ab, um eine der dünnen Oblaten großzügig damit zu belegen, bevor die *Magnificat* ihr abschließendes *Amen* erreichte. Ein paar Augenblicke herrschte Stille, bevor das Kyrie der folgenden Messe leise aus den kleinen, aber leistungsfähigen Lautsprechern ertönte, die überall im Raum versteckt waren.

»Port?« Plötzlich hatte sich Geraints Aussehen verändert. Auf seinem hübschen, eckigen Gesicht lag ein Ausdruck des Übermuts, der im wesentlichen besagte:

Ich habe dich seit Jahren nicht mehr gesehen. Wir mögen viel zu tun haben, die Zeit mag drängen und dies mag eine ziemlich elegante Umgebung sein, aber wir werden uns trotzdem besaufen, furchtbar und rücksichtslos besaufen. Außerdem spielte noch etwas in der Art mit hinein: *Auf die Weise wirst du mir alles erzählen, was ich wissen will.*

»Welche Jahrgänge kannst du im Moment empfehlen?«

»Ich dachte, wir beginnen mit dem 2002er und arbeiten uns vorwärts, obwohl wir auch mit dem angenehm nussigen 2033er anfangen und uns zurückarbeiten können«, schlug Geraint vor.

Michael biß in den Käse-Cracker, wischte sich einen Krümel aus dem Mundwinkel und grinste seinen Gastgeber an. »Gieß alle in einen Eimer und bring mir einen Plastikstrohhalm«, sagte er.

»Du Bauer.« Seine Lordschaft lachte und ging zu den Mahagoni-Vitrinen auf der anderen Seite des Zimmers. »Schön, dann erzähl mir, was mit Renraku passiert ist.«

Michael wartete, bis Geraint mit der ersten versiegelten Flasche zurückkehrte, bevor er ihm eine Kopie des Bilds gab.

»Was, zum Teufel, ist das?« fragte Geraint.

»Das ist die Signatur unseres Trottels. Jetzt erzähle ich dir die Renraku-Version dessen, was er angerichtet hat, und dann sollten wir uns überlegen, wie wir herausfinden, was er *tatsächlich* angestellt hat.« Michael stand auf und schloß den ersten der kleinen Stahlkoffer auf, die er in seinem Reisekoffer mitgebracht hatte. Geraints Augen weiteten sich, als er sah, was sich darin befand.

»Ganz nett«, sagte er anerkennend.

»Ein Fairlight-Modul«, sagte Michael. Das Cyberdeck war über eine Million Nuyen wert, und er hatte einige Monate gebraucht, um es so zu modifizieren, daß es die Wechselfälle des Reisens verkraftete. Die Koffer waren auf einem eigenen Erster-Klasse-Sitz geflogen. Die Idee, sie als Gepäck aufzugeben, war ihm ganz einfach nie gekommen.

»Ich werde etwa eine Stunde benötigen, um es zusammenzubauen«, sagte Michael. »Dann können wir auf die Jagd gehen.«

»Vielen Dank auch«, sagte Geraint trocken. »Damit man deine Arbeit hierher zurückverfolgen kann. Was habe ich doch für einen undankbaren Gast.«

»Komm schon, du kennst mich besser«, sagte Michael rasch. »Wir werden jede Millisekunde von einem anderen Ort aus operieren, es sei denn, es gibt jemanden, dem du gerne einen bösen Streich spielen willst. In diesem Fall kann ich ein Signal an einem Ort deiner Wahl hinterlassen, das zurückverfolgt werden kann.«

»Also das ist verlockend«, sagte Geraint, wobei er unüberhörbar scharf Luft holte. »Vielleicht der junge Jenkins ...«

Michael lachte, der Korken wurde gezogen, und die Bestandteile des Decks nahmen auf dem Teakholztisch Gestalt an, während der helle Portwein dekantiert und eine Weile stehen gelassen wurde. Der Engländer und der Waliser unterhielten sich über alte Zeiten, gemeinsame Bekannte, Saufgelage, ihre Hochschulzeit und all die Dinge, die Freunde sich erzählen, wenn sie sich jahrelang nicht gesehen haben.

Mitternacht rückte näher. Draußen, in einem Wagen, der Diplomatenkennzeichen trug und daher nicht den lästigen Parkverboten dieser ultra-exklusiven Wohngegend unterlag, nahm ein Italiener seinen ersten Schluck aus einer Thermoskanne mit Kaffee, der wesentlich bescheidener war als jener, den seine Lordschaft gereicht hatte, und lehnte sich zurück, um die Wohnung im Auge zu behalten. Er war verständlicherweise nervös wie alle Mitglieder seiner Organisation in dieser Nacht, und er wußte nicht, was er erwarten sollte.

Er erwartete gewiß nicht, von der Inquisition vor Ende der Woche erschossen zu werden, aber, wie jeder Engländer mit Sinn für Humor und Geschichte ihm hätte sagen können: Niemand erwartet je die Inquisition.

3

Ganz nett«, wiederholte Geraint. »Das bekomme ich auf keinem Markt, den ich kenne.«

»Raffiniert, nicht? Das Personamorph-Programm habe ich von gewissen Konzern-Kontakten bekommen. Es läßt uns in ihr System gleiten und zu einem absolut integralen Bestandteil davon werden«, sagte Michael, während er die Anschlüsse des Cyberdecks überprüfte. Es war gar nicht so leicht, sein Fairlight mit Geraints bescheidenem Fuchi Cyber-7 zu verbinden, und es würde Verzögerungen in der Kommunikation geben, aber es war eine weit bessere Lösung als die, daß sich sein Freund eigenständig einstöpselte.

»Ich glaube, das war's«, sagte er schließlich, indem er zurücktrat und seine Arbeit bewunderte. »Nun zu den Monitoren. Grün für deine Datenbuchse, blau für dein Herz, Alter.«

»Wofür sind die?« sagte Geraint ein wenig ängstlich.

»Das sind Kardiomonitore. Wir bekommen es mit Bergen von Ice zu tun, die dick genug sind und tief genug reichen, um eine ganze Flotte Titanics zu versenken, und wenn du von bösem schwarzen Ice erwischt wirst, sorgt diese Anordnung dafür, daß du ausgestöpselt wirst, bevor dir das Hirn geröstet wird oder dir A&Rs das Herz aus der Brust reißen«, erwiderte Michael mit blutdürstiger Wonne. »Hat mir selbst ein paarmal die Haut gerettet.«

»Ich bin nicht so sicher, ob ich mich darauf hätte einlassen sollen«, sagte Geraint mißbilligend. »Da trifft es sich ganz gut, daß wir den Port auf zwei Gläser beschränkt haben.«

»Wir leeren die Flasche später«, antwortete Michael,

indem er sich auf den Chippendalestuhl setzte und die Arme reckte.

»Laß uns anfangen. Hallo, Chiba.«

»Was, zum Teufel, ist das?« sagte Geraint mit wenig Begeisterung. »Was du hier für einen schauderhaft protzigen Nadelstreifenanzug trägst.«

Michael überprüfte seine Persona, das Icon, mit dem er durch die Matrix navigierte, während sein Körper eingestöpselt auf dem Stuhl saß. Er sah wie ein billiger Gangster aus einem schlechten Schwarz-Weiß-Trid aus grauer Vorzeit aus, die Art, wo der Hauptdarsteller jede Frau ›Samtauge‹ oder ›Süße‹ nennt.

»Wir scheinen uns an einem Ort wie Nebraska zu befinden«, sagte Geraint mißbilligend. »Das heißt, irgendwo dort, wo es völlig uninteressant ist.«

Michael sah sich die lange graue Straße an, die vor ihnen lag. »Das ist viel faszinierender, als es aussieht«, sann er. »Wir befinden uns noch nicht einmal in ihrem System, aber die Skulptur ihres Systems strahlt nach außen. Das dürfte nicht geschehen. Renraku hat offenbar ein paar ziemlich interessante Dinge unternommen.«

»Zum Teufel mit den interessanten Dingen, die sie unternommen haben, laß uns lieber etwas über die interessanten Dinge herausfinden, die jemand gegen sie unternimmt«, erwiderte Geraint, indem er den Sitz seines weichen Filzhuts korrigierte und sich in Bewegung setzte. Vor ihnen befand sich eine Straßensperre, eine Schlange schwarzer amerikanischer Autos etwa Jahrgang 1930 und ein Trupp Polizeibeamte, die sie am Systemzugangsknoten erwarteten.

»Seit wann gestaltet Renraku sein System so, daß es wie in einem alten Gangsterfilm aussieht?« flüsterte Geraint.

»Seit jetzt«, erwiderte Michael. »Das muß eine direkte Reaktion auf das Eindringen in das System sein.«

»Ein wenig schäbig, wenn du mich fragst«, sagte Geraint. »Ach ja, und starte endlich das Schleicherprogramm.« Sie näherten sich dem Trupp Polizisten.

»Hier kommt keiner ohne Ausweis durch, Buddy«, warnte das Barrierenprogramm. Michael schob mit übertriebener Langsamkeit, um keine der aufmerksamen ICs zu aktivieren, eine Hand in die Hosentasche und produzierte eine Marke mit dem Abzeichen der Chicagoer Stadtverwaltung.

»Ich habe meinen Ausweis vom Bürgermeister persönlich, Mac«, sagte er, indem er die Marke rasch wieder in der Handfläche verbarg. Der Polizist musterte sie ein wenig zweifelnd, winkte sie dann jedoch an dem Trupp bewaffneter Einsatztruppen vorbei, die hinter ihm standen.

»Das war leicht«, kicherte Michael, während sie die Straße entlanggingen und den Knotenpunkten der Datenbahnen entgegenstrebten.

»Ganz toll, wenn wir zurück wollen und *dann* an diesem Angriffs-Ice vorbei müssen«, sagte Geraint kläglich. Die Einsatztruppen waren mit unangenehm großen, schweren Maschinenpistolen bewaffnet. Nach dem Eindringen in ihr System hatte man bei Renraku offenbar rigorose Maßnahmen ergriffen.

»Kein Grund zur Beunruhigung«, lächelte Michael. »Wir verschwinden in einem gepanzerten Wagen, alter Junge.«

Sie schlichen sich durch die Außenbezirke der Stadt und sahen ein Stück weiter die schmale Straße entlang eine Reihe befestigter Gebäude.

»Die Bank, würde ich meinen«, sagte Michael. »Zeit, eine Schmökersonde zu starten.« Er öffnete seinen Geigenkasten, und eine etwas struppig aussehende Taube erhob sich daraus in den Himmel. Die Taube flog auf ein entferntes Dach und von dort aus weiter zum nächsten. Aus einem der nicht ganz so weit entfernten Gebäude trat ein Sheriff. Er trug sein Dienstabzeichen auf der Brust und eine Maschinenpistole in den Händen, neben der die Waffen der Zugangs-ICs wie Erbsenpistolen aussahen.

»Systemdecker«, sagte Michael verächtlich. Seines und Geraints Schildprogramm hatte sie bereits mit kugelsicheren Westen ausgerüstet, und der Engländer hatte noch einige andere Überraschungen für den im System patrouillierenden Renraku-Decker auf Lager. Sorgen bereitete ihm lediglich die Frage, ob das Auftauchen des Deckers ein Zufall war oder ob das System bereits auf ihre Anwesenheit aufmerksam geworden war und wie lange der Decker brauchen würde, um das jetzt zu tun.

Als der Sheriff seine Waffe auf sie richtete, um zu schießen, explodierten Rauchwolken rings um ihn und ein harmloser Feuerstoß bohrte irgendwo Löcher in die Luft, während die zwei Eindringlinge auf der anderen Straßenseite zur Bank liefen. Die schwankende Gestalt tauchte erst aus dem Rauch auf, als sie die Schlösser der Banktüren zerschossen hatten. Über ihnen war die Taube bereits durch Geraints Adler ersetzt worden, einem Scanner-Programm, das nach Verstärkungen suchte. Michaels Smartframe beschäftigte den Sheriff, während sie in das Gebäude rannten.

»Rühr dich nicht von der Stelle, Bulle«, knurrte die Smartframe-Persona, »sonst haben deine Eingeweide gleich mehr Löcher als ein Schweizer Käse.«

»Ich liebe das«, grinste Michael, als er das Evaluierungsprogramm startete und auf Sensor-Modus schaltete. Geraint hielt ihm den Rücken frei, indem er eine Kanone auf die Schwingtür der Bank gerichtet hielt. »Und nun, Tracey, meine Liebe, knack diesen Code«, sagte Michael.

Das zweite Smartframe machte sich an die Arbeit und analysierte und decodierte die verschlüsselte Barriere, da Michael an die Daten in den Tresoren herankommen wollte. Er kam in dem Augenblick durch, als ihm das Evaluierungsprogramm das Ergebnis seiner Untersuchung lieferte.

»Drek, hier ist nichts«, knurrte er. »Wir müssen warten, bis die Taube zurückkehrt. Nun, machen wir uns nichts vor – es wäre auch viel zu einfach gewesen, die Daten hier zu finden.«

Gehorsam kam der Vogel in den Raum geflogen, während ein verwirrter Systemdecker draußen auf der Straße gegen ein Smartframe kämpfte.

»Ich glaube, ich höre Sirenen«, sagte Geraint ängstlich.

»Blödsinn«, sagte Michael kategorisch, während er den Reiseführer aus dem Schnabel der Taube nahm. »Aha. Die Hauptstraße entlang und zum Reisebüro. Reisebüro? Das gefällt mir! Äußerst exzentrischer Humor. Sie müssen einen Engländer im Programmierteam haben.«

»Nicht, daß ich wüßte«, sagte Geraint. »Hör doch, das *sind* Sirenen.«

»Dann sind es eben Sirenen, Alter. Schön, dann laß uns weiter. Durch die Hintertür, würde ich sagen.«

Sie verließen den Datenspeicher und rannten durch eine Seitenstraße in das Geschäftszentrum. Autos fuhren über die Straße, Datenpakete, die über die riesigen Datenbahnen von Renrakus Computersystem rasten.

»Zum Henker mit der Raffinesse«, sagte Michael, indem er eine Handgranate aus seinem Geigenkasten nahm und vor die Tür des Reisebüros warf. »Schluß mit dem Schleichen. Laß uns einfach alles niedermähen, was sich bewegt.«

»Manchmal frage ich mich, ob du nicht zu lange in Amerika gelebt hast«, murmelte Geraint, der ihnen mit seiner Kanone Rückendeckung gab. Die Türen explodierten in einer ausnehmend befriedigenden Wolke aus Staub und Trümmern. Michael war bereits halb in dem Gebäude.

»Such es, such es!« drängte er sein Evaluierungsprogramm. Das maßgeschneiderte Programm, das spezielle Anweisungen hatte, nach Daten über Systemverletzungen zu suchen, huschte bereits zu den verschlossenen Wandschränken. In diesem System hatte es die Gestalt einer Ratte. Die Ratte blieb vor einem verschlossenen Schrank stehen, stellte sich auf die Hinterbeine, schnüffelte und zuckte mit den Barthaaren.

Michael knackte das Schloß an der Tür und fing an, Akten in seinen voluminösen Geigenkasten zu schaufeln. Die ersten Kugeln ließen die Fenster des Reisebüros zersplittern.

»Schnell zur Hintertür!« drängte Geraint, während er ein paar Schüsse auf die draußen vorrückenden Gestalten abgab. »Der Schild hält nicht ewig.« Michael schaufelte noch ein paar Akten in den Geigenkasten, dann brachen sie die Hintertür auf und fanden sich in einer schmalen Gasse wieder.

»Oje«, sagte Geraint, als er sah, daß sie sich in einer Sackgasse befanden. Ein Trupp Polizisten rannte ihnen von der offenen Seite der Gasse entgegen.

»Dieses Programm hat mich eine halbe Million Nuyen gekostet, also sollte es wohl funktionieren«, murmelte Michael grimmig, während er die Türen der Autowerkstatt gegenüber aufriß und in die Dunkelheit der Halle rannte. Er öffnete die Tür des Wagens und drehte den Zündschlüssel. Geraint warf sich auf den Beifahrersitz und machte sich so klein wie möglich. Der gepanzerte Wagen schoß auf die Straße, vollführte mit quietschenden Reifen eine Neunzig-Grad-Kehre und raste auf die Polizisten zu. Er schleuderte sie in alle Richtungen, während Kugelsalven von seiner Panzerung abprallten, da Michael den Wagen zum Stadtrand lenkte. Unverständlicherweise hielt er plötzlich an und öffnete die Fahrertür. Ein Polizist näherte sich ihnen vom Straßenrand.

»Was, zum Teufel...«

»Ein Trojanisches Pferd, alter Mann«, sagte Michael, als er dem Smartframe den Geigenkasten gab. »Sie haben die Daten höchstwahrscheinlich mit speziellen Sicherungen versehen, und wir könnten Schwierigkeiten bekommen, das System mit den Daten intakt zu verlassen. Aber Simon wird keine Probleme damit haben.«

»Simon?«

»Ich gebe ihnen Namen, das hilft mir dabei, mir zu merken, welches Smartframe was tut. Der simple Simon – simpel, Daten mit ihm aus einem System zu schaffen.«

»Ich verstehe kein Wort«, sagte der verblüffte Geraint.

»Brauchst du auch nicht, solange ich alles verstehe«, stellte Michael fest. »Jetzt müssen wir eine Straßensperre durchbrechen, und dem Lärm nach zu urteilen, ist uns mindestens eine Hundertschaft Polizei auf den Fersen.« Das Sirenengeheul hinter ihnen wurde lauter.

»Also los, dann laß uns mal die Straßensperre niederwalzen!«

»Natürlich konnten wir ihn nicht zurückverfolgen«, sagte Radev tröstend, während er sich eine weitere einer endlosen Reihe von Zigaretten anzündete. »Aber damit haben wir auch nicht gerechnet. Wir wären sehr enttäuscht gewesen, wenn wir es gekonnt hätten. Schließlich bezahlen wir ihn dafür, daß er in die Systeme anderer Leute eindringt, ohne zurückverfolgt zu werden, also wissen wir zumindest, daß er das, was er für uns macht, ziemlich gut macht.«

»Schön«, knurrte Kryzinski. »Und die Daten?«

»Die Daten in der Nähe der eindringenden Personas wurden mit hundert Prozent Effektivität von den morphischen Verschlüßlern umgeformt.« Radev lächelte. »Er wird herausfinden, daß das, was wir ihm erzählt haben, fast korrekt ist. Bei einer völligen Übereinstimmung wäre er natürlich mißtrauisch gewesen. Jetzt wird er denken, daß der Einbruch in unser System ein wenig ernster war, als wir ihm gesagt haben, und wir brauchen uns keine Sorgen mehr zu machen, daß wir von unserem eigenen Mann kompromittiert werden.«

»Gut.« Sam seufzte zufrieden. »Er ist gut, wir sind gut, alles ist einfach bestens. Abgesehen von zwanzig Milliarden Nuyen, oder Sie können alle damit rechnen, vierzehn Tage lang braune Unterhosen zu tragen.«

»Wir müssen Sutherlands ersten Bericht abwarten«, erwiderte der Bulgare. »Er sollte mit unserer ersten Einschätzung konformgehen, und dann können wir von da aus weitermachen.«

Kryzinski gähnte und warf einen Blick auf die Uhr. Er haßte es, länger als üblich hatte arbeiten zu müssen, um anwesend zu sein, als Sutherland seinen erwarteten Systemeinbruch begangen hatte.

»Ich gehe nach Hause und schlafe mich aus«, seufzte er. »Das war genug Aufregung für einen Tag.«

»Unsere Vorgesetzten werden zufrieden sein«, sagte Radev tröstend, während er seine nikotingelben Zähne zu einem Lächeln bleckte.

»Das will ich ihnen auch geraten haben!« sagte Kryzinski inbrünstig.

Michael gab die letzten Anweisungen für die Analyse-Frames ein und lehnte sich triumphierend zurück. Das System zu verlassen, war leichter gewesen, als erwartet. Das Teergrube-Programm, das beinahe ihren Wagen erwischt hatte, war das mindeste gewesen, was er erwartet hatte, und die Angriffs-Utilities, von denen sie an der Straßensperre mit einem Kugelhagel empfangen worden waren, hatten sich beinahe enttäuschend leicht abwehren lassen. Jetzt war es fünf

Uhr morgens, und das Morgengrauen war noch ein unerfülltes Versprechen. Gerade traf frischer Kaffee ein, und dunkel glänzende Flaschen mit Portwein schienen ihm von der anderen Seite des Tisches einladend zuzuzwinkern, aber nach zwei Tagen des Herumpfuschens mit seiner inneren Uhr waren gewisse geringfügige optische Halluzinationen vollkommen akzeptabel. Geraint, der sich bereits einen Booster oder Stabilisator durch das Kanülenimplantat an seinem Hals verpaßt hatte, nahm irgend etwas Psychoaktives, um das zu verhindern, doch Michael zog einen weniger direkten Weg vor. Koffein und Alkohol würden völlig ausreichen, und außerdem zündete er sich eine von Geraints goldgerandeten Zigaretten an.

»Sie haben es nicht bemerkt. Was für ein Haufen von Idioten!« grinste er.

»Werde nicht arrogant«, mahnte Geraint. »Warte ab, ob es überhaupt Unterschiede gibt. Feiere den Datendiebstahl nicht, bevor du die Beute nicht gesehen hast.«

»Das, womit *wir* entkommen sind, war Zuckerguß«, protestierte Michael. »Was das Trojanische Pferd herangeschafft hat, ist ...«

Auf dem Dreißig-Zoll-Monitor bildete sich bereits Text, der parallel zum Ausdruck des Laserdruckers abscrollte, bis Michael eine Taste drückte und den Text auf dem Schirm einfror. Er las schnell. Alles Blut wich aus seinen Wangen.

»Heilige Mutter Gottes!« krächzte er, während seine Hände nach der Tischkante tasteten, als sei sie ein Klippenrand und er kurz davor abzustürzen. »Sieh dir das an.«

Geraint beugte sich vor und las den in der formellen, emotionslosen Sprache des Renraku-Zusammenfassungsprogramms abgefaßten Text.

In den Kernsystemen verschiedener Konzerne ist es mit folgenden Wahrscheinlichkeiten zu Totaleinbrüchen und Ab-

stürzen gekommen: Renraku: 100 % bekannt und bestätigt; Fuchi: 100 % ohne Fehler; Shiawase: 99 % mit einer Fehlerschätzung von +/–1 %; Saeder-Krupp, 99 % +/–1 %…

»Totaleinbruch und Absturz?« sagte Michael ungläubig. »Die ganze Chose? *Alles?*«

»Sieh dir das an«, sagte Geraint, während er mit dem Finger die Textzeilen verfolgte. »Alles hat überall zugleich stattgefunden. Punkt Mitternacht Chibaer Zeit und dann noch einmal zwei Stunden später. Junge, dazu gehört einiges, zwei Stunden später noch einmal zurückzukehren, nachdem die Konzerne längst allerhöchste Alarmstufe ausgerufen hatten. Beeindruckend.«

»Jemand ist gleichzeitig in die Systeme aller Megakonzerne eingebrochen und hat sie zum Absturz gebracht?« rief Michael, dessen Hände kraftlos in seinen Schoß fielen, da er sich zurücklehnte. »Auf keinen Fall. Absolut und vollkommen unmöglich!«

»Dennoch scheint es sich so ereignet zu haben«, stellte Geraint fest.

Michael blätterte bereits den Ausdruck durch. »Hier ist nichts darüber, ob der Bursche bei den anderen Megakonzernen dasselbe Icon hinterlassen hat, und auch nichts, was seine Forderungen anbelangt«, beschwerte er sich.

»Da steht es für Renraku«, stellte Geraint fest. »Er will zwanzig Milliarden.«

»Zwanzig *Milliarden?*« Michael wäre fast aufgesprungen. Dann bekam seine Stimme einen leicht manischen und zugleich humorvollen Unterton. »Tja, warum eigentlich nicht? Wo er schon einmal dabei ist, kann er auch gleich einen Pelzmantel für die Frau Gemahlin und ein Fahrrad für das Kind verlangen.«

»Wenn er jedes Matrixsystem auf dieser Welt gleichzeitig zum Absturz bringen kann, ist das wahrscheinlich ein angemessener Kurs«, sagte Geraint nachdenklich.

»Er? Es muß eine ganze Herde von ihnen geben«, sagte Michael. »Die zusammenarbeiten, einer in jedem System. Da draußen ist eine ganze Bande von diesen Leuten.«

»Also jetzt würde *ich* sagen, das ist unmöglich«, erwiderte Geraint. »Gibt es acht Leute auf der Welt, die zu so etwas in der Lage sind?«

»Nein«, sagte Michael, plötzlich wieder auf dem Boden der Tatsachen. »Nein, es können keine acht Supergenies aus dem Boden gewachsen sein und so eine Operation durchführen. Aber wie ein Decker das geschafft haben soll ...«

»Sieh dir an, was du mit Frames schaffst«, sagte Geraint.

Michael schüttelte den Kopf. »Das könnte ich nicht mit einem Frame.«

»Das könntest du überhaupt nicht.« Geraint kicherte. »Machen wir uns nichts vor. Wer dafür auch verantwortlich ist, kann Frames konstruieren, die völlig synchron mit ihm handeln.«

»Wie, zum Teufel, soll ich diesen Burschen je finden? Ich hatte ja keine Ahnung. Das ist niemand, der in der Gemeinschaft bekannt ist«, lamentierte Michael. »Unmöglich, ihn aufzuspüren.«

»In der Tat«, sagte Geraint. »Tja, alter Junge, sieht ganz so aus, als seist du Schnee von gestern. Dieser Bursche könnte dich zum Frühstück verspeisen.«

Michael fuhr auf. »Noch bin ich nicht reif fürs Altenteil«, sagte er ein wenig zaghaft.

»Aber du könntest das nicht, oder?« sagte Geraint schelmisch, während er selbst einen Teil des Ausdrucks durchging.

»Vielleicht nicht.« Michaels Stimme hatte einen eindeutig gereizten Unterton.

»Was, glaubst du, würde Renraku dir zahlen, wenn du rechtzeitig herausfinden könntest, wer dahintersteckt?«

»Nun, wenn man bedenkt, daß sie dann zwanzig Milliarden sparen ...«

Geraint lachte anerkennend. »Ich würde sagen, es müßte reichen, um bis an das Ende deines verwöhnten Lebens in beängstigendem Luxus zu schwelgen. Vorsichtig geschätzt.«

»Ja, gewiß ...«, begann Michael in einem plötzlich sehr wachsamen Tonfall. »Das ist ja alles ganz schön und gut – aber warum bist du plötzlich so interessiert?«

»Warum besteigen die Leute Berge?«

»Weil sie verdammte Idioten sind, die zu Hause bleiben und sich lieber ihres behaglichen Lebens freuen sollten!«

»Nein, mein Lieber.« Geraint schwenkte mahnend den Finger vor seiner Nase. »Weil sie da sind. Ich muß zugeben, daß mich diese Sache ziemlich interessiert. Ich brauche nicht zu betonen, daß ich einen Haufen Geld in verschiedene Konzerninteressen auf der ganzen Welt investiert habe, und wenn dieser Bursche die Computersysteme zum Absturz bringt, könnten die Dinge einen ziemlich häßlichen Verlauf nehmen. Und wie die Dinge liegen, sind mir die kleinen Annehmlichkeiten des Lebens, die du berechtigterweise ebenfalls zu schätzen weißt, ziemlich ans Herz gewachsen. Noch ein Glas, dann sollten wir uns vielleicht schlafen legen«, schlug der Adelige vor. »Wir haben morgen eine Menge Arbeit vor uns.« Schließlich erregte das blinkende Licht am Telekom doch noch seine Aufmerksamkeit, und er goß sich noch ein letztes Glas Portwein ein, bevor er sich erhob, um die Nachricht entgegenzunehmen.

»Und Serrin wird zum Tee auch bei uns sein, wenn es uns gelingt, bis dahin aufzustehen«, sagte Geraint mit einem Lächeln, als er zurückkam. »Das morgige Abendessen wird noch interessanter, als ich ursprünglich gedacht hatte.«

4

»Mir ist gerade klar geworden, daß wir nur neun Tage Zeit haben«, sagte Michael trübsinnig. Er starrte durch das Fenster auf die ruhige Londoner Straße und nahm abwesend die Handvoll übertrieben gekleideter und übertrieben reicher Angehöriger der oberen Zehntausend zur Kenntnis, die mit ihren Dienstboten im Schlepptau und unzähligen, mit den Früchten übertrieben verschwenderischer Einkaufsbummel gefüllter Taschen über den Bürgersteig schwankten. In den Händen hielt er eine umfassende Liste aller Decker mit einer Leonardo-Fixierung, die in den letzten zwanzig Jahren dokumentiert waren. Er war zu dem Schluß gekommen, daß es vielleicht nicht reichen würde, fünf Jahre zurückzugehen, aber das hatte ihm auch nicht viel geholfen. Eine Durchsicht der Namen und Daten verriet ihm, was er erwartet hatte: Es handelte sich um unbedeutende Personen, die versuchten, ihre übertriebene Selbsteinschätzung dadurch aufzupeppen, daß sie in das Gewand des Genies schlüpften, ganz so wie Vorstadt-Hausfrauen, die von einem betrügerischen Scharlatan von Hypnotiseur davon überzeugt worden waren, daß sie in einem früheren Leben Kleopatra oder Katharina die Große gewesen seien.

»Ich glaube, es wird Zeit für einen Anruf bei Renraku Chiba«, seufzte er, während er sich vor sein Fairlight setzte. Geraint sann über die Berichte von Börsentransaktionen nach, die aus Hongkong gekommen waren, während von seiner ersten Zigarette an einem verkaterten Tag blauer Rauch in die Luft aufstieg.

»Du solltest wirklich damit aufhören.« Michael wedelte übertrieben empört mit der Hand, um den Rauch zu zerstreuen. »Du rauchst viel mehr als ich.«

»Ja, ich weiß, aber ich habe mich einer Gentherapie unterzogen, um die Enzyme zu stärken, die für die Zersetzung der Teerrückstände verantwortlich sind«, sagte Geraint fröhlich, »also ist es keine große Sache. Du verlierst mehr Hirnzellen durch eine Flasche Wein als ich von einem Jahr Rauchen. Du wolltest doch aufhören zu trinken, oder nicht?«

»So, wie ich mich heute nachmittag fühle, ist mir der Gedanke tatsächlich gekommen, ja«, knurrte Michael. »Ich hatte vergessen, wieviel du trinkst.«

»Ha! Habe ich dich etwa gezwungen mitzuhalten?« gab Geraint schnippisch zurück. »Du trinkst den Gutteil einer Flasche exzellenten Portweins, die tausend Pfund kostet, und dann jammerst du darüber. Empfindest du denn keine Dankbarkeit?«

Michael lachte, goß sich noch eine Tasse Kaffee ein und stellte die Verbindung her. Fünf Minuten später traf er Vorbereitungen, sich einzustöpseln, um sich das Bild anzusehen, das zu ihm herabgeladen worden war.

»Ich weiß nicht, ob ich will, daß das hierher zurückverfolgt wird ...«, begann Geraint, bevor Michaels Stirnrunzeln ihn zum verstummen brachte.

»Diese Sendung ist praktisch über jede Stadt auf diesem Planeten umgeleitet worden und kann unmöglich zurückverfolgt werden. Komm schon, hör auf mit dem Quatsch, du weißt, wie ich arbeite. Renraku hat es ohnehin an ein Vermittlungsbüro in Florenz geschickt, ich habe es mir gerade von dort geholt. Und jetzt wollen wir uns das Ding mal in 3D ansehen. Willst du mitkommen?«

»Nichts dagegen«, sagte Geraint, indem er nach dem zweiten Kabel griff, um sich ebenfalls einzustöpseln.

Das Bild im Datenspeicher des Fairlight war trotz des Urteils der Geschichte und der Wissenschaft beklemmend. Der Leichentuchmann stand aufrecht, und das Bild schien sich zu drehen, als sie den Blickwinkel änderten. Kopf und Gesicht der rätselhaften Frau ließen das Icon unheimlicher denn je aussehen.

»In der Mitte ist eine Naht«, stellte Geraint fest.

»So etwas in der Art, ja. Das ursprüngliche Bild war auf der Rückseite ein paar Zentimeter größer als auf der Vorderseite. Das muß der Grund für die Verschwommenheit sein. Es wird allgemein angenommen, daß Vorder- und Rückseite von verschiedenen Körpern genommen worden sind«, informierte ihn Michael. »Der Kopf – das ist etwas ganz anderes. Das Bild ist klarer und schärfer, präziser in den Umrissen. Nun, jedenfalls ist das unser einziger Hinweis. Also sollen die Systeme ruhig mit ihrer Bildanalyse und die Frames mit ihrer Archivforschung fortfahren. Hey, landet Serrins Flugzeug nicht bald?«

»Ich kümmere mich darum«, sagte Geraint. »Ich habe bereits alles mit den Lieferanten für das Abendessen geklärt. Sie werden frühestens in einer Stunde oder so hier sein. Ich dachte, ich könnte dich allein weitermachen lassen, während ich die beiden abhole.«

»Was macht Serrin jetzt eigentlich so?« Serrin Shamander war ein entwurzelter Wanderer gewesen, seit Michael ihn kannte, und die Tatsache, daß er sich mit einer jungen azanischen Frau an der ungastlichen, stürmischen Westküste Schottlands niedergelassen hatte, paßte nicht in das Bild, das Michael von ihm hatte, aber Geraint kannte ihn viel länger.

»Nicht viel«, sagte Geraint. »Hauptsächlich ausruhen. Er verhält sich ziemlich ruhig, und wir sehen einander nicht besonders oft, um die Wahrheit zu sagen.«

In Geraints Stimme lag ein Unterton von Zurückhaltung, der Michael verriet, daß er nicht die ganze Geschichte hörte. Zwischen dem Waliser und dem amerikanischen Magier schien es so etwas wie eine Barriere zu geben.

»Also hat er sich für den Winter einfach in deinem Schloß verkrochen. Netter Aufenthaltsort.«

»Eigentlich ist es kein Schloß«, protestierte Geraint. »Nur ein befestigtes Herrenhaus. Es ist sehr ruhig dort, und es scheint ihnen zu gefallen, allein zu sein.«

»Ziemlich wunderlich, daß ein Mädchen aus Kapstadt den schottischen Winter mag«, sann Michael. »Das ganze Jahr über angenehme Temperaturen und haufenweise Sonnenschein und dann die Hebriden. Ich hätte nicht gedacht, daß sie dort glücklich sein würde.«

»In Kapstadt regnet es genug.« Geraint lächelte. »Praktisch genausoviel. Jedenfalls ist sie seinetwegen dort. Tatsächlich sind sie sehr glücklich zusammen, soweit ich das beurteilen kann. Schön zu sehen, daß es ihr mit ihrem zweiten Ehemann besser ergeht.«

Er lachte und grinste seinen Gast an. »Was in aller Welt ist damals eigentlich vorgefallen? Was hast du dir dabei gedacht?« Michael hatte ihm nie die ganze Geschichte seiner Abenteuer mit Serrin, Kristen und den anderen vor zwei Jahren in Azanien erzählt, als sie einer Spur nachgegangen waren, die sie nach Deutschland und zu einem elfischen Nosferatu mit dem bescheidenen Ziel geführt hatte, die Menschheit vom Angesicht der Erde zu fegen, um Platz für seine eigene Rasse zu schaffen.

»Nun, es war der einzige Weg, sie aus dem Land zu schaffen«, sagte Michael. »Um ehrlich zu sein, es war offensichtlich, daß sie in ihn verliebt war. Ich dachte, es würde alles ruinieren, wenn ich den Vorschlag machte, sie solle Serrin heiraten, weil er so eine gequälte Seele ist und so weiter, also tat ich das Nächstliegende. Aber ich habe Vorsichtsmaßnahmen getroffen. Sie hat einen Vertrag unterzeichnet, in dem sie auf alle Ansprüche verzichtete, die sich nach unserer Scheidung im prächtigen Sun City für sie aus unserer Ehe ergaben.«

»Es geht doch nichts über Safer Sex«, stellte Geraint trocken fest. »Dann hast du es also aus reiner Herzensgüte getan?«

»Äh, tja, eigentlich schon«, sagte Michael beinahe beschämt.

Geraint musterte ihn ein paar Augenblicke und lachte dann, während er seine Zigarette ausdrückte. »Das ist wohl kaum etwas, dessen man sich schämen muß, Alter. Wenn die Dinge keine extreme Wendung zum Schlechten genommen haben, glaube ich, daß die beiden wirklich und wahrhaftig ein Happy-End erleben, und davon gibt es auf dieser Welt nicht viele.

Wie haben eigentlich die Burschen von Renraku auf deine kleine Anfrage reagiert?«

»Sie haben nicht mit der Wimper gezuckt.« Michael lächelte. »Gehört alles mit zum Spiel. Sie wissen, daß ich in ihr System eingebrochen bin. Ich bin sicher, sie haben damit gerechnet und uns das Leben nicht so schwer gemacht, wie sie es gekonnt hätten. Sie wissen, daß ich das weiß. Wir alle bewahren Stillschweigen darüber. Es bringt nichts, ist aber eine notwendige Übung, bevor ich den nächsten saftigen Kredstab bekomme. Für den ich einen einleitenden Bericht über den alten Leichentuchmann hier und über die Hinweise, die er mir gibt, vorbereiten muß.«

»Wirst du eine Andeutung machen, daß du mehr erfahren hast, als du erfahren solltest?«

»Nicht in diesem Stadium, aber ich muß noch etwas anderes tun«, erwiderte Michael nachdenklich. »Ich muß in das zentrale System wenigstens eines anderen Megakonzerns decken, so daß ich in dem Bericht erwähnen kann, daß mehr als ein System betroffen ist. Renraku wird das erwarten.«

»Warum solltest du dir die Mühe machen? Du weißt, daß es so ist. Du kannst die Einzelheiten improvisieren.«

»Ja, aber es wird besser aussehen, wenn ich es tatsächlich tue.«

»Hör auf damit!« sagte Geraint scharf. »Es ist ein

sinnloses Risiko. Wie du schon sagtest, ist es durchaus möglich, daß Renraku sich letzte Nacht absichtlich zurückgehalten hat. Shiawase oder – Gott bewahre, daß wir es überhaupt versuchen – Fuchi wäre eine ganz andere Sache. Du weißt, daß alle betroffen sind. Du weißt, daß es gleichzeitig geschehen ist. Du weißt auch, daß die anderen Konzerne anscheinend nicht den Leichentuchmann-Hinweis bekommen haben. Das wird für Renraku reichen.

Übrigens, was glaubst du, warum nur Renraku dieses Bild bekommen hat?« Das erste Bild glitt bereits glänzend aus dem Drucker.

»Keine Ahnung«, sagte Michael zögernd. »Jedenfalls ist es interessant. Vielleicht, nur vielleicht, sind Renrakus Decker nicht tief genug ins Feindesland eingedrungen, um an die entsprechenden Daten zu gelangen. Wenn die anderen es als ultrageheim klassifiziert haben, wäre das auch eine Erklärung.«

»Das glaube ich nicht«, sagte Geraint. »Sie können gar nichts geheimer klassifiziert haben als die grundlegenden Daten in bezug auf den Absturz. Diese Informationen müssen fester verschlossen sein als ein Entenarsch.«

»Hmmm«, überlegte Michael, während seine Finger einen Trommelwirbel auf dem Teakholz schlugen. »Du hast recht. Jedenfalls zu neunundneunzig Prozent. Aber wegen dieses einen Prozents muß ich es trotzdem überprüfen.«

»Nicht jetzt«, sagte Geraint streng. »Nicht allein und nicht, bevor du dich etwas erholt hast. Deine Reflexe sind jetzt zu lahm. Du solltest dir wirklich eines dieser Kanülen-Implantate machen lassen, alter Junge. Wenn du ich wärst, hätten wir dich in zehn Minuten kampfbereit.«

»Laß mein Hirn in Ruhe«, protestierte Michael. »Es war schon schlimm genug, daß ich im Biochemieunterricht immer für dich in Flaschen pinkeln mußte.

Mit den Flüssigkeiten in meinem Kopf wirst du jedenfalls nicht auch noch herumpfuschen.«

Geraint lachte und holte seinen Mantel aus der Garderobe, dann schaltete er den Interkom ein, um seinen Chauffeur zu rufen. »Bis gleich. Und im Ernst, stöpsel dich nicht ein, bevor ich wieder zurück bin. Ein Mann in meiner Position kann sich keine Leiche in seiner Wohnung leisten.«

»Vielen Dank für die Besorgnis«, sagte Michael sarkastisch und widmete sich dann wieder seinen Ausdrucken. Hier mußte etwas vergraben sein, wo Serrin einhaken konnte, und er wollte es finden, bevor Geraint mit dem Elf von Heathrow zurückkehrte.

»Wenn ich mich nicht sehr irre, werden wir verfolgt, Sir«, sagte der Troll leidenschaftslos. Nicht einmal seine Schirmmütze bewegte sich, um die Beobachtung zu unterstreichen.

»Ach, tatsächlich?« Geraint, der im Fond des Phaeton saß, merkte auf. »Von wem?«

»Einem Eurocar Westwind, Sir, mit dem Kennzeichen DFR 336. Der Wagen hat eine diplomatische Kennung, Sir«, sagte der Chauffeur. »Von der Republik Toskana.«

»Warum sollte mich jemand aus einem obskuren kleinen italienischen Stadtstaat verfolgen, Harold? Sind wir uns dessen sicher? Ich meine, schließlich könnte er doch auch einfach wie wir zum Flughafen fahren.«

»Nun, Sir, er ist uns durch die Stadtmitte gefolgt, und tatsächlich hat dieser Wagen die ganze Nacht vor Ihrer Wohnung geparkt. Nicht, daß ich mir da schon etwas dabei gedacht habe, Sir, aber der Bordcomputer hat die Übereinstimmung festgestellt. Sieht aus, als hätte jemand ein besonderes Interesse an Ihnen, Sir. Jedenfalls habe ich die Überwachungssysteme eingeschaltet, und wir zeichnen auf, Sir.«

»Wie außerordentlich inkompetent von unserem neuen Freund«, kicherte Geraint. »Er müßte eigentlich über die Überwachungssysteme in Ministerialfahrzeugen Bescheid wissen. Ja, ja. Gute Arbeit, Harold.«

»Soll ich ein verschlüsseltes Signal an die Polizei senden, Sir?«

»Nein, ich glaube nicht, daß wir jetzt schon die Polizei einschalten«, sagte Geraint nach einem Augenblick des Nachdenkens. »Laß uns eine Rundfahrt an den Terminals vorbei machen, ja? Fahr zu Terminal 6 und dann zurück zu Terminal 4. Mal sehen, ob uns unser Freund folgt.«

»Sehr gut, Sir«, knurrte der Troll, während er der Straße zum geschäftigsten Flughafen der Welt folgte. Geraint saß schweigend da und sah auf oberflächliche, desinteressierte Art und Weise die Papiere durch, die zuoberst auf dem Stapel lagen. Gemeinsame Militärmanöver mit den Spaniern um Gibraltar faszinierten ihn im Moment nicht besonders. Dem Verteidigungsministerium überlassen, kritzelte er an den Rand des Memorandums. Der Phaeton folgte dem endlosen Straßengewirr und fuhr am Terminal 2 vorbei, wo die meisten transkontinentalen Suborbitale landeten, und weiter in Richtung des viel bescheideneren Landefelds für Inlandflüge.

»Werden wir immer noch verfolgt?«

»Wir werden, Sir. Soll ich das Fahrzeug auf den Bildschirm legen?«

»Bitte, Harold, und ich halte es für besser, wenn Sie die Flughafensicherheit alarmieren für den Fall, daß der Kerl ein Attentat auf mich vorhat, wenn ich aussteige«, sagte Geraint mit grimmiger Miene. »Nichts Ungewöhnliches, nur das Übliche.«

»Sehr gut, Sir«, sagte der Troll. »Ich werde Sie dekken.«

»Vielen Dank, Harold«, sagte Geraint trocken. Der Troll würde einen ausgezeichneten Schild gegen

Schüsse abgeben, nicht zuletzt wegen des Körperpanzers unter seiner tadellos gebügelten Uniform. Geraint erinnerte sich noch an den Experten vom Verteidigungsministerium, der ihm gesagt hatte, der Körperpanzer würde Panzerabwehrgranaten widerstehen, und da Harold eine Menge mit einem Panzer gemeinsam hatte, kam Geraint das nur angemessen vor.

Er betrachtete den Wagen auf dem Bildschirm, der von den fahrzeugeigenen Kameras beobachtet wurde, als ihn sein Chauffeur fragte, ob er eine Verbindung zu den Überwachungskameras der Flughafensicherheit wünschte. Während Geraint noch überlegte, bog der Westwind hinter ihnen in Richtung Terminal 5 ab.

»Aha, sieht so aus, als war's das.« Geraint stieß einen Seufzer der Erleichterung aus. »Kein Grund mehr für weitere Umstände, glaube ich. Wir holen einfach unsere Gäste ab und fahren wieder nach Hause.«

Serrin und Kristen stolperten gerade aus dem Terminal, desorganisiert wie eh und je, als Geraint aus dem Wagen stieg und in der Nachmittagssonne blinzelte wie eine überraschte Eule. Die dunkelhäutige Frau bedachte ihn mit ihrem breiten Lächeln und einer stürmischen Umarmung, die ihn in den Duft von Sandelholz, Weihrauch und warmer Wolle hüllte. Der grauhaarige Elf hinter ihr sah gesünder aus, als Geraint ihn in Erinnerung hatte. Er ging immer noch mit dem leichten Hinken, das auf ein zerschmettertes linkes Bein zurückzuführen war, aber als Serrin Geraint die Hand schüttelte, schien das alte Zittern verschwunden zu sein, und sein Griff war fest und sein Blick stet.

»Schön, euch zu sehen«, sagte Geraint vergnügt. »Springt in den Wagen, ja?«

»Unser Gepäck ...«, begann Serrin.

»Darum kümmert sich Harold«, sagte Geraint ein wenig eilig.

Die Augen des Elfs verengten sich. »Stimmt irgendwas nicht?«

»Eigentlich nicht.« Geraint kam zu dem Schluß, daß er nicht lügen wollte, und so oder so war es kein idealer Start für einen Besuch. »Wir sind eine Zeitlang von einem Wagen mit diplomatischem Kennzeichen verfolgt worden. Kein Grund zur Beunruhigung, er ist irgendwo dort hinten abgebogen«, fügte er hinzu, indem er vage in eine Richtung deutete.

»Was ist los?« fragte Serrin mit einem schelmischen Grinsen. »Michael kommt in die Stadt, und kurz darauf wirst du verfolgt? Was für ein Spiel ist im Gange, um einen eurer bekanntesten Detektive zu zitieren? Du sagtest, du hättest etwas, das mich interessieren könnte.«

»Laß uns zuerst nach Hause fahren«, sagte Geraint. »Wir können uns dort unterhalten.«

»Worüber redet ihr?« Kristen eilte zu den beiden zurück, nachdem sie das Gepäck überprüft hatte. »Seid ihr schon bei Jungsthemen?«

Sie drehten sich um und starrten sie beide an. Sie war kaum halb so alt wie sie beide, und die Bezeichnung ›Jungs‹ schien zugleich unpassend und angemessen zu sein.

»Nichts Wichtiges. Nur über die Weltherrschaft und den Zusammenbruch der Zivilisation, wie wir sie kennen«, sagte Geraint lakonisch. Kristen warf Serrin einen unsicheren Blick zu, der nur lächelte und sie zu der wartenden Limousine schob, doch nicht ohne dem Adeligen einen mißbilligenden Blick über die Schulter zuzuwerfen.

Tatsächlich war ich nur ehrlich, dachte Geraint, aber wir haben noch reichlich Zeit, alles durchzugehen. Mehrere Tage, wie es aussieht. Und jetzt nichts wie nach Hause, und dann wollen wir mal sehen, wem diese Kennzeichen gehören.

Als die Limousine mit dem Adeligen und seinen Gästen abfuhr, stieg ein Franzose in den Fond eines viel bescheideneren Wagens, der vor Terminal 5 parkte, und wechselte wenig mehr als ein Grunzen mit dem Italiener, der den Wagen hergefahren hatte. Hätte er gewußt, daß der Mann Geraint zum Flughafen verfolgt hatte, wäre er wahrscheinlich versucht gewesen, ihn auf der Stelle zu erschießen, aber er hatte andere Dinge im Kopf. Er wußte, wie wenig Zeit noch blieb und daß es absolut vordringlich war, alle Spuren zu beseitigen, die zum zurückgekehrten Meister führten – ganz zu schweigen davon, jenes lästige Individuum loszuwerden. Wenn er daran dachte, Leute zu erschießen, stand der Fahrer jedenfalls noch nicht auf seiner Liste.

»Fahren Sie los«, sagte der Mann mit seiner kühlen, humorlosen Stimme. »Und ist der Zirkel bereit?«

»Ja, Sir«, erwiderte der Italiener pflichtbewußt.

»Dann bringen Sie mich dorthin«, befahl der Franzose.

5

Als die Limousine Geraint, Serrin und Kristen nach Mayfair zurückgebracht hatte, war es ein blasser und erschöpfter Michael, der sich ziemlich schwankend aus seinem Armsessel erhob, um die drei zu begrüßen, als sie den Fahrstuhl verließen. Geraint war wütend und mußte sich zusammenreißen, um seinen Freund nicht anzuschreien.

»Ich sagte doch, du sollst nichts unternehmen, bis ich wieder zurück bin«, sagte er streng.

»Tut mir leid«, erwiderte Michael schwach. »Aber schließlich haben wir nur neun Tage Zeit. Jedenfalls sieht es nicht so aus, als hätte Fuchi das Bild. Die Frames gehen immer noch die Daten durch.«

»Du bist bei Fuchi eingebrochen?« Geraints Zorn verflüchtigte sich ein wenig, da er Bewunderung wich. Die Fuchi-Systeme waren auf der ganzen Welt am schwersten zu knacken.

Michael grinste. »Null Problemo. Aber ich mußte einen Lockvogel einsetzen und möglicherweise ist eines meiner Frames geröstet worden.« Er warf einen Blick auf Serrin und Kristen. »Aber laß uns noch nicht über das Geschäft reden. Dazu ist nach dem Essen noch genug Zeit.«

»Also hat Geraint wirklich Arbeit für mich«, sagte der Elf nachdenklich. »Nun, wir leben ja auch schon lange genug von seiner Gastfreundschaft.«

»Unsinn, ihr könnt bleiben, so lange ihr wollt«, protestierte Geraint, und wiederum hatte Michael das Gefühl, daß zwischen dem Adeligen und seinem elfischen Gast nicht alles in Ordnung war, aber er sagte nichts.

Sie begannen eine Unterhaltung, wobei sie mit dem Wetter anfingen, und bevor alle Höflichkeiten gewechselt waren, trafen die Delikatessenlieferanten mit ihren Kisten und Behältern ein und nahmen die Küche in Beschlag. Der Himmel verdunkelte sich, und Geraint vergaß ganz einfach, das Autokennzeichen überprüfen zu lassen, da er damit beschäftigt war, Cocktails zu mixen und sich der entspannten Gemütlichkeit des frühen Abends hinzugeben. Hätte er es nicht vergessen, wäre der unerwartete und höchst unwillkommene Gast dieses Abends vielleicht gar nicht eingetroffen, und er hätte seiner Versicherungsgesellschaft ein kleines Vermögen für die Renovierung seiner Wohnung erspart.

Serrin starrte das Bild an und drehte es dabei in seinen Fingern herum, deren Nägel kurz und abgekaut waren. Michael, der ihm gegenüber saß, spielte mit den Resten seines Filet Mignon, während er auf die Antwort des Elfs wartete.

»Also, was meinst du?«

»Du hast mir gesagt, was deine Daten darüber aussagen«, sagte Serrin, »und ich glaube nicht, daß ich dem irgend etwas hinzufügen könnte. Aber du sagst mir nicht, warum du das eigentlich wissen willst.«

Michael zögerte. »Ich sagte dir, daß dieses Bild nach einem absichtlich herbeigeführten Absturz im Matrixsystem eines Megakonzerns zurückgelassen wurde«, sagte er abwehrend. »Sagen wir einfach, daß es ein ziemlich massiver Absturz war. Dies ist die Signatur des Verantwortlichen. Ich glaube ganz einfach, daß mehr hinter diesem Bild steckt, als ich bisher herausgefunden habe. Ich bin ganz gut darin, Matrixdaten zu durchforsten. Dies gehört mehr zur arkanen Seite. Du hast Kontakte. Ich hatte gehofft, du könntest mir mehr darüber sagen.«

»Ich werde tun, was ich kann«, sagte der Magier nachdenklich. »Ich nehme an, ihr wollt das nicht zu bekannt werden lassen, aber wenn ich anfange, Fragen zu stellen, wird es sich herumsprechen.«

»Das ist unvermeidlich«, sagte Geraint, indem er ihre Gläser nachfüllte. Im Hinblick auf die Vertraulichkeit dessen, was sie besprachen, hatte er auf Kellner verzichtet. »Es bleibt ohnehin nur so wenig Zeit, daß wir uns darum, wie ich meine, keine großen Sorgen zu machen brauchen.

Aber das ist für morgen«, fuhr er fröhlich fort. »Sagt mir lieber, was ihr auf dieser gottverlassenen Insel getrieben habt.«

Serrin grinste. »In erster Linie haben wir uns mit den Druiden angefreundet«, sagte er. »Und wir sind viel an der Küste spazierengegangen. Und waren glücklich. Solche Sachen eben.«

Er wechselte einen raschen Blick mit der dunkelhäutigen azanischen Frau neben ihm. Sie teilten eine Art verschwörerisches Lächeln, bevor er sich wieder den beiden anderen zuwandte.

So, so. Er ist wirklich glücklich, dachte Michael. Das ist doch zur Abwechslung einmal ganz erfreulich.

»Dafür bin ich euch dankbar«, sagte Geraint behutsam. »Die Druiden können manchmal recht schwierig sein. Ich überlasse es ihnen, die Insel zu verwalten, aber ein paar von ihnen sind manchmal doch ziemlich empfindlich, was die Frage der Besitzverhältnisse betrifft.«

»Nun, sie sagen, daß es mehrere tausend Jahre lang ein geheiligter Ort für sie war, und so etwas kann man nicht mit Geld kaufen«, sagte Serrin beißend. »Aber eigentlich gibt es keine Probleme. Die klügeren haben sich in der Gewalt und begnügen sich damit, daß du sie in Ruhe läßt. Ich habe lange gebraucht, um ihr Vertrauen zu gewinnen, und in dieser Beziehung lerne ich immer noch. Aber sie sind gutwillig.«

»Sie vermehren den Wert meines Grundbesitzes«, sagte Geraint spitzbübisch. »Dank ihnen hat der Fischbestand an der Küste stark zugenommen. Der Wert der Fischereirechte hat sich in den letzten fünf Jahren verdreifacht.«

»Hör auf damit«, verspottete ihn Serrin. »Du kannst mir nicht erzählen, daß dich nur das Geld interessiert.«

Stille trat ein, die durch das Klirren von verchromtem Stahl gegen Porzellan durchbrochen wurde, als Geraint mit dem Ritual des Kaffeeingießens begann. Das leise Geräusch schien die Situation nur noch unbehaglicher zu machen, weil es die Stille unterstrich.

»Ach, um Himmels willen, was ist nur los mit euch?« brach es plötzlich aus Kristen heraus. Frustration funkelte in ihren braunen Augen. »Ihr seid so gut darin, bedeutungsloses Zeug daherzureden.« Michael wandte den Kopf und starrte sie mit gerunzelter Stirn an. »Irgendwas stimmt zwischen euch nicht, und ihr redet über Fischereirechte!«

»Kristen...«, begann Serrin mit etwas müder Stimme, doch sie ließ sich nicht unterbrechen.

»Du bist sehr gut zu uns«, sagte sie zu Geraint, »aber irgendwas stimmt nicht. Du siehst Serrin nicht richtig an. Du siehst schuldbewußt aus. Und du«, fuhr sie fort, indem sie Serrin anklagend anstarrte, »bist gereizt, seitdem Geraint dich gebeten hat zu kommen. Es ist wegen Michael, nicht wahr?«

»Ich habe keine Ahnung, wovon du redest«, sagte Serrin kategorisch. »Und du verdirbst ein sehr angenehmes Abendessen.«

»Ist es wegen dem, was geschehen ist? Weil er mich geheiratet hat, um mich aus Kapstadt herauszubekommen, und nicht du? Das ist so verdammt albern! Du würdest wissen, warum er das getan hat, wenn du kein Mann wärst«, sagte sie aufgebracht.

»Tatsächlich wissen wir alle, warum ich es getan habe, und manchmal tun Männer einfach Dinge und reden nicht darüber«, sagte Michael entschlossen, aber nicht unfreundlich. »Dinge werden auch einfach begriffen, Kristen. Vielleicht siehst du in diesem Fall nur Gespenster.«

Ihre Augen blitzten zornig, aber sie lehnte sich zurück, offenbar nicht gewillt, die Sache weiterzuverfolgen. Michael wußte, daß sie tatsächlich auf etwas gestoßen war: Er hatte die Verlegenheit zwischen Geraint und Serrin ebenfalls bemerkt, die sich in ihrer übermäßigen Höflichkeit und ihren ein wenig gezwungenen Wortwechseln ausdrückte. Er spürte aber auch, daß es besser war, diesen Punkt nicht zur Sprache zu bringen.

Die anschließende Stille wurde durch ein unvermutetes Rascheln der schweren, seidengefütterten Vorhänge auf der anderen Seite des geräumigen Eßzimmers unterbrochen.

»Was um alles ...«, begann Serrin, und dann wurden seine Augen so groß und rund wie die Eßteller auf dem Tisch vor ihm. Er sprang von seinem Stuhl auf, tastete nach dem Medaillon um seinem Hals und murmelte rasch etwas vor sich hin.

Er wirkt einen Zauber, erkannte Michael. Das kann er nicht, nicht hier, dieses Gebäude ist besser hermetisch geschützt als ...

Die Fenster explodierten in einem Hagel von Glasscherben, und eine Sturmbö heulte durch den Raum. Teller und Gläser flogen vom Tisch, und Geraint, der dem Fenster am nächsten saß, wurde fast von seinem Stuhl geschleudert. Michael sprang vor und hielt seinen Arm fest, während sich Kristen an Serrin klammerte. Geraint befreite sich aus Michaels Griff und kroch mit einer herkulischen Anstrengung zu einem Schrank zwei Meter weiter, wo er eine Schublade aufzog.

Michael sah den Metallglanz einer Waffe, während er sich an den riesigen Eßtisch klammerte. Die wird dir hier nichts nützen, dachte er. Es hatte den Anschein, als würden jeden Augenblick die geballten Legionen der Hölle persönlich eintreffen.

Urplötzlich verstummte der heulende Wind. Alles

war auf schockierende Weise still. Die Vorhänge flatterten nicht in ihre ursprüngliche Position zurück, sondern hingen einfach in der Luft, erstarrt in Zeit und Raum. Dann teilten sie sich, und die Gestalt schritt aus der Nachtluft von draußen herein. Es gab keinen Balkon, über den die Frau hätte klettern können, aber sie war auch nicht aus Fleisch und Blut.

»Stellt euch hinter mich«, zischte Serrin, und Michael nahm an, daß er einen magischen Schild rings um sich geschaffen hatte. Er ließ sich nicht lange bitten. Was noch an Geschirr auf dem Tisch stand, klirrte zu Boden, als er über den Tisch hechtete und hinter dem Elf auf dem Boden landete. Kristen stand neben Serrin und drückte sich an ihn. Geraint hatte keine Zeit, sich in diese Sicherheit zu bringen, und stand der Gestalt mit einer Maschinenpistole in der Hand und entschlossener Miene gegenüber. Er machte jedoch keine Anstalten zu schießen.

Die Frau war fast von Kopf bis Fuß in einen Kettenpanzer gehüllt und trug einen verzierten, rautenförmigen, weiß lackierten Schild mit einem roten Malteserkreuz darauf. An ihrer Hüfte hing ein schmales Schwert in einer Scheide. Sie trug keinen Helm, und ihr langes dunkles Haar fiel ihr auf den Rücken. Sie war schön, aber auch kalt und ausdruckslos. Ihre blauen Augen schienen durch die Szene der Verwüstung vor ihr hindurchzuschauen. Geräuschlos betrat sie den Raum und ging auf direktem Weg zum Tisch. Sie schien die Anwesenheit der vier Personen in dem Raum nicht einmal wahrzunehmen. Sie standen da und sahen verblüfft zu, wobei sie ein wenig vor ihr zurückwichen, als sie sich dem Tisch näherte. Plötzlich erschien eine antike Pergamentrolle in ihrer Hand, die mit einem roten Seidenband umwickelt war und ein Wachssiegel trug. Sie ließ sie auf den Tisch fallen, dann drehte sie sich um und ging ebenso lautlos wieder zum Fenster zurück. Sie rührte keinen Finger, um die Vorhänge beiseite zu schieben, die von selbst vor ihr zurückzuweichen schienen, als sie durch das Fenster schritt und einfach verschwand.

Geraint fiel die Maschinenpistole aus der Hand, und er starrte ungläubig auf die Stelle, wo sie eben noch gestanden hatte. Michael war der erste, der sich aus der Erstarrung löste. Er erhob sich und griff nach der Pergamentrolle.

»Das ist unmöglich«, sagte Geraint kategorisch. »Die magischen Schutzvorrichtungen, die auf diesem Gebäude liegen, würden Luzifer persönlich abhalten.« Direkt neben ihm raschelte das Pergament, das Michael gerade entrollte.

»Das war in der Tat eine sehr mächtige Sendung«, bestätigte Serrin, indem er Kristen beruhigend an sich drückte. Seine Augen hatten den Ausdruck eines Raubtiers. Wenn er zuvor unsicher in bezug auf das gewesen war, um was Michael ihn gebeten hatte, waren jetzt seine Neugier und sture Entschlossenheit geweckt. Es war kaum vorstellbar, daß die Ankunft des Geistes nichts mit dem zu tun hatte, worin Geraint und Michael verwickelt waren.

»Das ist eine Warnung«, sagte Michael, ohne den Text vollständig vorzulesen. »In mittelalterlichem Latein geschrieben. Ich kann euch den Text nicht vollständig übersetzen, aber der Sinn ist klar. Wenn wir unsere Nase in Dinge stecken, die uns nichts angehen, sind wir verdammt in alle Ewigkeit.«

»Sehr farbig ausgedrückt«, sagte Geraint sarkastisch, der langsam die Fassung wiedergewann.

»Nein, ich meine *buchstäblich* verdammt in alle Ewigkeit«, sagte Michael trocken.

»Und in welche Dinge sollen wir nicht die Nase stecken?« fragte Serrin.

»Das steht hier nicht«, sagte Michael lässig, indem er die Pergamentrolle wieder auf den Tisch legte.

»Vielleicht nicht, aber *du* weißt es genau, und ich

glaube, ich wüßte gern ebenfalls alles«, sagte Serrin spitz. Kristen nickte mit Nachdruck, um anzudeuten, daß sie diesen Wunsch teilte. »Aber zuerst will ich mal sehen, ob ich den Geist verfolgen kann. Entschuldigt mich einen Augenblick.« Er verschwand in Geraints Arbeitszimmer, um die Verwirrung und die lebhaften Stimmen auszuschließen, da die anderen diskutierten, was geschehen war.

Geraint sah sich die Pergamentrolle an. Der Text war vollständig in Latein abgefaßt, und er verstand ihn nicht. »Morgen früh besorge ich mir erst einmal eine vollständige Übersetzung«, sagte er.

»Ist das eine gute Idee?« fragte Michael. »Vielleicht steht dort etwas, von dem wir nicht wollen, daß es jemand anders erfährt.«

Geraint warf ihm einen müden Blick zu. »Machst du Witze? Die Übersetzer im Außenministerium tun ihr Leben lang nichts anderes, als Dokumente zu übersetzen, dessen Inhalt wir geheimhalten wollen. Das ist kein Problem.«

»Hmmm«, sann Michael. »Hör mal, ich muß etwas überprüfen. Meine Version einer Kamera in meinem Kopf. In ein paar Minuten kehre ich in die Welt der Lebenden zurück.« Er ging zu seinem Computersystem, das dank der Halterungen und Sicherungen unbeschädigt auf dem massiven Schreibtisch stand, und stöpselte sich in die Matrix ein.

Geraint griff zum Telekom, um ein paar Schnellreparaturfirmen für Gebäude anzurufen, mit denen er immer dann zu tun hatte, wenn Regierungseinrichtungen von Terroristen, militanten Tierschützern oder anderen verärgerten Fraktionen angegriffen wurden. Die Inneneinrichtung konnte warten. Die Polizei mußte vielleicht beruhigt werden, aber das konnte er auch später noch erledigen, falls es notwendig wurde.

Als er seine Anrufe erledigt hatte, drängte Kristen ihn in die Küche und absichtlich in eine Ecke.

»Was ist los, Geraint?« wollte sie wissen.

»Ich habe keine Ahnung«, sagte er wahrheitsgemäß. »Das war ein Blitz aus heiterem Himmel.«

»Das meine ich nicht. Was ist mit dir und Serrin?«

Er mied ihren Blick und schwieg. Ihre rechte Fußspitze tippte ungeduldig auf den Boden. Sie war viel kleiner als er, aber trotz allem sah sie wie ein blutrünstiges Raubtier und er wie die in die Enge getriebene Beute aus.

»Ihr geratet hier in irgendwelche Schwierigkeiten, und ich muß wissen, was los ist«, beharrte Kristen. Sie hatte die Hände in die Hüften gestemmt und wartete trotzig auf eine Antwort.

»Es geht zurück in die Zeit, bevor er dich kennengelernt hat«, sagte Geraint leise und ein wenig gehetzt in der Hoffnung, daß Michael und Serrin noch beschäftigt waren. »Wir waren da in eine Geschichte verwickelt ...«

»In die Sache mit den Morden, die etwas mit der Königlichen Familie zu tun hatten?« hakte Kristen nach.

»Ja.«

»Er wollte keine Einzelheiten erzählen«, sagte sie.

»Das werde ich auch nicht tun«, sagte er mit fester Stimme. »Es ist nur so, daß die Sache eine Art... Nachspiel hatte. Später. Er weiß nichts davon, und ich kann es ihm nicht erzählen. Bitte...« Geraint flehte beinahe. »Er braucht es nicht zu wissen. Es beeinträchtigt in keiner Weise seine Sicherheit, daß er nichts davon weiß. Es würde ihm weh tun, wenn ich ihm davon erzählte. Glaub mir.«

Kristen starrte ihn eine Zeitlang unnachgiebig an, bevor sie zu dem Schluß kam, daß er die Wahrheit sagte. Sie traf eine Entscheidung. »Also gut«, sagte sie widerwillig. »Aber ihr müßt damit herausrücken, was hier und jetzt vorgeht.«

»Oh, das werden wir«, sagte Geraint inbrünstig. »Ja, ich denke, das werden wir.«

Eine halbe Stunde später saßen die vier in Geraints Arbeitszimmer, tranken Portwein und warteten darauf, daß die Handwerker die Fenster reparierten.

»Ich konnte den Geist nicht verfolgen«, sagte Serrin mürrisch. »Das ist ohnehin nicht meine starke Seite, und die Maskierung war hervorragend. Die Spur brach fast sofort ab. Im Astralraum war nichts zu spüren, und in dieser Gegend gibt es eine Menge Interferenzen.«

»Das überrascht mich nicht«, sagte Geraint. »Alles, was stark genug ist, die hermetische Barriere dieses Gebäudes zu durchbrechen, muß gut genug sein, um seine Spuren zu verwischen. Morgen werde ich ein paar ernste Worte mit den Hausmagiern wechseln. Wir müssen die Sicherheit hier verstärken. Aber ich kann nachfragen, ob die Beobachter irgend etwas bemerkt haben.«

»Besser nicht«, riet Serrin. »Wir sollten nicht das Interesse zu vieler Leute wecken.«

»Also gut«, gab Geraint nach. »Und was hat unser genialer Decker herausgefunden?«

»Ich habe ein kleines Programm benutzt, das ich selbst geschrieben habe«, sagte Michael. Der Portwein war sehr, sehr gut, und er war eigentlich mehr an einem weiteren Glas interessiert als daran, über seine Entdeckung zu berichten, zumal seine Frames noch mit der Analyse der Querverweise und Assoziationen beschäftigt waren. »Es überführt erinnerte Wahrnehmungen in eine objektive Form und nimmt Korrekturen auf der Basis unseres Verständnisses von Irrtümern in Wahrnehmung und Erinnerung vor. Im wesentlichen nimmt es etwas her, das ich mit meinem geistigen Auge gesehen habe, und fragt: ›Was hat dieser Bursche wirklich gesehen, wenn wir den ganzen Drek in seinem Verstand einmal außer Acht lassen?‹«

»Und was haben wir wirklich gesehen?« fragte Kristen interessiert.

»Nun, die Analysen sind noch nicht abgeschlossen, und ...«

»Erspar uns den Unsinn«, warf Geraint ein. »Was haben wir gesehen?«

»Jeanne d'Arc«, sagte er schlicht.

Geraint fiel die Kinnlade herunter. Im Gegensatz dazu reagierte Kristen, die in einer Kultur aufgewachsen war, in der Namen nichts bedeuteten, überhaupt nicht.

»Gott, du hast recht«, sagte Geraint. »Das wird mir jetzt klar. Was, zum Teufel – ach, ich Idiot, ich Idiot!« Er ballte eine Faust. »Ich habe eine Sache vergessen. Aber besser spät als nie, hoffe ich.« Er tippte hektisch Anweisungen in einen Laptop, der bescheiden auf seinem kleineren Schreibtisch stand. Eine Minute später hatte er seine Antwort.

»Unser Verfolger von heute nachmittag ist in Chelsea wohnhaft«, sagte er fröhlich. »Ein gewisser Monsignore Giovanni Seratini, ein Kulturattaché der Republik Toskana. Was für ein Zufall, findet ihr nicht auch? Ich werde von diesem Kerl zum Flughafen verfolgt, wo ich euch abhole, und bevor der Tag zu Ende ist, spaziert eine Ikone der Heiligen Römischen Kirche herein und sagt: ›Laßt die Finger davon, Jungs, sonst gibt es tausend Jahre Fegefeuer für euch.‹«

»Tatsächlich sogar ewige Verdammnis in den Flammen der Hölle«, sagte Michael lakonisch.

»Ich finde, wir sollten Monsignore Seratini aufsuchen und ihm ein paar Fragen stellen«, sagte Geraint.

»Der Wagen trug Diplomatenkennzeichen«, stellte Michael fest.

»Ja, ja, die Holzköpfe von der Polizei wollte ich ohnehin nicht hinzuziehen. Wenn man heutzutage etwas Komplizierteres will, als die korrekte Zeit in Erfahrung zu bringen, fragt man sicher *keinen* Londoner Polizisten«, erwiderte Geraint. »Aber einer der Vorteile, die sich aus der Zusammenarbeit mit dem Verteidigungsministerium ergeben, ist der, daß man Zugang zu sehr interessantem Personal bekommt. Das Verteidigungsministerium verfügt über eine lange Liste von Ex-Militärs, die mit, sagen wir, halboffiziellen Sicherheitsdingen beschäftigt sind. Sie würden sich nicht aktiv mit der Staatsmacht anlegen, aber sie machen sich keine großen Gedanken um das, was gegenwärtig als Gesetz und Ordnung durchgeht. Insbesondere dann nicht, wenn es um diplomatische Immunität und heimtückische Ausländer geht. Ich kenne ein paar ehemalige SAS-Männer, die genau richtig sein dürften. Sie haben sogar Verstand genug, unseren italienischen Freund nicht beim ersten Anblick zu erschießen und nicht zu vergessen, daß wir gern mit ihm reden würden, was eine Menge mehr ist, als man von den meisten militärischen Spatzenhirnen erwarten kann. Entschuldigt mich, während ich einen verschlüsselten Anruf aus meinem Schlafzimmer tätige.«

»Ist das nicht ein bißchen voreilig?« sagte Michael. »Ich meine, es könnte doch auch ein Zufall sein. Jedenfalls ist es nicht sehr viel, um einen Überfall zu rechtfertigen.«

»Das sehe ich anders. Der Wagen unseres Freundes hat die ganze letzte Nacht vor dem Haus geparkt. Harold hat ihn auf den Sicherheitskameras gehabt. Unser Freund hat das Haus überwacht und ist mir dann gefolgt. Verdammt noch mal, wir können schließlich nicht zulassen, daß ein Minister Seiner Majestät vom Vertreter einer ausländischen Macht bespitzelt wird, oder? Ich muß dem ein Ende bereiten. Das ist meine patriotische Pflicht«, erwiderte Geraint in einem absichtlich übertrieben pompösen Tonfall. »Wie die Dinge liegen, gibt es außerdem eine einfache Möglichkeit, unser Vorgehen zu tarnen. In den letzten Jahren hat es immer wieder Verdächtigungen angeblicher Elemente der toskanischen Botschaft in London im Zusammenhang mit gewissen Kunstdiebstählen gegeben. Nichts, was sich von den Spezialisten der Polizei beweisen ließ. Aber es heißt, daß niemand sonderlich überrascht wäre, wenn einige, sagen wir mal, rivalisierende kriminelle Elemente, äh, herauszufinden versuchten, ob sich irgendwelche geschmackvollen Alten Meister in der Botschaft befinden. Hinzu kommt, daß Seratinis Interpol-Akte insofern recht interessant ist, als daß sie ihn – wiederum ohne Beweise – mit gewissen Schmuggelunternehmen in den italienischen Staaten in Verbindung bringt. Ich bin sicher, meine Geschäftspartner sind in der Lage, die Dinge, wenn sie fertig sind, so aussehen zu lassen, als sei genau das passiert. Wieviel Zeit haben wir überhaupt?«

»Neun Tage«, sagte Michael. »Habe ich das nicht bereits erwähnt?«

»Schön. Willst du ein paar damit verschwenden, etwas über unseren Freund Seratini herauszufinden, oder sollen wir ein vertretbares Wagnis eingehen und ihm jetzt einen Besuch abstatten?« Geraint erhielt lediglich ein Nicken als Erwiderung und verließ den Raum.

»Das wird interessant«, sagte Michael, nachdem sie der Waliser ihren Getränken überlassen hatte. »Wieder einmal mitternächtliche Streifzüge.«

»Ganz wie in alten Zeiten«, grinste Serrin. »Gestern um diese Zeit habe ich noch ganz friedlich ein paar Schellfische bei den Klippen untersucht. Jetzt habe ich es mit magischen Attacken, lateinischen Warnungen und Trollen mit großen Kanonen in Chelsea zu tun. Schon gut, *Lekker*«, fügte er wie einen Nachsatz hinzu, indem er seine Frau an sich zog. »Wir werden es schon schaffen.« Sie sah ihn ein wenig ängstlich an und schmiegte sich an ihn. Doch trotz ihrer Ängstlichkeit hätte Kristen ohne Kraft und Erfindungsreichtum niemals so viele Jahre als Straßenkind in Kapstadts Raubtiergesellschaft überleben können.

»Weißt du, ich glaube, es ist an der Zeit, daß wir die

ganze Geschichte erfahren«, sagte sie plötzlich zu Michael. »Alles und von Anfang an.«

»Du hast recht«, sagte er. »Das ist längst überfällig.«

Er fing ganz von vorne an und erzählte ihnen alles. Als er fertig war, hatte Geraint bereits die Waffen geholt.

»Die Handwerker sind weg. Ich erwarte, daß in Kürze ein halbes Dutzend sehr große Gentlemen mit militärischen Waffen in einem schwarzen Lieferwagen im Parkhaus auftaucht«, sagte er, indem er ihnen eine Auswahl modernster Hardware anbot. »Kommt ihr mit?«

»Keine zehn Pferde könnten uns davon abhalten«, sagte Serrin vergnügt.

6

Kurz vor drei Uhr in der Früh rollte der schwarze Lieferwagen leise in den Cheney Walk, und Geraint ließ das Seitenfenster herunter, um die Sicherheitsstreife dieser Wohngegend zu beruhigen. Sein Regierungsausweis schien etwas weniger Gewicht zu haben, als der Anführer seines Trupps, der den ranghöchsten wachhabenden Offizier persönlich kannte.

»Wir haben ein kleines halboffizielles Geschäft mit einem gewissen ausländischen Gentleman zu erledigen, Charles«, sagte der Mann bedeutungsvoll.

»Klar, Jim«, sagte der Ork-Wachmann ungerührt. »Versuch die Nachbarn nicht zu wecken, ja?«

Der Lieferwagen rollte noch ein paar Meter vorwärts, und der Rigger parkte ihn schließlich ein Stück weiter in einer Seitenstraße.

»Also, Jungs, ich will das noch mal klarstellen«, leitete Jim die abschließende Einsatzbesprechung ein. »So wenig Lärm wie möglich, und wir wollen keine Toten. Immer nur kampfunfähig machen. Benutzt die Granaten und Betäubungswaffen, wann immer es möglich ist, und laßt es uns schnell und schmerzlos tun. Für uns jedenfalls.«

Ein trockenes Lachen kam von einem Elf, der mit einer komplizierten Waffe spielte, die eine Kombination aus Granatwerfer, integriertem Taser und Betäubungsgewehr zu sein schien, und zu allem Überfluß hatte der Hersteller noch Stabilisatoren, Infrarotzielrohr und ein ganzes Arsenal anderer Spielereien hinzugefügt. Geraint war beeindruckt von der Größe der Muskeln des Elfs, daß dieser das Ding überhaupt tragen konnte, obwohl ihm die Gyro-Halterung offensichtlich dabei half. Daß er sich dennoch mit erstaunlicher Flinkheit bewegen konnte, wenn er mit dem

Monstrum belastet war, ließ auf Reflexbooster schließen.

Es war ein wohlausgewogener Trupp, fand Michael. Zwei Trolle für Stärke und Kraft, zwei Elfen für Schnelligkeit und Reaktion, ein Zwerg, der Ingenieur, Quartiermeister und Taktik-Experte in einem zu sein schien, und ein Mensch, der so groß wie die Trolle und so schnell wie die Elfen aussah, den verchromten Rigger nicht gerechnet. Serrins nachdenklichem Blick nach zu urteilen, vermutete Geraint, daß zumindest einer der Elfen ein magischer Adept war, der wahrscheinlich gerade im Astralraum spürte, während sie sich dem Gebäude näherten. Das Team befahl dem Adeligen, erst nachzukommen, wenn sie alles außer Gefecht gesetzt hatten, was sich in Nummer 16 bewegte, und er gehorchte nur allzu bereitwillig. Die Flagge der Republik Toskana hing draußen, aber das würde den Bewohnern wenig nützen. Es handelte sich nicht um das offizielle Wohnhaus des Botschafters. Geraint hatte allen versichert, daß ein Überfall zwar für etwas Unruhe sorgen, er aber problemlos damit fertig würde.

Die schwarz verhüllten, gepanzerten Gestalten glitten aus dem Laderaum des Lieferwagens und verschmolzen mühelos mit der Nacht. Nur der Rigger blieb hinter seinen Bildschirmen zurück, um das Geschehen aus einem Dutzend verschiedener Blickwinkel zu beobachten und die Daten zu verarbeiten, welche die Headware-Kameras von zwei Temammitgliedern lieferten. Sekunden später verkündete das vertraute Klirren von splitterndem Glas, daß eine Gasgranate im Erdgeschoß des Gebäudes gelandet war, während gleichzeitig Anker mit Seilen abgefeuert wurden, um den Elfen zu ermöglichen, sich um Zielpersonen im ersten Stock zu kümmern.

»Sie sind gut, nicht wahr?« flüsterte Geraint, während sie sich die körnigen Monitorbilder von eingeschlagenen Fenstern und schwarzen, ins Gebäude huschenden Gestalten ansahen. »Ich glaube, wir können uns jetzt selbst hineinwagen. Direkt durch die Vordertür. Willst du hier warten?« Er sah Kristen an, die ihn geringschätzig musterte.

»Sei nicht so herablassend«, mahnte ihn Serrin. »Sie hat mir einmal das Leben gerettet, indem sie jemandem einen Kopfschuß verpaßt hat.«

»Wie ihr wollt«, sagte Geraint milde und stieg aus dem Lieferwagen. Wie die anderen trug er einen leichten Körperpanzer, und Serrin hatte bereits einen Kugelschild um sich und Kristen gewirkt. Sie rannten durch die Seitenstraße und zum Vordereingang, der bereits von einem der Trolle mit bereitgehaltenem Taser geöffnet wurde.

»Nicht viel Widerstand«, knurrte der Troll ziemlich enttäuscht, als sie sich ihm näherten. Dann drang plötzlich das Knattern von Pistolenschüssen aus dem Keller des Hauses.

»Zu früh gefreut«, sagte Geraint, während er in das Haus eindrang. Er packte seine Maschinenpistole mit der einen Hand noch fester, während er sich mit der anderen die Gasmaske überzog, um nicht das Betäubungsgas einzuatmen, das die Treppe herabwallte. Als er durch den Flur ging, registrierte er am Rande das große Empfangszimmer zu seiner Rechten, wo der Zwerg drei völlig verängstigten Hausangestellten befahl, sich über einen Tisch zu beugen, während er mit einem Predator herumfuchtelte, und sich dann daranmachte, ihnen Handschellen anzulegen. Geraint ging zur Treppe, wo der Elf mit dem als einzelne Waffe getarnten integrierten Arsenal stand. Der Elf warf lässig eine Granate die Treppe hinunter und drückte sich dann an die Wand. Die Explosion war viel unspektakulärer, als Geraint erwartet hatte. Die Tür war dünn und wurde mühelos gesprengt. Die Trümmer flogen größtenteils in die unterirdische Garage und nicht nach oben zu ihnen. Als er die Treppe erreichte, war der Elf bereits durch die zerschmetterte Tür hindurch und jagte die Beute, die entkommen war und mit dem Wagen fliehen wollte.

Eine Taserentladung summte durch das Halbdunkel und auf die Gestalt zu, die zu den geparkten Fahrzeugen lief. Geraint sah, wie sich der Mann duckte und die Entladung über seinen Kopf hinwegzischte. Der Elf fluchte und beschloß, sich nicht länger mit präzisem Zielen abzugeben. Eine Gasgranate flog durch die Garage, aber der Mann zog sich etwas vor Mund und Nase, das Geraint wie eine Gasmaske vorkam. Dann hatte er plötzlich den Eindruck, als würde über ihnen das ganze Gebäude erzittern und erbeben. Geraint hatte noch kein Erdbeben erlebt, aber er stellte sich vor, daß es sich genauso anfühlen würde. Es hatte wirklich den Anschein, als würde ihnen das ganze Haus jeden Augenblick über dem Kopf einstürzen. Er trat vorsichtshalber aus dem Treppenhaus und hinter den Elf, der einen Feuerstoß abgab, um sein Ziel einzuschüchtern, und ihm dann nachlief wie ein Gepard mit einem Chili-Klistier auf den Fersen.

Ein tiefes, knirschendes Geräusch wie von zwei Felswänden, die sich gegenseitig zu Staub zu zermahlen versuchten, kam von oben, während es ihrer Beute gelang, in einen Wagen zu steigen, ihn anzulassen und ihn zu den Garagentoren zu lenken. Der SAS-Elf ließ sich auf ein Knie sinken und schoß eine weitere Granate ab, während der Wagen dem Ausgang entgegenschleuderte. Es sah nicht so aus, als würden sich die Tore richtig öffnen, bevor der Wagen sie erreichte, und selbst wenn der Elf verfehlte, schätzte Geraint, daß dem Fahrer vermutlich mit dem Dach seines Westwinds der Kopf abgerissen würde.

Die Geräuschkakophonie ließ den Waliser herumfahren und das Risiko eingehen, wieder die Treppe hinaufzugehen und den fliehenden Wagen und dessen

Passagier dem Elf zu überlassen. Oben schien es, als sei das halbe Dach eingestürzt. Mörtel, Holz, Steine und die Überreste eines Lüsters lagen im Flur verstreut. Geraint hielt seine Waffe bereit und ging die Treppe hinauf. Von den anderen war mit Ausnahme des Zwergs, der sein Werk vervollständigte, nichts zu sehen.

Als er den Treppenabsatz erreichte, erwartete ihn eine verblüffende Szenerie. Alle Türen waren geöffnet, und in einem Schlafzimmer, das in luxuriöser Pracht eingerichtet war, konnte er einen der Trolle sehen, der in einer riesigen Blutlache lag. Das Blut stammte offenbar aus Wunden in seinem Rücken und Hals. Widersinnigerweise schien jemand ernsthafte Einwände gegen avocadogrüne Badezimmerarmaturen gehabt und sie in Splitter zerlegt zu haben, aber es war die Szenerie in dem großen Wohnzimmer, die ihm ins Auge fiel. Der Raum war voller Glassplitter und zertrümmerter Möbelstücke, und er sah wenigstens drei reglose Personen darin liegen. Von denen, die sich bewegten, waren Serrin und der andere Elf anscheinend in einen verzweifelten Kampf verwickelt. Michael lag schlaff in einer Ecke, aber es war kein Blut an ihm zu sehen, und es sah so aus, als sei er lediglich bewußtlos. Kristen hielt ihren Predator mit beiden Händen umklammert und wartete auf eine Gelegenheit für einen präzisen Schuß.

Serrin stand stocksteif da, in eine magische Auseinandersetzung mit einer bizarren Gestalt verwickelt. Die Gestalt war humanoid, schien aus Lehm oder Töpfererde geformt zu sein und näherte sich Serrin und Kristen langsam, aber anscheinend unaufhaltsam. Der andere Elf warf sich mit einem langen Messer mit Sägezahnklinge in der Hand auf einen dunkelhaarigen, mit einem Anzug bekleideten Mann, der auf der anderen Seite eines Tisches hockte und den Blick starr auf die Lehmgestalt gerichtet hatte. Als Geraint den

Raum betrat, erreichte die Lehmgestalt Serrin und schlug den Elf mit einem seiner langen Gliedmaßen zu Boden. Der andere Elf sprang über den Tisch und stieß seinem Gegner das Messer in das Schulterblatt nur eine Handlänge vom Herzen entfernt. Während Kristen und Geraint Kugeln in das Lehmwesen pumpten, das Serrin bewußtlos geschlagen hatte, schrie der Mann auf, und die Lehmgestalt schwankte und zitterte und verlor das Gleichgewicht. Als sie fast wie in Zeitlupe auf den Rücken fiel, verlor die Gestalt ihre Form und wurde zu einer wogenden Masse flüssigen Lehms und schließlich zu einer Pfütze aus formlosem, glitschigem Matsch auf dem Perserteppich.

In der Mitte des Zimmers nahm plötzlich ein blau schimmernder statischer Nebel Gestalt an. Was Geraint für ein Webmuster des Teppichs gehalten hatte, war, wie er jetzt spürte, irgendeine magische Figur, eine rituelle Prägung, wenngleich er sich mit diesen Dingen nicht auskannte. Der Elf mit dem Messer schien sich jedoch wesentlich besser auszukennen.

»Nichts wie raus hier! Bewegt euch!« schrie er, wobei er im Zurückweichen die reglose Gestalt des Gruppenführers packte. Glücklicherweise schien der Mann nur benommen zu sein und war bereits in der Lage, sich mit der Hilfe des Elfs selbst zu bewegen. Geraint brauchte keine zweite Aufforderung. Er legte Michael die Hände unter die Schultern, zog ihn hoch und schleifte ihn zum Treppenabsatz. Die schlankere Gestalt Serrins überließ er Kristen. Die drei quälten sich mit ihren Lasten, wobei der Elf noch einmal zurückging, um auch seinen Trollkamerad zu holen. Der Nebel schien die Gestalt eines Kugelblitzes anzunehmen und fing an, in einer verrückten Ellipse um das Epizentrum des Wohnzimmers zu kreisen. Der Mann im Anzug lag stöhnend und halb bewußtlos da, und auf seinem zuvor makellos weißen Hemd erblühten jetzt Blumen aus Blut. Geraint beeilte sich, dem Elf zu helfen, und gemeinsam gelang es ihnen, den schweren Troll aus dem Raum zu schleifen und die Tür rechtzeitig zuzuschlagen.

Das Zimmer explodierte. Sein Inhalt verteilte sich über die ganze Länge und Breite einer der reichsten, exklusivsten und im allgemeinen ruhigsten Straßen in ganz London, und die Detonation reichte, um sie alle über den Treppenabsatz zu schleudern. Geraint prallte gegen den Türrahmen des Badezimmers und hatte Glück, daß er sich nicht die Hände an den Porzellanfragmenten der zerschmetterten Toilettenschüssel aufschnitt. Serrin wurde herumgewirbelt und kam einen Meter neben ihm mit hartem Aufprall zur Ruhe. Von unten eilten ihnen der Zwerg und der zweite Elf zu Hilfe, und der Rigger – der mit erstaunlicher Geschwindigkeit reagiert hatte – war ebenfalls da. Unverletzte und Verwundete taumelten mit Verletzten im Schlepptau auf die Straße. In den Häusern ringsumher gingen überall Lichter an.

»Ist irgend jemand tot?« fragte Geraint verzweifelt.

»Nein, aber das ist ein verdammtes Wunder«, sagte der Elf, dem er geholfen hatte, grimmig. »Wir hatten nicht mit so viel Magie in dem Haus gerechnet. Serrin und ich hatten schwer zu tun, um nur alles einigermaßen unter Kontrolle zu halten. Ich würde sagen, nichts wie raus aus dem Drekloch. Über die Einzelheiten können wir uns später noch Gedanken machen.«

Der Gruppenanführer war wieder einigermaßen bei Bewußtsein, und der Ork von der Sicherheitsstreife näherte sich ihm mit tiefen Sorgenfalten auf der Stirn.

»Verdammt noch mal, Jim, ich sagte, ihr sollt nicht die ganze Nachbarschaft wecken!« beschwerte er sich. »Wie, zum Teufel, soll ich das erklären?«

»Kein Problem«, sagte Jim, wobei er vor Schmerzen grunzte, und gab dem Ork eine Granate.

»Fünfzigtausend«, sagte der Ork. Geraint gab ihm einen Kredstab, doch der Ork nahm ihn nicht an.

»Nicht jetzt. Die Polizei muß jeden Augenblick hiersein«, sagte er. »Morgen. Jim wird es bringen.«

»In Ordnung.« Geraint zuckte die Achseln und half dann den Verwundeten und Benommenen in den Lieferwagen. Die ersten Schaulustigen öffneten gerade die Türen. Der Ork marschierte von dannen, rief sein Team und warf die Granate. Er und die anderen Wachen wurden von dem Betäubungsgas eingehüllt und lagen Augenblicke später reglos am Boden. Aus den umliegenden Straßen näherte sich Sirenengeheul. Die hinteren Türen des Lieferwagens schlossen sich, und der Rigger fuhr los, als sei ihm der Teufel auf den Fersen.

»Nun, ich glaube, wir haben genug Schaden angerichtet, um die Tarngeschichte, wir seien hinter ihren Alten Meistern her gewesen, platzen zu lassen«, beschwerte sich Geraint. »Haben wir wenigstens unseren Mann?« schrie er über das Heulen des rasch beschleunigenden Motors hinweg.

»Der Dreksack ist entkommen«, sagte der Elf ungerührt.

»Wo ist Gungrath?« fuhr Geraint fort, während er sich alle Mühe gab, nicht aus seinem Sitz zu fallen.

»Er hat ein paar Geiseln in einem der Wagen weggebracht«, erklärte der Elf die Abwesenheit des zweiten Trolls, der sich erstaunlich schnell erholt hatte. »Hören Sie, wir müssen in die Werkstatt.«

»Du hast's erfaßt«, rief der Rigger.

»Stimmt irgendwas mit dem Wagen nicht?« sagte Geraint beunruhigt.

»Nee, es geht um ihn«, sagte der Elf, indem er mit dem Daumen auf den Troll-Samurai zeigte, dessen Brust und Rücken blutverschmiert waren. »Er hat ein paar schwere panzerbrechende Kugeln abbekommen. Ich habe ihn notdürftig versorgt, aber er wird wohl kaum um eine Operation herumkommen. Und die wird Sie einiges kosten, Mann.«

»Was immer auch nötig ist«, stimmte Geraint zu.

»Verdammt noch mal, ich habe hier vier schnelle gepanzerte Einsatzwagen der Polizei auf dem Schirm, die alle Radarkontakt zu uns haben, und wir werden viel Glück brauchen, wenn wir da rauskommen wollen«, sagte der Rigger verzweifelt, während er mehr Geschwindigkeit aus dem Lieferwagen herauskitzelte. »Geh mir aus dem Weg, du dämlicher Penner!« Der Wagen vor ihm schaffte es gerade noch, dem heranrasenden Lieferwagen schlingernd auszuweichen.

Der Elf grinste Geraint an. »Keine Panik, er hat noch nie einen Unfall gebaut.«

Serrin fuhr aus seiner Starre hoch und sah sich benommen um. »Es ist irgendwie schiefgegangen, oder?« fragte er überflüssigerweise.

»Kein Grund zur Beunruhigung«, sagte Geraint beruhigend. »Wir haben ein paar Leute, mit denen wir reden können. Bedauerlicherweise scheint unser Monsignore Seratini entkommen zu sein.«

»Ich habe ihm noch eine Wanze verpaßt«, sagte einer der Elfen zufrieden. »Roger kann ihn im Umkreis von hundert Kilometern aufspüren. Wo ist er jetzt, Rog?«

»Irgendwo auf der Old Kent Road«, sagte der Fahrer nach einem kurzen Blick auf sein Arsenal von Bildschirmen und Anzeigen. »Jesses, jetzt geht's uns aber an den Kragen. Sie haben uns auf ihren Schirmen, und ein Kopter ist im Anmarsch. Mister, ich meine, Euer Lordschaft, Sie werden ziemlich bald ziemlich schnell reden müssen. Ich kann diesem Massenaufgebot nicht entkommen. Ich glaube, sie schicken sogar noch einen zweiten Hubschrauber.«

»Vergessen Sie nicht, wenn wir im Gefängnis landen, macht das Hunderttausend pro Jahr für unsere Familien«, knurrte der Zwerg.

»Du hast doch gar keine Familie, du gerissener Bastard«, sagte einer der Elfen. »Du stammst doch direkt aus dem Reagenzglas. Ein Gesicht wie deines kann unmöglich eine Mutter haben.«

Der Zwerg stieß ihm neckisch den Kolben seiner Kanone in den Schritt. Der Elf stöhnte übertrieben laut und krümmte sich fluchend zu einem Ball zusammen. Der Lieferwagen wurde langsamer und hielt an. Die Sirenen hinter ihnen klangen wie die Höllenhunde.

»Tja, das war's, Lord Llanfrechfa«, sagte Jim in angelegentlichem Tonfall. »Es heißt, sie hätten 'ne Menge Connections. Wenn sie die nicht haben, landen wir alle zwanzig Jahre in Parkhurst – und das wird sie den letzten Penny kosten, den Sie besitzen.«

Geraint stöhnte. Das würde ein teurer Abend.

Und das wurde es auch. Erschöpft und mit blutunterlaufenen Augen wankten sie aus dem Fahrstuhl und warteten, bis Geraint das Arsenal der Scanner durchgesehen hatte und zu dem Schluß gekommen war, daß es sicher war hineinzugehen. Sie hatten Stunden in Untersuchungshaft verbracht, bis Geraint die richtigen Fäden an höchster Stelle gezogen hatte, um sie freizubekommen. Geraint würde eine ansehnliche Rechnung in Form von politischen Gefälligkeiten und auch Geld für ihr Unternehmen in dieser Nacht zu zahlen haben. Außerdem war er sich unangenehm der Tatsache bewußt, daß er einigen hochgestellten Persönlichkeiten in der britischen Regierung eine Menge Erklärungen schuldete, und im Augenblick hatte er keine gute Deckgeschichte parat, die er ihnen präsentieren konnte.

»Möchte jemand Kaffee?« fragte er, als sie ihre Körperpanzer und Waffen in der Garderobe ablegten. Serrin schüttelte den Kopf und ging ins Badezimmer, wo er den Kopf unter kaltes Wasser hielt. Kristen, die blaß und zerzaust aussah, verfolgte ihn mit besorgten Blicken. Michael, der viel später am Tag aufgestanden war als der Elf, schlenderte in das große Wohnzimmer und hielt nach der Nachricht Ausschau, die er erwartete. Telekom und Faxgerät blinkten beide, und er fing an, den Speicherinhalt durchzusehen, während er sich den wunden Nacken rieb und sich über die Schmach ärgerte, von dem Wächter bewußtlos geschlagen worden zu sein, dem sie in dem Haus am Cheney Walk begegnet waren.

»Was hast du bekommen?« fragte Geraint, als Michael die Ausdrucke sortierte.

»Sie arbeiten schnell. Sie haben die Bilddaten von den Headware-Kameras herabgeladen, und die werden im Augenblick bearbeitet. Jedenfalls war der Gentleman in dem Anzug ein gewisser Monsieur Jean-François Serrault. Es wird dich interessieren zu hören, daß weder die Sûreté noch die französischen Sozialversicherungsbehörden Daten über ihn haben, weil er offiziell gar nicht existiert.«

»Wie faszinierend. Woher kennst du dann seine Identität?«

»Das ist meine Sache«, mahnte Michael. »Wie der Zufall so will, ist er Magier. Freischaffend. Später bekomme ich noch mehr Daten über ihn. Er scheint ein paar interessante Freunde in okkulten Kreisen zu haben. Jedenfalls genug, um unser Interesse an ihm aufrechtzuerhalten, würde ich meinen.«

»Was wollte er im Haus des toskanischen Attachés?« fragte Geraint.

»Gute Frage. Ich hoffe, daß ich die Antwort darauf in Kürze weiß. Wir hätten vor unserem Besuch mehr Hausaufgaben über unseren Freund Seratini machen sollen, glaube ich. Oh, sieh mal«, fügte Michael hinzu, als eine neue Botschaft auf dem Bildschirm erschien. »Gute Nachrichten. Unser Troll-Freund wird es überleben, was dir einen Haufen Geld erspart. Und deine SAS-Männer haben den Job, Seratini zu finden, an Freunde von ihnen weitergegeben, die unterwegs sind, um ihn sich irgendwo in Brent zu schnappen.«

»In Brent?«

»Ja. Das ist eine ziemlich armselige Gegend, oder nicht? Nun, jedenfalls haben wir ihn, und wenn wir mit ihm reden wollen, können wir das auch.« Sie wechselten einen Blick.

»Bist du müde?« fragte Michael.

»Völlig erschöpft, alter Junge, aber ich glaube, wir möchten beide gerne so bald wie möglich wissen, woher unser italienischer Freund einen französischen Magier kennt, der noch ein halbes Haus in die Luft jagen kann, während er gerade aus den Pantinen kippt.«

»Wird uns die Polizei jetzt nicht überwachen?«

»Nein, das glaube ich nicht«, sagte Geraint. »Es hat mich eine Menge Gefälligkeiten gekostet, aber, nein, sie wird es nicht tun. Es sei denn, wir stellen immer wieder dasselbe an.«

»Wohl kaum«, protestierte Michael. »Ich meine, wir werden nur mit jemandem reden. Dabei werden wir wohl kaum in eine Schlacht verwickelt werden, oder?«

Geraint zog sich bereits den Mantel für eine weitere nächtliche Exkursion an. Hätte er gewußt, wie sehr Michael sich irrte, würde er es sich zweimal überlegt haben, das Schicksal so offensichtlich herauszufordern.

7

Sie parkten den Wagen in sicherer Entfernung von der Adresse in Brent, die man ihnen genannt hatte, und gingen schweigend und mit Pistolen bewaffnet über den Beton des Parkplatzes. Es war noch Nacht, aber der Morgen war nicht mehr fern, obwohl es noch nicht dämmerte. Die Straßenbeleuchtung ließ zu wünschen übrig, was ebensosehr an Vandalen wie an der Elektrizitätsgesellschaft lag, die nicht immer Strom lieferte. Die hiesige Stadtverwaltung war notorisch anfällig dafür, öffentliche Gelder zu »verlegen«, und nicht einmal die Straßenbeleuchtung war etwas Selbstverständliches.

»Bist du sicher, was diese Adresse betrifft?« fragte Michael zum fünftenmal.

»Ich habe Jim zweimal gefragt. Er ist kein Mann, dem man auf die Nerven geht, indem man ihn dreimal fragt«, erwiderte Geraint spitz.

»Das ist ein Wohnsilo für sozial Schwache«, sagte Michael zweifelnd.

»Was hast du erwartet? Ein Herrenhaus? Bist du je in Brent gewesen?«

»Das hier ist ein Teil Londons, den zu besuchen ich mir nie zur Gewohnheit gemacht habe«, sagte Michael. »Kommt mir für einen Kulturattaché ziemlich stillos vor.«

»Das ist genau der Punkt, oder? Ein sicheres Schlupfloch, wo niemand nach ihm suchen würde«, sagte Geraint.

»Vermutlich.« Michael schien immer noch unschlüssig zu sein. Sie gingen über den Platz auf die hochaufragende Monstrosität aus Beton zu, die viel weniger Schäden durch sauren Regen und Verfall aufzuweisen schien, als man erwarten konnte. Anders als viele der umliegenden Häuser sah dieses nicht so aus, als stünde sein Einsturz unmittelbar bevor, aber in dieser Hinsicht trog offensichtlich der Schein. Die einzigen menschlichen Verzierungen in Sichtweite waren ein paar Junkies, die im Eingang eines der kleineren Satellitenblocks lagen. Eine kleine Lache halb getrockneten Blutes kündete von ihren nächtlichen Gewohnheiten.

Der Elf glitt lautlos aus seiner nicht existenten Deckung. Trotz der mangelhaften Straßenbeleuchtung schien es kein Fleckchen zu geben, wo sich jemand verstecken konnte, doch er hatte es geschafft.

Übung macht den Meister, dachte Geraint, als sein erster instinktiver Alarm verstummt war. Für das Geld, was ich diesen Burschen bezahlt habe, kann man das auch verlangen.

»Es hat ein ziemliches Durcheinander gegeben«, sagte der Elf leise.

»Großartig«, seufzte Geraint. »Erzählen Sie. Zumindest scheint es keine Schießerei gegeben zu haben, weil alle hier in der Gegend fest schlafen.«

»Wahrscheinlich sind sie eher stockbesoffen!« kicherte der Elf sarkastisch. »Tja, sie schulden uns Blutgeld.«

»Was?« Geraint war völlig verblüfft.

»Jim ist die Kehle von einem Ohr zum anderen durchgeschnitten worden. Mit einer Drahtschlinge«, sagte der Elf mit einem Anflug bestürzenden Behagens. Geraint vermutete, daß der Elf den Anführer der Gruppe wohl nicht besonders gemocht hatte.

»Wie, zum Teufel ...«

»Vor uns waren ein paar Besucher da«, sagte der Elf. »Jim muß sie überrascht haben. Er rechnete nicht mit Schwierigkeiten, also ging er rein, während wir ihm Deckung gaben. Er hat die grundlegende Routine vergessen, obwohl ich ihn gewarnt habe.«

»Sie sagten, Sie hätten Seratini«, stöhnte Michael.

»Ich habe nichts dergleichen gesagt. Jim hat Ihnen gesagt, daß wir unterwegs sind. Wir wußten nicht, daß uns jemand erwarten würde. Übrigens wartet Gungrath auf den Befehl, daß er diese Geiseln laufen lassen kann. Das sind nur Büroknechte – Sekretärinnen und Angestellte –, und sie wissen von nichts.«

»Okay, okay, dann laßt sie laufen. Haben Sie gesehen, wer es war? Hier, meine ich?« wollte Geraint ungeduldig wissen.

»Gewissermaßen«, sagte der Elf.

»Gewissermaßen?«

»Hören Sie, der Wichser war verdammt schnell. Ist gerannt wie ein Derbysieger auf Speed. Offensichtlich kannte er sich hier aus. Er ist um die Ecke geflitzt, und dann habe ich nur noch ein Motorrad gehört, das nach Süden abgerauscht ist. Das muß er gewesen sein.«

»Wie hat er ausgesehen?«

Der Elf zuckte die Achseln. »Es war dunkel, Chummer. Und er trug einen langen schwarzen Mantel, und ebensogut könnten Sie fragen, wie das Pik-As um Mitternacht in einer mondlosen Nacht auf dem Grund eines Bergwerks aussieht. Aber der Troll hatte einen kleinen Zusammenstoß mit ihm.«

Aha, *der Troll*, registrierte Geraint. Er hatte offenbar nichts für ihn übrig. Jim war zumindest noch Jim, obwohl es dem Burschen nichts auszumachen scheint, daß er tot ist. Aber der Troll – nun, er ist offensichtlich nur »der Troll«.

»Er hat ihm einen Stich verpaßt«, sagte der Elf mit einem wonnevollen Grinsen. »Hat ihm mit dem Messer die Seite aufgeschlitzt. Und er hat ihn auf seiner Headware-Kamera. Natürlich konnte der Troll ihm nicht folgen. Er ist viel zu langsam, und es gab keine Blutspur. Mit Infrarot hätte er den Fußabdrücken folgen können, aber er hätte nicht mit ihm Schritt halten können.«

Geraint hatte nicht einmal bemerkt, daß der Troll

Cyberaugen hatte. Hinter ihnen, im Innern seines Schädels, war eine winzige Kamera, die den Kampf aufgezeichnet haben würde.

»Wird gerade im Lieferwagen herabgeladen«, sagte der Elf.

»Was ist mit …«

»Ihrem Italiener? Tot, Eure Lordschaft, so tot wie nur was.« Der Elf grinste. »Drahtschlingen-Job, genau wie Jim. Der Wichser muß in der Wohnung gewesen sein, als wir ankamen. Ziemlich gute Arbeit. Sehr professionell. Von einem trainierten Profi, wenn Sie wissen, was ich meine.«

Geraint musterte ihn durchdringend. Der Elf sagte, daß es sich bei dem Mann nicht um einen gewöhnlichen Killer gehandelt hatte, sondern um einen Militär-Job. Wenn ein ehemaliger SAS-Mann jemanden einen ›trainierten Profi‹ nannte, war es das, was er damit meinte.

»Kann dies eine Folge seiner Verstrickung in den illegalen Kunsthandel sein?« fragte Michael Geraint.

»Kaum.« Die Gedanken des Walisers überschlugen sich. Etwas Wichtiges ging vor, von dem sie keine Ahnung hatten, etwas, das zu der äußerst professionellen Ermordung eines Mannes geführt hatte, der ihn verfolgt hatte, und dazu, daß in dieser Nacht eine magische Erscheinung in seine Wohnung eingedrungen war. Und das gefiel Geraint nicht. Er war es gewöhnt, alles unter Kontrolle zu haben, selbst am Drücker zu sein.

»Woll'n Sie 'n raschen Blick drauf werfen?« sagte der Elf, dessen Südlondoner Akzent mit jeder Minute breiter zu werden schien. »Auf den Tatort, meine ich. Sich davon überzeugen, daß die fetten Nuyen, die Sie abgedrückt haben, auch verdient worden sind?«

»Was ist, wenn die Polizei kommt?« fragte Michael ängstlich.

»Meine Fresse, was für 'n Spielverderber«, stieß der

Elf mit einer Miene kaum verhohlener Verachtung hervor. »Woll'n Sie sich die Leichen jetzt ansehen oder nicht?«

Geraint hatte plötzlich einen sehr trockenen Mund, und er hätte liebend gern eine Zigarette geraucht, aber dies war weder die richtige Zeit noch der richtige Ort. Er nickte kurz, und sie betraten das Haus durch das kahle, nackte Foyer und gingen zum Fahrstuhl. Zu seiner Verblüffung funktionierte er, und der Uringestank im Innern hielt sich in Grenzen, was eine willkommene Dreingabe war.

Die überfüllte und in trüben Farben gestrichene Wohnung war so funktionell, wie man es sich nur vorstellen konnte. Neben den grundlegenden Küchengeräten, einem ramponierten Trideo und einer Schlafgelegenheit gab es nur wenige Möbelstücke. Ihnen war lediglich gemeinsam, daß sie alle so aussahen, als hätte sich ein Rudel psychopathischer, durchgedrehter Katzen seit zwanzig Jahren mehr oder minder regelmäßig die Krallen daran geschärft.

»Ich habe nichts angerührt, Inspektor«, sagte der Elf trocken.

Zu seiner Verwunderung stellte Geraint fest, daß er sich ein wenig für ihn zu erwärmen begann. Plötzlich fiel ihm auf, daß er nicht einmal wußte, wie der Elf hieß.

»Sie können mich Streak nennen«, sagte der Elf zu ihm. »Und jetzt schafft eure Ärsche hier rein, bevor andere aufmerksam werden.« Er zerrte sie fast in die Wohnung und schloß sorgfältig die Tür hinter ihnen. Sein Zwergenkumpel hielt in der Wohnung Wache. Aus seiner Hosentasche lugte ein Funkgerät, und er wartete offenbar sehnsüchtig auf das Signal zu verschwinden.

»Sie sind da, Klopfer«, sagte der Elf unnötigerweise. »Wir kriegen unsere Kreds und können bald verschwinden. Zeig ihnen die Leichen.«

»Klopfer?« stammelte Michael fassungslos.

»Ja, er heißt so nach einem für seine Tritte berühmten Hasen*«, sagte der Elf. »Er hat mich mal wegen einer kleinen Meinungsverschiedenheit in die Eier getreten. Ich hab' fast eine Woche lang alles doppelt gesehen. Dafür ist er ein ganzes Stück in meiner Achtung gestiegen.«

Streak stieß die Leiche seines ehemaligen Anführers an, die vor der Tür lag. »Hier ist die erste. Wenn Sie sich den Schnitt ansehen wollen, müssen Sie ihn umdrehen.«

»Ich glaube, das muß nicht sein«, sagte Michael.

»Wir werden ihn mitnehmen«, sagte Klopfer. »Wir können ihn nicht hier lassen, wo ihn die Schmiere finden würde.«

Überraschend, daß ein ehemaliger Soldat solch eine Bezeichnung für die Polizei benutzt, dachte Michael, sagte jedoch nichts. Als der Elf und der Zwerg die Leiche in einen widerstandsfähigen Plastiksack packten, konnte er den erstaunlich dünnen und glatten, aber extrem tiefen Schnitt im Hals des Mannes sehen. Irgendwie war längst nicht so viel Blut da, wie er erwartet hatte, und das blasse Leichengesicht sah seltsam friedlich aus. Nicht das, was man bei dem Opfer so eines Angriffs erwarten würde.

»Euer Mr. Seratini ist im Badezimmer«, informierte sie Streak. Dieses Hinweises hätte es kaum bedurft. Die Bude war so klein, daß es der einzige Ort war, wo sich noch eine Leiche befinden konnte. Er brauchte nur ein paar Sekunden, um sich alles anzusehen.

»Dumme Sache, wenn man gerade sein alljährliches Bad nehmen will, was?« sagte Streak. »Und dann die Verschwendung dieses Pinienschaumbads. Kostet 'n

---

* Anspielung auf Klopfer bzw. ›Thumper‹, den Hasen aus dem Disney-Film ›Bambi‹. – *Anm. d. Übers.*

Vermögen, das Luxuszeug. Ist offenbar aus echten Bäumen gemacht. Nicht so 'n chemischer Drek.«

»Ich fürchte doch«, sagte Geraint, der endlich seinen Bedürfnissen nachgab und sich trotz der offensichtlichen Abscheu des Zwergs eine Zigarette anzündete. »Es enthält drei Farbstoffe, von denen einer höchstwahrscheinlich krebserregend ist, zumindest bei Metamenschen, und zwei ziemlich schädliche Geruchsverstärker.«

»Was sind Sie, Wissenschaftler?« wollte Streak wissen, während er den Reißverschluß des Plastiksacks zuzog.

»Ich bin Direktor der Firma, der die Leute gehören, die das Zeug herstellen.«

»Schön, dann war das das letztemal, daß ich mich in den Drek gesetzt hab«, sagte Streak. »Wollt ihr uns hier zur Hand gehen oder lieber rumhängen wie Aktenschieber bis zur Mittagspause?«

»Ihr wollt ihn in dem gottverdammten Fahrstuhl runterbringen?« sagte Michael überrascht.

»Nee, Sie Dämel«, sagte der Elf. »Wir tun, was die Anwohner hier tun – ihn aus dem Fenster schmeißen.«

Einen Moment lang glaubte Michael, Streak mache Witze, aber dann schleiften der Elf und der Zwerg den Sack tatsächlich zum Fenster. Sie richteten die Leiche in eine sitzende Haltung auf, öffneten das Fenster, zählten bis drei und warfen den schwarzen Sack samt Inhalt hinaus.

»Das glaube ich einfach nicht«, sagte Michael, indem er sich abwandte.

»Es wird ihm wohl kaum noch weh tun«, stellte Streak fest. »Hören Sie, unsere Kumpel haben ihn sich gerade geschnappt. Niemand hat was gesehen. Ist der schnellste Weg. Klopfer hat ihnen das Signal gefunkt.«

»Wie?« Michael war überrascht. Der Zwerg hatte nichts gesagt.

»Cyberkom«, sagte Thumper. »Verwandelt Gedanken in akustische Signale. Weiter über Funk. Rigger hat Gegengerät.« Er wollte eindeutig keine Zeit mit überflüssigen Dingen wie vollständigen Sätzen verschwenden. »Sagte ihm, besondere Sendung. Ist längst im Lieferwagen. Das macht dreihunderttausend, Kumpel.«

»Soviel habe ich nicht bei mir«, sagte Geraint vernünftigerweise. »Kommt in meine Wohnung. Dann habt ihr die Kreds in fünf Minuten.«

»Von mir aus«, sagte Streak. »Aber sie gehen an seine Familie.« Für einen Moment sah der Elf todernst aus. Hinter den Witzen und der Scherzhaftigkeit sowie der gräßlichen Tatsache, daß es ihm ziemlich egal zu sein schien, daß ein Kamerad an diesem Ort getötet worden war und er die Leiche wie Abfall behandelt hatte, war dem Elf noch ein wenig Ehre geblieben. Er würde auf jeden Fall für die Familie des Toten sorgen.

Sie wollten gerade gehen, als Michael ein verschobenes Polster sah und den anderen sagte, sie sollten noch warten. Unter dem mit Rotweinflecken übersäten Polster fand er einen kleinen gefütterten Umschlag, den er einsteckte. Er fragte sich, ob sie die ganze Wohnung durchsuchen sollten, bis ihm auffiel, daß es abgesehen von der Garderobe wenig zu durchsuchen gab. Eine rasche Überprüfung eliminierte die Garderobe als Versteckmöglichkeit. Streak wurde langsam nervös. Die Luft war rein, und er wollte verschwinden. Michael fügte sich, und sie fuhren im Fahrstuhl nach unten.

»Was hast du gefunden?« fragte ihn Geraint.

»Ein UPS-Päckchen«, sagte Michael. »Unübliche Verpackung, aber sie haben es ausgeliefert. Der Aufkleber mit dem Absender fehlt, aber wir könnten es trotzdem leicht zurückverfolgen.«

»Und, was ist darin?«

Michael machte sich an dem Umschlag zu schaffen.

Wie bei derartigen Sendungen üblich, war es völlig unmöglich, ihn ohne Zuhilfenahme eines scharfen Gegenstands zu öffnen. Seine Nagelfeile war der Aufgabe nicht gewachsen, und als Klopfer ihm ein Messer anbot, öffneten sich gerade die Fahrstuhltüren.

Vor ihnen stand ein Haufen Polizisten. Sie trugen sogar Aufruhrschilde und rechneten offensichtlich mit ernsthaften Schwierigkeiten. Die elektrischen Betäubungsstöcke, die sie trugen, waren ein weiterer Beweis dafür, fall noch einer nötig war. Die beiden vordersten Polizisten des Keils waren Orks, und sie sahen aus, als sei die Polizei in letzter Zeit dazu übergegangen, ihre Leute aus Anstalten für geistesgestörte Kriminelle zu rekrutieren. Oder vielleicht so, als täte sie es öffentlicher und weniger wählerisch als üblich. Michael blieb fast das Herz stehen, und er konnte sich gerade noch verkneifen, laut aufzustöhnen.

Nachdem Michael und Gefolge in einer einzigen Nacht zweimal am Schauplatz eines Mordes erwischt worden waren, würde die Polizei sie nicht sonderlich zuvorkommend behandeln. Aus dieser Sache würden sie so schnell nicht herauskommen.

Michael und die anderen starrten die Polizisten an, die das Starren erwiderten.

Irgend etwas stimmte absolut nicht.

»Ziemlich vornehme Herren für einen Ort wie diesen«, sagte einer der Orks mit einem offenkundig angenommenen halbgekünstelten Tonfall. Er starrte Geraint und Michael an.

»Nun, Officer«, mischte sich Streak ein, bevor einer der beiden den Mund aufbekam, »das liegt daran, daß sie entführt und hierher verschleppt wurden. Ich bin sehr froh, daß es uns gelungen ist, ihre ›Gastgeber‹ davon zu überzeugen, sie freizulassen, ohne daß es Schwierigkeiten gegeben hat. Eine Geiselnahme. Ruhig und effektiv geregelt. Es ist kein Schaden entstanden, nichts, was die Pferde scheu machen würde.«

Geraint war verblüfft über die Geistesgegenwart des Elfs. Er war noch verblüffter über die Reaktion des Orks.

»Ich verstehe, Sir«, sagte er, indem er seinen tapferen Versuch fortsetzte, wie ein BBC-Nachrichtensprecher zu klingen. »Nun, dann brauchen wir Sie wohl nicht länger aufzuhalten.«

»Ich nehme an, Sie haben hier andere Dinge zu erledigen, Officer«, sagte Streak schelmisch. Der Ork sah aus, als fühle er sich sehr unbehaglich. »Nun, wir werden Ihnen nicht im Weg stehen. Diese Gegend«, sagte er kopfschüttelnd, »ist so eine Brutstätte der Schlechtigkeit und des Verbrechens. Da ist es gut zu wissen, daß London sich auf so tapfere Burschen wie Sie verlassen kann.« Er führte sie an den nervös aussehenden Uniformierten vorbei und hinaus in die sichere Anonymität der Nacht. In sicherer Entfernung von dem Haus, blieb der Elf stehen und krümmte sich beinahe vor Lachen.

»Ich weiß nicht, wie Sie damit durchgekommen sind«, sagte Michael kopfschüttelnd.

»Wie ich damit durchgekommen bin?« prustete der Elf. »Polizei, daß ich nicht lache. Das waren hiesige Gauner. Als Bullen verkleidet. Das öffnet ihnen Türen, und damit haben sie den Kampf schon halb gewonnen, wenn sie einen Job durchziehen und eine Bude ausrauben oder ein armes Schwein verprügeln. Passiert in letzter Zeit häufiger. Aber die Uniformen waren gut. Keine schlechte Ausrüstung. Wahrscheinlich haben sie die Klamotten von irgendeinem kleinen Revier gekauft.«

Geraint schüttelte kläglich den Kopf. Der Versuch des Orks, korrektes Englisch zu sprechen, war so absurd gewesen, aber diese Möglichkeit war ihm einfach nicht in den Sinn gekommen. Was durchaus verständlich war. Die wenigsten Leute, die gerade den Schauplatz eines Mordes verließen, hätten daran gedacht.

»Das Komische ist, ein Blick auf einen richtigen Fatzke, und sie werden ganz weich in den Knien. Und dann packen sie die Gelegenheit einfach beim Schopf«, sagte Streak immer noch kichernd. »Sie wußten, daß Sie Klasse haben, Eure Lordschaft. Sich mit Ihnen anzulegen hätte sie in Schwierigkeiten gebracht. Die echten Bullen auf den Plan gebracht, richtig? Und das wollten sie absolut nicht.«

»Damit haben wir etwas gemeinsam«, sagte Geraint.

»Kommen Sie, lassen Sie uns zum Lieferwagen gehen und diese Bilder für Sie holen«, sagte Streak zu Michael, »und danach unsere Kreds. Es war 'ne lange Nacht.«

»Das ist wahr«, sagte Michael mit inbrünstiger Zustimmung. Viel zu lang.

Um fünf Uhr waren ihre unerwarteten Gäste längst wieder im anonymen Morgengrauen verschwunden, und Geraint und Michael saßen in der Wohnung in Mayfair, tranken einen Brandy und warteten darauf, daß sich ihre übererregten Systeme so weit beruhigten, daß Schlaf zumindest als Möglichkeit in Betracht gezogen werden konnte. Michaels Nacken war schmerzhaft steif, und natürlich war da die permanente Rückenschwäche. Wenn er sich zu sehr anstrengte, fühlte er sich, als hätte er den Tag auf einer Streckbank verbracht. Durch seinen müden Verstand trieb ein Bild, wie er von kapuzentragenden Gestalten aus irgendeiner historischen Inquisition gefoltert wurde. Vielleicht war es Zufall, vielleicht war es ein Anflug von Hellsichtigkeit, jedenfalls verscheuchte er die unangenehme Vorstellung rasch.

Dann fiel ihm das Päckchen wieder ein, das er aus der Wohnung mitgenommen hatte. Er nahm einen dolchförmigen Brieföffner von Geraints Schreibtisch und schlitzte es auf. Darin befand sich ein dünnes, in

Leder gebundenes, lateinischsprachiges Buch. Er las den langen Titel und schüttelte zögernd den Kopf.

»Erzähl mir nicht, es ist ein Märchenbuch«, sagte Geraint.

»Tatsächlich liegst du gar nicht so weit daneben. Es ist ein Traktat über Undinen.«

Geraint machte einen nachdenklichen Eindruck. »Fahre fort. Frisch meine Erinnerung auf.«

»Ich weiß es selbst nicht genau«, räumte Michael ein. »Das sind irgendwelche Wassergeister oder so. Ich werde es nachschlagen.«

Nachdem er rasch in ein paar Wörterbüchern und einer Datenbank nachgeschaut hatte, konnte er mit der Antwort aufwarten. Michael faßte den Wust von Informationen zusammen. »Ja, Naturgeister in wäßriger Form. Oft weiblich. Die Rhein-Nixen, solche Wesen. Soll ich mehr Einzelheiten aufrufen?«

»Ich glaube, ich kann damit warten«, sagte Geraint, schließlich doch noch gähnend. Endlich teilte ihm sein Körper mit, daß er vielleicht in der Lage war, Schlaf zu finden. »Aber was ...«

»... will ein Kulturattaché mit einem Buch über Undinen?« beendete Michael den Satz für ihn. »In der Tat. Was hat das zu bedeuten?«

»Vielleicht war es für Serrault gedacht?« schlug Geraint vor. »Für seinen Magier-Freund, über den keine offiziellen Daten existieren.«

»Könnte sein«, sagte Michael. »Aber uns bleibt nur eines: herauszufinden, wer es abgeschickt hat.« Er rieb sich die Hände mit jenem blasierten Grinsen, das Decker-Aktivitäten voranging, die er für sehr einfach hielt. »Ich glaube, wir müssen schon wieder die Datenbänke durchforsten.«

»Tu du das, Alter«, sagte Geraint, indem er sich erhob und sich die Augen rieb. »Ich brauche den Schlaf so dringend wie der Vorsitzende der Konservativen Partei einen Schlag ins Gesicht. Sag mir, was du herausgefunden hast.« Er kannte den Ausdruck in Michaels Augen von früher und vermutete, daß sein Freund einige Zeit beschäftigt sein würde. Wenn sie Karten oder einfach irgendein Spiel aus Spaß spielten, wollte Michael immer noch eines mehr. Noch ein Spiel geben, noch ein Rätsel lösen. Weil man von Dingen, die Spaß machten, nie genug kriegen konnte. Geraint war nur ein paar Jahre älter und viel weniger anfällig für diese Art Lebenshunger.

»Später«, sagte Michael, aber er drehte ihm bereits den Rücken zu und bemerkte kaum, daß der Waliser ins Badezimmer trottete. Die Matrix lockte wie ein Schwimmbecken mit warmem Wasser nach einem langen, staubigen Tag. Er tauchte hinein.

8

Das Frühstück ging in einen ausgedehnten Brunch über, da Leute aufwachten, sich den Schlaf aus den Augen rieben und über eine Reihe von Tassen Kaffee im Laufe des Morgens Geschichten austauschten. Geraints Küche wurde buchstäblich zu einer Kaffeequelle. Seine ursprüngliche Behauptung, was die sagenhafte Qualität seiner bevorzugten Sorte betraf, war nicht übertrieben gewesen, was alle dazu veranlaßte, zu viel davon zu trinken. Noch vor dem Mittag waren alle auf einem Koffein-Hoch.

»Und so habe ich herausgefunden, daß das Päckchen aus Clermont-Ferrand, Frankreich, abgeschickt wurde«, endete Michael seine Erzählung. »Es muß zur Hauptniederlassung gebracht worden sein. Die Absenderadresse ist jedenfalls falsch. Die Straße hat keine derartige Hausnummer. Und der Name des Burschen, der es abgeschickt hat, findet sich in keinem öffentlichen Register.«

»Ziemlich nachlässig von ihnen«, sagte Geraint.

»Eigentlich nicht. Ich meine, was soll's, solange niemand versucht, eine Bombe zu schicken, ist es kaum sinnvoll, jeden Kunden einer Netzhautüberprüfung zu unterziehen«, protestierte Michael. »Jedenfalls existiert Jean-Marie Muenières nicht, wenigstens nicht in der Gegend. Also bleibt uns nur das Buch.« Er sah den Elf an.

»Soweit ich das sagen kann, ist es ein authentischer historischer Gegenstand«, sagte Serrin. »Aber was den Inhalt anbelangt, handelt es sich zum größten Teil um eine Sammlung von Märchen.«

»Was habe ich dir gesagt?« Geraint, der eine weitere Tasse der Jamaika-Mischung in der Hand hielt, grinste Michael triumphierend an.

»Wenngleich sich in einem Anhang einige Rituale für die Beschwörung von Undinen finden«, fuhr der Magier fort. »Seltsamerweise unterscheiden sie sich nicht besonders von einigen schamanischen Ritualen. Würde ich sagen.«

»Sind Undinen Geister oder Elementare?« fragte Michael.

»Ich denke, die Frage lautet, sind Geister oder Elementare das, was als Undinen bekannt waren?« sagte Serrin.

»Ich weiß echt nicht, wovon ihr redet«, sagte Kristen. Sie war gelangweilt und zappelig vom Kaffee, da sie sich von der ermüdenden Reise des Vortags vollkommen erholt hatte. Zuviel Gerede und Tatenlosigkeit machte sie ruhelos. Michael bemerkte es, ignorierte es aber. Er hatte noch eine Überraschung im Ärmel, wartete jedoch den rechten Augenblick ab. Serrin schaffte eine wunderbare Überleitung.

»Ich weiß immer noch nicht, warum ihr mich hergebeten habt«, sagte er zweifelnd.

»Um die magischen Aspekte abzudecken«, sagte Michael. »Es gibt einen okkulten Gesichtspunkt in dieser Geschichte.«

»Du meinst, du glaubst, daß es einen gibt.«

»Nein, ich meine, es gibt ganz eindeutig einen.« Michael hielt inne. Am Ende war es Geraint, der der Verlockung nicht widerstehen konnte und die entscheidende Frage stellte.

»Der Mörder«, sagte Michael.

»Du hast seine Identität ermittelt?«

»Nicht als solche. Das heißt, nicht als Individuum. Er hatte sich das Gesicht geschwärzt«, sagte Michael. »Es ist ein alter Trick, aber er macht jede Hoffnung auf eine Foto-Identifikation zunichte, auch mit den besten Verstärkerprogrammen, die ich habe, weil dadurch die Gesichtskonturen verwischt werden. Aber da war etwas anderes. Er war aufgeschlitzt, wie unser Freund es formuliert hat.«

»Und?«

»Das Messer hat Jacke und Hemd aufgetrennt. Dem Fehlen einer Blutspur nach zu urteilen – jedenfalls hat man uns etwas Entsprechendes gesagt –, muß es sich um eine oberflächliche Wunde gehandelt haben, die keinen großen Schaden angerichtet hat. Aber der Schnitt ist durch die Kleidung gedrungen und hat einen Teil des Rumpfes entblößt.«

»Und?« wiederholte Geraint.

»Und«, sagte Michael, indem er sich kurz zurückzog und mit einem Hochglanzfoto zurückkam, »hier ist ein Bild dessen, was auf dem Film der Headware-Kamera zu sehen war. Natürlich habe ich das Bild etwas vergrößert, aber das Programm sagt, daß es sich um eine neunundneunzigprozentige Übereinstimmung mit dem Archiv-Bild handelt, und gegen diese Chancen würde ich keine Wette halten.«

Das Foto war körnig und stellte eine extrapolierte Vergrößerung eines Körperabschnitts dar. Das Brustbein ragte teilweise hervor. Der Mann mußte eine flache Brust gehabt haben. Schlank und gewandt anstatt muskulös. Doch die Tätowierung, die bis auf die äußerste rechte Seite reichte, wo sie noch vom Hemd verdeckt wurde, war deutlich zu erkennen. Zwei Hände, die in einem Winkel von vielleicht dreißig Grad zur Vertikalen miteinander verschränkt waren, die rechte Hand im Vordergrund bedeckte die linke. Beide Hände sahen aus, als seien sie am Gelenk abgeschnitten, körperlos, unheimlich.

»Was, um alles in der Welt, ist das?« sagte Geraint, der das Foto angestrengt betrachtete, doch Serrins plötzliche Blässe verriet, daß er zumindest bereits Bescheid wußte.

»Das, mein Freund«, sagte Michael mit einiger Wonne, »sind die Hände von Ignatius von Loyola, wie sie in dem berühmten Porträt von ihm dargestellt sind. Der nächtliche Besucher des armen toten Monsignore Seratini war ein Mitglied des Neuen Ordens der Jesuiten, jener enthusiastischen Körperschaft, die manchmal auch ziemlich vulgär die Neue Inquisition genannt wird.«

»Jesus Christus«, sagte Geraint.

»Ja, genau«, lachte Michael.

»War Seratini vielleicht eine Art Ketzer?« fragte Geraint. »Ach, ich wünschte, ich wüßte mehr über diese Leute. Selbst das Auswärtige Amt sagt nicht mehr über diese Jesuiten, als es absolut muß.«

»Ich konnte in Seratinis Geschichte nichts finden, was erklären würde, warum der NOJ hinter ihm her war. Ach, und sag nicht einfach Jesuiten. Wie du sicherlich weißt, gibt es solche und solche Jesuiten. Beim NOJ handelt es sich um die, sagen wir mal, kompromißlose Fraktion.«

»Aber warum haben sie ihn umgebracht?«

»Das muß der Grund sein«, sagte Michael, indem er auf das Traktat in Serrins Händen zeigte. »Oder zumindest ein Hinweis auf den Grund.«

Der Elf zog die Hände ruckartig von dem Buch zurück wie in einer plötzlichen Geste des Schuldbewußtseins. »Wir müssen wissen, warum es geschickt wurde, wer es geschickt hat, wer der Empfänger sein sollte und was es bedeutet. Ich glaube, das sprengt mein Fachgebiet. Serrin?«

»Ja, ich kann mich umhören«, sagte Serrin nachdenklich. »Ich habe ein paar Kontakte, die sich auf diesem Gebiet auskennen müßten. Ich habe einmal ein wenig Forschung mit einem Burschen aus Amazonien betrieben. Der wird es wissen. Kann ich dein Telekom benutzen?«

»So lange du willst«, antwortete Geraint.

»Wir bekommen es mit Jeanne d'Arc zu tun, und unser Freund, der so großes Interesse daran hatte, dich zu verfolgen, wird von der Inquisition aus dem Weg geräumt.« Michael lächelte grimmig. »Wenn das kein okkulter Aspekt ist…«

»Ein Punkt für dich«, sagte Geraint. »Ich glaube, ich sollte mich mal im Auswärtigen Amt nach diesen Brüdern vom Neuen Orden erkundigen. Die Templer?«

»Irgendwie glaube ich nicht daran«, sagte Michael, »wenn ich bedenke, daß die Inquisition die echten Templer für eine Vielzahl echter oder eingebildeter Sünden lebendig verbrannt und sie fast bis zum letzten Mann ausgelöscht hat. Ich glaube mich zu erinnern, daß sie allein an einem Tag in Paris fast fünfzig von ihnen verbrannt haben. Ich weiß, die Bezeichnung wird manchmal in einem spöttischen Sinn benutzt, aber sie könnte nicht weiter vom Kern der Sache weg sein. Das wäre etwa so, als würde man den Papst einen Satanist nennen.«

»Es gibt eine Menge Leute in gewissen religiösen Kreisen, die genau das behaupten«, konterte Geraint mit einem wehmütigen Lächeln. »Jedenfalls werde ich am Nachmittag sehen, was ich aufschnappen kann. Außerdem muß ich ein paar Leute wegen gestern Nacht beruhigen. Ihr könnt euch allein amüsieren, während ich weg bin?«

Michael warf einen Blick auf das mürrische azanische Mädchen und nickte nach einem Augenblick des Überlegens. Während Geraint einen Mantel überzog und sich dem Ritual widmete, seinen Hut zurechtzurücken und dann seinen Wagen zu rufen, wandte sich Michael an Kristen.

»Serrin wird ziemlich beschäftigt sein«, sagte er. »Ich kann nicht viel tun, bis er mir ein paar Hinweise bringt. Aber ich nehme an, du kennst die Sehenswürdigkeiten Londons, oder?«

»Ein paar«, sagte sie, aber es war eine Art Aufforderung, und in den vier Wänden dieser Wohnung eingesperrt zu sein, so luxuriös sie auch eingerichtet war, verlor langsam den Reiz.

»Dann laß uns ausgehen und uns ein paar ansehen«, sagte er.

»Du meinst, sie haben dir das vorenthalten?« sagte er, während sie die Gratisproben in der Lebensmittelabteilung verzehrten und die Anblicke und Geräusche ringsumher aufnahmen. »Das war nachlässig. Ich bin enttäuscht von Geraint, wirklich, das bin ich.«

Sie standen mitten im Selfridges und aßen einen neuen Kaviar-Ersatz, für den eigentlich nicht mehr als die Tatsache sprach, daß er als Teil irgendeiner Werbekampagne kostenlos und in Verbindung mit winzigen fingerhutgroßen Kristallgläsern eines sehr guten gekühlten Wodkas gereicht wurde. Das hochklassige Warenhaus tat in einer Welt von Kunst-dies und Ersatz-das sein Bestes, nur Lebensmittel zu verkaufen, die einerseits ohne Zusatz von Wachstumshormonen und Boostern das Licht der Welt erblickt hatten und andererseits nicht von Pestiziden und Giften durchsetzt waren, und der Erfolg war fast unvermeidlich. Die Belastung für den Kredstab war entsprechend hoch.

Dann wurde ihm klar, daß er ins Fettnäpfchen getreten war. Ihr Ehemann Serrin hätte ihr eigentlich die Stadt zeigen müssen. Außerdem war die Tatsache, daß er Serrin nicht erwähnt hatte, eine implizite Kritik, die beinhaltete, er habe nicht daran gedacht, es zu tun. Verärgert über seine Taktlosigkeit versuchte Michael, seinen Fauxpas wiedergutzumachen.

»Schließlich kennt er die Stadt viel besser als Serrin«, fuhr er fort. »Er lebt hier seit acht Jahren oder so. Kennt sie in- und auswendig.«

»Schon gut, ich weiß, was du gemeint hast«, sagte Kristen kühl. »Serrin ist keine sehr welterfahrene Person, nicht wirklich, trotz allem, was er über die Dinge zu wissen glaubt. Aber ich habe eine Menge von den Museen und Galerien gesehen, und sie haben mir den besten Bäcker des Universums gezeigt.«

Plötzlich grinste sie, und Michael fand, daß sie sehr hübsch aussah, wenn sie lächelte, nicht weil ihr Lächeln das Titelblatt irgendeines Modemagazins hätte zieren können, sondern weil jedes Gramm ihrer Seele darin lag.

»Das ist sicher besser als der Kaviar-Ersatz«, sagte er kläglich.

»Aber der Wodka ist großartig.« Ihr Lächeln bekam einen mutwilligen Zug. »Können wir noch einen trinken?«

Michael warf einen Blick auf die Taschen, die er trug. Er hatte genug ausgegeben, um eine Rückkehr zur Probiertheke vollkommen zu rechtfertigen.

»Wenn ich dich am hellichten Tage betrunken zurückbringe, wird Serrin meine Erklärung gar nicht mehr abwarten«, kicherte er. »Man darf einfach nicht mit einem Ex verkehren, weißt du. Auch wenn es sich bei diesem nur um eine Formalität gehandelt hat.«

»Tatsächlich«, sagte sie todernst, »finde ich, daß das eine sehr englische Sache ist.«

Er lachte laut. Das Kapstadter Straßenkind imitierte in der Tat sehr glaubwürdig Welterfahrenheit, auch wenn diese ihrem Mann fehlte, obwohl er viele Jahre lang in der Weltgeschichte herumgereist war.

Kurz vor dem zweiten Wodka, als sie das großartige, beißende Aroma einatmeten, das auch von der fast gefrorenen Flüssigkeit aufstieg, beschloß Kristen schließlich, ihm ihren Kummer anzuvertrauen.

»Ich kann verstehen, warum Serrin hier ist, aber ich komme mir nutzlos vor«, sagte sie. »Ich verstehe nicht einmal richtig, was überhaupt los ist, weißt du?«

»Wir auch nicht.«

»Ja, aber ich weiß nicht einmal, warum ich es nicht verstehe.«

Michael sah sie an. Sie stand da wie ein sehr ernsthaftes Kind, das zum Himmel geblickt hat und sich denkt: »Was hat es nur mit dieser ganzen Unendlichkeit und Ewigkeit auf sich?« Er war nicht in sie verliebt und war es auch nie gewesen, aber er konnte sich mühelos vorstellen, daß andere Männer es sein mochten.

»In aller Kürze«, begann er, um dann tief Luft zu holen. »Irgendein Spaßvogel – ein außergewöhnlich talentierter Spaßvogel – sagt, daß er jedes Computersystem auf dieser Erde abstürzen lassen wird, und alles deutet darauf hin, daß er mehr als fähig ist, diese Drohung in die Tat umzusetzen. Er hinterläßt ein Icon, eine Visitenkarte, bei dem es sich um die berühmteste Fälschung in der christlichen Geschichte handelt. Er nennt sich nach dem größten Genie der Weltgeschichte. Man hat mich gebeten, alles herauszufinden, was ich kann, und ihn vielleicht aufzuspüren. Kaum fange ich damit an, es zu versuchen, als auf einmal schrecklich viele Leute ein Interesse daran entwickeln. Einer dieser Leute schickt uns unseren Partygast von letzter Nacht. Ein weiterer verfolgt Geraint und wird schließlich von Jesuiten ermordet. Zuerst hatte ich keine Ahnung, was das Gesicht bedeutet, das Gesicht der schwarzen Frau, aber jetzt sieht es so aus, als sei irgendwelches verdrehtes okkultes oder religiöses Zeug im Spiel. Und dabei hilft mir Serrin. Ach ja, und wir haben noch sieben Tage Zeit, bevor unser Spaßvogel seinen Trick abzieht – einen weltweiten Systemabsturz, was bedeutet, daß der Lauf der Welt angehalten wird. Okay?«

Er hatte kaum innegehalten, um Atem zu holen, und tat es jetzt, bevor er seinen Wodka trank. Er brannte im Hals, und ihm kamen die Tränen. Schließlich schüttelte er sich, aber zehn Sekunden später war sein Hals angenehm warm, sein Magen glühte, und er fühlte sich großartig. Kristen hatte dasselbe getan, es aber irgendwie ohne das Husten und Schütteln geschafft.

»Also gut«, sagte sie mit jener kindlich-ernsten Miene. »Ich weiß nicht viel über Jesuiten. Wo ich herkomme, gab es Sunnis und Shi'as und ein paar Rastas und natürlich die Holländische Reformierte Kirche, ein paar Hindus und noch ein paar andere. Aber ich habe noch nie etwas von einer schwarzen Frau im Christentum gehört.«

Bei dieser Bemerkung lief es Michael kalt über den Rücken, und wenn er der Typ gewesen wäre, der auf Intuitionen achtet – wenn er vielleicht einige von Geraints keltischen Genen gehabt hätte –, wäre er dem Gefühl auf den Grund gegangen. Doch er führte es auf den Wodka zurück, der ihm ein klein wenig zu Kopf stieg, und so entging es ihm. Das passiert Leuten manchmal. Ihnen entgehen Dinge, weil das, was sie wissen, sie daran hindert, das zu sehen, was sonst noch da ist. Der Verstand ist darauf angelegt, Informationen nicht zur Kenntnis zu nehmen, und er ist sehr gut darin.

Außerdem nahm sein Magen einen großen Teil der Aufmerksamkeit seines Verstandes in Beschlag. Er war als letzter aufgestanden, und das bedeutete, daß er sich das Frühstück aus den Resten hatte zusammenkratzen müssen, welche die anderen übriggelassen hatten, so daß er abgesehen von den winzigen Happen Kaviar mit saurer Sahne und Crackern kaum etwas gegessen hatte. Er wühlte in einer der Taschen.

»Laß uns nach draußen gehen und diese Safranplätzchen essen«, sagte er verschwörerisch, und aus dem ernsten Kind wurde die Abart, welche die Speisekammer plündert. Sie gingen rasch hinaus auf die belebte Straße, um die Schachtel zu öffnen.

Es war halb fünf, und Geraint hatte bereits seinen Mantel von dem antiken Garderobenständer genommen und wollte gerade mit seinem riesigen roten Aktenkoffer gehen, als eine massige Gestalt in sein Büro trat. Da Geraint kein Klopfen gehört hatte, konnte es nur eine Person sein.

»Llanfrechfa, gut, daß ich Sie noch erwische«, grunzte der beleibte Mann. Er pflanzte sein breites Hinterteil in einer besitzergreifenden Geste auf Geraints Stuhl. Geraint wußte sofort, daß dies schlechte Nachrichten bedeutete. Sein Vorgesetzter, der Earl of Manchester, bestellte ihn normalerweise in seine eigenen Büros. Wenn er zu Geraint kam, gab es Probleme, die geteilt oder delegiert werden mußten. Es mochte die Gicht sein, es mochte eine seiner Frauen sein, die mehr Unterhalt für den adeligen Sprößling verlangte, es mochte alles mögliche sein – aber es würden Probleme sein. Geraint setzte sich pflichtgetreu ihm gegenüber.

»Ich wollte ein paar Worte mit Ihnen wechseln«, fuhr der Mann fort. Geraint sank das Herz in die Hose. Das war ein durch ständige Benutzung etablierter Code. Er bedeutete, daß es ernste Probleme gab und er der Grund war.

»Falls es um letzte Nacht geht…«, begann er.

»Zum Teufel mit letzter Nacht!« sagte der Earl. »Unwichtig. Der Polizeichef mußte schon lange nichts mehr ausbügeln, nicht seit diesem idiotischen Earl und diesem Pfadfinderführer, also wird die Geschichte kaum Wellen schlagen. Damit will ich jedoch in keiner Weise anregen, daß Sie sich regelmäßig auf derartige nächtliche Exkursionen einlassen«, endete er mit mahnendem Unterton.

»Würde mir nicht im Traum einfallen, Sir«, sagte Geraint inbrünstig, indem er dafür sorgte, daß er das ›Sir‹ gleich von Anfang an in die Unterhaltung einfließen ließ.

»Aber in gewisser Weise geht es tatsächlich um letzte Nacht.« An dieser Stelle hielt der Earl inne und begann mit dem Ritual, sich eine seiner unwahrscheinlich großen Zigarren anzuzünden. Selbst in Havanna mußten die geschickten Tabak-Künstler von der Aussicht angewidert sein, eine dieser Monstrositäten zu rollen. Bizets berühmte Heldin hätte wie ein Sumo-Ringer ausgesehen, wäre sie verpflichtet gewesen, ihr Leben lang derartige Zigarren zu rollen. Geraint blieb nichts anderes übrig, als zu warten.

So ein raffiniertes Schwein, dachte er. Natürlich ist das Absicht, mich hier im eigenen Saft schmoren zu lassen, bis er den richtigen Augenblick für gekommen hält, zehn Tonnen stinkenden Drek auf mich abzuladen. Richtige Minister brauchen dieses Talent, wie ich gelernt habe.

»Es gibt gewisse ausländische Interessen, denen die Regierung Seiner Majestät gegenwärtig nicht vor den Kopf stoßen will«, sagte der Earl zögernd. Wiederum hielt er inne, wobei er seine freie Hand benutzte, um seine Taschenuhr aus der Westentasche zu ziehen und sich zu vergewissern, wie spät es war. Geraint wartete weiter auf die Pointe.

»Diese Interessen sind nicht besonders glücklich, was die Natur gewisser Erkundigungen anbelangt, die Sie und ein gewisser... Kollege von Ihnen einholen«, fuhr der Earl fort. »Es stößt sie vor den Kopf, wie ich zu meinem Bedauern sagen muß. Und die Regierung Seiner Majestät will nicht, daß das geschieht. Und natürlich bin ich ein Diener der Regierung Seiner Majestät, wie Sie ebenfalls einer sind.«

Und natürlich wissen wir beide, was du sonst noch gegen mich in der Hand hast, fügte Geraint im stillen hinzu. Doch er riskierte trotzdem etwas.

»Dürfte ich mit allem gebührenden Respekt fragen, ob Sie mit der Art des Problems vertraut sind, welches uns dazu veranlaßt hat, gewisse Erkundigungen einzuziehen?« sagte er, indem er die schwer zu beherrschende verschnörkelte Sprache benutzte, die die Lingua franca britischer Berufspolitiker war.

»Vielleicht bin ich es, vielleicht auch nicht«, erwiderte der Earl, »aber ich weiß, wo die Interessen von König und Vaterland liegen. Also gehe ich davon aus, daß ich mich auf Ihre Diskretion in dieser Angelegenheit verlassen kann. Wie wäre es mit einem gemeinsamen Abendessen in meinem Club?«

Diese Einladung konnte man nicht ablehnen. Es war wie das Händeschütteln unter Gentlemen, eine Besiegelung der Angelegenheit. Eine Ablehnung wäre gleichbedeutend mit einer Zurückweisung der Forderung des Earls gewesen. Sie anzunehmen bedeutete natürlich, daß Geraint nicht zu Michael und den anderen zurückgehen und weiteres Unglück anrichten konnte. Trotz seiner Verärgerung bewunderte Geraint den alternden Earl. Er kennt die Spielregeln und weiß, wie man sich aufdrängt, dachte er. Und, was das Beste ist, er hat keine Ahnung, warum wir tun, was wir tun. Was mir ein Schlupfloch läßt. Wenn wir Erfolg haben, kann ich immer argumentieren, daß der Zweck die Mittel heiligt, und er wird hinterher nicht wütend sein. Aber wenn nicht …

»Es wäre mir ein Vergnügen«, sagte Geraint fröhlich. »Serviert Alphonse immer noch diesen köstlichen Seebarsch?«

Das Gesicht des Earls erhellte sich und nahm jenen Ausdruck des Entzückens an, dem man nur bei einem Politiker begegnet, der glaubt, daß er sich gerade der Ergebenheit eines Untergebenen versichert hat. Als er sich erhob, furzte er nicht einmal, was er fast ausnahmslos tat. Die Angestellten des Auswärtigen Amts nannten ihren Minister heimlich den ›Lemur‹, da sie sein Verhalten als besonders bizarre Form des Hinterlassens territorialer Duftmarken interpretierten. Der Earl war ganz offensichtlich blendender Laune und fühlte sich vollkommen sicher.

Du weißt nicht, wie sehr du dich irrst, dachte Geraint, während er zum Telekom griff, um Michael von seiner Abwesenheit in Kenntnis zu setzen, während der Earl seinen Wagen vorfahren ließ. Jetzt weiß ich, daß diejenigen, die gegen uns sind, bis zu dir durchdringen können, was bedeutet, wir sind auf eine wirklich große Sache gestoßen.

Und wenn ich diese Geschichte zu einem guten Abschluß bringe, kriege ich vielleicht den Affen von der Schulter, den du mir daraufgesetzt hast.

Es war ein normales schwarzes Taxi wie jedes andere Londoner Taxi gewesen. Die Fahrt von der Oxford Street nach Mayfair dauerte trotz der überfüllten Straßen nicht lange, eine kleine Fuhre, und es hätte jedes beliebige Taxi sein können. Michael hatte kaum einen Blick auf den Fahrer geworfen. Er hatte sich die letzten Krümel aus den Mundwinkeln gewischt und war in das erste Taxi in der Reihe gestiegen, die vor dem Selfridges warteten. Nachdem er dem Fahrer die Adresse genannt hatte, lehnte er sich gähnend zurück. Zu den wenigen Stunden Nachtruhe kamen noch die Nachwirkungen des Wodkas, und er fühlte sich ein wenig schläfrig. Er hatte nicht viel getrunken, aber das wenige war ziemlich stark gewesen.

Aber doch gewiß nicht so stark, dachte er, während er seine Krawatte lockerte. Ihm war heiß und ein wenig schwindlig, und dann registrierte er, daß Kristen an seinem Ärmel zupfte und ihn mit beunruhigter Miene ansah, einer Miene, die einen Ausdruck von Panik annahm, als das Taxi begann, rote Ampeln zu überfahren. Danach war die Straße fast frei, und das Taxi konnte schneller fahren und damit die Gefahr verringern, daß ein Passant bemerkte, daß zwei Personen im Innern des Taxis die Hände gegen die Scheiben preßten und sie zu öffnen versuchten, es aber nicht schafften, zwei Personen, die schließlich auf ihren Sitzen erschlafften, da auch der Rest des

Gases lautlos in die luftdicht versiegelte Passagierkabine strömte.

Schließlich haben schwarze Taxis eine gewisse Ähnlichkeit mit den Wagen, die dem Leichenwagen in einem Leichenzug folgen.

9

Sie sind immer noch unterwegs«, sagte Serrin zu Geraint, als dieser in der Wohnung anrief. »Noch nicht wieder zurück.«

»Aha, nun, das macht nichts«, sagte Geraint. »Ich komme wohl nicht vor elf, jedenfalls rechne ich nicht damit. Glücklicherweise nickt der alte Bastard normalerweise immer so gegen halb elf in seinem Sessel ein, und dann wird er von den livrierten Bediensteten weggetragen, damit er sich in Ruhe ausschlafen kann. Wir sehen uns dann.«

Serrin war überrascht, daß Geraint ihn nicht gefragt hatte, wie er mit seinen Nachforschungen vorankam. Er war bereits fasziniert, und nach ein paar Anrufen nahm seine Faszination noch zu.

Während er seine Notizen vervollständigte, wurde ihm bewußt, daß er seit dem Frühstück nichts mehr gegessen hatte, und er machte sich daran, den Kühlschrank zu plündern. Es gelang ihm, sich ein paar äußerst unfachmännische Sandwiches mit weichem Käse und Parmaschinken zuzubereiten, wobei er sich wünschte, das Brot wäre Baguette gewesen, bevor er sich wieder an die Arbeit machte. Schließlich beendete er seine Arbeit und warf einen Blick auf die Uhr auf dem Kaminsims.

Zehn Minuten vor acht.

Er war verblüfft. Vom Gefühl her war es nicht später als sechs, und da die schweren Vorhänge überall in der Wohnung zugezogen waren – Geraints Vorschlag, da sie schließlich überwacht worden waren –, war ihm nicht aufgefallen, daß es draußen längst dunkel geworden war.

Irgend etwas stimmte nicht. Michael und Kristen

waren seit über sieben Stunden unterwegs und hätten normalerweise längst angerufen.

Es klopfte an der Tür, und ein ganzer Schwall paranoider Gedanken und Vorstellungen schoß ihm durch den Kopf. Er ging zu seiner Jacke und zog den Predator, bevor ihm klar wurde, daß das hier schließlich nur das verdammte England war. Auch in diesen Zeiten kam hier kaum eine legal erworbene Waffe auf hundert Personen – ungefähr das genaue Gegenteil der Situation zu Hause –, und es gab nicht *so* viele illegale Waffen auf der Straße.

Und jene, die es gab, schafften es gewöhnlich nicht nach Norden über die Themse und den ganzen Weg ins schicke Mayfair.

Serrin öffnete die Tür einen Spalt weit und sah draußen einen uniformierten Boten mit Klemmbord und Schreibstift stehen, der offenbar auf seine Unterschrift wartete.

»Seine Lordschaft ist nicht zu Hause. Dringende Regierungsgeschäfte«, sagte er.

Der Bote sah nicht sonderlich beeindruckt aus. »Ich brauche aber seine Unterschrift«, beharrte er. »Das steht auf dem Papierkram. Sehen Sie selbst.« Und er demonstrierte diese Tatsache mit einem klobigen, tintenverschmierten Finger.

Serrin zuckte die Achseln. »Wahrscheinlich kommt er nicht vor Mitternacht zurück.«

»Hören Sie, Kumpel, das hier sprengt ohnehin schon meine normale Arbeitszeit. Expreßsendung mit Eilzuschlag, wenn Sie wissen, was ich meine. Ich will verdammt sein, wenn ich noch mal um Mitternacht komme.«

»Ja, ja, schon gut.« Serrin ärgerte sich über das lockere Mundwerk des Mannes. »Hören Sie, ich unterschreibe, und alles geht in Ordnung.«

»Vergessen Sie's. Sie sind keine Lordschaft«, sagte der Mann eingeschnappt. »Sie sind nicht mal einer seiner Diener – Sie sind 'n verdammter Sep, das sind Sie! Ich kann Ihnen das nicht aushändigen, Mann. Da steht mehr als mein Job auf dem Spiel.«

Serrin wühlte in seinen Taschen und fand eine seiner Ansicht nach beträchtliche Summe in Pfund Sterling.

Der Mann beäugte die Banknoten mit zweifelnder Miene.

Serrin tauschte die Pfunde gegen Nuyen und erhöhte den Einsatz um die Hälfte.

Der Mann zuckte philosophisch die Schultern. »Dann unterschreiben Sie für ihn, und kein Mensch wird je den Unterschied merken«, sagte er gleichgültig. Serrin tat es.

»Und wo ist das Paket?« fragte er.

»Unten im Parkhaus. Ich schleppe es doch nicht den ganzen verdammten Weg hier rauf!«

»Danke«, sagte Serrin trocken, wobei er sich wünschte, die Bezahlung nicht heraufgesetzt zu haben. Gerade als der Bote sich zum Gehen wandte, trat ein dunkelhaariger, schwarz gekleideter Elf aus dem Fahrstuhl und fixierte ihn an Stelle einer Begrüßung mit einem durchdringenden Blick.

»Lord Llanfrachfa zu Hause?«

»Drek, das ist ja schlimmer hier als am Piccadilly Circus!« fluchte Serrin. »Er ist nicht da und kommt wahrscheinlich auch nicht vor Mitternacht zurück.«

»Schade. Es war dringend«, sagte der Elf gelassen. Serrin musterte ihn. Er war muskulös, aber ziemlich schlank und dabei in ausgezeichneter körperlicher Verfassung. Ein Straßensamurai, dachte er.

»Sind Sie Serrin?« fragte der andere Elf plötzlich, und Serrin nickte. »Streak. Vielleicht hat Geraint von mir gesprochen?«

Serrin erinnerte sich, den Namen beim Frühstück gehört zu haben, und sagte das auch. Dann beging er den Fehler, irgendeinen Dank für die Hilfe zu murmeln, die der Elf Serrins Freunden hatte zukommen lassen. Streak ergriff die Gelegenheit beim Schopfe.

»Hören Sie, macht es Ihnen was aus, wenn ich warte? Es ist wirklich dringend«, sagte er eindringlich.

»Das ist nicht meine Wohnung«, begann Serrin, doch der Elf fiel ihm ins Wort.

»Hören Sie, Bruder, gestern abend hatte ich noch fünf Kumpel, die mit mir einen Job für seine Lordschaft übernommen haben. Heute morgen beim Frühstück hatte ich noch dreieinhalb, wenn ich das mitrechne, was von einem der beiden Trolle noch übrig ist. Mittlerweile bin ich auf zweieinhalb runter. Vielleicht findet einer meiner Kumpel in Kürze heraus, daß er nur noch eineinhalb hat.« Der Elf zog sich den Zeigefinger der rechten Hand über die Kehle. Es war eine melodramatische Geste, aber es war ihm todernst.

»Ich schätze, ich könnte wenigstens so viel Erklärung brauchen, daß ich nicht selbst in die Statistik eingehe. Drek, Bruder, ich bin nicht gekommen, um Ihnen eins über den Schädel zu ziehen und mit dem Familiensilber zu verschwinden. Machen Sie mal halblang, okay?«

Serrin beschloß, den anderen Elf einzulassen, dann schloß er die Tür ab und legte zusätzlich die Kette vor.

»Keine schlechte Idee«, sagte Streak. Aus seiner großzügig gefütterten schwarzen Jacke holte er die Bestandteile zweier automatischer Waffen mit zusammenlegbarem Schaft und fing an, sie zusammenzusetzen.

»Ich weiß nicht, ob wir diese Art Zimmerflak brauchen«, sagte Streak zu Serrin, der ihn zweifelnd musterte, »aber ich will es nicht darauf ankommen lassen.«

»Ich muß mir ein Paket ansehen, und ich lasse Sie hier nicht allein in der Wohnung«, sagte Serrin.

Streak musterte ihn durchdringend und nickte

dann. »Das ist nur fair. Zum Glück für Sie hatte ich früher auch mit Bombenentschärfen zu tun.«

»Verdammt, daran hatte ich gar nicht gedacht«, sagte Serrin. »Danke.«

»Wohlgemerkt nicht viel. Danken Sie mir nicht zu früh. Jedenfalls müßten die Scanner reagiert haben, wenn irgendwas Verdächtiges ins Haus gebracht worden wäre. Sie haben hier 'ne gute Sicherheit.«

»Seien wir dankbar dafür«, sagte Serrin mit Nachdruck, doch Streak unterbrach ihn erneut.

»Natürlich ist sie nicht gut genug, um mich am Eindringen zu hindern, und wenn es sich um einen dieser experimentellen erschütterungsempfindlichen Sprengstoffe in Gel-Form handelt, die jeder Scanner als Biomaterie klassifiziert, sind wir erledigt, was wir auch tun«, sagte er mit einem lakonischen Kichern. »Andererseits sage ich immer, man muß das Leben auskosten. Man kann sich nicht jeden Tag Sorgen machen, daß man vielleicht in blutige Fetzen zerrissen wird.«

Streak legte das zusammengesetzte leichte Maschinengewehr nieder, stand auf und musterte Serrin. Sein Gesicht verzog sich zu einem hämischen Lächeln.

»Serrin, Kumpel, ich sehe schon, Sie gehören zu denen, die sich Sorgen machen«, sagte er, indem er ihm einen Arm um die Schulter legte. »Das gefällt mir an einem Burschen, aber Sie dürfen sich nicht von den Sorgen unterkriegen lassen.

Und jetzt lassen Sie uns der Bombe guten Tag sagen.«

Die Holzkisten waren nur mit Stricken zugebunden. Sie waren offenbar nicht einmal vernagelt, so daß die Schiebedeckel nur von den Seilen gehalten wurden. Streaks Untersuchungen dauerten ein paar Minuten, und danach sah er einigermaßen zufrieden aus.

»Die Kisten enthalten etwas Metall, aber nicht viel. Tatsächlich glaube ich, daß es sich wahrscheinlich um eine Uhr und einen Ring handelt. Ach ja, und um einen tragbaren Computer und ein oder zwei Extras.«

»Was für Extras?« fragte Serrin.

»In diesen Kisten liegen zwei Personen.«

»Ihr Geister!« rief Serrin. »Wie viele Leichen werden uns denn noch ...«

»Sie können tot sein oder auch nicht«, sagte Streak. »Jedenfalls glaube ich, daß wir es riskieren können.« Er zückte ein bösartig aussehendes Überlebensmesser, durchschnitt die Stricke an einer Kiste und schob den Deckel zurück.

In der Kiste lag Kristen, offensichtlich im Tiefschlaf. Serrin unternahm einen unbeholfenen Versuch, sie herauszuhieven, doch angesichts der Höhe der Kiste war das unmöglich. Mit Streaks Hilfe kippte er die Kiste vorsichtig auf die Seite und schloß Kristen in die Arme.

»Kennen Sie sie?« fragte Streak, während er die Stricke der anderen Kiste durchschnitt.

»Sie ist meine Frau«, sagte Serrin, indem er den schlaffen Körper fest an sich drückte.

»Schön, dann kennen Sie sie wohl«, erwiderte Streak. »Ich frage mich, wen der Weihnachtsmann wohl in diese Kiste gepackt hat.«

Serrin sagte es ihm. Wie Kristen schlief auch Michael tief und fest und ließ sich nicht aufwecken.

»Hey, sehen Sie sich das an, eines der Rentiere hat eine Nachricht hinterlassen«, sagte Streak, indem er eine versiegelte Pergamentrolle aus der Kiste nahm und sie Serrin gab. »Ganz nett gemacht, nicht? Richtig authentisch.«

»Stecken Sie sie einfach nur in meine Jackentasche«, schnauzte Serrin. Er hatte die Arme voll mit dem warmen, schlafenden Körper, der glücklicherweise noch lebte, und konnte kaum das Pergament nehmen und es hier und jetzt lesen. Streak sah ihn an, trat ein paar Schritte zurück und brach das Siegel. Serrin war wütend, da er nicht wollte, daß der andere Elf erfuhr, wer dafür verantwortlich war.

»Nein, ich glaube, ich betätige mich hier mal als Ausrufer«, sagte Streak aufdringlich. »Ihre Kumpel schlafen nur, Sep. Meine sind tot.«

Angesichts der Betonung auf dem letzten Wort konnte Serrin kaum etwas dagegen einwenden. Er konnte nur warten und zuhören.

»›Dies ist eine eindringliche Warnung‹«, las der Elf laut vor. »›Wir töten jene, die unser Blut vergießen, doch wir töten nicht ohne Ehre. Laßt ab von euren Nachforschungen. Diese eindringliche Warnung ist auch die letzte. Unsere Ehre wird nicht befleckt.‹ Puh.«

»Das ist alles?«

»Das ist alles.«

»Keine Unterschrift?«

»Was haben Sie erwartet, die spanische Inquisition?« sagte der Elf verächtlich. Zum erstenmal im Laufe ihrer kurzen Bekanntschaft ging der Stich an Serrin.

»Nun, eigentlich ist das mehr oder weniger tatsächlich das, was ich erwartet habe.«

Streak fiel die Kinnlade herunter, und er stand nur da und gaffte. »Das ist Ihr verdammter Ernst, oder?«

»Sie wollten eine Erklärung, und jetzt werden Sie sie bekommen«, sagte Serrin im Bewußtsein, nun am Zug zu sein. »Schaffen Sie Michael in den Fahrstuhl und in die Wohnung, dann reden wir.«

Geraint war absolut nicht auf die Szene vorbereitet, die sich ihm bei seiner Rückkehr gegen Mitternacht präsentierte. Als er die Tür mit seinem Magnetschlüssel geöffnet hatte und eintrat, fand er zwei Elfen, die auf dem Sofa saßen und so vertieft ins Gespräch waren, daß sie seine Ankunft kaum zur Kenntnis nahmen.

»Entschuldigung, aber ich wohne nur hier«, sagte er spitz, während er seinen Mantel aufhängte. »Wo sind Michael und Kristen?«

»Schlafen«, sagte Serrin.

»Dann haben Sie sich aber sehr früh zurückgezogen«, stellte Geraint beiläufig fest.

»Sie hatten keine große Wahl«, konterte Serrin, um Geraint dann zu erklären: »Was es auch war, die Wirkung hat noch nicht nachgelassen. Leichte Schläge ins Gesicht, kaltes Wasser, wir haben alles versucht, es hat nicht geholfen.«

»Aber es geht ihnen gut«, warf Streak rasch ein. »Ich habe sie untersucht. Ich bin kein Doc, aber ich wußte nicht, ob Sie einen hier haben wollten, und Serrin war auch nicht sicher.«

»Was machen Sie denn hier?« fragte Geraint. Er hatte nicht damit gerechnet, den Elf noch einmal wiederzusehen. Er war jemand, den man für einen Job anwarb, bezahlte und dann vergaß.

Serrin sagte zu ihm, Streak habe ein Recht darauf, das eine oder andere zu erfahren, da die Hälfte seines Teams tot oder außer Gefecht gesetzt sei.

»Da diejenigen, mit denen wir es zu tun haben, sie ebenso auf dem Kieker haben wie uns, dachte ich, wir seien ihm etwas schuldig«, endete er.

»Danke, daß du mich vorher gefragt hast.« Geraint war offenbar nicht besonders erfreut darüber.

»Du warst nicht da, also konnte ich dich nicht fragen. Und sei fair, er hat die Kisten überprüft. Sie hätten präpariert sein können. Er hat sie geöffnet und dabei einiges riskiert.«

»Also weiß er alles?« fragte Geraint. Serrin hielt einen Sekundenbruchteil inne, um ihn wissen zu lassen, daß der andere Elf nicht alles wußte, aber er konnte dem Waliser kaum hier und jetzt sagen, was er verheimlicht hatte. Das mußte warten, bis Streak die Wohnung wieder verlassen hatte.

»Also noch eine Warnung«, schloß Geraint, nachdem er sich hingesetzt und die Botschaft gelesen hatte, die Serrin ihm reichte. »Das wird langsam lächerlich. Sie sind auch zu meinem Chef vorgedrungen. Er hat mich aufgefordert, alle Nachforschungen einzustellen. Das macht bisher drei – diese, er und Jeanne d'Arc letzte Nacht. Diese verdammten Jesuiten machen keine halben Sachen.«

Streak fragte ihn, was er mit Jeanne d'Arc meinte, also erzählte Geraint ihm von dem Vorfall in der vergangenen Nacht. Serrin hatte sich diesbezüglich offenbar nicht in Einzelheiten vertieft.

»Nun, wer diesen Geist auch geschickt hat – wenn es einer war –, es war nicht der NOJ«, sagte Streak. »Ich hatte mit diesen Burschen schon zu tun. Ein kleiner Job in, na ja, egal. Aber ich mußte ein paar Dinge über sie in Erfahrung bringen, und ich weiß genug über sie, um ganz klar sagen zu können, daß das nicht bei ihnen auf der Tagesordnung steht. Das waren sie nicht.«

»Warum sind Sie dessen so sicher?« fragte Geraint.

»Meine Quellen sagen dasselbe«, fügte Serrin hinzu. »Schließlich war Jeanne d'Arc eine Frau.«

»Ich will verdammt sein«, sagte Geraint, »aber darauf wäre ich nie gekommen.«

Serrin ignorierte den Sarkasmus. »Es ist nur so, daß der NOJ sie, nun, für eine Ketzerin hält. Für ein bißchen zu … selbstbewußt. Katholische Politiker, Frauenhaß, Gerüchte über Päpstin Johanna, solche Dinge. Jedenfalls haben sie absolut nichts für sie übrig. Sie würden keinen Geist in dieser Gestalt beschwören.«

»Das würde bedeuten, daß zumindest zwei Gruppen oder vielleicht eine Gruppe und ein Individuum uns gesagt haben, wir sollen uns zum Teufel scheren und uns um unsere eigenen Angelegenheiten kümmern«, sagte Geraint ungläubig.

»So sieht es aus«, sagte Serrin.

»Wie, um alles in der Welt, sind sie so schnell auf uns gekommen?«

»Gute Frage«, sagte Serrin. »Noch dazu eine, die wir nicht so schnell beantworten können, weil wir die zweite interessierte Partei nicht kennen. Was den NOJ betrifft, nun, der hat überall seine Leute.«

»Ja, aber warum sind sie überhaupt interessiert? Wir untersuchen einen ...« Geraint hielt inne, als ihm klar wurde, daß er in Streaks Gegenwart nicht frei reden konnte. »Nun, eine Computerfehlfunktion. Kaum ein Fall für katholische Polit-Heißsporne, oder?«

»Hören Sie, Kumpel«, sagte Streak eindringlich, »ich weiß, daß ich hier die Sonderbehandlung bekomme. Von wegen im dunkeln lassen, bla bla bla. Warum weihen Sie mich nicht ein? Sie haben mir in Chelsea zugetraut, Ihnen den Rücken freizuhalten. Das erwies sich dann als Sache auf Leben und Tod. Und wie es der Zufall will, falls Sie tief im Drek sitzen, ich bin arbeitsmäßig gerade frei. Außerdem habe ich ein begründetes Interesse daran, herauszufinden, wer ein paar von den wenigen Leuten umgelegt hat, denen ich mein Leben anvertrauen konnte. Ich werde gewiß nicht herumlaufen und irgendwem irgendwas erzählen.«

Geraint dachte lange und angestrengt nach. Serrins Miene drängte ihn eindeutig, vorbehaltlos auszupacken.

»Nun, ursprünglich war es Michaels Job«, sagte Geraint wahrheitsgemäß. »Ein Decker droht, die Systeme einiger Megakonzerne massiv zu sabotieren. Er hat eine Art Visitenkarte hinterlassen, ein Icon, das eine okkulte oder religiöse Bedeutung zu haben scheint. Nicht, daß wir das anfangs begriffen hätten, aber nun, da die Leute ein aktives Interesse an uns nehmen und uns die Daumenschrauben anlegen, wissen wir es mit Sicherheit. Auf der einen Seite haben wir also einen Haufen Konzern-Nuyen und auf der anderen ziemlich absonderlichen okkulten Kram.«

»Nun gut«, sagte Streak zögernd, da er immer noch nicht sicher war, ob man ihm die volle Version präsentierte. »Wenn es der Job der schlafenden Schönheit ist, wie paßt ihr Burschen dann ins Bild?«

»Wir kennen uns schon eine Weile«, sagte Geraint schlicht. »Michael glaubte, ich könne ihm bei dem Konzern-Aspekt und Serrin bei dem magischen, okkulten Aspekt helfen. Von dem Geld ganz zu schweigen.«

»Das klingt vielversprechend«, grinste Streak.

»Wir könnten ihn gebrauchen«, schlug Serrin Geraint vor. »Wir sind wohl kaum ein Haufen von Straßensamurai, oder?«

»Mag sein, mag sein«, sagte Geraint. »Aber wir müssen zuerst mit Michael darüber reden. Schließlich ist es sein Job.«

»Das kommt mir vernünftig vor«, sagte Streak, der für den Augenblick zufriedengestellt zu sein schien. »Wie ich schon sagte, für ein vernünftiges Honorar kann ich Leichen auf Verletzungen und Kisten auf Bomben untersuchen. Außerdem kann ich Ihnen auf einen halben Kilometer Entfernung einen Apfel vom Kopf schießen, und ich habe auch spezialisierte Freunde, wenn es sein muß. Und hinzu kommen unkomplizierte Geschäftsbedingungen. Ich akzeptiere alle größeren Kredstäbe.«

»Schon gut, schon gut«, knurrte Geraint. »Ich habe Ihren Lebenslauf auch schon beim erstenmal mitbekommen. Wir warten auf Michael.«

Das Telefon klingelte, und nach einem kurzen Wortwechsel reichte Geraint den Hörer an Serrin weiter. Der Anrufer war offenbar nicht bereit, ein Telekom zu benutzen. Serrin schaltete die Lautsprecher ein, so daß die anderen mithören konnten, bevor ihm klar wurde, daß dies möglicherweise ein Fehler war. Sicher, Geraint würde das Gespräch mithören wollen, aber Streak …

»Ich grüße dich, Chummer«, sagte die Stimme mit dem Brooklyner Akzent fröhlich. »Ich habe ziemliche Beinarbeit unter den Verrückten hier geleistet. In der Gerüchteküche ist nicht viel los, aber du kannst dir ja vorstellen, wie es jetzt ist, wo alle nur noch an Chicago und DC und dem ganzen Drek interessiert sind. Immerhin habe ich etwas Hintergrund und einen Namen.«

»Gib mir, was du hast«, sagte Serrin.

»Tja, Chummer, was diesen Seratini betrifft, habe ich nur Nieten gezogen. Ich konnte keine richtigen Connections aufdecken. Muß ein kleiner Fisch sein. Vielleicht nur ein Kontaktmann.«

»Oje«, sagte Serrin.

»Aber dieser Serrault scheint interessanter zu sein. Er könnte – und ich sage ›könnte‹, weil, wenn es eine Mitgliederliste gibt, hat niemand Zugang dazu – Mitglied einer hermetischen Gruppe sein, die weit zurückreicht. Und jetzt paß auf: die Priorei von Sion.«

»Ist mir nicht bekannt«, sagte Serrin, obwohl er das vage Gefühl hatte, den Namen schon einmal irgendwo gehört und wieder vergessen zu haben.

»Es ist ziemlich unsicher, wie lange die Gruppe schon existiert. Das hängt davon ab, ob man glaubt, daß ein Kult aus einem anderen hervorgeht, von solchen Dingen eben. Es gibt eine Version, die besagt, daß sie bis in die Zeit dieser Kreuzfahrer zurückreicht, der Tempelritter.«

»Ich bin ganz Ohr«, sagte Serrin, während sich seine Nackenhaare sträubten.

»Serrault ist kein Mitglied von besonderer Bedeutung, aber es heißt, daß er möglicherweise ein Anwerber ist. Er ist ein Promi und hält Ausschau nach interessierten, talentierten Leuten, die der Priorei irgendwie nützlich sein können. Anscheinend ist er ein mittelmäßiger Magier. Nicht brandheiß, aber einigermaßen fähig.«

»Wofür sollen die Leute denn nützlich sein, nach denen er Ausschau hält?«

»Tja, das hängt ganz davon ab. Die orthodoxe Ketzerei« – der New Yorker kicherte – »ist die, daß die Priorei dem Zweck dient, die Blutlinie der Nachfolger von Jesus Christus zu schützen.«

»Einfach toll. Noch mehr Zeug aus dem Kuriositätenkabinett«, lamentierte Serrin.

»Vielleicht, vielleicht auch nicht. Vielleicht spielt es keine Rolle. Vielleicht ist die Vorstellung als solche bereits so umstritten, daß sie als Mythos an sich wichtig ist. Das Leben ist ein einziger großer Mythos, Serrin, das weißt du.« Die Stimme brach in schallendes Gelächter aus und beruhigte sich dann wieder. »Entschuldige. Jedenfalls befindet sich das Hauptquartier dieser Leute in einem Ort namens Clermont-Ferrand im Languedoc. Habe ich das richtig ausgesprochen? Das liegt in Südfrankreich, praktisch schon in Spanien.«

Im Zimmer war es plötzlich totenstill.

»Ich habe davon gehört«, sagte Serrin und wartete.

»Schön. Aber bevor du in ein wärmeres Klima abschwirrst, falls du einen Grund dafür hast, und ich frage nicht danach, habe ich noch einen Namen, der näher bei dir zu Hause beheimatet ist. Wenn du im MagicNet surfst, findest du ein halbes Dutzend idiotische Geschichten über die Priorei, Verschwörungstheorien und den üblichen Haufen Drek. Du weißt, wie Magier Tag und Nacht Drek spinnen, Chummer.«

»Erspar mir das«, sagte Serrin. »Nenn mir einfach nur den Namen.«

»Ja, klar. Es handelt sich um einen Burschen unten in Glastonbury. Drek, ich liebe diese drolligen englischen Namen. Ein deutscher Exilant namens Karl-Heinz Hessler. Bleibt meistens für sich, und die Frage ist nicht, ob du ihn sprechen willst, sondern ob er dich sprechen will. Wohnt angeblich in einem kleinen Haus in der Nähe eines Dings namens ›Felsturm‹. Serrin, kannst du mir sagen, was das sein soll, ein Felsturm?«

»Das ist ein kleiner Hügel mit einem Turm darauf«, sagte Serrin. »Gibt es sonst noch etwas über ihn?«

»Eigentlich nicht, abgesehen davon, daß er der Mann ist, mit dem man reden muß. Obwohl er kein Mensch ist, sondern ein Elf. Einer von deinem Volk. Das hilft vielleicht. Er ist alt, was ihn ein wenig ungewöhnlich macht.«

Das stimmte ganz gewiß. Elfen wurden seit weniger als einem halben Jahrhundert geboren, und mit ihrer noch unbestimmten Lebenserwartung, die aber diejenige der Menschen eindeutig übertraf, gab es noch keine alten Elfen. Serrin war fasziniert.

»Ach ja, er hat durchaus Sinn für Humor. Hält sich irgendeinen Geist im Haus, einen Verbündeten, nehme ich an. Nennt ihn Merlin. Also sei respektvoll. Ich hörte, er hat sich auch eine Katze zugelegt, oder vielleicht hat die Katze sich auch ihn zugelegt.«

»Noch mehr triviale Einzelheiten?«

»Die Katze ist nicht trivial. Es ist eine von diesen Langhaarkatzen. Wie ich schon sagte, sei respektvoll. Okay, Chummer, damit schuldest du mir einen Gefallen. Mach's gut, alter Junge, und bis demnächst und so weiter. Ich muß irgendwann mal auf eine Kidney-Pie rüberkommen.« Weiteres Kichern.

»Du hast's erfaßt. Danke, McCarthy.« Serrin legte den Hörer auf.

»Clermont-Ferrand.« Serrin wiederholte den Namen einfach und sah Geraint an. »Da haben wir unsere zweite interessierte Partei.«

»Ich verstehe nur Bahnhof«, sagte Streak, als Geraint nickte. Serrin bedachte Geraint mit einem Blick, der besagte, »Sollen wir ihn einweihen?«

»Er war da, wir erzählen es ihm«, sagte Geraint, indem er das Päckchen holte und Streak gab, so daß dieser es sich ansehen konnte.

»Ich glaube, wir sollten ihn anheuern«, schlug Serrin vor.

»Ich glaube, du könntest recht haben«, sagte Geraint zögernd.

»Das ist Musik für meine Ohren«, grinste Streak.

»Für sieben Tage«, sagte Geraint. »Von jetzt an.«

»Für sieben Tage?«

»So lange haben wir Zeit, heute eingeschlossen, und da der Tag praktisch vorbei ist, sind es eigentlich nur noch sechs. Bis zum Systemabsturz. Bringen wir es also hinter uns«, seufzte Geraint und erzählte Streak die ganze Geschichte. Mehr oder weniger.

10

Michael erwachte um fünf Uhr in der Früh mit Mordgedanken. Er fühlte sich wie nach einem Frontalzusammenstoß mit der gesamten Abwehrreihe der New York Giants, und sein Kopf pochte entsetzlich. Stöhnend versuchte er sich aus dem Bett zu erheben, sackte jedoch wieder zurück. Also blieb er noch ein paar Minuten liegen, nahm einen Schluck aus der Flasche mit gnädigerweise immer noch angenehm kühlem Mineralwasser, stand dann auf und goß sich den Rest des Flascheninhalts über den Kopf. Er schaffte es, ins Badezimmer zu wanken, wo er den Kopf unter kaltes Wasser steckte, wartete und das beste hoffte.

Eine halbe Stunde später, nach zwei Tassen von Geraints bestem, in der Espressomaschine zubereitetem Kaffee, fühlte er sich schließlich dazu in der Lage, zwischen den Adern seiner extrem blutunterlaufenen Augen hindurchzulugen. Er ging wieder ins Badezimmer, duschte und rasierte sich und zog dann gegen Viertel nach sechs einen seiner besten blauen Anzüge aus der Saville Row an. Danach fühlte er sich fast wieder wie ein Mensch. Er erwog gerade, etwas zu essen, da sein Hunger, die Restübelkeit von dem Gas schließlich zu überwinden schien, als Kristen auftauchte, die sich am Türrahmen der Küche festhielt und ihren unsteten Blick auf ihn richtete.

»Das war das allerletztemal, daß ich Wodka mit dir getrunken habe«, sagte er mit einem schwächlichen Lachen. »Wirkt wie ein Tritt von einem Maultier. Guten Morgen. Willst du eine Tasse Kaffee?«

Sie ließ sich auf den Stuhl neben ihm sinken. Offenbar ging eine Unterhaltung über ihre Kräfte, aber immerhin war sie in der Lage, eine Tasse an den Mund zu heben und zu trinken. Ihr Haar, das ihm seit ihrer letzten Begegnung dichter und glänzender vorkam, war eine ungebändigte Mähne, die ihr Gesicht einrahmte. Sie trug nur ein kurzes Nachthemd, und ihre seidenweichen braunen Beine berührten unter dem Tisch seine. Ihre körperliche Präsenz war imponierend, obwohl sie klein und noch jung war und darüber hinaus beträchtliche Schwierigkeiten hatte, sich mit der Realität zu arrangieren.

»Gib mir eine Zigarette«, sagte sie schließlich.

»Bestimmt?«

»Frag nicht«, sagte sie. »Tu es einfach.«

Er argumentierte nicht. Sie inhalierte tief, trank die Tasse aus und lehnte sich mit geschlossenen Augen zurück.

»Ich wünschte, ich hätte was Vernünftiges zu rauchen«, sagte sie, indem sie die Zigarette wehmütig betrachtete.

»Ich glaube nicht, daß das heute morgen so eine gute Idee wäre. Was ist eigentlich mit uns passiert? Ich kann mich an nichts mehr erinnern, nachdem wir in das Taxi gestiegen sind.«

»Ich auch nicht«, sagte sie, indem sie sich wie ein Jaguar in der Sonne streckte. Sie hatte noch nicht gebadet und duftete süßlich und ein wenig nach Moschus. Doch als er sie betrachtete, sah er ein kleines Mal an ihrem Arm. Er streckte die Hand aus und hielt ihn fest.

»Ein Nadelstich«, sagte er. »Sieh doch.«

Kristen starrte wie gebannt auf ihren Arm und kaute besorgt auf ihrer Unterlippe. »Wie hast du das bemerkt?« sagte sie zweifelnd.

»Keine Ahnung. Es ist mir einfach aufgefallen.« Dann zog er seine Jacke aus und rollte seinen Ärmel hoch.

Sein linker Arm trug dasselbe winzige Mal. Beim Duschen hatte er es übersehen, und der leichte Schmerz in seinem Arm war vermutlich in dem Gefühl allgemeiner Erschöpfung untergegangen. Zu dem Zeitpunkt hatte er noch ziemlich neben sich gestanden, und die Welt war nicht mehr als ein verschwommener Nebel gewesen.

»Drek«, sagte er kopfschüttelnd. »Jemand hat Blutproben von uns genommen.«

Sie sah ihn beunruhigt an. Sie wußte nicht, was das bedeutete, aber sie fragte sich wahrscheinlich, was man ihr sonst noch angetan haben mochte.

»Blut, vielleicht für rituelle Magie«, sagte er. »Das ist keine ungewöhnliche Praxis. Wahrscheinlich haben sie auch ein paar Haare abgeschnitten. Das ist nicht gut. Wir müssen Serrin darauf ansprechen. Er ist der Experte.«

Kristen war keineswegs beruhigt. Sie kannte sich mit Magie nicht aus, und die Dinge, die Serrin ihr erzählte, waren schwer zu verstehen. Die magisch Begabten und die Normalsterblichen gingen völlig verschiedene Wege, wobei es viele Punkte simplen Unverständnisses zwischen ihnen gab.

Als sei dies sein Stichwort gewesen, erschien Serrin in der Tür, der seine schlanke Gestalt in einen seidenen Morgenmantel gehüllt hatte. Der Gegensatz zur anmutigen Gestalt seiner Frau hätte nicht größer sein können. Knubbelige Knie und eine Masse von Narbengewebe an dem Bein, das vor vielen Jahren bei einem verpfuschten Run für einen Konzern zerschmettert worden war, wurden unter dem Kleidungsstück sichtbar. Er warf einen Blick auf die Kaffeemaschine, die dunkle Flüssigkeit produzierte, und hielt darauf zu wie ein Iltis auf ein junges Kaninchen.

»Was ist passiert? Wie sind wir zurückgekommen?« fragte Michael ihn. Serrin erzählte es ihm. Michael war zunächst indigniert, mußte dann jedoch lachen. »Man hat uns in Kisten verschickt? Diese Schweine. Nun, ich kann eigentlich nicht sagen, daß ich beleidigt bin.

Schließlich hätten sie uns auch umbringen können.« Dann berichtete er dem Magier von den Nadelstichen und der Möglichkeit, daß man ihnen Blutproben entnommen hatte.

»Dann sollten wir besser schnell nach Glastonbury fahren«, sagte Serrin, der sich über sein kurzgeschnittenes graues Haar strich. »Wir werden um mehr als nur um Informationen bitten müssen. Wir müssen auch noch in der Lage sein, magische Schutzvorrichtungen um uns zu errichten.« Er hielt inne, als er hörte, was er sagte. »Wo sind wir nur hineingeraten? Vor zwei Tagen bin ich noch friedlich an der schottischen Küste spazierengegangen. Jetzt stecken wir knietief im Drek, der uns von allen Seiten um die Ohren fliegt.«

»Glastonbury?« fragte Michael.

»In der Zwischenzeit hat sich einiges ereignet«, sagte Serrin und berichtete von den Ereignissen der vergangenen Nacht.

»Also haben wir jetzt noch jemanden an Bord?« sagte Michael zweifelnd.

»Hör mal, wir wissen, daß wir dich zuerst hätten fragen sollen, aber dazu war keine Zeit, und schließlich war der Bursche hier, als die Kisten eintrafen und als ich den Anruf bekam, und er wußte ohnehin schon die Hälfte. Da hätte es wenig Sinn gemacht, ihm den Rest nicht auch noch zu erzählen. Schließlich wird es in einer Woche sowieso die ganze Welt erfahren, wenn wir keinen Erfolg haben«, sagte Serrin vernünftig. »Aber wir haben ihm nicht alles erzählt. Er glaubt, jemand will das System eines Megakonzerns ruinieren, und er erwartet nicht, daß wir ihm sagen, für wen wir arbeiten. Er weiß nicht, daß mehrere Konzerne betroffen sind.«

»So gesehen, kann ich kaum etwas dagegen einwenden«, stimmte Michael zu. »Wahrscheinlich können wir ihm für eine Woche trauen.«

»Warum wird er ›Streak‹ – Strahl – genannt?« fragte Kristen.

»Wahrscheinlich ein Spitzname aus der Kindheit.« Serrin lächelte. »Er war ziemlich mager als Kind, und offenbar haben die Briten eine bestimmte Bezeichnung für solche Leute – ›ein langer Strahl Pisse‹?«

Michael lachte. »Tja, wenn er den Namen behalten hat, muß er wohl einen Sinn für Humor haben.«

»Oh, den hat er«, sagte Serrin mit einigem Nachdruck. »Oft auf unsere Kosten, finde ich.«

»Redet ihr von mir?« Der Elf hatte sich angeschlichen, während sie im Gespräch vertieft waren, und ging jetzt an ihnen vorbei zum Kühlschrank, als gehöre ihm die Wohnung.

»Meine Güte, das ist gut«, sagte er, indem er sich beim Anblick der Köstlichkeiten darin die Hände rieb. »Seine Lordschaft hat echten Geschmack. Den kann man nicht kaufen. Das ist eine Sache, die ihr Amerikaner« – er grinste Serrin an – »nie wirklich begreifen werdet.«

»Schon gut, schon gut, hören wir damit auf«, protestierte Michael.

»Serrin sagt, heute geht es nach Glastonbury.« Streak schlug Eier in eine Schüssel. »Will jemand Rührei?«

Alle nickten. Aller ursprünglicher Unmut darüber, daß er sich benahm, als gehöre ihm die Wohnung, verflüchtigte sich bei der Aussicht, daß er sich als Quartiermeister und Küchenchef betätigen würde.

»Dann verschwinden wir am besten durch die Hintertür. Ich nehme an, wir wollen nicht verfolgt werden«, sagte Streak. »Können Sie uns maskieren, so daß uns etwaige Beobachter nicht sehen?«

»Dieses Gebäude wird von einem sehr guten hermetischen Zirkel geschützt«, erklärte ihm Serrin.

»Ja, und ich bin die Königin von Saba«, sagte Streak

verächtlich. »Da müssen Sie sich schon was Besseres einfallen lassen.«

»Ich glaube, das kann ich«, sagte Serrin leise.

»Diese Häuser sind durch Wartungstunnel verbunden«, erläuterte Streak. »Wenn wir die nehmen, können wir uns einen Kilometer oder so vom Haus entfernen. Ich denke, es wäre ganz gut, wenn wir zuerst einen unterirdischen Weg nehmen. Allerdings müßten wir vorher für einen Wagen sorgen.«

»Geraints Limousine scheidet aus«, sagte Michael. »Dann werden wir wohl einen Wagen mieten müssen.«

»Brillant«, sagte Streak verächtlich. »Läßt sich von jedem mit einem Radio Shack zurückverfolgen. Überlassen Sie den Wagen mir. Nicht registriert, außer in brandheißen Polizeisystemen, so daß wir nicht verfolgt werden können, es sei denn, jemand kann durch Ice decken, das so dick ist, daß es die ganze Antarktis abdecken könnte. Keine Namen, keine Probleme. Fünf Minuten, nachdem ich den Wagen anfordere, ist er da. Wollt ihr 'ne Limousine oder einen gepanzerten Transporter?«

»Ich glaube, eine gewöhnliche Limousine reicht uns«, sagte Michael grinsend.

»Haben wir eine Möglichkeit, diesen Burschen zu benachrichtigen, daß wir ihn in Kürze besuchen?«

»Ich sehe keine«, sagte Serrin. »Alles, was wir in dieser Richtung unternehmen können, läßt sich zurückverfolgen. Ich habe daran gedacht, einen Botengeist zu schicken, aber den würde man entdecken, sobald er die Gegend verläßt, und es gibt Möglichkeiten, sie zu verhören.«

»Ich kann uns wenigstens einen Platz zum Übernachten besorgen«, sagte Streak nachdenklich. »Wollt ihr auch Schinken dazu?«

»Da sage ich nicht nein. Im Schrank sind auch noch Champignons«, stellte Michael fest.

»Ich kann durch einen Mittelsmann irgendwo draußen etwas buchen lassen«, sagte Streak. »Hey, wollt ihr als Weicheier gehen? Ich meine, die heiligen Vibes aufnehmen und den ganzen Drek? Ich könnte ein paar Sahne-Klamotten für Weicheier auftreiben. Ich kenne ein paar Undercover-Leute, Chips-und-Drogen-Jungens, die diese Art Ausrüstung haben.«

»Das wäre wahrscheinlich übertrieben. Jedenfalls glaube ich nicht, daß Hessler sonderlich beeindruckt wäre«, sagte Serrin zu ihm.

»Wißt ihr, wir brauchen nicht alle zu gehen«, warf Michael ein. »Ich bin derjenige, der mit ihm reden sollte. Es gibt keinen Grund, warum sonst jemand mitkommen sollte, echt nicht.«

Kristen nahm seinen Arm und warf ihm einen ziemlich vorwurfsvollen Blick zu, doch Michael begrub die Idee ohnehin sofort.

»Aber wahrscheinlich ist es keine schlechte Idee zusammenzubleiben«, sagte er. »Einzeln oder paarweise sind wir viel leichtere Ziele. Da könnt ihr den nächsten Taxifahrer fragen.«

»Also gut«, sagte Serrin. Der Schinken briet jetzt, und der Duft ließ Michael und Kristen, die in den letzten sechsunddreißig Stunden kaum etwas gegessen hatten, beinahe sabbern.

»*Voilà!*« Streak füllte die Rühreier in eine Schüssel. Milch, ein wenig Sahne und viel Butter hatten sie perfekt werden lassen. Kristen konnte nicht abwarten, bis sie sich etwas auf ihren Teller gehäuft hatte, sondern aß eine Gabel direkt aus der Schüssel. Sie sah aus, als sei ein Engel vom Himmel herabgestiegen und habe ihr ihren persönlichen Kelch Manna gebracht.

»Das ist noch besser«, sagte Streak und brachte die zweite Portion, diesmal mit geschmolzenem Käse.

»Ich sagte doch, daß es richtig war, diesen Burschen anzuheuern«, murmelte Serrin zwischen zwei Gabeln Ei.

»Ich glaube, ich wecke besser Geraint, solange noch etwas übrig ist«, grinste Michael.

Als Streak schließlich auch das letzte Ei in der Wohnung zerschlagen hatte, um die Frühstückswilligen zu sättigen, hatte sich Michael bereits eingestöpselt und suchte noch nach letzten Daten, bevor sie zu ihrem Ausflug nach Westengland aufbrachen. Das Problem bestand nicht darin, daß er nicht wußte, wonach er suchte, sondern darin, daß ihm das Hintergrundwissen fehlte, um zu bewerten, was er fand. Das war schließlich der Grund, warum Serrin bei ihnen war.

Das Herabladen dauerte sehr lange, auch und gerade für sein Fairlight, von dessen Datenübertragungsrate die meisten Decker nur träumen konnten – an diesem Morgen ganz einfach zu lange. Er wartete ungeduldig auf das Archivmaterial und war dann entsetzt über den Umfang der Daten, als sie schließlich eingetroffen waren.

»Das ist das Problem«, erklärte er dem frisch rasierten und angezogenen Serrin. »Die Ausdrucke nehmen kein Ende. Ich kann eine Million Tonnen von Daten in einer Stunde herabladen, aber ich brauche ein Leben lang, um alles zu lesen und zu beurteilen, obwohl Simon die Daten filtert.«

Serrin lächelte. »Eines deiner Frames?«

»Ja, aber mir fehlen die Parameter, um Simon so zu leiten, wie ich es gerne hätte«, sagte Michael. »Ich brauche deinen Verstand dort drinnen, Serrin. Es muß einen Weg geben, das zu erreichen.«

»Laß meinen Verstand aus dem Spiel. Ich fühle mich ihm sehr verbunden.« Serrin fühlte sich im Augenblick ungewöhnlich wohl. Das lag teils an dem ausgezeichneten Frühstück, teils an der Erleichterung, daß seine Frau unbeschadet zu ihm zurückgekehrt war, und teils an der Vorfreude auf das Gehör, das er zu finden hoffte. Er hatte mit einem befreundeten schottischen Druiden geredet, der mit großer Ehrerbietung von dem alten Elf gesprochen hatte, den sie besuchen wollten, und Serrin war sowohl fasziniert als auch ein wenig ehrfürchtig. In einer zynischen Welt war letzteres ein durchaus angenehmes Gefühl.

Michael zeigte auf den Materialstapel, da die Drukker immer noch Texte und Bilder ausspien. Selbst ein Leser, der wußte, wonach er suchte, würde Tage brauchen, um es in der Datenmasse zu finden – und so viel Zeit hatten sie nicht.

»Ich nehme an, wir können mit dem Lesen im Wagen anfangen«, sagte Serrin, der müßig einen Stapel Bilder durchsah. »Was ist das, ein Auszug aus einem Verbrecheralbum?«

»Bekannte oder mutmaßliche Mitglieder der Priorei von Sion und bekannte NOJ-Agenten in London, England, Britannien und Frankreich«, sagte Michael. »Nicht, daß wir alle bekommen könnten. Viele werden unbekannt sein, von anderen konnte ich keine Bilder auftreiben.«

»Mir kommt keines der Gesichter bekannt vor. Oh, gute Urlaubsschnappschüsse«, kicherte Serrin, als er den Stapel beiseite legte und einen anderen aufnahm.

»Verschiedene Orte, die möglicherweise bedeutsam sind«, murmelte Michael. »Siehst du, was ich meine? Es dauert eine Ewigkeit zu finden, was wir suchen – Serrin, was ist los?«

Serrin war plötzlich noch blasser geworden als üblich und hielt das Bild in seinen Händen, wie ein Ertrinkender sich an einen Holzbalken klammert, um sich über Wasser zu halten. Michael blieb wie angewurzelt stehen und ging dann zu Serrin, um einen Blick auf das Bild zu werfen.

»Das ist sie«, sagte Serrin flüsternd. »In allen Einzelheiten.«

»Du meine Güte«, sagte Michael. »Was, zum ...«

»Du hast es herabgeladen«, sagte Serrin, der Michael anstarrte. »Sag du es mir.«

Michael überprüfte die Codes und verlor ein wenig die Fassung, als er den Ursprung des Bildes fand.

»Es ist eine Statue«, sagte er.

»Offensichtlich«, brummte Serrin ungeduldig.

»Die sich in einer Kapelle in Rennes-le-Château befindet.«

»Weiter.«

»Rennes-le-Château ist nicht weit von Clermont-Ferrand entfernt. Sie ist das Heiligtum der Priorei von Sion – in gewisser Weise. Es ist ein sehr kleines Dorf. Willst du noch mehr Einzelheiten hören? Von dem Dämon über der Kapellentür und der lateinischen Warnung?«

»Ein Dämon? Über einer Kapellentür?«

»Du hast's erfaßt«, sagte Michael. »Dies ist kein gewöhnliches Gotteshaus, nicht nach allem, was hier steht.« Er gab dem Elf die betreffenden Seiten.

»Ich glaube, du kannst einiges Hintergrundmaterial mit zu Herrn Hessler nehmen, Serrin.«

11

»Ich hatte keine Ahnung, daß es hier so etwas gibt«, sagte Geraint, als er Streak durch die schmalen, heißen Tunnel folgte.

»Natürlich nicht«, antwortete Streak. »Es sind Leute wie ich, die Pläne von solchen Orten haben. Ich könnte euch alle nach Bayswater führen. Nun, mehr oder weniger. Würde South Kensington auch reichen? Dort wartet nämlich der Westwind, also wäre es wahrscheinlich ganz sinnvoll.«

Sie widersprachen nicht. Serrin hatte sein Bestes getan, um sie mit einer Maske vor magischer Überwachung zu schützen, und schließlich erklommen sie Stufen und marschierten an einem Sicherheitsinspektor vorbei, den Streak persönlich zu kennen schien, und in ein unterirdisches Parkhaus. Der schnittige dunkelblaue Westwind war allem Anschein nach nur eine etwas klobigere Version des Standardmodells, doch irgend etwas an dieser Klobigkeit legte nahe, daß der Wagen mit gewissen Extras ausgestattet war, über die sie gegenwärtig nicht notwendigerweise nachdenken wollten. Er war mit Sicherheit gepanzert, was beruhigend war.

»Ich glaube immer noch, daß ihr als Weicheier ausstaffiert toll ausgesehen hättet«, kicherte Streak.

»Stellen Sie Ihr Glück nicht auf die Probe«, rief Serrin vom Rücksitz. »Fahren Sie uns einfach auf die Autobahn und aus London hinaus.«

»Und passen Sie auf Taxis aus, die uns vielleicht verfolgen«, rief Michael.

Sie waren fast high an diesem Morgen. Von den fünf Personen konnte nicht eine ›Shadowrunner‹ genannt werden. Serrin war vor einiger Zeit einer gewesen, aber die Erinnerungen an diese Zeiten waren zwiespältig. Er hatte Freundschaften geschlossen und dauerhafte Verbindungen geknüpft, aber er war wurzellos gewesen und hatte ein zerschmettertes Bein als bleibendes Andenken an das Leben in den Schatten behalten. Nun, da er verheiratet und seßhaft war, hatte er nicht mehr das Bedürfnis, in alte Verhaltens- und Lebensweisen zurückzufallen, insbesondere nicht mit einer Frau, die, wenngleich sie eine Überlebenskünstlerin war, keine Erfahrung in diesen Dingen hatte und weit von ihrem Geburtsland entfernt war. Michaels Arbeit beschränkte sich ausschließlich auf das Decken, einer Beschäftigung, der er fast ausschließlich aus der Sicherheit seiner Manhattaner Wohnung in der Stadt nachging, die er sein Zuhause nannte. Geraint war ein Politiker und Geschäftsmann. Streak war der einzige, der sich die meiste Zeit den Gefahren der Straße aussetzte, aber selbst er war ein ehemaliger Angehöriger des Militärs.

Jetzt, wo sie unterwegs waren, hatte sie eine Aufregung erfaßt, die ein Team erfahrener Runner wahrscheinlich unter einer Schicht von Erfahrung und Routine vergraben hätte. Und nach dem Eindringen in die Wohnung und dem Überfall im Taxi fühlten sie sich fast wie Tiere, die einer Falle entronnen waren. Während sie auf der Straße nach Westen zur Ringautobahn um London und der großen Schnellstraße dahinter fuhren, sorgte ein einfaches Gefühl der Freiheit für gute Laune.

»Nettes System hier«, sagte Streak anerkennend. »Ständige Kameraüberwachung. Die nachfolgenden Wagen werden beobachtet und Kennzeichen und Fahrverhalten überprüft, alles mögliche. Wenn sie uns verfolgen wollen, müssen sie einen ganzen Konvoi von Fahrzeugen einsetzen.«

»Woher haben Sie das?« fragte Geraint.

Streak grinste. »Das braucht nicht Ihre Sorge zu sein. Sie haben nur die Rechnung bezahlt.«

»Tatsächlich habe ich sie bezahlt«, sagte Michael. »Sie wird auf der Spesenrechnung auftauchen, die ich dem Konzern stelle. Heute müssen wir etwas Konkretes in Erfahrung bringen, Serrin. Sie brauchen einen weiteren Bericht, bevor sie mir mehr Geld geben.«

»Wir werden schon etwas erfahren«, beruhigte ihn Serrin. »Ich habe den Traktat über Elementare mitgenommen. Zumindest ist das ein Aufhänger, um Hesslers Interesse zu wecken, und es gibt keinen Grund, es ihm nicht zu geben, wenn er wirklich interessiert ist.«

»Hat jemand was dagegen, wenn ich rauche?« fragte Geraint.

»Das Filtersystem wird damit fertig«, sagte Streak zu ihm. »Es ist nicht so gut wie ein komplettes UmweltSiegel-System, aber es reicht.«

»Was haben wir noch?« fragte Michael, während Geraint zum Zigarettenanzünder neben der Zündung griff.

»Wir haben ECMs. Wir haben Infrarot-Tarnung. Wir könnten dazu ein sorgfältig verborgenes Waffenarsenal an Bord haben«, sagte Streak vorsichtig.

»Was?«

»Nun, was ist schon eine kleine SAM unter Freunden?« Der Elf lachte. »Drek, als nächstes werdet ihr euch noch Sorgen wegen der Maschinengewehre machen.«

»Wenn wir in diesem Ding angehalten werden, macht das fünf Jahre pro Person«, sagte Michael, indem er eine aufrichtige Besorgnis übertrieben darstellte.

»Niemand wird uns in *diesem* Ding anhalten«, sagte Streak mit echter Begeisterung. »Drek, ich hasse diese Radarfallen mit ihren Kamerasystemen. In diesem Monster das Gaspedal durchzutreten, macht mehr Spaß, als man mit runtergelassener Hose haben kann, das kann ich euch sagen.«

»Ich kann nur hoffen, daß niemand in die Daten deckt, die von den Kameras übertragen werden«, sagte Michael.

»Die ECMs müßten die Aufnahmen eigentlich ruinieren«, sagte Streak. »Aber dessen können wir nicht hundert Pro sicher sein, was der Grund ist, warum ich die Reifen nicht verheize. Teufel noch mal, können wir auf dem Rückweg keinen Umweg durch irgendeine Wildnis fahren?«

»Bringen Sie uns nur nach Glastonbury, James«, sagte Serrin. »Und halten Sie die Pferde im Zaum.«

»Das Schwierigste war, einen sicheren Ort zu finden, um Susan zu parken«, sagte Streak, als sie kurz nach Mittag ihren Bestimmungsort erreichten. »Ich will sie nicht im Freien abstellen.«

Kristen hörte nicht zu. Glastonbury hatte sie vom ersten Augenblick an beeindruckt. Der dominierende, imposante Hügel des Felsturms, die kleinen Steinhäuser, alt und verwittert, die gnädigerweise der Versuchung widerstanden hatten, Touristenattraktionen zu werden, die Ruhe des Ortes. Die Anzahl der Besucher in diesem Gebiet wurde strikt begrenzt, und selbst Geraint hatte einige Hebel in Bewegung setzen müssen, um sie hineinzubringen. Es gab keine Straßensperren oder ähnlich radikale Maßnahmen. Es war nur so, daß sich für einen Besucher ohne entsprechende Dokumente keine Unterbringungsmöglichkeit fand und er in Geschäften nicht bedient wurde, solche Dinge. Glastonbury schätzte seine Friedlichkeit. Macht hing über dem Ort wie Nebel an einem Frühlingsmorgen über einem Fluß, und Serrin spürte sie schon, als sie noch Kilometer entfernt waren.

Sie standen vor dem Pub, als Streak abfuhr, um den Wagen wegzubringen, die Reisetaschen vor sich auf dem Bürgersteig. Die Kneipe sah mit ihrem Strohdach wie aus dem Bilderbuch aus, aber doch nicht so, wie in einigen Teilen Englands üblich, als sei sie absichtlich so angelegt worden, um leichtgläubige Touristen zu täuschen. Sie hatte ganz einfach schon immer so ausgesehen. Michael schrieb sie ein und bezahlte im voraus, wobei er für den Zimmerservice mehr anzahlte, als man erwarten mochte, aber nicht so viel, daß es prahlerisch gewesen wäre. Protziger, exzessiver Reichtum hätte nicht im Einklang mit der Stadt gestanden.

Ihre Zimmer hatten niedrige Decken und waren klein, aber gemütlich, und der Duft nach frischer Leinenbettwäsche und Handtüchern sowie einer Spur von Lavendel, der einmal nicht an alte Jungfern erinnerte, war einladend. Als Streak zurückkehrte, saßen sie bereits in der Restaurant-Bar, hatten etwas zu essen bestellt und tranken das erste Pint warmen, malzigen Bieres.

Michael brach die braune Kruste der dampfenden Pastete mit einem Eifer, der nach seinem Mammutfrühstück ungerechtfertigt schien – aber da dies seine einzige Mahlzeit in eineinhalb Tagen gewesen war, schien ihm das Steak und die Kidney-Pie genau das zu sein, was er jetzt brauchte. Er erwog kurz, eine zweite zu bestellen, dachte sich dann aber, daß zumindest einige von den anderen möglicherweise denselben Gedanken hatten, doch keine ungebührliche Aufmerksamkeit auf sich ziehen wollten, und entschied sich dann für Pudding.

Kristen zappelte auf ihrem Stuhl und versuchte ihr Kichern hinter vorgehaltener Hand zu verbergen. Er sah sie verständnislos an.

»Das ist unanständig«, sagte sie, und sogar auf ihrem dunkelbraunen Gesicht zeichnete sich eine deutliche Röte ab.

»Was?« Er war immer noch völlig verblüfft, bis ihm klar wurde, was los war. »Ach so, gefleckter Schwanz. Tja, nun, das ist ein Fettpudding mit Korinthen. Hoffentlich begleitet von einer gewaltigen Menge Eiercreme mit leckeren Klumpen darin. Traditioneller englischer Pudding.«

Sie schaute zweifelnd und ein wenig verlegen drein, bis der Nachtisch eintraf und Michaels Beschreibung bis hin zu einer dicken Haut auf der Oberfläche der Eiercreme entsprach, die in der Tat nur eine Art Tarnbedeckung für die mehligen Klumpen zu sein schien, welche darunter lauerten.

»Ich gehe wohl besser allein«, sagte Serrin schließlich, der derartigen Verlockungen längst entsagt hatte. Er mochte keine Süßspeisen und war ungeduldig. »Kommt ihr allein klar?«

»Ich denke schon«, sagte Streak, der sein drittes Pint anging. Serrin sah ihn fragend an. »Keine Sorge, Kumpel«, sagte der andere Elf freundlich. »Ich kann das Zeug hier vertragen. Es kann verdrahteten Reflexen nichts anhaben.«

»Also gut«, sagte Serrin, indem er sich von dem etwas unbequemen Holzstuhl erhob.

»Wann bist du wieder zurück?« fragte Kristen, wobei sie ihn eindringlich musterte.

»Ich habe keine Ahnung«, erwiderte Serrin wahrheitsgemäß, indem er sich noch einmal vergewisserte, daß sich der lederne Einband und der Papierkram, dessen Inhalt er sich auf der Fahrt einzuprägen bemüht hatte, in seinem kleinen Beutel befanden.

»Lassen Sie mich bis zum Fuß des Hügels mitkommen«, sagte Streak. »Klar, weiter wollen Sie dann allein gehen, aber wir gehen besser kein Risiko ein, richtig?«

»Das ist keine schlechte Idee«, sagte Michael.

Serrin dachte einen Moment lang darüber nach, dann nickte er. »Gut, dann los. Bis später, Schatz. Laß dir deinen, äh, Pudding schmecken, Michael.«

»Schmeckt toll«, quetschte Michael durch einen Mundvoll mit Eiercreme überzogenem schwerem Pudding. Kristen stand kurz davor, in schallendes Gelächter auszubrechen, als die beiden Elfen zur niedrigen Tür gingen und die Köpfe einzogen, um das Restaurant zu verlassen.

Streak verließ ihn am Zugangsweg. Das Cottage war nur von ein paar Bäumen umgeben und daher klar zu sehen, und Serrin war überrascht ob der Schlichtheit des Hauses. Er hatte insgeheim mit einem kleinen Herrenhaus gerechnet, das in irgendeinen Nebel gehüllt und von Geistern umgeben war. Als er das Haus astral abtastete, fand er nichts dergleichen, nicht einmal einen Beobachter. Auch keine Schutzvorrichtung oder Barriere, aber das mochte lediglich ein Beweis für die Fähigkeit des alten Elfs sein, seine Macht zu tarnen.

Serrin blieb auf der kurzen Auffahrt stehen. Das Offensichtliche war, zur Tür zu gehen und den Türklopfer aus Messing zu betätigen, aber irgendwie kam es ihm falsch vor, das zu tun. Er war ein wenig entnervt. Er hatte das Gefühl, nackt zu sein, als könne der alte Magier tief in ihn hineinsehen, obwohl Serrin nichts zu verbergen hatte. Er nahm seine ganze Willenskraft zusammen, überbrückte die letzten paar Meter und klopfte höflich zweimal kurz an die Tür.

Sie öffnete sich augenblicklich, und vor ihm stand ein junger Mann mit frischem Gesicht und dunklen Locken. In dem kleinen Flur hinter ihm waren einfache Teppiche zu sehen, ein paar Ziergegenstände aus Messing und Porzellan und eine alte Standuhr, die sonor tickte, während ihr riesiges Pendel in langsamem, stetigem Rhythmus hin und her schwang.

»Ich möchte um eine Unterredung mit Herrn Hessler bitten«, sagte Serrin. »Verzeihen Sie, aber die Angelegenheit ist dringend. Ich habe etwas, von dem ich hoffe, daß er es als Gegenleistung für die Zeit, die er mir widmet, als Geschenk annimmt.«

Er hatte sich diese kleine Ansprache zuvor sorgfältig zurechtgelegt. Der junge Mann rieb sich das Kinn und musterte ihn eindringlich von oben bis unten.

»Sie bedeuten Ärger«, verkündete er.

»Ich bitte um Verzeihung?«

»Nun, eigentlich weniger Sie, sondern vielmehr Ihre Frau. Jemand hat es auf sie abgesehen«, sagte der junge Mann, indem er die Arme vor der Brust verschränkte.

»Ach, Drek«, sagte Serrin, der angesichts dieser unerwarteten Enthüllung von seiner vorbereiteten höflichen Vorstellung Abstand nahm. Was konnte dieser junge Mann damit meinen?

»Ich glaube, mein Meister könnte an Ihnen interessiert sein«, sagte der junge Mann. »Aber gehen Sie zurück und bringen Sie Ihre Frau mit. Sie wird mehr Hilfe brauchen als Sie. Ach du liebe Zeit, da ist noch jemand, nicht wahr? Tut mir leid, die gefühlsmäßige Bindung ist so stark zwischen Ihnen, daß ich ihn nicht sofort sehen konnte. Jemand hat zwei Leute aus Ihrer nächsten Umgebung gezeichnet.

Nun, bringen Sie trotzdem nur Ihre Frau mit«, sagte der junge Mann schließlich. »Eine Person müßte reichen.«

Er war bereits astral untersucht worden, erkannte Serrin, und es überraschte oder ärgerte ihn nicht sehr, weil es genau das war, was er erwartet hatte. Aber es war beunruhigend, daß er jemandem gegenüber, der noch so jung war, so verwundbar war. Dann wurde ihm klar, daß dies natürlich gar kein junger Mann war.

»Sie sind Merlin, nehme ich an?« sagte er höflich.

»Sie können mich so nennen, wenn Sie wollen. Er tut es jedenfalls.« Der Geist grinste. »Und ich werde Sie Serrin nennen. Also kenne ich Ihren wirklichen Namen, aber Sie kennen meinen nicht.« Das Grinsen wurde ein wenig breiter.

Serrin erwiderte es. Den wirklichen Namen eines

Geistes zu kennen bedeutete, Macht über ihn zu haben, und nur Hessler würde über diese Information verfügen.

»Ich komme wieder«, sagte er.

»Beeilen Sie sich«, sagte Merlin, und zum erstenmal nahm sein Gesicht einen wahrhaft ernsten Ausdruck an.

Serrin war auf halbem Weg die Auffahrt hinunter und die Tür zum Cottage hatte sich hinter ihm geschlossen, als sich seine Sinne plötzlich trübten und er ein Gefühl hatte, als würde er ohnmächtig. Ein summendes Geräusch ertönte hinter ihm, und er drehte sich um, langsam, da er unsicher war, ob er es wirklich wollte. Eine schwarze Katze saß vor einem Busch und schnurrte leise.

Das muß seine Katze sein, dachte er.

Plötzlich verspürte er einen Eindruck von Unmut in seinen Gefühlen und korrigierte seinen Irrtum rasch.

Entschuldigung. Du bist sein Katzen-Kamerad.

Das Schnurren wurde ein wenig leiser, und die Katze leckte sich eine Pfote, um sich dann damit das Gesicht zu waschen. Sie machte einen wunderbar sorglosen Eindruck, während sie ihn musterte.

Ein Bild entstand vor seinem geistigen Auge, vier kleine, dunkle junge Katzen, die einen größeren Kater begleiteten. Der Kater war schwarz wie sie, hatte jedoch weiße Strümpfe, ein Lätzchen, eine charakteristische Haarmähne und lange weiße Schnurrhaare.

Skita! Sukis Kater, dachte er. Die elfische Taliskrämerin gehörte zu seinen wenigen Freunden in London. Diese Katze schien ihm mitteilen zu wollen, daß sie ihren Kater kannte. Das Bild einer der kleinen Katzen wuchs und verwandelte sich in die Katze vor ihm. Die Katze ging ein paar Schritte vor und stand dann mit hochgerecktem Schwanz neben ihm.

Das macht Skita immer, dachte er innerlich lächelnd. *Ihr Geister, bist du etwa ein Sprößling Skitas?*

Die Katze schnurrte lauter. Serrin fühlte sich wie von einem Zwang befreit und holte einer Eingebung folgend eine kleine braune Papiertüte aus seinem Beutel. Er hatte sich auf diesen Besuch vorbereitet, und glücklicherweise hatte es der Bote gerade noch rechtzeitig, kurz bevor sie abgefahren waren, zu Geraints Wohnung geschafft.

Er griff in die Papiertüte und zog die Stoffmaus mit ihrem schwachen Geruch nach Katzenmelisse heraus. Er rieb sie heftig, um den Geruch zu verstärken, und legte sie der Katze vor die Pfoten.

Die Katze warf einen Blick auf die Maus, die den Blick zu erwidern schien, als frage sie sich, ob das alles ungefährlich war. Dann nahm die Katze die Maus zwischen die Zähne, hieb mit den Vorderpfoten nach ihr und wälzte sich schließlich auf den Rücken, um die Maus mit allen vier Pfoten zu zerfetzen. Nach einigen Sekunden der Verwüstung schleuderte sie die Maus beiseite und wälzte sich wieder auf den Bauch, um Serrin einen scharfen Blick zuzuwerfen, der sein Bestes tat, um ihre Verlegenheit ob dieses unwürdigen Schauspiels zu kaschieren.

Serrin drehte sich folgsam um und überließ die Katze ihrem berauschenden Vergnügen, ohne es durch menschlichen Voyeurismus zu beeinträchtigen.

Ich habe hier einen Freund, hoffe ich, dachte er. Der Gedanke hellte seine Stimmung auf, während er zurück in die Stadt und zu seiner Frau ging, die noch nicht wußte, daß sie den Schutz benötigte, von dem er so inbrünstig hoffte, daß Hessler ihn ihr geben würde.

12

Sie war ein wenig ängstlich, und der Anblick des bilderbuchmäßigen getrimmten, englischen Frühjahrsgartens konnte sie nicht beruhigen. Als Serrin Kristen zu dem Cottage führte, war die rätselhafte Katze nirgendwo zu sehen, die ihre Beute zweifellos in ein Versteck geschafft hatte, wo sie vor neugierigen menschlichen – oder elfischen – Blicken geschützt war.

»Aber warum will er mit mir reden?« fragte Kristen erneut.

»Ich sagte doch schon, vielleicht will er gar nicht mit dir reden, sondern dich nur sehen«, sagte Serrin behutsam. »Er will uns möglicherweise Schutz anbieten, mehr nicht.«

»Aber warum wollte er nicht auch Michael sehen?« Mittlerweile hatte sie ein wenig darüber nachgedacht. Dieser Punkt war ihr zunächst nicht aufgefallen, da sie überrascht von der Einladung und ein wenig beschwipst vom englischen Ale gewesen war.

»Ich weiß es nicht«, sagte Serrin ein wenig gereizt. »Vielleicht will er das später noch.« Zu seiner Erleichterung hatten sie den Hauseingang erreicht und wurden der Notwendigkeit zu klopfen enthoben, da Merlin bereits in der Tür stand, die sich bei ihrer Annäherung öffnete.

»Er wird Sie jetzt empfangen. Gehen Sie einfach die Treppe hinauf«, sagte Merlin freundlich. »Was uns betrifft« – er wandte sich an Kristen –, »ich glaube, er wird rufen, wenn er uns braucht. Darf ich Ihnen einen Tee anbieten?«

»Oh, äh, ja, danke«, sagte sie ein wenig verblüfft, während sie ihrem Mann einen nervösen Blick zuwarf. Serrin hatte ihr nicht verheimlichen können, daß es sich bei Merlin um einen Geist in menschlicher Gestalt handelte. Streak hatte im Pub Witze darüber gemacht, und Serrin hatte zu erklären versucht, was genau Merlin war. Kristen hatte erst einen Geist in ihrem Leben gesehen, einen Stadtgeist, der von einem wütenden Xhosa-Schamanen beschworen worden war, und der hatte ganz anders als Merlin ausgesehen. Dieser Geist sah täuschend menschlich aus – menschlich im Sinne von Fleisch und Blut –, aber sein etwas schiefes Lächeln war offen und freundlich, und er gefiel ihr.

»Erzählen Sie mir von der Regenkönigin«, hörte Serrin Merlin sagen, als er die junge Frau in die kleine Küche führte, aus der der Duft nach Toast und Tee drang. Er grinste und zog den Kopf ein, während er die winzige Treppe in den ersten Stock erklomm.

Der alte Elf stand wartend in der Tür, vom Licht des Nachmittags eingerahmt, das durch das Fenster fiel. Seine Erscheinung war in keiner Weise imposant. Er war weder außergewöhnlich groß für einen Elf noch klein, und er war zwar schlank, aber nicht dünn. Sein silbriges Haar war lang, aber nicht ungekämmt, und seine Augen blickten sanft, nicht scharf oder durchdringend. Er hielt einen Gehstock auf eine Weise, die besagte, daß er die Stütze benötigte und ihn nicht um der Effekthascherei willen hatte, und seine Kleidung war schlicht und dunkelblau ohne schmückendes Beiwerk oder Verzierungen. Auf einem Foto hätte auch der aufmerksamste Beobachter nichts Ungewöhnliches in ihm gesehen.

Vor ihm zu stehen und seinem Blick zu begegnen war jedoch etwas ganz anderes.

Serrin erinnerte sich an einen alten Mann, einen Menschen, den er als Kind gekannt hatte. Der Mann hatte studiert, was in den Jahren vor dem Erwachen als Psi-Phänomene bezeichnet worden war, und er war der erste gewesen, der gesehen hatte, daß der Elf kein Normalsterblicher war. Es war sein Verdienst, daß Serrin in jungen Jahren ausgewählt worden war, hermetische Studien zu betreiben. Serrin erinnerte sich, wie dieser Mann ihm von seiner eigenen Jugend erzählt hatte, die jetzt über ein Jahrhundert zurücklag, als er auf den Knien seines Großvaters gesessen hatte, der ihm von seinen Reisen als Angehöriger der britischen Handelsmarine in ferne Länder berichtet hatte: Indien, Afrika, China.

»Kaum vorstellbar, Junge, aber damals gab es noch kein Trideo. Es gab nicht einmal Fernsehen – nun, jedenfalls nicht in den Wohnungen gewöhnlicher Arbeiter. Also hatte ich noch nie einen Löwen oder einen Tiger oder einen Elefanten gesehen. Und mein Großvater hat mir Geschichten über sie erzählt, über die Orte und die Geräusche und die Bilder und die Art, wie die Frauen Körbe und Wasserkrüge auf dem Kopf durch die Wüste trugen, und wie sich die Leute anzogen und daß der südliche Sternenhimmel anders aussieht als der nördliche. Und ich habe immer sprachlos dagesessen und wollte nicht, daß er jemals aufhört zu erzählen. Ich liebte den alten Mann auf eine andere Weise als alle anderen, die ich kannte oder je hätte kennen können. Heutzutage sehe ich überall Wunder, bei deren Anblick ich mich wie damals fühle, als ich ein Kind auf seinen Knien war. Und das werden deine Wunder in dieser neuen Welt sein.«

Serrin erinnerte sich an den alten Mann, den besten Freund seines Großvaters, und wie ihn die Fähigkeit dieses Mannes, Staunen und Ehrfurcht sogar noch in den hohen Achtzigern zu empfinden, verzaubert hatte. Als er den alten Elf ansah, fiel ihm all das wieder ein.

Es war nicht das erstemal, daß Serrin sich in Gegenwart einer ungewöhnlich oder außergewöhnlich mächtigen Person befand. Normalerweise war es keine angenehme Erfahrung. Seiner begrenzten Erfahrung nach waren solche Leute normalerweise zurückhaltend und arrogant oder einfach in sich gekehrt, Leute, in deren Anwesenheit man sich nicht unbedingt wohl fühlte. Der alte Elf, der ihn eindringlich musterte, war nichts von alledem. Zitternd und mit einer Art Schock wurde Serrin klar, daß das, was er in Gegenwart des alten Elfs empfand, tiefe und innige Liebe war, eine sehnsuchtsvolle Erkenntnis der Güte dieser Person, die er bis zu diesem Augenblick noch nie zuvor gesehen hatte. Er fühlte sich schwach, und als sich der alte Elf umdrehte und in sein Arbeitszimmer schlurfte, konnte Serrin ihm nur schweigend und zögerlich folgen.

Das Zimmer war natürlich viel zu groß. Das wurde offensichtlich, sobald Serrin eintrat. Jeder Zentimeter Wandfläche war mit Holzregalen bedeckt, auf denen sich magische Schriften und Bücher aller Art stapelten. Es mußten Tausende sein. Von draußen schien es freilich so, als könne das Zimmer niemals so viel Platz bieten.

Hessler lächelte über seine staunende Miene. »Ach, das. Es ist nichts. Mir gefällt dieses kleine alte Zimmer eben sehr, und ich mußte sie alle irgendwie hineinbekommen. Merlin braucht eine Ewigkeit, um Dinge im Keller zu finden, und manchmal ist er beschäftigt. Wollen Sie sich nicht setzen?«

Es war eine Erleichterung, nicht mehr länger stehen zu müssen. Serrin fiel beinahe auf den hartlehnigen Stuhl vor dem Schreibtisch, hinter dem der alte Elf saß und ihm freundlich zulächelte.

»Sie trägt ein mächtiges Zeichen«, sagte Hessler mit seiner schläfrigen, freundlichen, leicht akzentbehafteten Stimme. Es war offensichtlich, von wem er sprach.

»Ja«, war alles, was Serrin als Antwort einfiel.

»Sie könnte jederzeit getötet werden«, fuhr Hessler ohne eine Änderung seines Tonfalls fort.

»Ich kann es mir vorstellen«, sagte Serrin schwach, während er immer noch versuchte, sich zu orientieren.

Hesslers Präsenz war so stark, daß sie ihn zu äußerster Passivität verurteilte und er fast nicht in der Lage war, überhaupt zu sprechen.

»Aber Sie sind nicht gekommen, um mich deswegen um Hilfe zu bitten, jedenfalls nicht ursprünglich«, stellte Hessler fest. Er nahm einen altmodischen Federhalter von seinem Teakholzschreibtisch und spielte müßig damit herum.

»Das stimmt«, sagte Serrin, der sich langsam wieder fing. »Obwohl mir das jetzt, wo ich weiß, wie ernst die Sache ist, am wichtigsten ist.«

»Ich glaube, das Problem können wir lösen«, sagte Hessler freundlich. »Warum erzählen Sie mir jetzt nicht, warum Sie eigentlich zu mir gekommen sind?«

Er weiß es, dachte Serrin, doch er irrte sich. Der alte Elf wußte nicht in jeder Hinsicht Bescheid, doch als Serrin seine Geschichte beendet hatte, tat er es mit Sicherheit.

»Also sind Sie gekommen, um nach der Priorei von Sion zu fragen«, sagte Hessler nachdenklich, während er den Federhalter drehte und wendete, da Serrins Geschichte ausklang. »Das ist eine ziemlich umfangreiche Frage, Serrin. Wir könnten eine ganze Woche hier sitzen, und nach allem, was Sie mir erzählt haben, können Sie keine Woche bleiben und sich die Antwort anhören.«

»Richtig. Wir haben uns gefragt, warum sie sich für unser Tun interessieren und sie den Geist geschickt haben, um uns abzuschrecken.«

»Fahren Sie fort.«

»Ich kann nicht glauben, daß eine hermetische Organisation ein direktes Interesse an Matrix-Aktivitäten und Computer-Sabotage haben kann«, sagte Serrin zögernd. »Vielleicht einige wenige Mitglieder. Aber nicht die Organisation. Zumindest kann ich mir das nicht vorstellen.«

Hesslers Augen funkelten in wenig. »Das scheint eine vernünftige Schlußfolgerung zu sein.«

»Also habe ich mir gedacht«, sagte Serrin behutsam, da sich einige Teile des Puzzles gerade in diesem Augenblick für ihn zusammenfügten, »daß diese Organisation an einem von zwei Dingen interessiert sein muß. Erstens, diese Leute kennen den Decker, der damit droht, das ganze Kartenhaus zum Einsturz zu bringen. Oder zweitens, das Icon, das er hinterlassen hat, ist so etwas wie eine Gefahr für sie. Vielleicht droht es, sie mit der Sache in Verbindung zu bringen. Ich kann die zugrundeliegende Logik nicht verstehen, aber das liegt daran, daß ich nicht genau weiß, was diese Organisation tut. Es gibt einen Haufen Bücher, eine gewaltige Datenmenge, aber es gibt auch ein Dutzend verschiedene Versionen, und ohne detaillierte Kenntnisse können wir nicht sagen, welche stimmt.«

»Also sind Sie zu mir gekommen«, sagte Hessler und wartete.

»Ja«, sagte Serrin nur und wartete ebenfalls.

»Nun, dann kann ich Ihnen sagen, daß es der Priorei völlig egal wäre, wenn sich sämtliche Computersysteme auf dieser Welt über Nacht in Rauch auflösen würden«, sagte Hessler. »Es würde ihnen absolut nichts bedeuten.«

»Dann ist es der Decker«, sagte Serrin sofort. »Sie wissen…« Er hielt inne. »Was wissen sie? Wollen sie ihn für sich gewinnen? Haben sie Angst vor ihm? Sie müssen wissen, wer er ist.«

»Das ist logisch«, sagte Hessler mit dem Anflug eines Lächelns.

»Warum haben sie dann Angst davor, daß wir ihn finden? Sie müssen Angst haben, sonst hätten sie nicht versucht, uns abzuschrecken.«

»Vielleicht«, sagte Hessler, »wollen sie ihn selbst finden, und vielleicht wollen sie nicht, daß jemand anders ihn vor ihnen findet.«

»Und die Jesuiten?«

Hesslers Blick verhärtete sich. »Dasselbe könnte auch auf sie zutreffen.«

»Es sieht so aus, als wollten schrecklich viele Leute unseren Decker finden.«

Hessler lachte, ein sanft perlender, musikalischer Laut. »Ihrem Bericht zufolge ein Haufen sehr reicher Konzerne eingeschlossen.«

»Er muß ein irrer Bursche sein«, sagte Serrin, der das Lachen des alten Elfs ansteckend fand.

»Da fragt man sich, warum er noch nicht gefunden wurde, oder?« sagte Hessler beiläufig. Serrin sah ihn an, und plötzlich war sein Verstand vollkommen konzentriert. Es war so, als sei er nach einem Abend beständigen Alkoholgenusses schlagartig nüchtern geworden.

»Sie kennen ihn«, sagte er, wobei es ihm gerade eben gelang, nicht anklagend zu klingen.

»Das könnte sein«, sagte Hessler gelassen. »Das heißt, ich könnte so meine Vermutungen haben.«

Wie ist es möglich, daß dieser Magier weiß, wer ein außergewöhnlicher Decker ist? Es kann nicht sein, weil er Decker ist, es muß mehr dahinterstecken... Serrins Gedanken überschlugen sich.

»Michaels Auftraggeber würden ein Vermögen für den Namen bezahlen«, sagte Serrin.

»Hören Sie schon auf«, sagte Hessler mit sanftem Tadel. »Sie müssen doch wissen, daß mir Geld nicht viel bedeutet.«

»Und Sie es mir nicht sagen werden«, sagte Serrin kläglich.

»So einfach ist es nicht. Wenn meine Vermutungen stimmen, will ich wissen, warum er es tut. Es sieht ihm gar nicht ähnlich.«

»Also ist es ein Er«, sagte Serrin. »Nun, damit können wir mindestens die Hälfte der Bevölkerung streichen.«

Hessler lachte wieder.

»Warum wollen Sie es mir nicht sagen?« Serrins Stimme hatte jetzt einen drängenden Unterton.

Hessler betrachtete ihn mit ernster Miene. »Serrin, so einfach ist es wirklich nicht. Ich bin nicht der einzige, der sich dafür interessieren wird, warum er das tut. Es gibt gewisse ... gewisse Gerüchte, die ich gehört habe, die andere von uns gehört haben, die es erklären könnten. Ich muß in bezug auf diese Dinge selbst Bescheid wissen. Die Matrix ist unwichtig für uns.«

»Unwichtig?« Serrin konnte es nicht glauben. »Jedes Computersystem auf dieser Erde könnte über Nacht zusammenbrechen. Die Konsequenzen sind unvorstellbar. Der große Crash von '29, nur um ein Vielfaches verstärkt. Tausende bankrott, Millionen ohne Arbeit – unwichtig?«

»Relativ unwichtig, ja«, sagte Hessler ziemlich kategorisch.

»Relativ wozu?«

»Ich glaube nicht, daß ich darüber diskutieren kann«, fuhr Hessler fort. »Diese Entscheidung liegt nicht bei mir.«

»Vielen Dank auch«, konterte Serrin. »Meine Freunde und ich werden von Geistern angegriffen, verfolgt, betäubt und in Kisten verschickt, und unsere Partner werden getötet, weil wir über eine Sache gestolpert sind, und es wäre wirklich nicht schlecht, eine Ahnung zu haben, worum es sich bei dieser Sache handelt, wissen Sie.«

»Sie haben genügend Spuren, denen Sie folgen können«, sagte Hessler. »Nach dem zu urteilen, was Sie mir erzählt haben.«

»Sie können mir doch sicher weiterhelfen«, sagte der jüngere Elf flehentlich. Er bettelte fast.

»Dann halten Sie sich vom NOJ fern«, sagte Hessler schneidend. »Der Orden hat ebenfalls ein offensichtliches Interesse. Aber diese Leute sind schlicht und ergreifend Mörder, sind es in ihren verschiedenen Masken im Laufe der Jahrhunderte schon immer gewesen. Meiden Sie die. Ziehen Sie eine Form der Verständigung mit anderen in Erwägung. Das sollte reichen.

Da wäre noch diese andere Geschichte. Ich werde rituelle Magie benötigen. Ich muß einen Geist schikken, der die Proben zerstört, die man Ihren Freunden abgenommen hat. Dieser Geist muß stark sein, um die Abwehrmaßnahmen des Feindes zu überwinden, und darf nicht zurückverfolgt werden. Das wird nicht leicht werden.«

»Als ob ich das nicht wüßte«, sagte Serrin mit einigem Unbehagen. Er hatte sich nie besonders mit ritueller Magie befaßt, aber das Ausmaß des Vorhabens war ihm durchaus bewußt.

»Ich kann das für Sie erledigen«, sagte Hessler, »aber natürlich hat alles seinen Preis.«

Serrin nickte. »Natürlich.«

»Sie müssen verstehen, daß es nicht für mich wäre, sondern für Merlin«, sagte Hessler.

»Merlin ist ein ... Verbündeter?«

Hessler lehnte sich zurück und lachte laut und lange. Als er fertig war, wischte er sich mit der rechten Hand über die Augen und lächelte fast ein wenig hilflos.

»Du meine Güte, nein. Es würde ihn ziemlich amüsieren, wenn er hörte, daß Sie ihn so bezeichnen. Merlin ist ein freier Geist. Er hat es sich selbst ausgesucht, mein Gefährte zu sein. Er ist neugierig und liebt diese Welt und ihre Bewohner. Das ist auch der Grund, warum er Ihnen helfen wird. Die Belohnung sollte für ihn sein.«

Hessler hielt inne und betrachtete Serrin lange und eindringlich, bevor er sagte: »Ich will Karma von Ihnen für ihn.«

Serrin hatte halb und halb damit gerechnet. Es

würde ihn für Wochen, vielleicht sogar Monate erschöpfen. Er würde einen Teil seiner eigenen spirituellen Kraft und Stärke dem freien Geist schenken, der sie benutzen würde, um seine Kräfte und Begabungen zu entwickeln. Das war der Preis, den freie Geister immer für ihre Dienste verlangten. Und während Weltliche nur ein wenig für solche Hilfe aufbringen konnten, waren Magier immer die effektivsten Spender derartiger Energien und Kräfte.

»Was immer auch nötig ist«, stimmte Serrin zu. Schließlich war es für Kristen. Nach einem Winter kalter, verschneiter schottischer Nächte, die er mit ihr an warmen Kaminfeuern verbracht hatte, nach Spaziergängen vor einem grauen, fast arktischen Horizont, nach ungezählten Worten, die auszusprechen zum Teil nicht nötig gewesen war, hätte er alles getan, was man von ihm verlangte. Und er vertraute dem älteren Elf.

»Es sollte schnell geschehen«, regte Hessler an.

»So schnell wie möglich«, sagte Serrin inbrünstig. »Wir haben weniger als eine Woche.«

Eine schwarze Katze schritt in das Zimmer, den Schwanz zum Himmel erhoben, und sprang auf Hesslers Schoß. Geistesabwesend kraulte er sie unter dem Kinn, wo Katzen ölabsondernde Drüsen haben und besonders gern verwöhnt werden. Die Katze schnurrte und schloß die Augen.

»Ich glaube, Sie sind Hathor bereits begegnet«, sagte Hessler.

Serrin grinste. »Ich stehe auf recht gutem Fuß mit ihrem Vater.« Er mochte Katzen, und sie fühlten sich auch zu ihm hingezogen. Außerdem erkannte er einen anderen Katzenliebhaber, wenn er einen sah, und die Art, wie der ältere Elf die Katze kraulte, war eindeutig aus der Erfahrung erwachsen. Der erste Knöchel seines Zeigefingers kannte genau die richtige Stelle, die er unter dem Kinn reiben mußte, und sie machte bereits Anstalten sich auf den Rücken zu wälzen und sich den Bauch kraulen zu lassen.

»Besser, Sie bitten Merlin heraufzukommen«, sagte Hessler nachdenklich. Serrin verstand den Wink und überließ den Elf seinen Gedanken.

Zu seiner Überraschung unterhielt sich Kristen mit leuchtenden Augen und sehr angeregt mit einem jungen Mann, der eindeutig an ihren Lippen hing. Serrin blieb am Fuß der Treppe stehen, überrascht und sogar erleichtert, sie so guter Laune vorzufinden. Das Geräusch eines Stuhls, der über den Steinboden gezogen wurde, unterstrich den Monolog.

»Dann bewegen sie sich *so*, sehen Sie?« Serrin konnte seine Neugier nicht mehr bezähmen und ging in die Küche, wo sie sich im Tanz vor dem hingerissenen Geist-Mann wand.

Sein Lächeln war breit, doch sie hielt inne und blickte ein wenig verschämt drein.

»Ich wollte nicht ...«, begann er.

»Mein Meister will mich sehen?« sagte Merlin sofort. »Dann entschuldigen Sie mich bitte, junge Dame. Das war ganz wunderbar! Ich habe soviel gelernt.«

Er stand auf und nickte ihr zu, eine fast unterwürfige Geste, um dann Serrin anzulächeln, als er an ihm vorbei und zur Treppe ging.

»Und du hattest Angst vor ihm«, sagte Serrin freundlich und in dem Bemühen, den Eindruck zu vermeiden, er sei in etwas für sie äußerst Vergnügliches hereingeplatzt.

»Tja, ich wußte nicht, wie ein Geist ist, ich meine, nicht wie er«, sagte sie ein wenig rechtfertigend und setzte sich wieder auf ihren Stuhl.

Serrin war gekränkt. Er empfand es fast wie eine Zurechtweisung. Er setzte sich neben sie und nahm eine ihrer Hände in seine.

»Hessler wird uns helfen«, sagte er, wobei er ihr in

die Augen sah. »Dafür muß ich etwas für ihn tun. Es ist nicht viel.«

Ihre Pupillen weiteten sich ein wenig, und er konnte erkennen, daß sie beunruhigt war.

»Es ist wirklich nicht viel«, wiederholte er.

»Was will er?« Sie war eindeutig besorgt, vielleicht sogar verängstigt.

»Nichts für sich selbst. Es ist für Merlin. Geister brauchen Macht, Karma, um sich zu entwickeln. Er will Karma von mir.«

Sie verstand den Begriff des Karmas nicht richtig, aber sie wußte, daß es Teil seines Wesens und seiner Macht war, sein Kern, und sie öffnete den Mund, um zu protestieren. Er hob eine Hand und legte ihr den Zeigefinger auf die Lippen, um sie zu beruhigen.

»Ich sagte, es ist wirklich nicht so viel. Mit der Zeit werde ich es zurückgewinnen. Es ist ein fairer Preis. Nein, der Preis ist mehr als fair.«

»Warum kann ich es nicht tun?« flehte sie. »Es geht doch um mich.«

»Es ist besser, wenn das Karma von einem Magier stammt, und es geht nicht um dich. Nicht wirklich. Schließlich warst nicht du es, die uns in diese Geschichte hineingezogen hat. Also mach dir keine Sorgen.«

Es war nur eine rasche Geste, aber er sah, wie sie die Unterlippe in den Mund sog und auf der Innenseite kaute, um das Zittern darin zu verbergen. Er legte den Arm um sie und hielt sie fest, und so blieben sie sitzen, bis sie Merlins Schritte auf der Treppe hörten. Als der Geist die Küche betrat, war Serrin nicht überrascht, daß er jetzt eine weitaus ernstere Miene aufgesetzt hatte.

13

Ich finde, es ist klar, was er uns damit sagen will«, stellte Michael fest.

Es war längst dunkel. Sie hatten lang und breit über Serrins Unterhaltung mit Hessler diskutiert, und Michael versuchte wie immer, alles auf einen logischen Nenner zu bringen.

»Er sagt, haltet euch von der Inquisition fern. Nun, das klingt gut in meinen Ohren. Wie hat er es ausgedrückt? ›Ziehen Sie eine andere Art der Verständigung in Erwägung‹?«

»›Ziehen Sie eine Verständigung mit anderen in Erwägung‹, war es, glaube ich«, sagte Serrin.

»Womit logischerweise nur die Priorei von Sion gemeint sein kann«, regte Michael an. »Ich meine, es kann sich auf keine andere Partei beziehen, oder?«

»Das klingt vernünftig.« Geraint hatte seine üblichen Filterzigaretten aufgegeben und sich eine nicht besonders große und überraschend wohlriechende kubanische Zigarre angezündet. Süßlicher blauer Rauch sammelte sich unter der Decke des Zimmers, in dem sich die fünf nach dem Abendessen versammelt hatten.

»Es gibt da ein gewisses Problem. Ich will damit sagen, einer ihrer Leute ist dir gefolgt und hat uns beschattet. Und jetzt ist er tot. Ganz zu schweigen von ihrem Magier, der ebenfalls tot ist. Damit fehlen uns die Kontakte, und ihr müßt zugeben, daß sie nach zwei Todesfällen vielleicht ein wenig, nun, mißtrauisch sein könnten. Oder nicht?«

»Das hängt davon ab, warum sie uns beschattet haben und so ein großes Interesse an der Sache nehmen, nicht wahr?« sagte Geraint. Ein äußerst gelungener Rauchring hob sich langsam, um sich zwischen den Überresten seines Vorgängers aufzulösen.

»Ich habe eine Idee«, sagte Michael zögernd.

Alle warteten.

»Wir kennen sonst keinen von ihren Leuten – schön, ich habe eine Liste mutmaßlicher Mitglieder, aber wir können kaum von Tür zu Tür gehen und fragen: ›Entschuldigung, haben Sie zufällig Interesse an einem Decker, der kurz davor steht, die ganze Welt abstürzen zu lassen?‹«

»Zugegeben«, sagte Geraint trocken.

»Dann könnten wir ihnen eigentlich in ihrem eigenen Hinterhof guten Tag sagen«, fuhr Michael fort. »Serrin sagt, er habe vergessen, Hessler das kleine Buch zu geben.«

»Es ist mir einfach entfallen«, bekannte der Elf. »Aber ich würde es ihm trotzdem gerne anbieten.«

»Mir wäre es lieber, wenn du das nicht tätest«, sagte Michael. »Dann hätten wir zumindest *etwas* in der Hand. Wir hätten so etwas wie einen Fuß in der Tür. ›Entschuldigung, wir haben etwas, das Ihnen gehört. Wollen Sie es zurück?‹«

»Ja, genau«, sagte Streak sarkastisch. »Darauf werden sie bestimmt total abfahren.«

»Wir müssen ja nicht direkt zu ihrer Haustür gehen«, stellte Michael fest. »Wir können als Touristen gehen. Rennes-le-Château wird von genügend Irren besucht, die sich den diabolischen Türhüter und das andere verrückte Zeug ansehen wollen. Es sind nicht viele, aber was soll's, wir könnten Recherchen für eine Trideo-Gesellschaft anstellen. Oder alles mögliche. Wir können uns den Ort zumindest ansehen und dann dort über unseren nächsten Schritt entscheiden. Für unsere Nachforschungen wäre es nicht schlecht, wenn wir Clermont-Ferrand zu unserer Basis machten. Drek, dann wäre es nur ein Tagesausflug. Und da ist noch eine andere Sache: Wir wären aus London heraus und unterwegs. Und somit weg von diesen nicht allzu angenehmen Leuten, die uns im Auge behalten.«

»Wir könnten verfolgt werden«, sagte Geraint.

»Ja, natürlich, aber das ist immer noch besser, als ein Kaninchen zu sein, das in seinem Bau bleibt und auf das Frettchen wartet«, sagte Michael weise.

»Frettchen?« fragte Kristen. Das Tier gab es in der afrikanischen Fauna nicht.

»Iltis«, bot Michael eine Alternative. Davon hatte sie schon gehört.

»Er hat gar nicht so unrecht«, sagte Streak nachdenklich. »Es ist ein gutes Prinzip, immer auf Achse zu sein. Besonders dann, wenn mehr als ein Trupp Feinde darauf aus ist, uns fertigzumachen. Schließlich quatschen sie ständig etwas von letzten Warnungen.«

»Ich kümmere mich wohl besser um den Flug«, sagte Geraint.

»Können Sie eine Genehmigung für die Benutzung des hiesigen Luftraums bekommen?« fragte ihn Streak.

»Ich glaube schon, ja, höchstwahrscheinlich«, sagte Geraint nach anfänglichem Zögern. »Barnaby Smythe vom Verteidigungsministerium schuldet mir noch einen Gefallen für ein Geschäft, das ich letztes Jahr für ihn abgeschlossen habe. Warum fragen Sie?«

»Ich kann einen erstklassigen Kopter-Deal mit einem Piloten machen, der wie der Teufel persönlich fliegen kann«, erbot sich Streak. »Das wäre dann ein Flug mit echtem Komfort.«

»Einschließlich Bordmahlzeit?« sagte Michael kichernd.

»Einschließlich einiger der absolut sahnemäßigsten Waffen, die es für Geld zu kaufen gibt«, sagte Streak frohlockend. »Das verstehe *ich* unter Komfort.«

»Was meinst du?« Michael sah Geraint an. »Wir würden nach Toulouse fliegen, wenn das möglich ist, das wäre das nächste. Oder vielleicht sogar nach Andorra, dann könnten wir einen kurzen Abstecher über die Grenze machen.«

»Laß uns nach Toulouse fliegen, dann bleibt es bei einer Grenzüberschreitung«, sagte Geraint. »Und das bedeutet eine Datenbank mit Informationen über uns weniger. Wir haben keine Zeit für gefälschte Papiere, jedenfalls nicht für alle. Ich setzte wohl besser entsprechende Hebel in Bewegung, falls wir uns später absetzen müssen.

Wie lange wirst du brauchen, Serrin?«

»Setzt die ganze Nacht dafür an«, sagte der Elf ruhig.

»Kann der Kopter bis zum Morgengrauen hier sein?« fragte Geraint Streak.

»Bei Ihren Kredstäben dürfte das kein Problem sein. Ich werde ihn wohl nach Taunton bestellen.«

»Taunton? Taunton hat einen Flugplatz?« sagte Michael zweifelnd. Die ländliche Kleinstadt war kein wahrscheinlicher Kandidat für solch eine Einrichtung.

»Flugplatz? Wer hat etwas von einem verdammten Flugplatz gesagt? Seit wann braucht ein Kopter einen Flugplatz?« erwiderte Streak spitz, um eine ganze Reihe ausgewählter Laute der Mißbilligung anzuhängen.

»Schon gut, schon gut«, sagte Michael, indem er die Hand hob, als wolle er eine wütende Hornisse abwehren. »Wir fahren hin, sobald wir Serrin abholen können. Es wird also ein ziemlich früher Aufbruch. Wie spät haben wir es jetzt?«

»Halb elf«, sagte Geraint.

»Ich glaube, ich kann jetzt schlafen«, sagte Michael. »Letzte Nacht habe ich lange genug geschlafen, aber das war nicht unbedingt ein erholsamer Schlaf. Und was Kristen betrifft…«

Sie hatte sich auf dem Sofa in der Ecke zusammengerollt, einen Arm unter den Körper geklemmt, und schlief bereits fest. Serrin ging zu ihr und hob sie mit einiger Mühe auf.

»Wir werden also nicht gebraucht?« fragte Michael noch einmal, um sich zu beruhigen.

»Dank deiner kürzlichen Blutspende und dieser Haarlocke, nein«, versicherte ihm Serrin.

»Sag mir, daß ich nichts spüren werde«, forderte Michael ihn auf.

»Du wirst nichts spüren. Abgesehen natürlich von der nie ganz auszuschließenden Möglichkeit eines augenblicklichen, aber nichtsdestoweniger äußerst schmerzhaften Todes«, grinste Serrin. Nun, da Kristen schlief und sich sicher im Schutz seiner Arme befand, fühlte er sich in der Lage zu scherzen. Er war sicher, daß Hessler das Problem lösen würde. Die Scherze waren seine Art, seine eigenen Befürchtungen hinsichtlich des Rituals und des Preises, den er dafür bezahlen würde, zu zerstreuen.

»Mögen dich die Geister segnen«, sagte Michael seufzend. »Und jetzt gehe ich schlafen. Ich muß mein Französisch aufpolieren.«

»Drek, daran haben wir gar nicht gedacht«, sagte Serrin. »Wie viele von uns sprechen eigentlich Französisch?«

»Kein Engländer mit einem Hauch von Selbstachtung spricht Französisch, es sei denn absichtlich schlecht«, stellte Geraint fest.

»Dann trifft es sich ja ganz gut, daß ich keine Selbstachtung habe, nicht wahr, Kumpel?« grinste Streak.

»Sie sprechen Französisch?«

»Ich kann jemandem sagen, daß er sich verpissen und sterben soll, und auch, daß seine Mutter eine nichtsnutzige versoffene Schlampe war, die Rottweiler bedient hat, und das in fünf verschiedenen europäischen Sprachen, Englisch nicht gerechnet«, sagte Streak mit einigem Stolz. »Ein Überbleibsel meiner Arbeit beim Nachrichtendienst. Ich bin sprachbegabt, jawohl, das bin ich. Ich komme sogar mit dem Languedoc-Dialekt klar. Ich war schon in Toulouse und habe natürlich schon in Marseille gearbeitet. Ich meine, wer hat das in meinem ehemaligen Job nicht? Da unten habe ich sogar etwas Arabisch aufgeschnappt.«

»Wer hätte das gedacht?« sagte Michael ungläubig. Serrin grinste und brachte Kristen auf ihr Zimmer. Ein gähnender Michael streifte bereits seine Tweedjacke ab, als er ihm folgte.

»Damit bleiben nur noch Sie, ich und Ihr Kredstab«, sagte Streak entschlossen zum einzigen anderen Anwesenden in dem Raum. »Sie wissen gar nicht, wie erfrischend es ist, für jemanden mit einem unbegrenzten Budget zu arbeiten, Euer Lordschaft. Ich war schon immer der Ansicht, daß die Aristokratie eine Klasse für sich ist.«

Geraint erwärmte sich langsam für den Elf. Seine Witze und Wortspiele waren erträglich, und seine Direktheit war insbesondere für einen Politiker erfrischend.

»Ich habe nie etwas von ›unbegrenzt‹ gesagt«, stellte er richtig.

»Wie auch immer. Sagen Sie einfach, wenn die Knete zur Neige geht. Also, wollen Sie chemische Granaten an Bord, oder reichen Ihnen die üblichen Gas- und Splittergranaten?«

»Augenblick mal. Wir haben vor, mit den Leuten zu *reden*, Streak«, protestierte Geraint.

»Selbstverständlich, aber ich stelle immer wieder fest, daß eine gewisse Rückendeckung ganz nützlich ist, wenn die Diskussionen nicht den gewünschten Verlauf nehmen.«

»Tja, ich muß zugeben, alles, was in der Lage ist, eine große Anzahl der Franzosen zu neutralisieren, wäre mir recht«, scherzte Geraint.

»Ich kümmere mich darum«, sagte der Elf und war Augenblicke später in der Nacht verschwunden. Ein paar Minuten darauf hörte Geraint den Wagen wegfahren. Er ging auf sein Zimmer, zog sich aus, öffnete dann ein kleines Seitenfenster und entzündete eine altmodische Kerze auf seinem Nachttisch.

Er hatte selbst ein klein wenig von dem Talent, wenngleich er nicht wußte, wie er es meistern oder Antworten auf seinen Ruf erzwingen konnte. Er wußte, daß ein oder zwei seiner spekulativen Transaktionen aufgrund dieser alten keltischen Gabe verblüffend erfolgreich gewesen waren, und er war so abergläubisch, daß in einem solchen Fall ein Gutteil des Geldes als anonyme Spende zu seiner Ansicht nach würdigen Empfängern wanderte. Und manchmal, wenn sich die Gabe ungerufen und ungewollt meldete, ergaben sich daraus andere Vorteile für ihn.

Er öffnete das Mahagoni-Kästchen, das mit Drachenschnitzereien verziert war: den Drachen von Wales, dem Drachenland. Er nahm das Seidentuch heraus, öffnete es und mischte die großen Karten ein wenig unbeholfen, wobei sich seine Gedanken naturgemäß auf das Thema eines dominanten Bildes im Hier und Jetzt konzentrierten.

Der Hohepriester. Das freigebige Symbol der Weisheit und des Verstehens steht dem Sucher und Initiat als Hüter und Ratgeber zur Seite. Das ist Hessler, dachte Geraint. Derjenige, bei dem Serrin bald sein wird. Ich würde ihn eines Tages selbst gern kennenlernen. Vielleicht, wenn das alles hier vorbei ist.

Wohin werden wir geführt? fragte er sich. Wir glauben unsere Feinde dort draußen zu kennen. Aber über die zentrale Gestalt, über diesen Decker, wissen wir gar nichts. Wir haben nur ein Icon und ein Rätsel. Zeig mir etwas.

Eine Karte fiel aus dem Stapel. *Das As der Schwerter.* Das strahlende Smaragdgrün des Runenschwerts funkelte ihn von der vom Kerzenlicht erhellten Karte an. Die Spitze der Klinge durchbohrte eine Krone aus gelben Strahlen, das Schwert badete in der goldenen Sonne und den bläulichen Wolken des Himmels. Der

Anfang einer großen neuen Idee: Genie. Aber keine Person. Ein unbelebter Gegenstand enthüllte sich ihm. Auf die Person, die er suchte, gab ihm das Tarot-Spiel keinen Hinweis.

Also gut. Was will er? Was ist sein Ziel? Was treibt ihn zu dem As?

Ausgleich. In den meisten Tarot-Spielen Gerechtigkeit. Die wunderschöne, ernste Pracht der maskierten weiblichen Gestalt, das Alpha und das Omega, der Anfang und das Ende aller Dinge, hielten sich in den Waagschalen der Gerechtigkeit zu beiden Seiten ihres hochgewachsenen, straffen Körpers die Waage. Ihre starken Hände ruhten auf dem Heft eines langen Schwerts, dessen Spitze in den Boden getrieben war.

Geraint wußte, daß der Gestalter dieser Karten ein tieferes Verständnis von den Dingen hatte als die meisten. Gerechtigkeit war hier nicht die Antwort, nicht wirklich. Die Bedeutung reichte tiefer, es ging um ein Ausbalancieren, um die Errichtung eines tieferen Gleichgewichts, um die Enthüllung einer Wahrheit.

Was will dieser Mann erreichen? dachte er. Ich wußte es, ich *wußte* es, von Anfang an, daß dies mehr war, als es zu sein schien. Das Interesse, das man uns entgegenbringt, bestätigt das nur. Es hat als potentielle Geiselnahme der ganzen Matrix begonnen, und der Himmel weiß, daß das genügend Auswirkungen auf mich hat, aber wohin das alles führen soll …

Er wickelte das Spiel wieder in das Seidentuch, gähnte und überließ es eventuellen weiteren Intuitionen, sich aus den Gefilden des Traums in seinen Verstand einzuschleichen.

Sie hatten nicht gewußt, was sie zu erwarten hatten, nicht wirklich. Michael hatte bizarre Vorstellungen von Blitzen, die das Cottage in der Ferne umzucken würden, von einem entfernten Grollen unter der Erde und Donner am Himmel. Von den vieren hatte nur

Geraint ein unbehagliches Gefühl, als sie in der frühmorgendlichen Kühle bei ihrem Wagen warteten. Zwar war er nicht zu astralen Wahrnehmungen fähig, spürte das nahe und doch so weit entfernte Ringen der Kräfte aber als Rumoren in seinen Eingeweiden. Manchmal kam er sich wie ein Tier vor, daß die ersten seismischen Erschütterungen eines bevorstehenden Erdbebens wahrnahm, und er empfand eine leichte Panik und einen Drang, von diesem Ort zu fliehen. Er rauchte eine Zigarette nach der anderen, während der Morgen graute, und ging auf und ab wie ein Raubtier im Käfig.

Ein paar Minuten nach Sonnenaufgang wankte Serrin die Einfahrt entlang. Er hatte den Kragen seiner Jacke hochgestellt und hinkte stärker als üblich. Er sah aus, als würde er es kaum bis zum Tor schaffen. Kristen löste sich von den anderen, rannte zu ihm, warf die Arme um ihn und half ihm in den Wagen. Die anderen verhielten sich still, da sie nicht wußten, was sie tun oder sagen sollten.

Geraint warf einen Blick auf ihn und bot ihm dann seinen silbernen Flachmann an. Serrin sagte nichts, sondern hob nur die Flasche an die Lippen, die ebenso blutleer wirkten wie sein Gesicht, und nahm einen tüchtigen Schluck Brandy. Als er so gut wie aufgehört hatte zu zittern, trank er den Rest.

»Geht es dir gut?« sagte Michael lahm, nur um etwas zu sagen. Serrins graue Augen bedachten ihn mit einem matten Blick.

»Bald, glaube ich«, sagte er mit einer Stimme, die ebenso zitterte wie seine Beine. »Ja. Vielleicht. Was tun wir hier?«

Sie sahen ihn verständnislos an.

»Er ist desorientiert«, sagte Streak hilfsbereit. »Setzt ihn nach hinten. Laßt das Fenster herunter. Frische Luft wird ihm guttun.«

»Ich meine, was tun wir hier?« sagte Serrin drängend. Kristen klammerte sich an ihn und murmelte leise Worte des Trosts. Seine Augen waren jetzt geweitet, und er schaute hektisch in alle Richtungen.

»Es ist alles in Ordnung«, sagte Geraint, indem er das Gesicht des Elfs in die Hände nahm und ihm fest in die Augen sah. »Wir fahren ein Stück, und dann machen wir einen Flug. Wir verschwinden von hier. Du kannst schlafen, und wenn du aufwachst, geht es dir wieder besser.«

»Schlafen. Ja«, sagte Serrin mit leerem Blick. Sie mußten ihm in den Wagen helfen. Kristen setzte sich neben ihn und zog seinen Kopf auf ihre Brust, als er förmlich in sich zusammenfiel.

Ein junger Mann in einem unauffälligen Mantel kam mit langen Schritten die Auffahrt entlang und näherte sich ihnen.

»Es wird ihm bald wieder besser gehen«, sagte Merlin freundlich zu Geraint. »Er wird ein wenig verwirrt sein und sich an nichts erinnern können. Mein Meister hielt das für eine gute Idee. Der Kampf war ziemlich hart, und es ist besser für ihn, wenn er sich nicht daran erinnert. Nicht, daß er irgendeinen permanenten Kräfteverlust oder Schaden davongetragen hätte.

Sie sind jetzt außer Gefahr«, fuhr er fort, indem er sich bückte, um Kristen durch das heruntergelassene Rückfenster anzusehen. »Ich wünsche Ihnen alles Gute. Das Gespräch mit Ihnen hat mir viel Spaß gemacht. Ich hoffe, Sie kommen wieder zurück zu uns, wenn dies alles erst einmal begonnen hat.«

»Meinen Sie nicht, wenn alles vorbei ist?« fragte Geraint.

»Ich meine, was ich gesagt habe«, antwortete Merlin kühl und legte Kristen eine Hand auf die Stirn.

Manchmal, selten, erleben Leute etwas, das man in Ermangelung einer besseren Bezeichnung einen Quasi-Heureka-Moment nennen könnte. Es ist nicht das, was Archimedes aus seinem Bad springen ließ. Es ist nicht die Antwort. Es steht nicht Schwarz auf Weiß in allen Einzelheiten an der Wand. Vielmehr handelt es sich um eine plötzliche Veränderung in der Art und Weise, wie Probleme oder die Dinge im allgemeinen wahrgenommen werden. Es handelt sich um die *Möglichkeit*, Heureka-Erlebnisse zu haben. Um die Erkenntnis, daß einem ganz andere Optionen zur Verfügung stehen als diejenigen, von deren Existenz man bis zu diesem Augenblick wußte.

All das lag in der Berührung von Merlins Fingerspitzen. Kristens Augen leuchteten vor Überraschung und Verwunderung auf, und sie schrak nicht vor ihm zurück. Er lächelte ernsthaft, aber mit einem Anflug von Schalkhaftigkeit in den Augen, und dann warf er ihr einen Handkuß zu und wickelte sich seinen Wollschal um den Hals.

»Vielen Dank für die Regenkönigin und die Geschichten«, sagte er. »Sie haben mir geholfen. Kommen Sie bald zurück.«

Als er sich vom Wagen entfernte, hatte sie keine Ahnung, was er damit meinte, daß sie ihm geholfen hätte. Sie wußte, daß die Nacht zu viele Rätsel und Geheimnisse barg, um jetzt darüber nachzudenken, und denken war ohnehin nicht die Antwort. Statt dessen kuschelte sie sich an die bleiche, verlorene Gestalt des Elfs neben ihr und wartete stumm, während die anderen in den Wagen stiegen und Streak den Motor anließ. Streak drehte sich zu Geraint, Kristen und Serrin auf dem Rücksitz um.

»Das ist ziemlich verdrehter Drek, nicht wahr?« sagte er, während sich seine Augen zu Schlitzen verengten und sein Gesicht einen ernsten Ausdruck annahm.

»Das ist tatsächlich ziemlich verdrehter Drek, wie Sie es so beredt ausdrücken«, stimmte Geraint zu.

»Soll mir recht sein«, sagte Streak in der Annahme, daß dies wahrscheinlich die letzten Worte waren, die bis zur Ankunft am Hubschrauber gesprochen würden, und damit lag er völlig richtig.

Eine Stunde später starrte ein Elf, der wesentlich älter war, als sie es sich vorstellten, in den Himmel, wobei er sich auf seinen Stab stützte. Eine jüngere Gestalt stand schweigend neben ihm. Er konnte den Kopter, der zum Kanal unterwegs war, kaum sehen, und er wollte keine astrale Wahrnehmung riskieren. Es war ein langer, harter Kampf gewesen, die gut verborgenen Körperproben zu finden, und der Geist, den er damit beauftragt hatte, war, obwohl er unglaublich stark und noch dazu von ihm unterstützt worden war, kurz nach Vollendung seiner Arbeit gestorben.

»Ich frage mich, ob sie ihn finden werden, Merlin«, sagte Hessler leise.

»Sie suchen an der richtigen Stelle«, sagte der Geist freundlich.

»Vielleicht. Es wird von der Reaktion abhängen, auf die sie stoßen werden, wenn sie dort ankommen.«

»Nun, in dieser Hinsicht kannst du etwas tun«, stellte Merlin fest. »Schließlich warst du eine Zeitlang Mitglied der Priorei.«

»Das ist wahr.« Der alte Elf lächelte. »Und ich habe in der gegenwärtigen Debatte meine Stimme erhoben.«

»Und dein Bote ist bereits vor ihnen abgereist«, sagte Merlin. »Alles in allem glaube ich, daß sie eine gute Chance haben. Jedenfalls hoffe ich es. Die Frau ist ein glückliches Wesen, und ich würde sie gern wiedersehen. Sie ist glücklich, wenn sie lacht und tanzt. Ich mag Leute, wenn sie so sind.«

»Merlin, es gibt Zeiten, wo du einen aufheiterst, wirklich, das tust du«, sagte Hessler sanft und machte Anstalten, ins Haus zurückzukehren. Zu seinen Füßen schnurrte eine schwarze Katze über den Überresten einer unglücklichen Feldmaus.

14

Serrin schlief in einem Wagen in England ein und wachte in Südfrankreich in einem anderen auf. Im Sonnenlicht blinzelnd, rieb er sich sein stoppeliges Kinn und versuchte seine Augen zu fokussieren. Der köstliche Duft nach heißem Kaffee drängte sich seinen Sinnen auf. Er ergriff den Plastikbecher und trank gierig, während Geraint seinen Flakon wieder verschloß.

»Ihr Geister, war das gut«, sagte Serrin mit aufrichtiger Dankbarkeit. »Wo sind wir?«

»Zehn Minuten vor Clermont-Ferrand und einem anscheinend ziemlich anständigen ländlichen Château, der Trideobild-Bibliothek nach zu urteilen«, sagte Geraint zu ihm. »Du hast seit der Nacht bei Hessler geschlafen.«

»Richtig«, sagte Serrin zweifelnd, während er seine Gedanken zu ordnen versuchte. »Äh, richtig.«

»Was ist passiert?« fragte Michael mit einer gekünstelten Heiterkeit, die Serrin nicht auffiel.

Der Elf rieb sich das Kinn, setzte sich auf, reckte sich, um die Steifheit aus seinem Rücken zu vertreiben, und lächelte Kristen an.

»Hmmm?« Er dachte ein paar Sekunden lang angestrengt nach. »Ich will verdammt sein, aber ich kann mich an nichts erinnern. Ehrlich nicht. Es ist alles wie weggeblasen.«

Er wandte sich wieder an Kristen und küßte sie auf die Lippen.

»Bäh, Mundgeruch«, kicherte sie, dann nahm sie sein Gesicht in beide Hände und küßte ihn lange und hart.

Merlin hatte recht, dachte Geraint. Welche Magie Hessler auch angewandt hat, um ihm die Erinnerung zu nehmen, er mußte noch etwas hinzugefügt haben, das bewirkte, daß er sich auch keine Sorgen wegen der Amnesie machte. Das war gut von ihm.

»Hört auf zu schäkern, da hinten!« schalt Streak sie scherzhaft. »Das lenkte mich vom Fahren ab. Ich habe diesen schlimmen Hang zum Voyeurismus.«

»Gehen Sie zum Teufel«, sagte Serrin fröhlich, indem er Kristen zärtlich umarmte. Er war an diesem Morgen ungewöhnlich guter Laune. Eine weitere Nebenwirkung der Magie, die Hessler angewandt hatte, vermutete Geraint. Nach allem, was er über Serrin wußte, war der Morgen nicht gerade dessen bevorzugte Tageszeit.

»Da ist es. Es muß dieses weißgekalkte Gebäude am Ende der Straße sein«, sagte Streak fröhlich.

»Das ist kein Kalk«, wandte Michael ein, der durch die Windschutzscheibe lugte.

»Nun, was es auch ist, wir werden dort wohnen. Und jetzt helfen Sie mir bei den Kanonen und Granaten im Kofferraum«, sagte Streak, während er sich abschnallte und die Fahrertür öffnete.

Als er den Ausdruck auf Michaels Gesicht sah, lachte er. »Nur ein Witz, Kumpel. Ehrlich.«

»Das ist eine Erleichterung«, sagte Michael. »Wir sind hergekommen, um zu reden, und nicht, um einen Krieg anzufangen.«

»Nein, ich meinte, ich kann alles alleine tragen«, sagte Streak mit einem boshaften Grinsen, indem er den ersten der Metallkoffer nahm.

Eine Stunde später näherten sie sich dem kleinen Dorf, und ihr Mietwagen – viel bescheidener als der Westwind, den Streak in Taunton gelassen hatte – hatte einige Probleme auf den schmalen Straßen. Die Schroffheit des hügeligen, felsigen Geländes trat trotz des grünen Frühlingsüberzugs deutlich hervor. Das Land sah aus, als lasse es die Gewächse der neuen Jahreszeit nur widerwillig zu. Die Hügel und Berge, die unregelmäßige Baumlinie und das grelle Licht, all das hatte etwas Erbarmungsloses an sich.

Ihr Plan sah vor, daß Michael und Geraint einen Spaziergang ins Dorf und zu dem als Kapelle von Sauniere bekannten Bauwerk machen sollten, um sich dort umzusehen. Alle weiteren Pläne sollten auf der Basis der daraus resultierenden Erkenntnisse entwickelt werden. Serrin wollte keine astrale Erkundung riskieren, da er vor der wahrscheinlichen Anwesenheit von Magiern gewarnt worden war, die genau danach Ausschau hielten. Kristen würde bei ihm bleiben. Was Streak betraf, so hatten sie in diesem Stadium nicht vor, sich seiner Französischkenntnisse für Unterhaltungen mit den Einheimischen zu bedienen.

Michael und Geraint schlenderten in das Dorf und unterhielten sich dabei beiläufig über das Wetter und die Erhabenheit der Szenerie, während sie dem Weg entgegenstrebten, der hinauf zur Kapelle führte. Sie kamen nicht weit. Ein halbes Dutzend stämmige französische Bauern, die alle mit Spazierstöcken, die wie Keulen aussahen, oder mit Spaten und Mistgabeln ausgerüstet waren, strömten aus verschiedenen Richtungen zusammen und versperrten ihnen den Weg.

»*Excusez-moi, c'est le chapel de Sauniere?*« sagte Geraint fröhlich, indem er in einer akzeptablen Imitation des idiotischen britischen Europa-Touristen seine billige Kamera schwenkte.

Die Männer standen ihnen einfach im Weg und schwiegen. Geraint und Michael traten einen Schritt vor, und einer der Franzosen tat dasselbe, hob seinen Spaten und trieb das Metall in den Boden neben dem gepflasterten Weg. Er spie auf den Boden, und die anderen standen nur mit verschränkten Armen und bereitgehaltenen Keulen da.

Eine weitere akzeptable Imitation des britischen Idioten brachte Geraint nur die gemurmelte Feststellung ein, daß die Kapelle für Besucher geschlossen sei.

Eine Nachfrage, wann sie denn offen sei, wurde nur mit einem feindseligen Starren beantwortet. Unter diesen Umständen blieb ihnen nichts anderes übrig, als sich zurückzuziehen, wobei sie versuchten, sich enttäuscht, aber unbesorgt zu geben.

»Es könnte bloße Paranoia sein«, sagte Michael, als sie außer Hörweite waren. »Ihrerseits, meine ich.« Die Männer standen immer noch zusammen. Niemand anders unternahm einen Versuch, den Weg zur Kapelle zu betreten. Merkwürdigerweise war kaum jemand anders in dem Dorf zu sehen, wenngleich es mittlerweile recht spät am Morgen war und die Häuser Anzeichen von Leben und Aktivität hätten erkennen lassen müssen.

Sie kehrten zum Wagen zurück, wo die Gruppe ihre Möglichkeiten durchging. Michael wollte nach Toulouse zurückkehren, sein transportables Cyberdeck zusammenbauen und weitere Nachforschungen anstellen, so daß Serrin noch mehr Material zu sichten haben würde. Es war keine Überraschung, daß Streak das Gelände als hervorragend für eine verdeckte Annäherung einstufte und dafür votierte, sich an jedem Hindernis vorbeizuschießen, das sich ihnen entgegenstellte.

»Irgendwas geht dort oben vor«, stellte Geraint fest. »Schließlich werden sie nicht nichts schützen. Und wir müssen herausfinden, was es ist.«

Hinter ihnen wurde plötzlich Motorengeräusch laut. Ihr Wagen stand neben der Straße, und es gab genug Bäume, um sich dahinter zu verstecken. Streak glitt vom Fahrersitz und verschwand zwischen ihnen wie ein Raubtier des Waldes. Ein paar Augenblicke später bewegte sich ein schwarz-silberner Blitz hinter den Bäumen und raste weiter zum Dorf. Sie aßen Brot, Pastete und Käse und warteten.

Streak tauchte nicht wieder auf.

Als der schwarz-silberne Blitz wieder vorbeifuhr,

diesmal in die entgegengesetzte Richtung, wurden sie langsam nervös, doch nicht lange danach erschien der Elf zwischen den Bäumen.

»Ich will euch nicht unnötig aufregen«, sagte er hämisch, als er wieder auf den Fahrersitz glitt und sich ein Stück Hartkäse abbrach, »aber ich glaube, jemand anders hat das Dorf beobachtet. Ein paar interessante Herren mit nicht wenig Chrom, wenn ich mich nicht sehr irre.

Sie sind ins Dorf gefahren, haben sich kurz umgesehen und sind dann wieder verschwunden. Der Wagen hatte getönte Scheiben, also konnte ich nicht viel von ihnen sehen, aber das wenige hat gereicht. Schwere Kaliber. Ich bezweifle, daß sie wegen nichts hergekommen sind.«

»Sie sind nur einmal durchs Dorf gefahren?« fragte Michael.

»Sie haben nicht angehalten«, bestätigte der Elf.

»Wir müssen in die Kapelle«, sagte Michael. »Wer weiß, was passiert, wenn sie zurückkommen – wer sie auch sein mögen.«

»Wir haben ihr Buch«, stellte Kristen fest.

»Dann laßt es uns versuchen«, sagte Streak.

Beim zweitenmal marschierten sie alle fünf zur Straßensperre der Bauern mit ihren primitiven Waffen. Streak ging voran und unterhielt sich auf französisch, während Michael für Serrin und Kristen übersetzte. Streak zückte das dünne, in Leder gebundene Buch und redete gestenreich auf die ungerührt dastehenden Franzosen ein, wobei er immer wieder auf die Kapelle zeigte und sich sehr nonchalant gab.

»Er sagt, wir wollen nur einen Gegenstand zurückgeben, der gestohlen wurde, und daß gewiß jemand kommen kann, um ihn zu holen«, übersetzte Michael.

Die harten Gesichter der Männer nahmen einen verwirrten, unsicheren Ausdruck an. Streaks Ansinnen klang gewiß nicht unvernünftig. Schließlich stützte der größte von ihnen die Hände auf den Griff seiner Schaufel und grunzte schlicht: »*Non.*«

Streaks Lächeln übertraf in seiner Entschlossenheit das Stirnrunzeln des Mannes, als er seinen Predator auf den Kopf des Mannes richtete.

»*S'il vous plaît*«, sagte der Elf freundlich. Der Mann wich keinen Zentimeter. Seine Knöchel wurden ein wenig weiß um den Holzgriff, aber ansonsten zuckte er nicht mit der Wimper.

Das Patt wurde aufgehoben, als ein schlanker Mann vor dem Eingang zur Kapelle erschien. Dabei zog er den Kopf ein, obwohl er nicht sehr groß war. Alle sahen ihn an, als er den kopfsteingepflasterten Weg herunterkam, ein Mann mit zerzausten Haaren, der einen dieser italienischen Anzüge trug, die ein Vermögen kosten, ohne daß man ihnen diese Tatsache auf den ersten Blick ansieht. Er hatte die Mittelmeerbräune der anderen Männer hier, war aber ansonsten ganz anders als sie. Als er näher kam, hellte sich seine Miene in einem angelegentlichen, schiefen Grinsen auf. Er schlenderte zu ihnen, wobei er sich den Kopf kratzte.

»Gibt es hier ein Mißverständnis?« fragte er in perfektem Englisch.

»Wir sind nur gekommen, um einen verlorenen Gegenstand zurückzubringen, und ich fürchte, diese Herren haben Anstoß an unserer Uneigennützigkeit genommen«, sagte Streak.

Der Mann sah ostentativ auf Streaks Predator. Der Elf senkte die Waffe.

»Uneigennützigkeit über den Lauf eines Predator«, sagte er trocken. »Ein ungewöhnlicher Ausdruck dieser allzu seltenen und edlen Gesinnung, finden Sie nicht auch?«

»Mit wem haben wir das Vergnügen?« fragte Geraint.

»Sie können mich Gianfranco nennen«, sagte der Mann höflich. Eine kurze Pause trat ein.

Er fragte nicht, wer sie waren. Die Implikation war offensichtlich: Er wußte es bereits.

»Wir hatten gehofft, daß ein Gespräch zum Zwecke der Diskussion einiger Dinge von gegenseitigem Interesse nicht zuviel verlangt ist«, sagte Geraint.

»Dann haben Sie vergeblich gehofft«, erwiderte Gianfranco immer noch sehr freundlich.

»Da wäre die Angelegenheit Ihres Mr. Seratini und der Männer, die ihn umgebracht haben«, konterte Geraint.

»Da wäre auch die Angelegenheit unseres Monsieur Serrault und der Leute, die *ihn* umgebracht haben«, erwiderte Gianfranco in scharfem Tonfall. »Wenn Sie mich jetzt bitte entschuldigen würden, mir stehen einige gut bewaffnete und hervorragend ausgebildete Leute zur Verfügung, die nur auf meinen Befehl warten, und wenn Sie nicht augenblicklich von hier verschwinden, werde ich nicht ohne Bedauern bitten müssen, Sie in kleine blutige Fetzen zu schießen, die meine Freunde hier«, schloß er mit einem Blick auf die Gruppe von Bauern, »an ihre Hunde verfüttern können. Guten Tag.«

Er machte auf dem Absatz kehrt und ging den Weg wieder hinauf. Sie sahen ihm nach, bis er in der Kapelle verschwand und die Tür hinter sich zuschlug.

Sie sahen einander an, dann die immer noch unbewegt dastehenden Franzosen und dann wieder einander. Mit einem Achselzucken führte Geraint sie wieder zu ihrem Wagen.

»Soviel dazu«, sagte Michael düster. »Nun zu Plan B.«

»Wie sieht der aus?« fragte Streak.

»Ich arbeite noch daran«, sagte Michael. »Ich glaube, ein strategischer Rückzug ist in Ordnung.«

Serrin wirkte plötzlich äußerst beunruhigt und umklammerte Streaks Schulter. »Bringen Sie uns von hier weg!« sagte er in drängendem Tonfall.

»Was, zum ...«

»Ich sagte, *bringen Sie uns von hier weg!*«

Streak ließ den Motor an, und fuhr zügig los. Er war fünf Kilometer von dem Dorf entfernt, als der bleiche Magier zu dem Schluß kam, daß sie in Sicherheit seien.

»Eine Beschwörung bahnte sich an«, sagte er nur. »Noch eine Minute, und der ganze Berg hätte uns über die Felsen und ins Tal geschleudert. Das könnt ihr mir glauben.«

»Tun wir«, sagte Streak ohne eine Spur seines üblichen Sarkasmus. »Zurück nach Clermont-Ferrand?«

»Einstweilen ja«, sagte Michael kläglich. »Ich sehe keine andere Möglichkeit.«

Wieder zurück in ihrer Villa, erwogen sie ihre drastisch reduzierten Möglichkeiten, während eine große Kanne von Streaks bevorzugtem Tee auf gesprungene Tassen verteilt wurde, die zur Ausstattung gehörten.

»Praktisch alles, was wir haben, weist hierher«, sagte Michael schließlich. »Wir müssen irgendwie mit diesen Leuten reden. Ein Versuch, mit der Inquisition zu reden, wird uns kaum weiterbringen. Die Priorei weiß etwas. Ich glaube, sie wissen dort, wer der Decker ist. Wir müssen in diese Kapelle.«

»Warum hat sich der Kerl sogar zu reden geweigert, als eine Pistole auf ihn gerichtet war?« fragte Streak.

»Weil wir nichts haben, was sie wollen«, riet Michael. »Sie wissen alles, was wir wissen, und sie wollen uns aus der Sache heraushalten.«

»Dann ist das hier« – Serrin wedelte mit dem Buch, daß er von Streak wiederbekommen hatte – »nicht von Bedeutung für sie.«

»Was bedeutet ...«

»Was bedeutet, daß sein Inhalt belanglos ist«, sann

Serrin. »Das verstehe ich nicht. Er muß irgendwie von Belang sein.«

»Toll. Warum sollen wir uns mit Textanalyse abgeben, wenn wir nur mit Gianfranco vom anderen Ende einer Pistole aus reden müssen?« sagte Streak. »Ich kann ein paar Burschen von jenseits der Grenze holen. Nicht, daß ich im großen und ganzen viel Wert auf die Spanier lege, aber ich habe schon mit ihnen gearbeitet, und sie könnten bei Anbruch der Nacht hier sein.«

»Ich kann in ihr Matrixsystem decken und jede Alarm- und Schutzvorrichtung abschalten, die sie eingerichtet haben«, sagte Michael. »Drek, ich kann sogar in das französische Netz decken und es so einrichten, daß sie seit zehn Jahren ihre Rechnung nicht bezahlt haben und ihnen der Strom gesperrt wird. Ihnen den Saft abzudrehen ist ziemlich simpel, und die Wirkung kann verheerend sein.«

»Sie haben einen Generator«, stellte Streak fest. »Das haben alle hier. Aber wir könnten uns die Wichser schnappen.«

»Ja, klar«, sagte Serrin sarkastisch. »Kugeln und Granaten sind nicht das Problem. Du vergißt nur etwas. Ich habe die Macht gespürt, die sie dort oben haben. Sie könnten uns mit ihrer Magie wie Wanzen zerquetschen. Versuch mal deine Pistolen und Granaten dagegen einzusetzen.«

»Sie können uns genug Zeit verschaffen«, schmeichelte Streak.

»Genau. Ich kann Ihnen einen Regenschirm aus Papier geben, wenn die Zehn-Kilo-Hagelkörner auf Sie niederprasseln«, sagte Serrin zu ihm.

»Hören Sie, ich habe allen möglichen Betäubungskram. Schlafgas-Granaten. Taser. Rauchbomben. Wenn wir überrascht werden, können wir uns damit genug Zeit erkaufen, um reinzukommen und einen Burschen zu schnappen – mehr brauchen wir nicht – und schleunigst zu verschwinden. Was können wir sonst tun?«

»Sie können Ihren Anruf machen«, sagte Geraint zögernd. »Holen Sie die Leute, denen Sie trauen. Dann sehen wir weiter.«

Streak war schon auf den Beinen, bevor Geraint ausgeredet hatte.

»Bist du dir dessen sicher?« fragte Michael in ernstem Tonfall.

»Natürlich bin ich es nicht«, sagte Geraint, indem er Zuflucht zu einer weiteren Zigarette suchte. »Aber wir haben keine Zeit, und es ist offensichtlich, daß sie auf friedliche Weise nicht mit uns reden werden. Wenn wir das durchziehen wollen, haben wir wohl kaum eine andere Wahl. Warum vertiefst du dich nicht ernsthaft in die Daten? Wenn Streak Leute über die Grenze bringt, hast du ein paar Stunden. Es wird langsam Zeit, daß Serrin und du mehr Fakten aus diesem Wust von Daten ausgraben.«

Seine Stimme hatte einen vorwurfsvollen Unterton, und darüber wunderte sich Michael, als er sich zu seinem Deck zurückzog. Es ist fast so, als sei er motivierter als ich, dabei soll es doch meine Show sein, dachte er nicht verstimmt, sondern neugierig und verwirrt. Liegt das nur daran, daß sein Vermögen in Gefahr ist, wenn unser Decker die ganze Matrix zum Absturz bringt? Wohl kaum. Nicht bei all dem Grundbesitz, der ihm gehört. Aber warum dann …?

Er vergaß alle müßigen Spekulationen, als er mit der Vorbereitung der Analyse-Frames begann. Als es laut an der Haustür klopfte, war es längst dunkel geworden, und Michael nahm nichts von seiner Umgebung wahr.

15

Streak hatte nur zwei Samurai rekrutieren können, aber sie sahen aus wie sechs. Der Ork, Juan, hatte Schultern, die einen Troll beschämt hätten. Seine Haut glänzte. Michael vermutete nach einer ersten Betrachtung, daß er eine Dermalpanzerung haben mußte, was seinen relativ leichten Körperpanzer erklärt hätte. Die Cyberarme des Orks, von denen einer mit einem Gyro-Halterungssystem ausgerüstet war, mußten ein Vermögen gekostet haben, und das konnte Juan sich nicht verdient haben, ohne irgendwann in der Vergangenheit sehr, sehr gut und sehr, sehr erfolgreich gearbeitet zu haben. Und wahrscheinlich mehr als einmal. Doch seine Cyberaugen waren dunkel und kalt, und Michael registrierte, daß insbesondere Kristen einen großen Bogen um ihn machte. Er sah wahrhaftig mehr wie eine Maschine als ein Mensch aus.

Sein menschlicher Kollege war gleichermaßen imposant. Xavier trug einen kompletten Körperpanzer und bewegte sich mit der merkwürdigen und unnatürlichen Leichtigkeit, die, wenn sie von außergewöhnlicher Größe und Körpermasse begleitet wurde, nach verdrahteten Reflexen schrie. Michael spürte jedoch, daß da noch mehr war. Der Samurai hatte ein gelegentliches Zucken um die Augen, das nahelegte, daß die Verdrahtung tiefer reichte und stärker war als üblich. Streak hat ein paar mächtig aufgepeppte Freunde, dachte er.

»Ihr wollt also einen Gefangenen machen«, sagte Juan mit tiefer Stimme, die ausdrucksvoller war als die Unmenschlichkeit seiner äußeren Erscheinung. Er schien fast ein wenig enttäuscht zu sein.

»Wir brauchen jemanden, dem wir ein paar Fragen

stellen können«, sagte Streak. »Das ist wesentlich. Das ist das Einsatzziel.«

»Was ist mit Folgeschäden?« fragte Xavier in viel besserem Englisch, als Michael erwartet hatte.

»Irrelevant«, sagte Streak vergnügt.

»Augenblick mal ...«, begann Geraint.

»Hören Sie«, sagte Streak aufbrausend, »wollen Sie einen Gefangenen oder nicht? Sie sagen, Sie haben fünf Tage Zeit. Wenn Sie mit jemandem reden wollen, erledigen wir das auf unsere Weise. Wie viele Überfälle auf befestigte Einrichtungen mit Samurais und Magiern haben Sie schon unternommen?«

»Okay, okay, schon gut«, sagte Geraint gereizt. »Aber in diesem Land kann ich uns nicht heraushauen, wenn wir Ärger bekommen.«

»Was auch der Grund dafür ist, daß wir nicht wie ein Haufen Schwule herumstolzieren werden«, versicherte Streak. »Und wir werden unser Augenmerk darauf richten, den Gegner nur kampfunfähig zu machen.«

»Ein Jammer«, sagte Xavier nachdenklich. »Ich habe ein weißrussisches Brandgel, das den ganzen Laden in fünf Sekunden von innen verwüsten könnte. Wunderbares Zeug. Brennt so lange wie verrückt, und dann bumm! Die Splitterladungen gehen hoch und machen ein Sieb aus dem Brandherd. Das Zeug könnte einen Drachen erledigen, ehrlich. Na ja, jedenfalls mit einem Schuß reduziertem Uran, und davon habe ich auch was.«

»Wir sagten, kampfunfähig machen«, meldete sich Geraint ungläubig zu Wort.

»Ja, genau«, sagte Streak. »Okay, Leute, ihr wißt also Bescheid. Ihr wißt außerdem, wo wahrscheinlich ihre Stärken liegen. Wie geht es in der Matrix voran, Mikey?«

»Kein Problem«, erwiderte Michael. »Ich kann das System genau dann lahmlegen, wenn ihr es haben wollt.«

»Und was ist mit Ihnen, Bruder?« fragte Streak Serrin, der ob dieser übermäßig vertraulichen Anrede das Gesicht verzog.

»Ich habe uns so gut wie möglich vorbereitet«, sagte Serrin mit einem Achselzucken. Es hatte wenig Sinn, ihnen detailliert mitzuteilen, welche Rituale, Barrieren und Abwehrzauber er nach bestem Wissen vorbereitet hatte. Sie würden eine Weile halten, aber nicht besonders lange. Um seine Gereiztheit zu überspielen, ging er in die Küche. Einen Augenblick später folgte ihm Kristen, die barfuß lief.

Streak und die anderen Samurai brüteten über der Karte, die sie vor sich ausgebreitet hatten. »Wir kommen aus südlicher Richtung, glaube ich«, sagte der Elf. »Wir werden uns teilen. Juan und ich gehen zuerst. Michael und Geraint können uns Deckung geben. Xavier, du hältst dich im Hintergrund, benutzt die weitreichenden Waffen und gibst Serrin Deckung. Ja?«

»Ich hätte gern einen erhöhten Standort, damit ich euch wenn nötig zusätzlich Deckung geben kann«, sagte Xavier. »Ganz zu schweigen davon, daß ich nicht alles mit Infrarot- und Laser-Zielrohr machen will. Du warst bei Tageslicht dort oben. Wo ist die beste Stelle?«

»Du willst ganz weit oben sein und noch dazu Deckung haben?« Streak grinste. »Wollen wir nicht immer alles? Hier« – er tippte mit dem Finger auf die Karte – »sieht es meiner Meinung nach am besten aus. Müßte auch genug grünen Drek geben, um deinen Arsch zu verbergen. Und von Serrin kommt zusätzliche magische Tarnung.«

Serrin stritt sich mit Kristen in der Küche, wobei ihre Stimmen ständig lauter wurden.

Streak kicherte. »Ich glaube, die Kleine will nicht barfuß in der Küche bleiben.«

»Ich habe gesehen, wie sie einem Burschen den Schädel weggeschossen und damit jemandem das

Leben gerettet hat«, informierte Michael ihn. »Also bitte nicht soviel ›die Kleine‹. Sie kann auf sich aufpassen. Sie wäre nicht hier, wenn sie kein Mitglied des Teams wäre.«

»Dann soll sie sich bei Serrin und Xavier im Hintergrund halten.« Streak war jetzt ernst. »Sie mag Mumm haben, aber sie hat keine Smartgun-Verbindung und sollte nicht bei den Profis mitspielen.«

»Klingt vernünftig«, sagte Geraint. »Es wird Zeit, die Körperpanzer anzulegen, Michael. Bist du sicher, daß du mitkommen willst?«

»Ich habe genug Nachtarbeit mit Schußwaffen hinter mir«, sagte Michael. »Drek, ich lebe schließlich in New York. Das ist das zweite, was man tut, wenn man dort ankommt.«

»Was ist das erste?« fragte Streak.

»Übungsschießen bei Tageslicht«, erwiderte Michael.

Streak lachte, dann nahm er sein Leichtes MG und den Rucksack. »Dann mal los. Wir haben eine Stunde im Wagen, um jeden Schritt durchzugehen. Heute nacht werden sie in der Kapelle weinen.«

Michael sah verwirrt aus.

»Das ist eine Zeile aus einem uralten Lied«, sagte Streak zu ihm. »Etwas Kultur kann nie schaden, Kumpel.«

»Wenn ich das Wort Kultur höre ...«, brach Xavier in Gelächter aus.

»Ja, ich weiß. Aber du brauchst das Wort gar nicht zu hören, du psychopathisches Monster, du greifst ohnehin gern zur Kanone.« Streak warf den Kopf in den Nacken und fiel in Xaviers Gelächter ein.

Sie parkten die Wagen ein paar Kilometer außerhalb. Sie hatten Mühe, Serrin zu überreden, das Risiko einzugehen, eine astrale Erkundung vorzunehmen, aber er entdeckte auf diese Entfernung keine Spur von Beobachtern oder ähnlichen Vorsichtsmaßnahmen, und es sah so aus, als rechneten die Magier der Priorei nicht mit ihrer Rückkehr.

»Aus größerer Nähe kann ich es nicht riskieren«, sagte er. »Wir müssen uns einfach darauf verlassen, daß die Barrieren funktionieren.«

»Dann müssen wir uns beeilen«, sagte Streak. »Mit den Wagen können wir nicht näher heran. Man kann sie zu leicht entdecken.«

Sie schlichen den unbequemen Pfad mit dem Geröll und dem Unterholz hinauf, das in den Pfad hineinragte. Der Himmel war bewölkt und mondlos, so daß sie kaum etwas sehen konnten. Sie waren auf halbem Weg zum Hügel, als sich das Geräusch eines mächtigen Motors aus südlicher Richtung näherte. Sie waren weit weg von der Straße, und Streak verschwand in der Nacht, um festzustellen, was kam.

Sie näherten sich dem Hügel, als der Elf zurückkehrte. In der Dunkelheit war die Beunruhigung auf dem geschwärzten Gesicht des Elfs kaum zu erkennen. Doch kaum sagte er das erste Wort, als seine Besorgnis greifbar in der Luft lag.

»Ich will euch nicht beunruhigen«, flüsterte er, »aber da fährt ein verdammt großer Lastwagen den Berg hinauf. Sieht nach einem Zwanzigtonner aus. Schwarz wie die Sünde und total versiegelt. Ich konnte kaum etwas erkennen. Keine Ahnung, was darin ist.«

»Verstärkung?« fragte Michael besorgt.

»Wofür? Drek, in diesen Lastwagen paßt bequem die ganze verdammte Inquisition ...«

Die Stimme des Elfs verlor sich in der unheimlichen Stille der Nacht.

»Ach wo. Blödsinn«, sagte er rasch. »Nur so eine Redewendung. Laßt uns weiter.«

Sie waren dreißig Meter weit gekommen und noch fünfzig von ihren geplanten Ausgangspositionen entfernt, als der Lastwagen in ihr Blickfeld rollte und anhielt. Schwarze Gestalten sprangen von der Ladefläche wie Insekten, die aus einem aufgestörten Nest schwärmten.

Die erste Granate traf das Gebäude auf dem Hügel zwei Sekunden später und erhellte die Nacht, als sei es der Times Square. Nur Streak und Juan mit ihren blitzkompensierenden Cyberaugen brauchten sich nicht geblendet und schmerzend abzuwenden.

»Wir haben Rammböcke«, grunzte Xavier. Juan fuhr herum, und sein Laserzielrohr richtete sich auf das Ziel.

Für ein Unternehmen, das als Extraktion angelegt war, trug der Ork ziemlich schwere Waffen bei sich. Die Granate heulte durch die Nacht und prallte gegen die Seite des gewaltigen Fahrzeugs. Sie hätte ein Loch hindurchschlagen müssen. Statt dessen schien sie abzuprallen und in einem gewaltigen Feuerball irgendwo rechts zu verschwinden.

»Madre de dios!« rief der Ork wütend. »Was für 'ne Art Panzerung hat der Wichser da?«

Geraint hatte die Kapelle nicht aus den Augen gelassen. Zuerst schien sie, trotz der Tatsache, daß sie von einer Granate getroffen worden war, kaum beschädigt zu sein, dann bildete sich plötzlich eine Feuerwand um sie und schien die Kapelle zu verzehren. Dann zog sich der Feuerring zu einer Säule zusammen, die den Berg hinunter und auf den Lastwagen zu rollte. Die Magier der Priorei sind nicht bereit, das ohne weiteres hinzunehmen, dachte er. Bei Gott, ich bin froh, daß das Ding nicht auf uns gezielt ist.

Der Elementar näherte sich dem Lastwagen bis auf dreißig Meter, bevor er erlosch wie ein Streichholz im Wasser. Das Knattern automatischer Waffen hallte durch die Nacht und nahm sich im Vergleich zu den magischen Kampfaktionen fast ein wenig hausbacken aus. Ein Feuerball explodierte über der Kapelle und dehnte sich aus, bis er auf eine halbkreisförmige, unsichtbare Barriere stieß. Die Flammen rannen an den Seiten der Barriere herab, zischten und erloschen.

Und ihre Abwehrvorrichtungen haben sie ebenfalls bereit, dachte Geraint.

»Hey, soll ich den Lastwagen plattmachen oder die Kapelle?« schrie Juan. Unter den gegebenen Umständen war das eine ziemlich vernünftige Frage. Geraint überlegte immer noch, was er antworten sollte, als die eingetroffenen Magier, die immer noch unsichtbar im Laderaum des gewaltigen Lastwagens saßen, aber offensichtlich ihr Handwerk verstanden, die Schau abzogen, für die sie gekommen waren.

Wie ein Nordlicht aus einem Alptraum erschienen plötzlich zwei Spektralhände, die wie im Gebet gefalten waren, über der Kapelle. Sie schwebten dreißig Meter über dem Dach in der Luft und schimmerten vor magischer Macht. Dann löste sich aus der Spitze eines Zeigefingers ein Lichtblitz und prallte knisternd gegen die hermetische Barriere. Als die unwiderstehliche Kraft das unverrückbare Objekt traf, öffneten sich die Tore der Hölle – und schlugen gleich darauf wieder zu.

Die Explosion schleuderte alle durch die Luft und auf den felsigen Boden. Michael stöhnte, als sein schwacher Rücken gegen eine besonders harte Gesteinsmasse prallte, und er wälzte sich vor Schmerzen keuchend herum. Sogar Juan verlor den Boden unter den Füßen, wenngleich der Ork mit seiner Gewaltigkeit fähig schien, der Schwerkraft zu trotzen. Nur Streak blieb auf den Beinen, und es gelang ihm sogar, seine Ingram auf die Gestalten zu richten, die plötzlich gegen sie vorrückten. Zwei der dunklen Gestalten gingen in seinem Kugelhagel zu Boden, während Leuchtspurgeschosse durch die Nacht zischten und aus der Umgebung der Kirche unglaublicherweise das Heulen von Hunden erscholl. Es herrschte völliges Chaos.

Fünfzig Meter entfernt waren die Magier der Priorei und die unsichtbaren Angreifer in einen Titanenkampf des Willens und der magischen Macht verstrickt, und Serrin errichtete eine Barriere, um seine Freunde zu schützen. Gerade noch rechtzeitig. Streak hätte sonst sein halbes Körpergewicht in flammendem Blei von den vorstürmenden Samurai zu kosten bekommen. Der Elf glotzte ungläubig, als er nicht im Kugelhagel starb, dann leerte er sein Magazin, während Xavier die erste Gasgranate zwischen die Samurai jagte, die ihn auseinanderzunehmen drohten.

»Die Schweine tragen Gasmasken«, knurrte er. »Kommt, ihr stinkenden Wichser, mal sehen, wie ihr mit Schockgranaten fertigwerdet.« Eine weitere Granate flog durch die Luft und landete direkt hinter der Linie der Samurai. Weitere Granaten wurden hektisch in den Werfer gestopft.

»Wie gefällt euch das, ihr Wichser!« lachte Xavier, als die nächste Granate direkt im Ziel landete und den dunkel gekleideten Samurai zurückschleuderte. Streak hatte sich gar nicht erst die Mühe gemacht, ein neues Magazin einzulegen, sondern einfach die Waffen gewechselt und noch ein paar der anstürmenden Samurai niedergemäht. Ein glücklicher Treffer von Geraint erledigte einen derjenigen, die er nur verwundet hatte.

Juan hatte seine Lektion aus dem vorangegangenen Angriff auf den Lastwagen gelernt und fing an, die Kapelle unter Beschuß zu nehmen, doch Geraint sagte ihm, er solle aufhören und sich auf die unbekannten Angreifer konzentrieren, die jetzt begannen, zu ihrem Fahrzeug zurückzuweichen. Der Ork grinste und schoß eine Kartätschengranate auf sie ab. Die Wirkung war entsetzlich. Die Granate explodierte in der Luft, und ein großes Netz aus klebrigen Fäden bedeckte sie, die bei Kontakt aufflammten. Die zersetzende Säure der Fäden fraß sich so sicher durch Körperpanzer und Fleisch wie die Flamme, die der Vorgang erzeugte.

Die Schreie der Sterbenden waren furchtbar mitanzuhören.

Die Hände in der Luft bewegten sich. Die Finger zeigten jetzt auf die vier Männer und nicht mehr auf die Kapelle. Serrin bemerkte es vor den anderen, und er wußte, daß sie keine Chance gegen die Macht der Magier hatten. Er hatte gewußt, daß dies irgendwann auf ihn zukam, und hatte gerade noch genug Zeit, Kristens Arm zu packen und ihr ein paar Worte zuzurufen.

»Gib mir Deckung«, sagte er. »Nach dieser Sache werde ich zu nicht mehr viel in der Lage sein.«

Sie nickte einmal, grimmig und entschlossen, nahm ihre Pistole und lud durch.

Serrin hatte in den vergangenen Monaten viel über Barrieren und Schutzvorrichtungen gelernt. Es gab genügend äußerst mächtige Magier mit einem Interesse an ihm, und er war paranoid genug, sich deswegen Sorgen zu machen. Er hatte mehr Zeit mit dem Üben der Konzentrationsrituale verbracht, als ihm lieb war, und jetzt würde er herausfinden, ob er alles richtig gemacht hatte. Wenn nicht, würde ihn der Kräfteverschleiß töten.

Er umklammerte den Zauberfokus mit festem Griff und begann mit dem Singsang.

Der Finger schien sich ein wenig nach unten zu neigen. Die vier Männer zerstreuten sich. Sogar der monströse Ork-Samurai wußte, daß sein Samurai-Waffenarsenal gegen das, was diese Hände austeilen würden, gerade so hilfreich sein würde wie ein Körperpanzer aus Pappmachè.

Der blaue Energiestrahl verließ die Fingerspitze. Serrin sprach das letzte Wort und fiel in Kristens Arme. Xavier hatte gerade noch Zeit eine Splittergranate abzufeuern, um etwaige Angreifer davon abzuhalten, ihm zu nahe zu kommen, bevor er sich umsah, um Zeuge des Massenbegräbnisses zu werden, daß sich zu seiner Linken anbahnte.

Der Energiestrahl traf die Barriere und zuckte und brandete gegen die unsichtbare Schutzvorrichtungen wie ein Brecher gegen eine Klippe. Und die Barriere hielt.

Einen Moment lang.

Dann ertönte ein ohrenbetäubendes, nervenzerfetzendes Kreischen, als würden tausend Fingernägel über hundert Schiefertafeln gezogen, und der Energiestrahl bohrte sich fünfzig Meter links von seinem Ziel in den Boden.

Danach konnte sich Michael an nichts mehr erinnern. Diesmal landete sein Kopf dort, wo zuvor sein Rücken gelandet war, und er hatte Glück, daß er mit einer Gehirnerschütterung und einer leichten Amnesie davonkam. Ein paar Augenblicke später wurde auch Geraint umgerissen, dem es kurz darauf jedoch gelang, sich auf alle viere aufzurichten. In seinem verschwommenen Blickfeld sah er Granaten in die Kapelle einschlagen und diesmal Steine und Dach auslösen und das Gebäude zerstören. Vor ihm ragte ein Ork auf, dessen Cyberarm mit seiner Gyrohalterung unbarmherzig zu seinem auserwählten Ziel herumschwang.

Nicht die Kapelle, Schwachkopf, betete Geraint. Laß ihn keine Energie darauf verschwenden. *Bitte.*

Die Granate schlug in den Lastwagen ein. Diese richtete bedeutend mehr Schaden an als die erste. Die Seite des Fahrzeugs riß auf wie ein Hautlappen, und ein Regen von Leibern wirbelte schreiend und stöhnend durch die Nacht. Eine Sekunde später brachte sie Xaviers Splittergranate zum verstummen.

Unglaublicherweise erwachte der Motor des Lastwagens zum Leben, und das Fahrzeug wendete. Juan torkelte herum und versuchte sich auf einen letzten Schuß zu konzentrieren, der den Lastwagen und seine Insassen auslöschen würde. Dann raste plötzlich ein riesiger schwarzer Hund auf ihn zu, dessen Augen in der von Flammen durchtosten Nacht zu brennen schienen.

Geraint zielte mit seiner Pistole, betete und leerte das Magazin.

Der Hund stürzte, überschlug sich und stand nicht wieder auf. Der Lastwagen entkam bergab und in die Nacht. Geraint fiel auf die Knie und kämpfte nach Kräften gegen seine Übelkeit an. Zwei Erschütterungen hatten seinem Körper übel mitgespielt. Von seiner zerbissenen Lippe lief ihm ein dünner Blutfaden das Kinn herunter.

Streak, der munteren Schrittes zu ihm kam, sah wie ein wandelnder Alptraum aus. Die Augen des Elfs waren weit aufgerissen, und sein von einem irren Grinsen verzerrtes Gesicht und sein Körper waren mit frischem Blut verschmiert. Entsetzlicherweise schienen ihm die Gedärme aus dem Unterleib zu quellen, was ihm scheinbar nichts ausmachte. Geraint starrte ihn sprachlos an.

»Nee, das bin ich nicht«, lachte der Elf nach einem Blick an sich herab. »Einer ihrer verdammten Hunde. Ich habe ihn erledigt«, fügte er hinzu, indem er stolz sein Sägezahnmesser schwenkte. »Ist immer die beste Methode. Es geht nichts über ein richtiges Handgemenge, sage ich immer.«

»Sie sind verrückt«, sagte Geraint ungläubig.

»Aber ich lebe, Kumpel«, lachte der Elf. »Nicht wie die arme alte Lassie. Die hat zum letztenmal gebellt, das kann ich Ihnen sagen.« Er sah sich um. »Drek, was für ein Chaos. *Como está*, Juan? Okay?«

Der Ork grunzte. Streak betrachtete das als Ausdruck einer guten, robusten Gesundheit.

»Sieht so aus, als hätte unser Freund hier was abbekommen«, sagte Streak, indem er neben Michael niederkniete und ihn untersuchte. »Puls ist okay, ein bißchen unregelmäßig. Hat sich den Kopf angestoßen. Aua! Seht euch die Beule an. Ein Pflaster sollte reichen.« Er beugte sich tiefer und zuckte dann die Schultern. »EEG ist okay. Mehr oder weniger. Er kommt wieder auf die Beine.« Der Elf nahm ein Traumapflaster und klebte es auf Michaels Handgelenk.

»Ist übrigens nicht viel übrig geblieben«, fuhr Streak fort, indem er auf die Überreste der Kapelle deutete. Nun, da Geraint wieder einigermaßen beieinander war, konnte er erkennen, daß es der Inquisition – denn nur um sie konnte es sich gehandelt haben – zumindest gelungen war, historische Kapelle von Sauniere dem Erdboden gleichzumachen. Alle Personen, die sich darin befunden hatten, mußten tot sein. Streak schien seine Gedanken zu lesen.

»Ich frage mich, wer im Keller ist«, sagte der Elf nachdenklich. »Wir könnten nachsehen – ah, da kommt er ja.«

»Alle tot«, sagte Xavier fröhlich. »Ich hab's den Überlebenden mit Splitter- und Nerv-Granaten besorgt, und jetzt ist nichts mehr übrig.«

»Nerv-Granaten?« Geraint hatte diesen Ausdruck noch nie gehört.

»Nervengas. Tödlich, aber es zersetzt sich in fünf Sekunden. Von einem Gel umgeben, das Kleidung und Panzerung zersetzt. Zisch und weg. Ich habe nachgesehen, von den bösen Jungs ist keiner mehr übrig, Euer Lordschaft.«

Geraint wurde plötzlich klar, daß es sich bei dem Bündel, das der Mann trug, um Serrin handelte. Sein Gesichtsausdruck veränderte sich.

»Ich schätze, er hat euch die Haut vor diesen Händen am Himmel gerettet«, fuhr Xavier fort. »Ist ohnmächtig geworden. Aber sonst fehlt ihm nichts. Willst du ihn untersuchen, Streak?«

Streak nahm sich ein paar Sekunden Zeit, um seine Diagnose zu stellen und zu bestätigen, daß sich der bewußtlose Elf in keiner unmittelbaren Gefahr befand.

»Wir gehen besser hinein«, sagte er zu Geraint. »Xavier, willst du hierbleiben und auf diese Burschen aufpassen?«

»Kein Problem«, sagte Xavier fröhlich. »Drek, das hat Spaß gemacht. Danke für die Einladung. Nette Party!«

»Nicht schlecht, was?« grinste Streak. »Also gut, Euer Lordschaft, mal sehen, ob sich die Jungs in der Kapelle mittlerweile bessere Manieren angewöhnt haben. Sie setzen wohl besser die Gasmaske auf, vielleicht brauchen wir Schlafgas, falls sie etwas zu lebhaft sein sollten.«

»Ich wünschte, Serrin könnte es zuerst überprüfen«, sagte Geraint besorgt. »Ihre Magier müssen ziemlich gut gewesen sein.«

»Die Vergangenheitsform trifft es hundertprozentig«, erwiderte Streak. »Wenn sie noch auf den Beinen wären und aus allen Rohren feuerten, glaube ich nicht, daß die Kapelle mittlerweile so aussähe wie damals Dresden. Wir sollten reingehen, bevor sie sich wieder erholt haben, falls noch jemand übrig ist, der sich erholen kann.«

Bevor sie sich aufmachten, ging Geraint noch zu der verloren wirkenden Gestalt, die ein Stück weiter mit einer Pistole zwischen den Knien auf dem Boden saß, und legte den Arm um sie. Kristen zitterte, aber ihre Augen waren trocken.

»Keine Sorge. Morgen früh ist er wieder auf den Beinen«, versicherte ihr Geraint.

»Ich weiß«, sagte sie in einem Tonfall, der stärker als erwartet war. »Er hat mir gesagt, was er vorhatte.«

Er hatte es sonst niemandem gesagt. Geraint versuchte sich seine Überraschung nicht anmerken zu lassen.

»Bleib und paß auf ihn auf«, sagte er.

»Nein, Xavier wird bei ihm bleiben, und ich vertraue ihm. Er ist okay.«

»Was willst du dann tun?«

»Ich komme mit euch. Ich will wissen, was vorgeht, und ihr sagtet, daß die Antwort dort zu finden ist. Da Serrin nicht bei Bewußtsein ist, kann ich ihm dann alles erzählen. Was es auch sein mag.«

Geraint sah sie fragend an, und dann breitete sich ein Lächeln auf seinem Gesicht aus. »Gut für dich. Dann komm jetzt. Lassen wir Streak nicht warten. Du weißt, wie ungeduldig er wird, wenn wir Zivilisten herumtrödeln.«

Sie nahm seinen Arm, und dann gingen sie gemeinsam den Hügel hinauf zur Ruine.

16

Es war nicht leicht, unter all den Trümmern eine Zugangsmöglichkeit zu finden. Die meisten Mauern waren eingestürzt, und überall lagen schwere Gesteinsbrocken. Es gab auch Leichen, die stark verstümmelt waren, und Geraint mußte den Blick von ihnen abwenden. Zu seiner Überraschung schien Kristen weniger zimperlich zu sein, obwohl ihr offensichtlich nicht gefiel, was sie sah. Ihr früheres Leben auf den Straßen Kapstadts mußte viel härter gewesen sein, als er je begreifen würde.

»Aha, hier«, sagte Streak schließlich. »Hier sind die Stufen, die nach unten ins Verlies führen, Meister.«

Die Falltür war zerschmettert, und auf der Treppe darunter lagen ebenfalls Trümmer. Ein Nebel aus Mörtel- und Gipsstaub verlieh den Tiefen in der Tat etwas von einem makabren viktorianischen unterirdischen Labyrinth oder Kerker direkt aus einem Fuseli-Gemälde. Die beiden Taschenlampen von Geraint und Streak erhellten die Dunkelheit. Ihr Lichtstrahl erfaßte die erste der Leichen am Fuß der Treppe. Streak schritt achtsam über sie hinweg und führte sie weiter.

Sie fanden ihn nach wenigen Augenblicken. Der Mann lag stöhnend und mit eingestaubtem Anzug auf dem Boden. Sie sahen kein Blut, aber sein linkes Bein war in einem schrecklich unnatürlichen Winkel abgeknickt und offensichtlich gebrochen. Er sah sie mit schmerzverzerrtem Gesicht an.

»Ihr mörderischen Schweine«, schleuderte er ihnen entgegen.

»Das waren wir nicht, Kumpel«, sagte Streak fröhlich. »Es stimmt, wir sind gekommen, um uns, nun, Zugang zur Kapelle zu erzwingen. Aber wir haben keinen einzigen Schuß auf die Kapelle abgegeben.

Okay, Juan hier hat den Lastwagen mit Jesuiten hochgehen lassen. Aber wären wir nicht gewesen, würden die jetzt mit Ihnen reden. Und irgendwie glaube ich nicht, daß sie Ihnen einen Morphiumschuß gegen die Schmerzen anbieten würden, wie ich es mir gerade überlege. Das Bein sieht furchtbar aus.«

Der Mann betrachtete sie mit dem Blick eines verängstigten Tieres, erschöpft und von Schmerzen gepeinigt, doch mit noch größeren Schmerzen als den rein körperlichen: der Schmerzhaftigkeit von Hoffnung in einer aussichtslosen Lage.

»Sie lügen«, sagte er.

»Klar lügen wir«, sagte Geraint. »Sie wissen, wer wir sind, davon bin ich überzeugt – Sie haben nicht einmal gefragt, wer wir sind, als wir uns getroffen haben. Glauben Sie, wir könnten die Magie wirken, die Ihre Barrieren zerschmettert hat? Halten Sie uns für so mächtig?«

Gianfranco schaute einen Augenblick lang zweifelnd drein, und dann ließ ihn eine Schmerzwelle von seinem zerschmetterten Bein aufschreien.

»Um Himmels willen, geben Sie mir diesen Schuß«, flehte er.

»Nachdem Sie geredet haben«, sagte Streak ungerührt.

»Nein«, mischte sich Geraint ein. »Geben Sie ihm den Schuß.«

»Sind Sie verrückt? Er wird reden. Jeder würde das mit diesen Schmerzen tun. Wir werden von ihm bekommen, was wir wollen!« protestierte Streak. Gianfranco konnte nichts sagen. Seine Arme bewegten sich, um sein schmerzendes gebrochenes Bein zu umklammern, und wurden dann wieder zurückgezogen, da die Schmerzen des Umklammerns noch stärker sein würden als die Schmerzen, einfach nur dazuliegen.

»Sagen Sie mir, was ich wissen will, dann bekommen Sie den Schuß«, sagte Streak drängend, indem er vor Gianfranco in die Hocke ging.

»Geben Sie ihm den Schuß, Mann, und zwar sofort!«

»Zum Teufel mit Ihnen!«

»Ich bezahle Sie, und Sie werden verdammt noch mal tun, was ich Ihnen sage!« brüllte Geraint wütend, während sein Gesicht vor Wut rot anlief. Er verlor nur selten die Beherrschung, aber wenn er es tat, äußerte sich sein keltisches Temperament auf geradezu beängstigende Weise. Streak starrte ihn trotzig an und drückte dem Mann dann sanft das Pflaster gegen den Hals. Binnen Sekunden drang die Mischung aus Opiaten, Endorphinen und Anti-Trauma-Kolloiden in seinen Blutkreislauf ein und brachte dem gequälten Bein Linderung. Geraint kniete nieder, um selbst zu sehen, wie es dem Mann ging.

»Die Mutter segne Sie«, sagte Gianfranco inbrünstig. Er nahm Geraints Hand in seine und seufzte vor Erleichterung.

»Zum Teufel mit Ihrem blutenden Herzen«, knurrte Streak. »Wir hätten längst haben können, was wir wollen.«

»Wir waren das nicht«, sagte Geraint. »Es war der NOJ. Diese Hände über der Kapelle – Sie kennen sein Zeichen.«

»Ich kenne es«, flüsterte Gianfranco, dessen Bewußtsein von der Droge getrübt wurde. »Ich konnte nicht sicher sein, auf welcher Seite Sie stehen. Sie hätten mit ihnen unter einer Decke stehen können.«

»Mit den Jesuiten? Was bringt Sie auf die Idee?« fragte Geraint.

»Sie gehören der britischen Regierung an, und da fragen Sie noch?«

Es stimmt, dachte Geraint. Sein eigener Vorgesetzter schien nach ihrer Pfeife zu tanzen. Es war also gar nicht so überraschend, daß Gianfranco das gedacht hatte.

»Wir müssen ihn von hier wegschaffen«, sagte er zu Streak.

»Das hat keine Eile«, sagte der Elf. »Es wird noch eine ganze Weile dauern, bis die französische Polizei oder Armee hier eintrifft. Das ist hier der Arsch der Welt. Drek, in dieser Gegend gibt es sogar Grenzbanditen. Praktisch ist hier oben Sardinien. Habe ich nicht recht, Jungs?«

»Klar«, sagte Juan lakonisch, wobei er mit einem Streichholz in den Zähnen herumstocherte.

»Tun Sie's einfach«, sagte Geraint müde. Streak warf ihm einen resignierten Blick zu und öffnete die Abdeckung seines Funkgeräts.

»Wir schaffen die Wagen hier rauf«, sagte er. »So wird es schneller gehen. Er ist nicht in der Verfassung, um ihn drei Kilometer oder noch weiter zu tragen.«

»Wen wollen Sie rufen?« fragte Geraint. »Draußen ist nur noch Xavier, und der ist genauso weit von den Wagen entfernt wie wir.«

»Ja, aber er hat die Fernsteuerung, und Sie kennen seinen Wagen nicht.« Streak grinste plötzlich. »Computerleitsystem, Topologie-Analyse, Autopilot, und seine Karre ist in fünf Minuten hier. Wir können die Bewußtlosen auf dem Dachgepäckträger unterbringen, bis wir bei unserem sind.«

»Wie ich schon sagte, tun Sie's einfach«, sagte Geraint. Obwohl es noch nicht einmal Mitternacht war, verkündete sein Körper, daß es fünf Uhr morgens nach einem ziemlich üblen Tag war.

Der Wagen tauchte so rasch auf, wie Streak gesagt hatte, und glitt führerlos den Hügel hinauf. Als sie auf ihn zugingen, wurde Geraints Blick von einem Farbfleck inmitten der Schwärze der Gesteinstrümmer unter dem dunklen Himmel angezogen.

»Hol mich der Teufel«, murmelte er, während er die Statue anstarrte. Unglaublicherweise hatte sie die allgemeine Verwüstung anscheinend unbeschadet überstanden. Sie war von der Gewalt der Explosionen, die das Gebäude demoliert hatten, von ihrem Sockel gestoßen worden, machte aber einen bemerkenswert unbeschädigten, fast makellosen Eindruck. Die Bemalung war seltsam grell, und sie sah aus wie eine billige Antiquität, wie sie in Geschäften zu finden sind, die Plastik-Ikonen und Flaschen mit Lourdes-Wasser an tief gläubige und an solche Leute verkaufen, denen es an Intelligenz oder ästhetischem Scharfblick mangelt.

»Das ist sie. Genauso, wie wir sie gesehen haben.«

Er erinnerte sich an den Geist, der in seine Wohnung eingedrungen war und ihnen die Warnung überbracht hatte. Zu seinen Füßen lag eine Kopie dieser Gestalt, die sein Starren erwiderte, als wolle sie der Macht und Brutalität all jener trotzen, die ihren Schrein zerstört hatten.

»Jeanne d'Arc.«

Beinahe hätte er sich bekreuzigt. Er hatte das vage Gefühl, sich bei ihr entschuldigen zu müssen, ein Zeichen der Versöhnung zu geben, aber er hielt sich zurück, weil er wußte, daß es falsch war. Nicht falsch, sich zu entschuldigen, sondern falsch, das Kreuzzeichen zu machen.

Das verstand er nicht, und er wußte, daß es wichtig war. Und als er sich abwandte, machte er sich deswegen Gedanken. Doch Streak versuchte alle in den Wagen zu quetschen, und er mußte gehen und sich damit auseinandersetzen.

Aber er vergaß es nicht.

Sie beschlossen, das Risiko einzugehen, die Nacht in Clermont-Ferrand zu verbringen, nicht zuletzt deshalb, weil sie die Bewußtlosen und Verletzten nicht den Strapazen aussetzen wollten, in ihrem Zustand und zu dieser Nachtzeit nach Toulouse zu fahren. Außerden hätte die Ankunft in einer großen Stadt in ihrer Verfassung mit Sicherheit Aufmerksamkeit erregt. Das Risiko bestand darin, daß jene, welche die Kapelle überfallen hatten – oder ihre Genossen –, möglicherweise nach denjenigen suchen würden, die sie besiegt hatten, und Clermont war viel zu nah, um sich in Sicherheit zu wiegen.

»Wir können diesen Burschen nicht transportieren«, sagte Streak. »Wahrscheinlich sollten wir auch Michael nicht transportieren, wenigstens nicht mit der Beule, die er hat. Und ich fühle mich nie ganz wohl in der Nähe von Magiern, die ausgepowert sind. Sie sagen mir immer, ich soll sie in Ruhe lassen. Hier zu bleiben gefällt mir auch nicht, aber ich schätze, daß uns gar nichts anderes übrigbleibt. Wenigstens so lange, bis Michael wieder zu sich kommt.«

Geraint überließ dem Elf die gesamte Organisation und ging zu Gianfranco, um sich um ihn zu kümmern. Ein zweites schmerzstillendes Pflaster hatte den Mann ziemlich benebelt, aber es war offensichtlich, daß er vernünftige medizinische Hilfe brauchte. Wenn er in absehbarer Zeit keine sachkundige medizinische Hilfe bekam, würde er ein verkrüppeltes Bein zurückbehalten und möglicherweise sogar sterben.

»Gianfranco, wir werden Sie in ein Krankenhaus schaffen«, sagte er leise zu dem Italiener. Der Mann nickte und drückte Geraint noch einmal die Hand, um sich bei ihm zu bedanken.

»Aber hören Sie, Sie sind uns etwas schuldig, jawohl, das sind Sie. Sie wären wie die anderen getötet worden, wenn wir heute nacht nicht hier aufgetaucht wären. Und wir wollten uns wirklich nur ganz friedlich mit Ihnen unterhalten. Sie haben uns abgewiesen.«

Der Mann schwieg ein paar Sekunden lang und sah Geraint dann mit einem Ausdruck absoluter Qual an.

»Ich kann nicht reden«, sagte er kläglich. »Sie verstehen das nicht.«

»Ich verstehe eine ganze Menge. Ich verstehe, daß Sie mich haben beschatten lassen und einen Geist geschickt haben, um mich abzuschrecken, der sich Einlaß in meine Wohnung erzwungen hat. Nur als Auftakt.«

»Wir haben niemandem Schaden zugefügt«, protestierte der Mann. »Sie haben Serrault getötet, unseren Magier.«

»Das war ein Unfall«, sagte Geraint, obwohl er sich der Tatsache bewußt war, daß Gianfranco mit seiner Auffassung gar nicht so falsch lag. »Serrin sagte, er sei ziemlich erschöpft von seiner rituellen Magie gewesen und der Schock habe ihn getötet.«

Das stimmte nicht, aber er mußte lügen. Die Zeit war kurz.

»Wir haben Sie gerettet. Dafür können Sie uns etwas geben.«

Der Mann sagte gar nichts. Geraint fiel ein anderes Argument ein und vermutete, daß er damit mehr Glück haben könnte.

»Und sehen Sie, Gianfranco, Streak hätte Ihnen den Schuß erst gegeben, nachdem Sie geredet hätten. Und Sie hätten geredet. Ja, das hätten Sie.«

Gianfranco begegnete seinem Blick, und seine Augen bestätigten, was Geraint ohnehin bereits wußte.

»Also stehen Sie doppelt in meiner Schuld. Die Inquisition war hinter uns her. Sie hat zwei von uns entführt, betäubt, ihnen Blutproben für rituelle Magie entnommen und damit gedroht, uns umzubringen. Wir müssen wissen, warum. Sie haben Ihre Leute umgebracht, und sie hätten uns ebenfalls getötet. Wir wollen wissen, wie wir sie daran hindern können, wenn sie es wieder versuchen. Das ist nicht zuviel verlangt.«

Der Mann stöhnte wieder, da die letzten Schmerzreste von einer Dosis der Drogen betäubt wurde, die seinen Widerstand schwächte. Geraint hoffte, sie würden ihn darüber hinaus nicht so sehr benebeln, daß er sich nicht mehr klar ausdrücken konnte.

»Ich bin keine führende Persönlichkeit«, flehte er mit gebrochener Stimme. »Es gibt vieles, wovon ich nichts weiß.«

»Das Buch. Sie haben das Buch geschickt«, riet Geraint. »Warum?«

»Als Botschaft.«

»Inwiefern war es eine Botschaft?«

»Es war ein Hinweis. Auf das Wesen und den Aufenthaltsort des Mannes, den Seratini suchte. Den Sie suchen«, murmelte Gianfranco.

»Wieso war es ein Hinweis? Ich verstehe das nicht«, sagte Geraint kläglich.

»Das Thema. Wasser ...« Gianfrancos Augenlider fingen an zu flattern, da die Drogen jetzt ihre volle Wirkung entfalteten. und seinen Geist und seine Sinne umnebelten.

»Wer ist er, Gianfranco? Ich muß es wissen«, flehte Geraint.

Für eine Sekunde klärte sich der Blick des Italieners, und der Waliser sah eine Mischung aus Schlauheit und Intelligenz in seinen Augen.

»Es ist noch eine Statue in der Stadt übrig«, grinste er, und sein Griff um Geraints Handgelenk entspannte sich, da er in einen narkotisierten Schlummer fiel.

»Verdammt«, fluchte Geraint. Er erhob sich und wandte sich ab. Kaffeeduft drang in seine Nase. Es war nicht seine neue Lieblingssorte, aber um diese Uhrzeit roch er schrecklich gut.

»Wenn Sie ihn jetzt in ein Krankenhaus bringen wollen, müssen wir sofort los«, sagte Streak. »Wir fahren nach Toulouse, setzen ihn am Flughafen ab, verständigen die Sicherheit aus dem Flugzeug und fliegen nach Hause. Eine andere Vorgehensweise können wir nicht riskieren. Wenn ich ihn nach Toulouse fahre, werden sie seine Identität feststellen und die Spur nach Rennes-le-Château aufnehmen, und dann fällt die Polizei über Clermont her.«

»Wenn man bedenkt, was dort oben vorgefallen ist, wird sie das ohnehin tun«, sagte Geraint. »Denken Sie darüber nach. Dort oben gibt es ein Dorf. Mittlerweile muß längst jemand bemerkt haben, daß die Kapelle in Schutt und Asche liegt, ganz zu schweigen davon, daß die Magie die Nacht zum Tage gemacht hat und ein paar Dutzend Leichen auf den Feldern der Bauern herumliegen.«

Streaks Augen weiteten sich. »Drek! Daran habe ich überhaupt nicht gedacht. Diese verdammten französischen Bauern. Was für ein Ärgernis sie doch sind!«

Es war ihm völlig ernst. Geraint krümmte sich fast vor lachen, und der Elf sah die komische Seite seiner Bemerkung und lachte mit.

»Also schön, dann werden wir wohl packen und ausziehen müssen, ob uns das gefällt oder nicht«, sagte er forsch. »Los, Leute, Zeit zum Aufbruch. Zurück nach England. Auftrag erledigt. Game over.«

Die anderen Samurai hatten bereits gepackt und waren reisefertig. Juan winkte fröhlich mit dem Kredstab, den Geraint ihm gegeben hatte.

»Es war mir ein Vergnügen«, sagte er. »Ich würde jederzeit wieder für Sie arbeiten, Euer Lordschaft. Einem britischen Aristo kann man immer trauen, das ist meine Meinung.«

»Dieser letzte Wichser hat uns abgezogen«, knurrte Xavier.

Juan zuckte die Achseln. »Ja, aber sieh mal, was wir mit seinem Freund gemacht haben.«

Geraint überlegte automatisch, wen sie wohl meinen konnten, kam dann aber zu dem Schluß, daß er es gar nicht wissen wollte. Die beiden Samurai gingen nach einem letzten Auf Wiedersehen und einem komplizierten Händeschütteln mit Streak, das Folter als Teil eines Freundschaftsrituals zu porträtieren schien. Wenigstens wäre es Folter gewesen, wenn normale Muskeln und Sehnen an der Prozedur teilgenommen hätten.

»Wir sind fertig«, sagte Kristen nur. Praktisch unbemerkt hatte sie ihre Habseligkeiten in den Reisetaschen verstaut, sogar die Waffen. Geraint mußte lächeln. In einer Krisensituation einen klaren Kopf zu behalten, war eine wertvolle Eigenschaft bei einem Team-Mitglied.

Er bedachte den Wagen mit einem zweifelnden Blick und wandte sich dann an Streak. »Glauben Sie, daß drei bettlägerige Personen in dieses kleine Ding passen?«

»Knapp. Aber ich hoffe, ihr zwei seid gute Freunde. Sie müssen entweder auf seinem Schoß sitzen, Mädchen, oder sich in den Kofferraum quetschen.« Der Elf wich dem spielerischen Tritt aus, zu dem Kristen ansetzte. »Nein, ehrlich, das ist mein Ernst.«

Geraint betrat das Schlafzimmer gerade noch rechtzeitig, sonst hätte er nie erfahren, was passiert war. Über dem Mann im Bett schwebte eine gräßliche, koboldhafte Gestalt, eine verrunzelte Kreatur aus der Geisterwelt, doch fühlbar, fast irden. Sie zückte eine lange Nadel, von der eine zersetzende Flüssigkeit tropfte, und durchbohrte damit Gianfrancos Brustkasten und sein Herz.

Der Kobold drehte sich um, sah ihn an, spie aus und verschwand. Es gab einen leisen Knall, als die Luft das Vakuum ausfüllte, daß er hinterlassen hatte.

Zu des Walisers äußerstem Entsetzen ruckte Gianfranco plötzlich hoch, als sei er abrupt aus einem bösen Traum erwacht. Die Augen quollen ihm aus den

Höhlen, und seine schwarz verfärbte und dick geschwollene Zunge hing ihm aus dem Mund. Flocken eines grauen Schaums bildeten sich um seine Lippen, und seine Hände ballten sich in einem letzten Anfall unerträglicher Schmerzen zu Fäusten.

Dann schrie er.

Clermont-Ferrand liegt in einer merkwürdigen Gegend. In Südwestfrankreich gibt es mehr als genug Geschichten über Lykanthropie, Heimsuchungen, böse Geister und andere unsichtbare Schrecken der Nacht. Schauerliche Todesfälle bringen es nicht, nicht an sich. In diesem Teil der Welt gehört mehr dazu, um die Leute zum tratschen zu bringen.

In Clermont und in den umliegenden Dörfern heißt es, daß man den Schrei noch fünf Kilometer entfernt hören konnte, und Leute, sie so weit weg wohnen, bestätigen das.

Geraint lief ins Wohnzimmer zurück. Sein Herz pochte wie ein Dampfhammer, sein Magen spielte verrückt, und vor seinem geistigen Auge spielten sich alptraumhafte Szenen ab. Einen Moment lang fragte er sich tatsächlich, ob man sich so fühlte, wenn man am Schock starb. Ein fassungsloser, bleicher Elf sah ihn an, neben sich ein Mädchen, dessen Miene ein Spiegelbild der seinen war, während sich die beiden gegenseitig festhielten. Es gelang ihnen mit äußerster Mühe, sich auf den Beinen zu halten.

Als sie sich ein wenig beruhigt hatten, gingen die drei zur Haustür und öffneten sie, um die kalte, frische Nachtluft einzuatmen.

»Nichts wie weg hier«, krächzte Streak. »Ich will gar nicht wissen, was passiert ist, Mann. Ich will es einfach nicht wissen. Sagen Sie's mir nicht. Ich will es nie erfahren.«

Er brachte kaum einen zusammenhängenden Satz zustande, aber er konnte wenigstens sprechen, was mehr war, als die anderen konnten. Und irgendwie mußten sie zwei Bewußtlose in den Wagen schaffen und wegfahren.

Um die dritte Person brauchten sie sich keine Gedanken mehr zu machen.

17

Es war eine entschieden erschöpfte Gruppe von Leuten, der es gelang, sich auf dem Flughafen von Toulouse an einer offenbar ebenso müden und mehr als desinteressierten Sicherheit vorbeizubluffen. Sie hatten Michaels Jacke mit einer großzügigen Portion Brandy durchtränkt und seine Bewußtlosigkeit einfach als schweren Alkoholrausch ausgegeben. Im Gegensatz dazu hatte sich Serrin während der Fahrt zu aller Überraschung relativ schnell erholt, wenngleich er immer noch ein wenig neben sich stand. Er machte einen geistesabwesenden Eindruck und schien die Vorgänge und seine Umgebung nicht zur Kenntnis zu nehmen, aber er konnte zusammenhängend reden und schien nur an körperlicher Erschöpfung zu leiden. Kaffee und ein Schluck Brandy, der nicht auf Michaels Jacke gelandet war, hatte eine äußerst belebende Wirkung auf ihn gehabt.

Streak brachte sie ohne Zwischenfall zum Hubschrauber, und sie schnallten sich gerade in dem Yellowjacket an, als zwei Sicherheitsbeamte zu ihrem Kopter gerannt kamen.

»Ach, Drek«, sagte Geraint. Streak runzelte die Stirn, hatte jedoch keine andere Wahl, als die Tür des Kopters wieder zu öffnen.

»Sie haben vergessen, das hier zu unterschreiben«, verkündete einer der Männer, indem er ein Formular zückte, das aussah, als sei es der »dreifachen Ausfertigung« längst entwachsen und strebe zweistelligen Zahlen entgegen.

»Ja, und das hier«, grinste der andere.

»Ja, ja, schon gut. Tut mir leid, wir waren in Eile. Ich schätze, ich habe es einfach vergessen«, sagte Streak, dem es gelang, gelangweilt zu klingen, während er die oberste Kopie mit einem Kugelschreiber unterzeichnete, den er sich von einem der Beamten geliehen hatte. Als dieser Kugelschreiber den Weg zurück zu dem Beamten fand, war er mit einer französischen Banknote von hohem Wert umwickelt.

Der Mann lächelte breit. »Das reicht, *Monsieur*«, sagte er, und die beiden zogen sich langsam wieder in ihren Wachturm aus Beton zurück.

»Ich war so sehr damit beschäftigt, lässig zu wirken, daß ich das verdammte Schmiergeld vergessen habe«, erklärte Streak, nachdem er die Tür des Kopters geschlossen hatte. »Tut mir leid.«

»Gott sei Dank war das alles«, sagte Geraint. Er war übermüdet und nervös. Er allein hatte den bösen Geist gesehen, der Gianfranco getötet hatte, und der Anblick hatte seine Nerven strapaziert.

»London?« wiederholte Streak seine Frage. Offenbar hatte ihn beim erstenmal niemand gehört.

»Würde ich sagen, ja. Ich bin zu müde, mir einen gescheiteren Ort auszudenken«, sagte Geraint schwach.

Streak wandte sich kurz an Serrin, doch der andere Elf hatte die Nase in Papier vergraben. Da Michael noch bewußtlos war, hatte der Magier offenbar beschlossen, die Aufgabe zu übernehmen, den Datenmorast durchzuarbeiten, den der Decker bei seinen Nachforschungen ausgegraben hatte. Mit gerunzelter Stirn strich er etwas auf einer Seite an, dann kaute er weiter geistesabwesend auf dem Ende seines Stifts herum, während er die Seite überflog. Anscheinend von ihrem Spiegelbild wie verzaubert, sah Kristen neben ihm aus dem Fenster.

»Wir können nicht nach London zurück ... ein paar wahnsinnige schiitische Schwachköpfe haben die Stadt hochgehen lassen!« verkündete Streak laut.

»Hmmm«, machte Serrin, während er weiter auf dem Stift herumkaute.

»Hat er das öfter?« fragte Streak niemanden im besonderen.

»Äh? Was?« sagte Serrin, indem er plötzlich aufsah.

»Schon gut«, sagte Streak müde, während er alle Vorbereitungen für den Abflug traf. »War nicht so wichtig.« Er setzte das Kopfset auf, grüßte den Tower und bat um die Startfreigabe. Die Triebwerke erwachten schnurrend wie gezähmte Leoparden zum Leben.

Als sie in der Luft waren und die Lichter der französischen Stadt unter sich zurückließen, wandte sich Geraint mit einem Ausdruck echter Dankbarkeit auf dem Gesicht an Streak.

»Danke«, sagte er nur. »Im Ernst. Wir waren nicht besonders gut in Form.«

»Gehört alles mit zum Service, Kumpel«, sagte Streak freundlich, während er den Kopter in einer langgezogenen Kurve nach Norden steuerte. »Ich setze es später auf die Rechnung.«

Danach kamen sie ins Gespräch. Streak erzählte von seinem Söldnerleben an Brennpunkten überall auf dem Globus, während Geraint das Risiko einging und dem Elf etwas von der Politik und den Intrigen erzählte, die jene Zwischenfälle bewirkt oder verschlimmert hatten. Ein paarmal pfiff Streak bei der Erwähnung eines besonders perfiden Verrats oder Doppelspiels hinter den Kulissen durch die Zähne. Hinter ihnen hatte Serrin den Arm um Kristen gelegt, doch seine Augen und sein Geist waren auf die Papiere und Bilder auf seinem Schoß gerichtet. Seine Frau starrte in die Dunkelheit, aber es war schwer zu sagen, ob sie ihr dunkles Spiegelbild, die hin und wieder tief unter ihnen vorbeiziehenden gelben Lichter oder gar nichts betrachtete. Michael schlief friedlich weiter.

London machte schon vor Tagesanbruch einen grauen Eindruck und brauchte das fahle Licht des anbrechenden Tages nicht, um seine Grauheit zu betonen. Langsam fallender Regen verringerte die Sicht auf eine unangenehm geringe Entfernung, und Geraints Unruhe wuchs ständig, bis sie schließlich wieder festen Boden unter den Füßen hatten.

»Mir gefällt die Vorstellung nicht, nach Mayfair zu fahren«, sagte er zu Streak. »Wer weiß, wer die Bude mittlerweile beobachtet?«

»Ja, darüber habe ich auch schon nachgedacht. Kennen Sie den alten Carney von der Magischen Sicherheit?« fragte Streak.

»Sicher«, antwortete Geraint. Der übereifrige, aber höchst respektierte Offizier mittleren Ranges in der Unterabteilung Magische Sicherheit des Verteidigungsministeriums war einer Menge Beamter des Auswärtigen Amts bekannt, die wichtige ausländische Kontakte hatten, welche während ihres Aufenthalts in London im Verborgenen bleiben mußten.

Streak lächelte. »Nun, Carney schuldet mir noch einen Gefallen.«

»Carney schuldet *Ihnen* einen Gefallen? Sind Sie sicher? Natürlich sind Sie sicher. Nehmen Sie meine Dummheit einfach nicht zur Kenntnis. Tja, das hätte ich nicht für möglich gehalten.« Geraint war völlig perplex. Nahmen die verborgenen Tiefen des Elfs kein Ende? Horace Walter Arbuthnot Carney schuldete niemandem einen Gefallen. Man schuldete ihm. Alle Welt schuldete ihm so viele Gefälligkeiten, daß er eines Tages König sein würde, oder so ähnlich ging der Witz, der über ihn kursierte.

»Fragen Sie mich ja nicht, warum.«

»Würde mir nicht im Traum einfallen«, erwiderte Geraint mit Nachdruck.

»Carney hat verschiedene Unterschlupfe«, stellte Streak fest. »Aber das wird Sie einiges kosten. Den Gefallen einzufordern, den Horace mir schuldig ist, bedeutet, daß ich eine bedeutende Hilfsquelle verliere.«

»Was immer nötig ist. Rufen Sie an.«

»Wissen Sie, Kumpel, das sagen Sie ziemlich oft in letzter Zeit.«

»Das liegt daran, daß Sie so ein verdammt findiger Bursche sind, mein Lieber.« Geraint lächelte nun, da sich seine Laune gebessert hatte. Wenn sie sich in einem von Carneys Schlupflöchern verstecken konnten, war die Inquisition kein Problem mehr. Der Papst persönlich würde nicht bei ihnen eindringen können.

Streak rieb sich das Kinn und dann die Augen. »Jesus Christus, aber ich bin selbst ganz schön angeschlagen. Ist noch was von dem Brandy übrig?«

»Gerade genug für uns zwei, um uns auf Touren zu bringen.«

»Ahem.« Hinter ihnen ertönte ein leises Hüsteln. Sie drehten sich um und sahen Kristen, die sie angrinste. Der Kopf des schlafenden Serrin lag auf ihrem Schoß.

»Vergeßt mich nicht«, sagte sie leise, während sie sich mit einem Blick nach unten überzeugte, daß sie ihren Mann nicht störte. »Haben Sie was zu rauchen, Streak?«

»Nicht bei mir. Aber ich bin sicher, daß ich binnen einer Viertelstunde das beste Gras in der ganzen Stadt auftreiben kann, sobald wir hier fertig sind.«

»Das wär echt Sahne, Mann.«

»Gott, in welcher Gesellschaft bewege ich mich eigentlich?« sagte Geraint in einem Tonfall gespielter Verwunderung.

Alle lachten. Es war pure Erleichterung, Erleichterung darüber, heil und gesund wieder zurück zu sein. Nachdem sie in Gatwick gelandet waren, kletterten sie steif aus dem Hubschrauber und trafen alle notwendigen Vorbereitungen, um die geheimnisvollen und vielfältigen Rituale zu überstehen, die zu durchlaufen der Amtsschimmel des Flughafens von allen Neuankömmlingen verlangte.

Als Serrin um neun Uhr früh erwachte, konnte er sich zuerst nicht daran erinnern, wie es kam, daß er sich anscheinend im Hochsicherheitstrakt eines Gefängnisses befand. Die Beleuchtung in dem Zimmer war zwar sanft, aber dafür hatte es keine sichtbaren Fenster. Die magische Energie rings um den Ort sprang ihm förmlich ins Gesicht, da sie am Rande seiner Wahrnehmung schimmerte. Ringsumher hoben und senkten sich die Leiber der friedlich schlafenden Personen im Rhythmus ihres regelmäßigen Atems, gaben aber ansonsten keinen Laut von sich.

»Wo, zum Teufel, bin ich?« fragte er sich laut und mit verschlafen klingender Stimme, und dann erinnerte er sich wieder an die Ereignisse des vergangenen Tages. Er warf einen Blick auf die schlafende Kristen und lächelte, dann suchte er nach seinem Stapel mit Unterlagen und war kurz darauf in ihren Inhalt vertieft.

Michael erwachte als erster von den anderen. Serrins Uhr zufolge war es kurz vor zehn Uhr morgens, als Michael sich herumwälzte, sich dann plötzlich aufrichtete, stöhnte und sich die Stirn rieb.

»Ach, Drek«, ächzte er, indem er langsam und behutsam den Kopf schüttelte, als habe er ein Päckchen fallen lassen und versuche jetzt herauszufinden, ob das Teeservice aus Porzellan jetzt aus mehr Teilen bestand, als es sollte. »Drek Drek verdrekter drekkiger Drek! Irgendein bösartiger verkommener Schweinehund bohrt mir von innen den Schädel auf. Das kommt jetzt fast täglich vor. Weißt du, ich kann mich noch ganz schwach an eine Zeit in fernster Vergangenheit erinnern, als mir nicht jeden Morgen schlecht war oder der Schädel gebrummt hat.«

»Du bist mit dem Kopf gegen einen Felsen geschlagen«, sagte Serrin hilfsbereit, aber ohne von seinen Papieren aufzusehen.

»Wunderbar. Drek, ich brauche was gegen diese

Kopfschmerzen«, sagte Michael, während er vorsichtig jedem Schmerzgefühl in seinem Körper auf den Grund ging. Eine Säule der Schmerzen schien sich von seiner Schädeldecke bis zum Ende seines Rückgrats zu ziehen. Er fühlte sich schrecklich. Dann begutachtete er seine Umgebung.

»Wo, zum Teufel, sind wir?«

»In einem Versteck«, murmelte Serrin, indem er ein weiteres Blatt unter den Stapel auf seinen Knien schob. »Es ist magisch geschützt. Die Barrieren hier sind eine wahre Pracht, das kann ich dir sagen. Geraint wollte nicht riskieren, in seine Wohnung zurückzukehren, falls wir noch einen Besucher wie Jeanne d'Arc bekämen.«

»Aha. Soso«, sagte Michael matt. »Kaffee. Gib mir Kaffee, sonst sterbe ich. Sofort.«

»Versuch mal die blaue Kanne«, sagte Serrin geistesabwesend. Sein Kopf war offensichtlich voll von dem, was er las.

Trotz seines schmerzenden Körpers und einer Migräne, die sich anfühlte, als sei er kürzlich einer altmodischen Lobotomie unterzogen worden, trottete Michael zu ihm, weil er neugierig war.

»Was hast du herausgefunden?«

»Interessante Dinge. Wußtest du, daß Leonardo da Vinci in den Jahren unmittelbar vor seinem Tod Großmeister der Priorei von Sion war?«

»Drek, warum haben mich meine Frames nicht darauf aufmerksam gemacht?«

»Weil du nicht mit dem Hintergrund vertraut warst und ihnen daher nicht befohlen hast, nach obskuren Verbindungen Ausschau zu halten«, stellte Serrin fest. Er zündete sich eine Zigarette an, ein Laster, dem er mittlerweile viel seltener frönte als früher. Michael hatte die Veränderung bemerkt und sie auf das neugewonnene Familienglück des Magiers zurückgeführt.

»Und auch Victor Hugo. Und Jean Cocteau. Und vielleicht sogar Isaac Newton.«

»Newton? Echt? Erzähl mir mehr davon«, sagte Michael, und während die anderen weiterschliefen, waren die beiden bald in ihre Daten vertieft. Nach kurzer Zeit wurden Wörter und Schlüsselsätze unterstrichen, und Michael gelang es beinahe, seine Kopfschmerzen zu vergessen.

Die Stunden verstrichen, und insbesondere Kristen entwickelte erste Anzeichen eines Lagerkollers. Der Genuß von Streaks besonderer Rauchware ließ sie ein wenig ruhiger werden, aber dafür steigerte sie auch ihre Bereitschaft, sich zu beklagen.

Sie tat ihr Bestes, Serrin von seinem endlosen Notizenvergleich mit Michael abzulenken, als es leise an die Tür klopfte. Geraints »Herein« wurde von einem der Wächter beantwortet, der auf eine Weise lächelte, die vermuten ließ, daß er vor nicht allzu langer Zeit das Opfer einer gründlichen Gehirnwäsche geworden war (oder gerade seinen Abschluß an einer Golden-Arches-Universität für Manager gemacht hatte; es lief auf dasselbe hinaus). Der Wachposten sagte ihnen, daß sie einen Besucher hätten.

Einen Augenblick später hatte Streak seine Kanone gezogen und auf den leger gekleideten Besucher gerichtet, doch Serrin sagte ihm, er solle sie wieder einstecken, als er sah, wer es war. Nach allen Regeln der Wahrscheinlichkeit hätten sie gar keinen Besuch bekommen dürfen. Niemand konnte wissen, wo sie waren, und niemand hätte an den Wächtern vorbeikommen dürfen, falls es doch jemand irgendwie herausgefunden hatte. Andererseits war ihr Besucher auch kein Wesen aus Fleisch und Blut.

»Guten Tag«, sagte er höflich. »Darf ich mich setzen?«

»Wer, zum Teufel, sind Sie?« sagte Geraint erregt. »Streak, Sie sagten doch ...«

»Schon gut«, sagte Serrin rasch. »Ich kenne ihn. Was, um alles in der Welt, tun Sie hier, Merlin?«

»Ich fürchte, ich bin aus eigenem Antrieb gekommen«, sagte der freie Geist mit dem albernen Gesichtsausdruck eines fünfjährigen Jungen, der mit den Händen in der Keksdose erwischt worden ist. »Ich bin der Ansicht, daß mein Meister ein wenig mitteilsamer hätte sein können, als er war.«

»Dann setzen Sie sich«, sagte Geraint, indem er dem Wachposten ein Zeichen gab zu verschwinden. Der Mann warf ihm noch einen fragenden Blick zu, dann schloß er die Tür hinter sich.

Kristen hatte bereits eine Tasse Tee in der Hand und bot sie dem Geist an. Er nahm sie in die rechte Hand und nahm eine ihrer Hände in die linke, um sie an die Lippen zu heben und zu küssen, wobei er sich verbeugte. Er begegnete Serrins Blick und lächelte.

»Verzeihen Sie«, sagte er freundlich. »Seien Sie bitte nicht eifersüchtig. Schließlich bin ich nicht einmal ein Mensch.«

»Hmmm«, knurrte Serrin, doch Kristen schien sich zu freuen.

»Also«, sagte der Geist, nachdem er sich gesetzt und die Beine übereinandergeschlagen hatte, »ich nehme an, Sie waren im Ausland.«

»Könnte sein«, sagte Streak mißtrauisch. Er hielt die Kanone immer noch in der Hand. »Andererseits vielleicht auch nicht. Was geht Sie das überhaupt an? Und sagt mir vielleicht mal jemand, wer das ist, wenn er kein Mensch ist? Für mich sieht er verdammt menschlich aus.«

»Er ist ein Geist«, sagte Serrin. »Was zweifellos mit erklärt, wie er hier hereingekommen ist.«

»Das beunruhigt mich«, erwiderte Streak. »Wenn *er* in ...«

»Äh, ja, nun«, sagte Merlin eiligst, »es ist viel leichter, jemanden zu finden, wenn man mit ihm zusammen ein hermetisches Ritual begangen hat. Die Verbindung ist viel einfacher. Diesen Vorteil haben weder die Vertreter der Priorei noch die Acquavivaner.«

»Acquavivaner?« fragte Serrin, dem die Bezeichnung unbekannt war.

»Diese NOJ-Wichser«, sagte Streak. »Schließlich handelt es sich bei ihnen nur um einen Zweig der Jesuiten. Sie sind nach Claudio Acquaviva benannt, dem Erfinder der Ratio, ihrem Organisations-Kodex. Die meisten von ihnen sind ziemliche Pragmatiker.

Wie kommt es, daß unser Chummer hier von alledem weiß?«

»Bitte, bitte«, ersuchte Merlin sie alle. Er trank seinen Tee und lächelte Kristen zu. »Höchst willkommen und sehr erfrischend, danke. Es war ein langer, harter Tag, und es ist noch nicht einmal Teezeit.«

»Ich glaube diesem Burschen nicht«, sagte Streak zu Geraint. »Sind Sie sicher, daß er nicht mit Ihnen verwandt ist? Er hört sich genau wie Sie an.«

Serrin ignorierte ihn. »Sagen Sie uns, warum Sie hier sind, Merlin.«

»Ich dachte, Sie könnten ein wenig Hilfe gebrauchen.«

»Das ist noch milde ausgedrückt«, sagte Streak. »Aber wie ich gerade schon sagte, Kumpel, was geht Sie das an?«

»Überlassen Sie das mir, Streak«, sagte Serrin gereizt. »Ich kenne Merlin.«

»Warum gehen wir nicht und trinken einen Gin-Tonic zusammen, Streak?« sagte Geraint freundlich, aber mit einem stählernen Unterton, der eindeutig beinhaltete: »Dies ist kein Vorschlag.« Streak warf zuerst ihm und dann dem Geist einen unsicheren Blick zu und kam dann zu dem Schluß, daß er sich mit einer Zusammenfassung aus zweiter Hand zufriedengeben würde, wenn Geraint auch dazu bereit war. Sie zogen sich in die Küche zurück.

»Wie denkt Hessler über Ihre Anwesenheit hier?« sagte Serrin vorsichtig. Die Einzelheiten der Übereinkunft zwischen dem Geist und dem Magier, den er schließlich ›Meister‹ nannte, gingen ihn kaum etwas an.

»Mag sein, daß er nicht sehr erfreut ist«, gestand Merlin. »Aber es gibt einige Dinge, von denen ich meine, daß Sie sie erfahren sollten. Andernfalls sind Sie wahrscheinlich nicht auf die Widerstände vorbereitet, denen Sie begegnen könnten.«

»Wie zum Beispiel?« fragte Michael.

»Mit dem NOJ ist nicht zu spaßen«, sagte Merlin. »Nicht, wenn es um eine Angelegenheit von solcher Bedeutung geht.«

»Aber was kann ihnen so wichtig daran sein?« fragte Michael. »Ich meine, wir haben schließlich nicht vor, den Papst hochgehen zu lassen oder so.«

»Tja«, sagte der Geist, »tatsächlich glaube ich, daß das mehr oder weniger genau das ist, was sie denken, daß Sie vorhaben. In gewisser Hinsicht.«

»Was?«

»Das Problem ist, daß die Situation, in die Sie gestolpert sind, viel, viel größer ist, als Sie sich vorstellen können.«

»Wunderbar«, sagte Michael. »Wissen Sie, ich fand es schon immer komisch, daß Leute das sagen, wenn sie in Wirklichkeit meinen: ›Ich will, daß ihr aufhört, eine Plage zu sein und verschwindet.‹«

»Vielleicht, aber ich bin nicht ›Leute‹«, sagte der Geist freundlich. »Ich betrachtete die Dinge aus einer ganz anderen Perspektive.«

»Das bringt uns alles nicht weiter«, warf Serrin ein. »Wir wissen, daß es jemandem gelungen ist, in die ganz großen Computersysteme zu decken. Er hat ein verwirrendes Icon von religiöser Bedeutung hinterlassen. Die Wahl des Icons war weder zufällig noch belanglos. Das Icon ist der Grund, warum die Priorei und der NOJ so interessiert an der ganzen Sache sind.«

»Gut«, sagte Merlin beifällig.

»Und dieses Icon enthält auch den Schlüssel für die Identität des Deckers«, meldete sich Michael zu Wort.

»Korrekt«, stimmte Merlin zu.

»Und auch dafür, warum er das tut…«, sagte Serrin zögernd, wobei er sich fragte, warum er das sagte.

»Ausgezeichnet!« Merlin strahlte vor aufrichtiger Freude.

Michael betrachtete Serrin mit einer Mischung als Respekt und ein wenig Bewunderung. Der Magier war mit seinem intuitiven Gedankensprung auf Gold gestoßen.

»Merkwürdig ist, daß eine ganze Menge Leute zu wissen glauben, wer er ist«, sagte Michael. »Noch seltsamer ist, daß Renraku eine riesige Geldsumme für diese Information bietet und niemand verkauft. Kommt Ihnen das nicht auch merkwürdig vor?«

»Michael, Sie sind Brite«, sagte der Geist tadelnd. »Sie sollten wissen, daß manche Dinge einfach unbezahlbar sind. Ich glaube, Serrin versteht das besser als Sie, und der ist Amerikaner. Wie sich doch die Zeiten ändern.«

»Touché«, sagte Michael gereizt. »Aber unser Dekker beabsichtigt immerhin, den Crash von '29 zu wiederholen. Reicht das nicht, um jemanden zum Reden zu bringen? Denken Sie mal einen Augenblick darüber nach. Ein zweiter Crash bedeutet Massenarbeitslosigkeit, soziales Chaos, Selbstmorde und in einigen Ländern gewiß auch Revolutionen und massenhaftes Blutvergießen. Mag sein, daß sie sich für das Geld nicht interessieren, aber ist den Leuten das auch egal?«

»Das ist es nicht, Michael, das ist es nicht«, sagte

Merlin müde. »Deshalb bin ich hier. Ich glaube nicht, daß wir ihn tun lassen können, was er vorhat.«

»Dann sagen Sie uns, wer er ist«, verlangte Michael kategorisch, indem er jedes Wort mit einem Schlag auf sein Knie betonte.

Ein längeres Schweigen trat ein.

Schließlich sagte Merlin: »So einfach ist das nicht.«

»Komisch, aber das ist es nie«, schnauzte Michael. »Ich hätte nicht gedacht, daß es so schwierig ist, einen Namen auszusprechen.«

»Hören Sie auf mit Ihren albernen Witzen«, konterte Merlin, der jetzt offenbar ziemlich gereizt war. Michael schaute selbst für einen Augenblick wütend drein, dann zuckte er die Achseln und lehnte sich abwartend zurück.

»Sie können sich denken, daß es mir nicht immer freisteht zu sagen, was ich weiß«, sagte der Geist zu Serrin.

Der Magier nickte.

»Und in diesem Fall steht es mir nicht frei. Wenn ich Ihnen sagte, wer es ist und wo er ist, würde ich augenblicklich und dauerhaft ausgelöscht, sobald es bekannt würde, und diese Aussicht will mir nicht gefallen, kein bißchen.«

»Ich hatte Ihren Meister nicht für derart rachsüchtig gehalten«, sagte Serrin ein wenig überrascht.

»Oh, wenn es nur an ihm läge, wäre ich völlig sicher«, sagte Merlin. »Gewiß, ich müßte wahrscheinlich ein Jahr lang jeden Tag die Küche säubern, aber das tue ich sowieso ständig.«

Serrin mußte unwillkürlich grinsen. Der Kontrast zwischen diesem häuslichen Detail und dem Maßstab dessen, was sie gerade besprachen, war komisch.

»An dieser Angelegenheit sind sehr mächtige Leute interessiert«, sagte Merlin, »und es gibt welche unter ihnen, die mich vernichten könnten und würden – und auch meinen Meister, was das betrifft.

Und wenn ich Ihnen sagte, wer dafür verantwortlich ist, würde das alles ruinieren.«

»So ein Jammer«, sagte Michael.

»Hören Sie«, fuhr Merlin fort, und in seinem Tonfall lag wieder ein Anflug von Ärger, »wenn ich Ihnen sagte, wer dafür verantwortlich ist, würden Sie mir nicht glauben. Wenn Sie ihn finden wollen, müssen Sie es allein schaffen. Ich glaube, die einzige Möglichkeit, ihn aufzuhalten, besteht darin, daß Sie ihn selbst finden und ihn überzeugen, sich also irgendwie mit ihm verständigen. Er braucht das Geld für das, was er erreichen will. Er muß es bekommen. Oder wenigstens einen großen Teil davon.«

»Das werden lange Verhandlungen«, sagte Michael trocken.

»Sie sollen wissen, daß ich seine Ziele gutheiße«, sagte Merlin schneidend. »Ich empfinde einige Sympathie für ihn. Und das bezieht sich nur auf das oberflächliche Ziel. Ich glaube nicht, daß Sie im Augenblick schon so weit sind, daß sie von dem tieferen Ziel erfahren können.

Finden Sie ihn. Man kann mit ihm reden, aber Sie müssen wissen, wie er denkt. Es bleibt Ihnen nichts anderes übrig, als es selbst herauszufinden. Vertrauen Sie mir, wenn Sie ihn finden, werden Sie verstehen, was ich meine.«

»Ist das so, als würde man eine Geschichte lesen, die man sich nicht dadurch verderben will, daß man das Ende im voraus kennt?« sagte Kristen unsicher, indem sie sich vorbeugte, um sich an dem Gespräch zu beteiligen.

Der Geist strahlte sie an. »So ähnlich«, sagte er. »Er muß sehen, daß Sie so empfinden, wie Sie empfinden sollten, wenn Sie mit einem Wunder konfrontiert werden.

Haben Sie je die Pyramiden gesehen, Serrin?«

Die Frage kam wie aus heiterem Himmel. Der Magier starrte den Geist an und hielt den Augenkontakt aufrecht.

»Ja«, sagte er. »Ja, das habe ich.«

»Was haben Sie bei ihrem Anblick empfunden?«

»Staunen«, sagte der Magier nur.

»Die Pyramiden sind das exakteste Steinbauwerk, das je errichtet worden ist«, sagte Merlin. »Vergessen Sie alle schwachsinnigen Theorien darüber, warum sie gebaut wurden. Sie wurden gebaut, um die Leute mit dem Himmel zu verbinden und sie auf immer und ewig an das Staunen zu erinnern. Es gibt ein Sprichwort, glaube ich« – der Geist lächelte dünn – »›Der Mensch fürchtet die Zeit, aber die Zeit fürchtet die Pyramiden.‹«

Kristen hatte das kolossale, gewaltige Weltwunder bisher nur auf einer verkratzten Postkarte gesehen, aber als sie das Sprichwort hörte, lief es ihr kalt über den Rücken, obwohl sie nicht wußte, warum. Vielleicht lag es an der Art und Weise, wie der Geist sprach, vielleicht war es das Element der Ewigkeit in den Worten. Unbewußt fing sie an, sich mit einer Hand den Arm zu reiben.

»Seien Sie bereit zu staunen, Serrin, ich habe die Pyramiden nicht umsonst erwähnt. Aber ich will das zunächst noch zurückstellen. Was haben Sie im Ausland erfahren?«

Michael sah den Magier unsicher an, doch Serrin war nicht gewillt, irgend etwas zu verheimlichen.

»Nicht viel, fürchte ich«, sagte er traurig und berichtete von den Ereignissen der letzten Nacht.

Der Geist sah enttäuscht aus, aber Serrin konnte ihm nicht mehr sagen.

»Es tut mir leid um Gianfranco«, sagte Merlin, »obwohl ich ihn nur sehr flüchtig kannte. Hat er noch etwas gesagt, bevor er starb?«

»Ich war nicht dabei«, sagte Serrin. »Ich war bewußtlos. Geraint?« rief er in die Küche. Augenblicke später tauchte der Waliser in der Tür auf.

»Gianfranco. Du warst bei ihm, als er starb.«

»Ja, das stimmt.« Geraint schauderte bei der Erinnerung daran.

»Hat er irgendwas gesagt?«

»Die berühmten letzten Worte? Nein, er hat geschlafen.«

»Nichts? Er muß doch *irgendwas* gesagt haben«, beharrte Serrin.

»Ich hatte ihm ein Mittel gegen die Schmerzen gegeben. Schließlich war sein Bein zerschmettert.«

Das brachte eine Saite in Serrin zum klingen. Er konnte sich nur allzu leicht vorstellen, wie es für Gianfranco gewesen sein mußte. »Ja, dann.« Serrin klang resigniert.

Geraint rieb sich nachdenklich das Kinn. »Warte mal, da war etwas«, sagte er. »Etwas, das überhaupt keinen Sinn ergab. Ich dachte, er phantasiert wegen der Drogen ... Danach hat er das Bewußtsein verloren. Ach, Drek, was war es nur?

Irgendwas über eine Statue. Eine Statue.« Wiederum sah er die Statue Jeanne d'Arcs unglaublicherweise unbeschädigt in den Trümmern der Kapelle liegen, und dann fiel es ihm wieder ein.

»Eine Statue in einer Stadt. Es gibt noch eine Statue in einer Stadt, das hat er gesagt. Nein, ich weiß nicht, was es bedeutet, und hatte keine Möglichkeit, ihn danach zu fragen.« Als Serrin ihn daraufhin verwirrt ansah, winkte er ab. »Ich bin auch nicht schlau daraus geworden.«

»Dann haben Sie alles, was Sie brauchen«, sagte Merlin, indem er sich erhob. »Ich brauche nichts mehr zu sagen. Sie haben Ihre Spur und werden wissen, wo Sie suchen müssen. Mittlerweile wird er den Aufenthaltsort gewechselt haben, aber Sie werden nicht weit von ihm entfernt sein, wenn Sie den offensichtlichen

Ort aufsuchen. Außerdem glaube ich, daß Sie nicht die Absicht hatten, hier zu bleiben.«

»Gewiß nicht«, sagte Michael.

»Ich verstehe überhaupt nichts mehr«, sagte Geraint.

»Das werden Sie noch«, sagte Merlin. »Es sollte mich überraschen, wenn Sie länger als eine halbe Stunde brauchten. Nun, ich hoffe, wir sehen uns irgendwann in nicht allzu ferner Zukunft wieder. Ich finde allein hinaus.« Er erhob sich geschmeidig und ging zur Tür.

»Das ist alles?« fragte Michael.

»Das ist alles«, sagte Merlin. »Ich habe die Notizen gesehen, die Sie haben. Wenn Sie daraus nicht die Informationen ziehen können, die Sie brauchen, werden Sie mich wirklich enttäuschen, und ich habe Vertrauen in Leute. Ich weiß, daß Sie mich nicht hängenlassen werden.«

Er grinste breit, als er die Tür öffnete und ging. Die anderen sahen einander verblüfft an.

»Statuen«, sagte Michael. Geraint erzählte ihm von der Statue vor der Kapelle.

»Ja, wir haben sie gesehen«, sagte Michael, indem er das Bild zückte, das Serrin und er in dem Papierstapel gefunden hatten. »Ist es diese?«

»Das ist sie«, bestätigte Geraint.

»Die kann er nicht meinen«, sagte Serrin.

»Ich bin sicher, daß er die nicht meint«, sagte Michael. »Es wird Zeit für einen neuen Fischzug.« Er ging zu seinem transportablen Cyberdeck.

»Ich fürchte, nein«, sagte Geraint, wobei er Michael eine Hand auf den Arm legte. »Wir haben dich untersucht, als wir hier eingetroffen sind und du immer noch bewußtlos warst. In den nächsten vierundzwanzig Stunden kannst du nicht decken. Du hast immer noch eine leichte Gehirnerschütterung, und es wäre einfach zu gefährlich. Danach eine Woche lang höchstens eine Stunde täglich.«

»Drek«, stöhnte Michael. »Und wie soll ich mir meinen Lebensunterhalt verdienen?«

»Benutze einen Laptop wie alle anderen.«

»Ja, klar«, knirschte Michael, indem er den Deckel seines Laptops öffnete. »Zurück zur Dampfmaschine und zum Schneckentempo. Ich hasse das.«

»Er sagte, wie würden höchstens eine halbe Stunde brauchen.« Geraint lächelte ob der Ungeduld seines Freundes.

»Ja, aber dieser Kerl kennt die Antwort bereits. Ich werde Wochen brauchen.«

Michael irrte sich. Er brauchte genau siebzehn Minuten.

18

Ja, natürlich«, stöhnte Michael, als die Antwort auf dem Schirm erschien. »Das hätte ich mir zuerst vornehmen sollen. Offenbar ist die Gehirnerschütterung schwerer, als ich gedacht habe. Zum Teufel mit dem NOJ und der Priorei und Jeanne d'Arc und allem anderen, womit ich es probiert habe.« Er drehte den Schirm zu den erwartungsvollen Gesichtern der anderen.

Leonardo da Vinci, las sich die Überschrift des Lexikoneintrags. Der Untertitel lautete schlicht: *Statuen.*

»Also los: ›Leonardos bekannteste Statue ist das Sforza-Reiterstandbild, das nach längerer Diskussion im Jahre 1489 vom Herzog von Mailand in Auftrag gegeben wurde‹«, las Geraint laut vor. Er tat dies offensichtlich um Streaks willen, der sich mit seinem zweiten Gin auf dem Sofa räkelte, aber da er nicht wußte, wie Kristen mit ihrem Leseunterricht vorankam, dachte er, daß er sie damit vielleicht vor einer Verlegenheit bewahren konnte.

»Unglücklicherweise wurde sie 1494 von den Franzosen zerstört«, faßte er den nächsten Abschnitt zusammen. »Das hätte man sich auch denken können. Die verdammten Franzosen.«

»Irgendwie glaube ich nicht, daß es das ist«, grübelte Serrin, indem er den Text weiterscrollte. »Ah, aber das hier …«

»Dame mit Primeln«, las Geraint. »Ursprünglich Andrea del Verocchio zugeschrieben, um 1475. 2048 aus dem Museo del Bargello in die Taufkapelle Florenz umverlegt. Vermutungen, daß Leonardo seinem Meister bei diesem Werk geholfen hat, wurden durch die Entdeckung von Arbeitsskizzen und Notizen im Fragment eines Leonardo-Kodex erhärtet, der im Jahre

2037 in den Papieren eines Mitglieds der Savoy-Familie gefunden wurde. Dieses Werk wird seit 150 Jahren oder noch länger als einzige erhaltene Statue Leonardos betrachtet.

Das muß sie sein.« Geraint betrachtete das Bild, das auf dem Schirm Gestalt annahm.

»Nicht viel daran, oder?« sagte Streak beiläufig. Die Neugier hatte ihn aufstehen lassen, um sich anzusehen, was vorging. »Das Ding würde mich nie auf den Gedanken bringen, daß er ein Genie war.«

»Die Hände«, sann Geraint. »Sieh dir die Hände an. Das ist eine bemerkenswerte Arbeit.«

»Sie sind zu groß«, sagte Streak nur. »Frauen haben keine so großen Hände. Sehen Sie doch, sie sind größer als ihr Kopf.«

»Wissen Sie was, ich glaube, Sie haben recht«, sagte Geraint.

»Das Leichentuch«, sagte Michael plötzlich mit einem dramatischen Fingerschnippen. »Das Leichentuch ist zu groß.«

»Was meinst du damit?« fragte Geraint.

»Die Gestalt auf dem Tuch ist fast zweieinhalb Meter groß. Hinzu kommt, daß sich Vorder- und Rückenansicht des Rumpfes in der Größe um fünf Zentimeter unterscheiden. Was einer der Gründe dafür ist, warum sich schwerlich behaupten läßt, daß es sich um das Leichentuch einer Person handelt, vom Leichentuch einer ganz bestimmten Person ganz zu schweigen.«

»Und?« sagte Streak lakonisch. »Also kann unser großes Genie keine Proportionen zeichnen. Soviel zum Genie.«

»Dahinter steckt noch mehr«, begann Michael, aber er konnte seine Gedanken nicht auf den Punkt bringen. Irgend etwas entging ihm immer noch.

»Dann sagt uns Gianfranco, daß wir in Florenz suchen sollen?« fragte Serrin, der ein wenig blinzelte, um das Bild eingehender zu betrachten. Bei einem Laptop dauerte es einige Zeit, bis der Drucker den hochaufgelösten Print der Archivfotografie ausspie.

»Merlin sagt, daß er vielleicht schon nicht mehr dort ist«, fügte Geraint hinzu, »sondern irgendwo in der Nähe.«

»Okay, aber laßt uns zuerst Florenz in Erwägung ziehen«, beharrte Serrin. »Was hatte Leonardo mit Florenz zu tun?«

»Er hat vier Jahre dort verbracht, wenn ich mich recht erinnere«, erwiderte Michael. »Er war dort nicht sehr glücklich. Er hat das Studio seines Meisters verlassen, nachdem er, glaube ich, des Techtelmechtels mit einem Siebzehnjährigen beschuldigt wurde. Die Medici, praktisch die herrschende Familie dort, scheinen ihn nicht sehr geschätzt zu haben. Er ist nach Mailand gegangen, wo er vielleicht zwanzig Jahre gelebt hat. Danach gab es Abschnitte in Florenz, Venedig und wieder Mailand, und dann ist er in Frankreich gestorben. In den Armen des Königs, heißt es.«

Geraint lachte. »Du hast dich eingearbeitet.«

»Ich hielt es für eine gute Idee, falls jemand einen ernsten Leonardo-Komplex entwickeln würde«, erwiderte Michael.

»Und was nun? Fahren wir nach Florenz und setzen Anzeigen in die Zeitungen und BTX-Systeme, die besagen: ›Geschmackvolles Häschen will sich mit Leonardo zum Zwecke künstlerischen Erfahrungsaustausches treffen‹?« fragte Streak sarkastisch.

»Ich glaube nicht. Der Siebzehnjährige war auch keine Frau«, sagte Michael ernst.

»Aha«, machte der Elf.

»Nicht, daß irgendwas bewiesen wurde. Derartige Anschuldigungen wurden oft aus politischen Gründen vorgebracht. Außerdem« – Michael stand auf und strich sich geistesabwesend durch die Haare – »muß ich noch einen Bericht für Renraku zusammenstellen, aber wenigstens kann ich jetzt etwas Konkretes schreiben. Ich kann sagen, wohin wir als nächstes gehen, und mir noch ein paar unschuldige Lügen ausdenken, um die Geschichte ein wenig auszuschmücken, und als Gegenleistung werden sie mir eine beruhigend große Geldsumme schicken. Wenigstens kann ich dann den Neurologen bezahlen, den ich brauchen werde, falls mein Hirn noch einmal durch Gas oder einen Sturz auf einen Stein oder etwas anderes erschüttert werden sollte. Kaffee?«

»Bitte«, sagte Serrin.

»Was mich erstaunt«, sagte Streak, als Michael in die Küche ging, »ist die Tatsache, daß wir allein im Geschäft sind. Es müssen doch noch andere Leute hinter dem Burschen her sein.«

»Michael und ich haben uns auch schon darüber gewundert«, sagte Geraint. »Wahrscheinlich sind andere hinter ihm her. Aber Renraku war der einzige Konzern, der das Icon bekommen hat. Wahrscheinlich haben sie noch ein paar andere Teams angeworben, aber sie werden nur die Besten genommen haben. Michael zählt gewiß dazu, und es gibt nicht viele, nicht für eine Sache in dieser Größenordnung. Ich wette, wir sind allen anderen voraus. Wir sind nicht allein, aber wir müssen eine Kopflänge Vorsprung vor den anderen haben.«

»Hm?« Kristen war verwirrt.

»Ein Ausdruck, der bei Pferderennen benutzt wird«, erklärte Geraint.

»Geraint«, sagte Michael unschuldig, als er mit einem Porzellantablett voller dampfender Tassen aus der Küche kam. »Ich habe mich gefragt, warum du erwähnt hast, daß unser Mann vielleicht nicht mehr in Florenz ist, als die Sprache darauf kam. Du kennst dort jemanden, nicht wahr?« Er grinste schelmisch.

»Ich hatte gehofft, du hättest das vergessen«, sagte

Geraint, der offenbar ein wenig aus der Fassung und verlegen war.

Streak bemerkte seine Reaktion sofort. »Erzählen Sie uns davon«, sagte er mit einem boshaften Grinsen. »Euer Lordschaft, wir müssen die Welt vor den Mächten des Chaos und der Zwietracht retten, und wir brauchen jedes freundliche Gesicht, das wir finden können.«

»Zum Teufel mit euch«, sagte Geraint mit Nachdruck. »Ich kenne eine gewisse Adelige in Florenz, ja.«

»Mehr als das«, drehte Michael das Messer in der Wunde.

»Also gut, ich hatte vor einigen Jahren eine Beziehung mit einer gewissen Gräfin aus der Stadt«, gab Geraint zu, indem er in einer Geste der Resignation die Hände hob.

»Na, na, Mylord. Nicht so bescheiden! Es kam zu einem Duell«, sagte Michael erhaben.

»Das ist übertrieben aufgebauscht worden«, murmelte Geraint.

»Die Pistolen waren geladen«, fuhr Michael mit Wonne fort.

»Er hat nur eine Fleischwunde erlitten.«

»Ich fürchte«, verkündete Michael in einer bemerkenswerten Nachahmung eines kummervollen englischen Butlers, »daß unser Freund eine *affaire d'amour* mit einer verheirateten Dame hatte. Das Duell fand im Morgengrauen im Garten von …«

»Ja, ja, schon gut«, sagte Geraint gereizt.

»Und ich glaube, ihr Mann ist tot, bei einem Autounfall ums Leben gekommen«, sagte Michael. »Also ist die Gräfin Cecilia jetzt Witwe. Ich bin sicher, sie wird mehr als glücklich sein, Besuch zu empfangen.«

»Ich bin sicher, daß sie das nicht sein wird«, konterte Geraint.

»Cecilia? Das ist ein italienischer Name?«

»*Dame mit Hermelin*«, sagte Michael rätselhaft.

»Womit?«

»Eines von Leonardos Gemälden. Die Frau war Cecilia Gallerani, eine junge Mailänderin – ein Teenager, als Leonardo sie gemalt hat. Ich kann mich vage erinnern, daß sie ein ziemlich interessantes Liebesleben hatte. Genau wie deine Cecilia, Geraint. Das nenne ich eine Femme fatale.«

Geraint zuckte müde die Achseln. »Ja, ich hatte eine Affäre mit einer ziemlich ungestümen verheirateten italienischen Gräfin. Ich war nicht ihre erste Affäre, und ich wage zu behaupten, daß ich auch nicht die letzte war. Wir sind im Guten auseinandergegangen, aber ich werde diesen Kontakt nicht benutzen, um uns in die Florentiner High Society einzuführen.«

Vier Augenpaare richteten sich wie ein einziges auf ihn. Hier und da war ein Räuspern zu vernehmen, und Stimmen setzten an, schmeichlerische und flehende Untertöne anklingen zu lassen.

Er war nie ganz sicher, wie sie es geschafft hatten, ihn zu überreden, aber binnen zehn Minuten machte er den Anruf.

»Wir fliegen morgen«, sagte Geraint. »Glücklicherweise geht Cecilia wieder auf eine ihrer Spritztouren. Sie wird uns zum Mittagessen empfangen, und dann reist sie in den mysteriösen Orient. Das sind übrigens ihre Worte, nicht meine.«

In seiner Stimme lag eindeutig Erleichterung. Michael hatte Zeit gehabt, ein schlechtes Gewissen zu entwickeln, weil er die alte Geschichte aufgewärmt hatte. Er erinnerte sich jetzt deutlicher an die damaligen Ereignisse, und obwohl er seinerzeit nicht oft in London gewesen war, wußte er noch, daß die Liaison mit der Gräfin, der Michael persönlich nie begegnet war, bei Geraint tiefe Spuren hinterlassen hatte. Es war keine aus der endlosen Reihe kurzer Affären mit zauberhaften, oft aristokratischen Frauen, die Geraint dieser Tage hatte. Doch Michael konnte sich noch daran erinnern, daß die Frau etwa ein Dutzend Jahre älter als Geraint war, und trotz seiner gewiß romantischen Neigungen mußte der Waliser so vernünftig gewesen sein zu begreifen, daß es niemals mehr als eine *affaire d'amour* hätte sein können. Oder nicht?

»Die Zeit wird knapp«, sagte Michael.

»Der Arzt sagte, du brauchst Ruhe. Er sagte, du solltest dich in den nächsten vier Tagen nicht anstrengen und bis morgen auf keinen Fall decken. Eile mit Weile, Alter.« Geraint schwenkte mahnend den Finger.

»Ja, aber wir könnten schon heute nacht fliegen«, drängte Michael. »Den Boden bereiten.«

»Ich habe ein anderes Arrangement getroffen«, sagte Geraint glatt. »Serrin braucht ebenfalls Ruhe.«

»Tatsächlich?« sagte der Elf überrascht.

»Ja, brauchst du«, beharrte Geraint. »Und Kristen ist ganz meiner Meinung.«

Serrin sah seine Frau fragend an, und die grinste, hob eine Augenbraue und bedachte ihn mit jenem Blick, der besagte: »Ja, wir haben über dich geredet«, den sie auf so beeindruckende Weise herbeizaubern konnte, wenn es die Situation verlangte.

»Aber ...«, begann Michael, und konnte dann ein langes Gähnen nicht unterdrücken. Er war überrascht über sich selbst und die Tatsache, daß sein Körper ihn so im Stich ließ. Erschöpfung und Mattigkeit machten sich tatsächlich in ihm breit. Seine Waden schmerzten, und die Steifheit in Schultern und Rücken halfen ihm auch nicht sonderlich bei der Überwindung seiner immer noch im Hinterkopf lauernden Migräne.

»Ach, was soll's«, sagte er fröhlich. »Es sieht so aus, als hätte mein Körper für mich entschieden. Vielleicht hast du recht, Geraint. Zeit für eine Siesta.« Er ging zu den Schlafräumen.

»Ich werde wohl deinem Beispiel folgen«, sagte der Waliser, der ebenfalls gähnte. »Ich bin total erledigt.«

»Es ist gerade mal Nachmittag«, sagte Serrin.

»Einige Leute haben weniger Probleme damit, weil sie auf dem Rückweg von Clermont im Wagen geschlafen haben. Vom Heimflug ganz zu schweigen«, stellte Geraint fest.

»Ach ja, richtig, entschuldige.« Serrin hatte bereits ein Bündel Notizen von Michaels Stapel genommen und begann offenbar damit, sie durchzusehen. Kristen sah nicht allzu erfreut aus.

»Machen Sie ruhig ein Nickerchen, ich wecke Sie zum Tee«, sagte Streak, indem er ein Zippo öffnete, um sich eine Zigarette anzuzünden.

»Ich wußte gar nicht, daß Sie rauchen«, bemerkte Geraint.

»Tue ich auch nicht«, sagte Streak, um dann einen tiefen Zug zu nehmen und den Rauch eine Zeitlang in den Lungen zu behalten. Sein Grinsen wurde ein wenig breiter.

»Aha, ich verstehe. Ich glaube, ich stelle mir den Wecker«, sagte Geraint weise und reckte die Arme.

Fast tausend Meilen entfernt lächelte ein junger Mann breit, als er sich aus der Matrix ausstöpselte und sich mit zufriedener Miene an seinen Begleiter wandte.

»Sie haben Reservierungen für einen Flug nach Florenz getroffen«, sagte er.

»Das ist gut«, sagte der ältere Mann. »Sie müßten zur richtigen Zeit am richtigen Ort sein, würde ich meinen.«

»Es könnten noch andere da sein.«

»Dann solltest du vielleicht auch dort sein. Vielleicht brauchen sie ein paar sanfte Richtungskorrekturen. Es wird nicht leicht für sie sein, weitere Fortschritte zu machen. Und natürlich werden sie mit Sicherheit auf Hindernisse stoßen.«

Der junge Mann runzelte die Stirn. »Ich muß vielleicht überstürzt hierher zurückkehren. Ich meine, Meister, *wirklich* überstürzt.«

»Das dürfte kein Problem sein, und, Salai, ich habe nicht vergessen, daß es Leute gibt, die das möglicherweise verhindern wollen. Und auch nicht, wozu sie in der Lage sind. Also mach dich auf den Weg.«

»Soll ich mich ihnen direkt nähern?«

Eine Pause. »Laß ihnen einen Tag Zeit und warte ab, was sie tun«, kam die wohlüberlegte Antwort. »Dann handle nach eigenem Ermessen.«

»Ach, das sagst du so selten zu mir«, sagte der junge Mann.

»Aber du tust so selten das, was ich dir sage«, wurde er sanft gescholten.

»Was der Grund dafür ist, daß du mich bei dir behältst.« Der junge Mann lachte fröhlich. »Paß gut auf. Es dauert jetzt nicht mehr lange.«

»In der Tat nicht, Salai, in der Tat nicht.«

Ihnen einen Tag Zeit lassen? dachte der junge Mann, als er seine bereits gepackten Koffer hochhob. Ich glaube nicht. Wir haben eine ziemlich gute Vorstellung davon, wer bereits dort ist. Diesmal keine Verzögerungen. Ich muß schnell vorgehen.

Außerdem soll ich nach eigenem Ermessen handeln.

Minuten später stieg der Hubschrauber über der Lagune auf und flog westwärts in die Dunkelheit.

19

Sie gaben jede Hoffnung auf, ihre Biorhythmen zu synchronisieren. Gegen Mitternacht war Michael hellwach und munter, während Serrin und Geraint müde waren. Streak schien unermüdlich zu sein, behielt jedoch seine Meinung für sich. Kristen war aufgeregt ob der Aussicht, die große Stadt Florenz zu sehen, so daß es schwierig zu bestimmen war, wie müde sie tatsächlich war. Eine weitere Verzögerung schien sinnlos zu sein. Es blieben nur noch gut achtzig Stunden, bevor Michaels Frist ablief.

»Wenigstens schien Renraku ganz zufrieden zu sein«, erzählte Michael den anderen. »Das heißt, sie sind dort in einem Zustand kaum beherrschter Hysterie. Wenn sie diese Beherrschung verlieren, geht das Geschrei los. Bis dahin habe ich erst einmal das Geld bekommen. Die Belohnung ist auch gestiegen.«

»Belohnung?« Streak schnüffelte wie ein gut trainierter Bluthund. »Hat jemand eine Belohnung erwähnt?«

»Wenn ich entscheidend dazu beitrage zu verhindern, daß Renrakus Matrixsystem gelöscht wird, bekomme ich die Belohnung«, grinste Michael. »Sie arbeiten für eine Pauschale. Aber wenn wir Erfolg haben, könnte ich etwas von der Summe für Sie abzweigen.«

»Sehr großzügig«, sagte Streak mit gespielter Nonchalance. »Über welche Größenordnungen reden wir hier?«

»Ich könnte auf Hundert gehen«, sagte Michael.

»Hundert Nuyen? Oh, wow, ich meine, da kann ich mir einen …«

»Hundert*tausend*, Sie Schwachkopf«, erwiderte Michael scharf. Bevor der erstaunte Elf antworten konnte, hatte Michael seinen Koffer genommen und das Zimmer verlassen.

Sie trafen um zwei Uhr morgens auf dem kleinen Flughafen ein. Ein Trupp Sicherheitsleute hatte alles, was sie möglicherweise brauchen konnten, aus Geraints Wohnung geholt, und ein namenloser ehemaliger SAS-Rigger saß auf dem Pilotensitz und ließ sie, wie die Dinge lagen, mitfliegen, da er ohnehin geschäftlich unterwegs nach Italien war. Der kleine Privatjet erhob sich um zwei Uhr fünfzehn in den britischen Luftraum und drang um vier Uhr vierzig in den Florentiner Luftraum ein. Der Himmel ließ gerade erkennen, daß es sich bei der Schwärze der Nacht in Wirklichkeit nur um ein tiefes Blau handelte, dem nur das Licht fehlte.

»Frühstück im Flughafen. Um sechs Uhr werden wir abgeholt«, sagte Geraint. »Wir haben eine Villa zu unserer Verfügung.«

»Was ist mit der Sicherheit?« fragte Streak.

Michael breitete in einer Geste der Verwunderung die Arme aus. »Wir wohnen bei einem Mitglied der Familie der de Medici, und Sie fragen nach der Sicherheit?«

»Ich kenne keine de Medici. Ich muß mir das erst einmal ansehen, wenn wir dort ankommen.«

»Das glaube ich nicht«, sagte Geraint in einem Tonfall, der besagte, »Wir bezahlen Sie, also tun Sie einmal, was man Ihnen sagt«. Streak runzelte die Stirn und schwieg.

»Es gibt ein oder zwei Leute hier, mit denen ich reden könnte«, erbot sich Serrin.

»Ja?« fragte Michael beiläufig.

»Ja.« Serrin wollte offenbar nicht mehr darüber sagen. »Und wir sollten vorsichtig sein. Der NOJ ist in dieser Stadt stark vertreten. Wir sollten uns ziemlich bedeckt halten.«

»Tatsächlich habe ich keine Ahnung, was wir hier überhaupt tun sollen«, bekannte Michael.

Serrin erklärte es ihm. »Erstens, wir sind aus London heraus, wo ein Haufen Beobachter gegenwärtig ein starkes Interesse an Geraints Wohnung hat. Zweitens, wie ich schon sagte, gibt es Leute hier, mit denen ich reden kann. Drittens, Merlin schien es zu gefallen. Viertens, warum nicht? Es ist eine bezaubernde Stadt.«

»Okay. Laßt mich in Ruhe frühstücken und mein Deck aufbauen. Ich will heute ein wenig bei den Konzernen herumschnüffeln. Herausfinden, wer sonst noch mit der Sache zu tun hat und was die anderen bisher herausgefunden haben.«

»Das Frühstück im Flughafen«, sagte Geraint, als sie aus dem Flugzeug stiegen, »steht jetzt deprimierend kurz bevor. Laßt es uns so schnell wie möglich hinter uns bringen, ja?«

Der Himmel war hell und klar, als die von Pferden gezogene Kutsche sie über die gewundene Viale Machiavelli, durch die wildwuchernden Boboli-Gärten, an der Belvedere-Festung mit ihrem hochaufragenden Uhrenturm vorbei und in Richtung Arno fuhr. Die Luft war frisch und klar, der Geruch nach Blumen und blühenden Bäumen süß, aber nicht widerlich. Anders als Venedig, eine Stadt, die in ihrer giftigen Lagune und den Giftmüllhalden auf dem Grund ihrer Kanäle buchstäblich von innen verrottet war, hatte sich Florenz seine Schönheit über die Jahrhunderte hinweg bewahrt. Die Kutsche fuhr durch das alte Römertor in die Altstadt und dann über die breite, gerade Via de Serragli zur Carraia-Brücke.

»Wir wohnen in einer Villa an der Via Cavour«, sagte Geraint, »nicht weit nördlich des Flusses.«

»Auch nicht weit vom Baptisterium entfernt«, murmelte Michael. »Das wir uns, glaube ich, ansehen sollten.«

»Ich würde es jedenfalls gerne Kristen zeigen«, sagte Serrin.

»Du bist herzlich eingeladen«, erwiderte der Engländer. »Ich überlasse euch die Sehenswürdigkeiten und halte mich an mein Deck. Mit wem wollt ihr euch hier überhaupt treffen?«

»Ich weiß es noch nicht genau«, gab Serrin zu. Michael warf ihm einen neugierigen Blick zu, verfolgte das Thema jedoch nicht weiter.

»Da wir schon mal hier sind, habe ich beschlossen, mir ein paar Anzüge anfertigen zu lassen«, sagte Geraint. »Ich habe gegen Mittag einen Termin zum Maßnehmen.«

»Soll ich bei Mikey bleiben oder Serrin und Kristen folgen, falls sie von interessierten Parteien beschattet werden?« fragte Streak.

Geraint sah Michael an. »Was meinst du?«

»Gehen Sie mit ihnen«, sagte Michael. »Wenn die Sicherheit in der Villa wirklich so gut ist.« Er sah aus dem Fenster auf den schnell fließenden Fluß unter ihnen.

»Sie ist es«, versprach Geraint. »Vertraut mir. Ich war schon mal hier. Hier versucht jede Woche irgend jemand, ein Mitglied der Medici zu entführen. Bei den Entführern handelt es sich ziemlich oft um andere Medici. Die Nachkommen von Cosimo und Lorenzo unterhalten ein paar aufregende, mörderische Fehden.«

»Sie kontrollieren die ganze Stadt?« fragte Streak.

»Mehr oder weniger«, sagte Geraint. »Der Stadtrat wird von ihnen und ihren Bevollmächtigten beherrscht. Im Grunde ist es nicht anders als im fünfzehnten Jahrhundert – abgesehen davon, daß sie sich keine Sorgen darüber zu machen brauchen, von den Spaniern oder Franzosen überfallen zu werden.«

Eines der schwarzen Pferde wieherte, als die Kutsche vor der Villa hielt. Die Bezeichnung war ein wenig irreführend. Das Haus war schmal und erhob sich mehrere Stockwerke hoch über der engen, gestuften Gasse. Falls Serrin sich ein kleines weißes, von

Gärten umgebenes Haus vorgestellt hatte, wurde er enttäuscht. Livrierte Dienstboten beeilten sich, das Gepäck der Gäste von der Kutsche zu laden und ins Haus zu tragen.

Geraint gab einem der Männer verstohlen ein Trinkgeld, während die anderen die Gemälde und Büsten in der Eingangshalle bewunderten.

»Haltet euch nicht mit denen auf. Im Eßzimmer steht eine echte Arbeit von Donatello«, sagte Geraint, indem er die Doppeltüren zu diesem Raum mit schwungvoller Geste öffnete. Sein Blick strich über den prächtigen Mahagoni-Eßtisch und die dazu passenden Stühle, über funkelndes Silber und Kristall zu dem Alkoven am anderen Ende des Zimmers.

Das Motiv war sehr ungewöhnlich. Keine Mutter Gottes stand vor ihnen, sondern die Magdalena. Es war eine Magdalena, die sich mit Donatellos berühmtester messen konnte und angeblich eine erste Studie für sein späteres Werk war. In diesem Fall schien sie es möglicherweise sogar noch zu übertreffen. Während die endgültige Version ein Porträt des Verfalls und der Auflösung war, bei der der Künstler von der gotischen Tradition beeinflußt worden war, wirkte diese Statue im Vergleich dazu fast heiter. Zwar wirkte die Gestalt arm und vielleicht sogar abgerissen, aber das Gesicht der Magdalena hatte nicht den verheerten Ausdruck des späteren Werks, und die verschränkten Hände aus Bronze wirkten entspannter und die Haltung friedlicher als in Donatellos endgültiger Alptraum-Vision. Die Qualität des Werks war beeindruckend, schlicht und strahlend, und die ganze Gruppe stand ein paar Augenblicke schweigend in seine Betrachtung vertieft da.

Sogar Streak. »Also das ist wirklich was«, murmelte er. In einer seltsamen Geste schien er nach einem nicht existierenden Hut auf seinem Kopf zu fühlen, als wolle er ihn lüften, um dann zu bemerken, daß er keinen trug. Die Wirkung war komisch, aber seine Aufrichtigkeit war nicht gespielt.

Michael ging zu der Bronze und betrachtete sie eindringlich. »Eine mysteriöse Dame«, sagte er staunend.

Sie konnten wenig mehr sagen. Überstürzte Worte konnten dem Werk des großen Künstlers kaum gerecht werden. Sie trugen ihre Koffer trotz der Proteste des Hauspersonals, das verspätet aufgetaucht war, die Treppe hinauf. Der Duft nach frisch gemahlenem Kaffee und gebackenem Brot wehte ihnen hinterher.

»Ich weiß, wir haben gerade erst dieses Frühstück zu uns genommen«, sagte Streak, »aber ich will verdammt sein, wenn ich nicht schon wieder so ein leichtes Hungergefühl verspüre.«

»Ich habe gerade den Koch mit einem Korb voller Käse gesehen«, flüsterte ihm Serrin verschwörerisch zu. Der andere Elf leckte sich die Lippen.

»Und Schinken und Melone«, fügte Serrin hinzu. Streak warf seine Reisetasche vor eine der Schlafzimmertüren und eilte nach unten ins Eßzimmer.

Serrin drehte sich zu den anderen um und grinste. »Ich komme später nach«, sagte er. »Laßt mir etwas von der Melone übrig.« Er hielt Kristen die Hand hin, die sie mit einem Nicken ergriff. Sie schlossen die Tür ihres Schlafzimmers hinter sich.

Michael blinzelte Geraint zu. »Ich glaube, wir sollten das liebende Paar nicht stören, was meinst du?«

»Ich dachte, er hätte mittlerweile lange genug in England gelebt, daß seine Libido längst verflogen ist«, scherzte Geraint.

»Hör auf, Geraint, ich finde, wenn überhaupt jemand dieses alte Märchen glaubt, dann bestimmt nicht du«, sagte Michael spitz. »Wie geht es übrigens der Gräfin?«

»Gut«, sagte Geraint. »Laß uns ein zweites Frühstück einnehmen. Dieser Schinken sah wirklich unheimlich gut aus.«

Kristen wachte über Serrin, der ruhig atmete und ansonsten völlig reglos dalag. Unbewußt hatte sie die Hände verschränkt, und hätte sie zu Donatellos Zeiten gelebt, würde vielleicht etwas ganz anderes im Eßzimmer gestanden und in späteren Jahrhunderten bewundernde Blicke von Besuchern auf sich gezogen haben.

Der Geist hatte sich nicht materialisieren wollen. Er wußte nicht genau, an was für einem Ort sie sich befanden, und er wollte nicht nachfragen, wohin ihn der Beobachtergeist geführt hatte.

»Ich dürfte gar nicht hier sein«, sorgte sich Merlin. »Aber die Dinge entwickeln sich sehr rasch, und ich bin rastlos und besorgt.«

»Ich will in das Baptisterium gehen«, sagte Serrin zu ihm. Trotz der Unermeßlichkeit des Astralraums ringsumher hockten ihre Astralkörper dicht zusammen. In einem normaleren Kontext hätten sie wie zwei drittklassige Spione ausgesehen, die an irgendeiner schäbigen, schmuddeligen Straßenecke Geheimnisse austauschten.

»Ja. Das ist gut.«

»Merlin, es ist ziemlich schwer, ein Spiel zu spielen, wenn man weder die Mitspieler noch die Spielregeln kennt«, sagte Serrin aufgebracht.

»Ich glaube, er wird zu Ihnen kommen«, erwiderte Merlin zögernd. »Oder euch irgendeine Botschaft oder ein Zeichen schicken. Er will sehen, daß ihr die richtigen Schritte unternehmt. Besuchen Sie das Baptisterium. Vergessen Sie nicht, was es für diese Stadt bedeutet.«

»Ich verstehe nicht«, sagte Serrin.

Merlin sah sich um, als fürchte er eine Bedrohung oder Gefahr. In seiner Miene spiegelten sich Trauer und Besorgnis. »Ich kann es nicht eindeutiger ausdrücken. Bedenken Sie, was das Baptisterium für diese Stadt bedeutet, und achten Sie darauf, wie er es dargestellt hat. Dann werden sie ihn besser verstehen.

Wenn Sie zu ihm gehen, nehmen Sie Ihre Frau mit«, schloß der Geist unerwarteterweise. »Das ist von entscheidender Bedeutung.«

»Was wollen Sie damit …«

»Hören Sie einfach zu, und tun Sie, was ich Ihnen sage.« Merlin war allem Anschein nach bemüht, die in ihm aufsteigende Wut zu unterdrücken, aber dann beruhigte er sich und machte wieder einen eher traurigen Eindruck. »Ach, Serrin, wenn Sie das alles verstehen, werden Sie zurückblicken und sich einen Tritt verpassen, weil Sie so schwer von Begriff waren. Obwohl das im Augenblick kein Trost für Sie ist. Ich muß gehen. Meine Abwesenheit wird auffallen, wenn ich es nicht tue.«

Die Gestalt entfernte sich mit verblüffendem Tempo. Serrin schwamm zu seinem Körper zurück, fuhr in seine physische Hülle und erwachte.

Kristen sah seine Augen unter den Lidern flattern und lächelte. Als er die Augen aufschlug, umarmte sie ihn und zog seinen Kopf an ihre Brust.

»Ich habe ihn getroffen«, sagte Serrin zu ihr. »Er sagt, wenn wir schließlich den Mann finden, der hinter alledem steckt, mußt du auch dabei sein.«

»Ich habe dir doch gesagt, daß er klug ist«, sagte Kristen stichelnd, aber auch erfreut.

Serrin musterte sie ein wenig finster.

»Und mir gefällt, daß er dich eifersüchtig macht. Na ja, zumindest ein klein wenig«, sagte sie mit jenem koketten Lächeln, das ihn bei gewissen Gelegenheiten zur Raserei brachte. Dies war eine dieser Gelegenheiten.

Es dauerte noch eine ganze Weile, bis sie frühstücken gingen.

Die verzierte Wanduhr schlug neun, als sie ins Eßzimmer gingen, wo sie die geplünderten Überreste eines ehemals ausgiebigen Frühstücks erwarteten. Michael sah ganz entschieden so aus, als brauche er sein Korsett nicht nur als Rückenstütze.

»Stattlicher Umfang«, neckte ihn Serrin und machte Anstalten, Michael in den Bauch zu knuffen. Der Engländer stöhnte und war nicht in der Lage auszuweichen. »Du siehst wie Hekate aus, als sie noch klein war.«

»Wie wer?« sagte Michael unbeholfen.

»Unsere Katze. Als sie noch ein Junges war, hat sie einmal ein gekochtes Huhn vom Tisch gestohlen und aufgegessen. Das ganze Huhn. Danach konnte sie nur noch auf dem Rücken liegen und kläglich miauen. Sie konnte eineinhalb Tage lang nicht laufen. Du erinnerst mich an sie.«

»Danke, Freund«, sagte Michael mit einem vernichtenden Blick.

»Wenigstens habe ich ihn vom Wein ferngehalten«, warf Streak ein.

»Wenigstens etwas«, sagte Serrin, indem er sich setzte und eine einsame Scheibe Brot mit Ziegenkäse bestrich. »Mmmmm«, schnurrte er mit vollem Mund. »Köstlich.«

»Genug.« Geraint klatschte in die Hände. »Michael und ich werden uns in den nächsten Stunden ein paar Konzernsysteme ansehen, und dann gehe ich zum Mittagessen.« Er verzog das Gesicht bei dem Gedanken an mehr Essen. »Ihr geht ...«

»... zum Baptisterium. Wo sind meine Reiseführer?« Serrin bückte sich, um in seiner Tasche zu wühlen.

»Was willst du wissen?« fragte Michael. »Ich habe mich gut vorbereitet, und Geraint war schon mal hier.«

»Das Baptisterium. Ich weiß, daß es dort nur so von Kunstgegenständen wimmelt, aber was ist das Wichtigste an ihm?«

»Das hängt davon ab, wie du das meinst«, sagte Geraint. »Das Offensichtlichste ist die Tatsache, daß

Johannes der Täufer der Schutzheilige von Florenz ist.«

Serrin hielt einen Moment mit dem Durchwühlen seiner Tasche inne. »Aha«, sagte er nachdenklich.

»Warum fragst du?«

»Aus keinem besonderen Grund«, log Serrin. Er sann immer noch über diese interessante Tatsache nach, als ihm etwas einfiel, das er überprüfen mußte. Es gab ein Gemälde, nicht wahr?

Geraint gab sich mit der Antwort zufrieden. Der Magier wirkte heute morgen geistesabwesender denn je. Er fragte sich, ob die Monate in der einsamen Wildnis der Hebriden diesen Charakterzug hervorgehoben hatten. Er wischte sich die Mundwinkel mit einer Leinenserviette ab, dann gingen Michael und er nach oben zu den Decks, die sie dort erwarteten.

Serrin fragte eines der Mädchen, die kamen, um den Tisch abzuräumen, wo er eine bestimmte Art von Geschäft finden konnte, und erfuhr zu seiner Befriedigung, daß eines nur ein paar Minuten zu Fuß entfernt war. Er blinzelte ein wenig in dem mittlerweile strahlenden Sonnenlicht, als er auf die Straße trat, und folgte dann der einfachen Wegbeschreibung zu seinem Ziel.

Ein wenig später ging er langsam zurück und betrachtete dabei das Bild.

Ist das nicht *falsch?* dachte er.

Und ist es nicht außerordentlich schön?

20

Es ist ein Mädchen, glaube ich«, sagte Streak zweifelnd.

»Nein, ist es nicht. Sehen Sie sich die Nase an«, sagte Kristen. »Es ist ein junger Mann, nicht viel älter als ein Junge.«

Serrin nahm das Blatt Papier weg, mit dem er den Großteil des Bildes abgedeckt hatte. Er hatte den anderen nur das rätselhafte Gesicht gezeigt.

»Ah, es ist ein Kerl«, sagte Streak. »Die Schultern verraten es. Komisch. Ich hätte schwören können, daß es ein Frauengesicht ist, ehrlich.«

»Aber ...«, sagte Kristen zögernd.

»Ja?« Serrin wartete.

»Es sieht genauso aus wie bei dieser anderen Frau. Das Lächeln. Es ist ihr Lächeln.«

»Welche andere Frau meinst du?«

»Die auf dem Bild, das du mir gezeigt hast. Die *Mona Lisa*.«

»Mein Gott, es ist ein Zwitter«, sagte Streak, der die Augen verdrehte. »Ich sage Ihnen, Kumpel, das ist ein echt verdrehtes Bild.«

»Ja, nicht wahr?« sagte Serrin sehr leise.

»Also, was soll das? Wer ist der Knabe?« sagte Streak.

»Der Knabe, wie Sie ihn so uncharmant nennen, ist Johannes der Täufer. Gemalt von Leonardo da Vinci.«

»Und warum zeigt er so mit dem Finger nach oben? Ich meine, er kann doch noch nicht die Signale für Kricket-Schiedsrichter gekannt haben.« Serrin und Kristen bedachten ihn mit demselben Blick. »Entschuldigung. Aber was hat das zu bedeuten?«

»Ich weiß es nicht«, räumte Serrin ein. »Aber es ist, nun ja, merkwürdig. Ich weiß nicht, warum. Aber irgendwas sagt mir, daß es wichtig ist. Wir sind in seiner Stadt – das heißt, in der des Täufers. Wir verfolgen einen Freak mit einer Leonardo-Fixierung. Dessen einzige Statue befindet sich ebenfalls hier, also würde ich sagen, daß wir sie uns ansehen sollten. Kommt ihr mit?«

»Mikey und Seine Lordschaft stecken immer noch bis zum Arsch in Elektronen«, sagte Streak sehr bildhaft, wenn auch ungenau. »Ich glaube, ein Spaziergang in die Stadt ist tatsächlich angesagt.«

Sie näherten sich von den Osttoren und standen vor dem bemerkenswerten Werk, den zehn wunderbar gestalteten Tafeln mit biblischen Szenen, die dort hingen. Über ihnen beobachtete ein Engel aus Stein Johannes bei der Taufe Christi. Säulen aus Porphyr flankierten sie, als sie durch die Türen traten und ihr Eintrittsgeld in den kleinen Automat direkt dahinter warfen.

Im kühlen Innern zog Serrin den kleinen Führer zu Rate. Er suchte nach einer Abbildung des Engels und Anweisungen, wo man ihn besichtigen konnte.

»Sie suchen etwas Bestimmtes?« fragte ein junger blondhaariger Italiener in perfektem, kaum akzentuiertem Englisch.

Serrin drehte sich zu dem jungen Mann mit dem frischen Gesicht um. Er war hübsch, ein wenig feminin in seinem Aussehen, und hatte hohe Wangenknochen und volle Lippen. Er lächelte den Elf erwartungsvoll an.

»Ja, Verocchios Engel«, antwortete Serrin.

»Ich glaube, wenn Sie durch die Nordtore gehen und in der Menge untertauchen, sollte es Ihnen gelingen, es den drei Herren auf der Piazza sehr schwer zu machen, Sie wie beabsichtigt zu erschießen«, sagte der junge Mann gelassen. »Ich würde sagen, steigen Sie in ein Taxi und sagen Sie dem Fahrer, er soll fahren wie der Teufel.«

Serrin fiel die Kinnlade herunter.

»Jesuiten sind sehr einfallsreich. Ich nehme an, wir sehen uns später«, sagte der junge Mann mit einem freundlichen Lächeln. Das Trio war zu verblüfft, um ihn festzuhalten, als er durch das Osttor ging und mit verblüffender Schnelligkeit in einer Gruppe von Touristen untertauchte, die den frühmorgendlichen Sonnenschein genossen.

»Ich glaube, wir tun besser, was er gesagt hat«, sagte Serrin, wobei er sich so gelassen umsah, wie es ihm unter diesen Umständen möglich war. Kristens Nägel bohrten sich tief in seinen Arm.

»Ich konnte es nicht riskieren, eine Kanone mitzunehmen«, sagte Streak, »obwohl ich das eine oder andere in der Tasche habe.« Er schlug sich leicht gegen die Jacke, und Serrin hörte ein dumpfes Klacken wie von Plastik.

»Es wird mir nie gelingen, hier drinnen einen Zauber zu wirken«, sorgte sich der Elf.

»Und auf dem Weg nach draußen?«

»Im Eingang werden wir wie Tontauben sein«, sagte Serrin.

»Wie wär's, wenn wir um Asyl bäten?« Streaks Augen huschten hierhin und dorthin und machten sich ein Bild von der Szenerie draußen. Er konnte inmitten der wogenden Menschenmenge keine potentiellen Angreifer erkennen, aber schließlich fiel ihm ein Mann in einem Anzug auf, der ein Eis aß.

»Ah, ich habe einen entdeckt, glaube ich«, sagte er. »Aber wer, zum Teufel, war ...«

»Ich habe keine Ahnung«, sagte Serrin abwinkend.

»Ich fühle mich nicht wohl«, sagte Kristen.

»Jetzt ist keine Zeit für ...«, begann Streak.

»Ich sagte, *ich fühle mich nicht wohl*«, beharrte Kristen, indem sie gereizt mit der Fußspitze auf den Boden tippte. »Muß ich auch noch blinzeln?«

»Dann los, Kristen. Jetzt oder nie«, sagte Serrin.

Kristen brach plötzlich in einem sehr überzeugenden Ohnmachtsanfall auf dem Boden zusammen. Serrin ließ sich neben ihr auf die Knie sinken, und Streak begriff endlich, was gespielt wurde. Er schnatterte in passablem Italienisch mit einem jungen Geistlichen, der zu ihnen geeilt kam, um nachzusehen, was los war, und forderte den Mann auf, einen Krankenwagen zu rufen. Es sei wahrscheinlich nichts Ernstes, aber auch nicht das erstemal, und …

Der Priester eilte von dannen, kam jedoch nach kurzer Zeit zurück, um Streak zu versichern, daß ein Krankenwagen unterwegs sei und ihn zu fragen, ob er sonst noch etwas tun könne. Streak beruhigte ihn und gab ihm etwas Geld mit der Bitte, ein Gebet für die Notleidenden zu sprechen. Der junge Mann neigte den Kopf und entfernte sich, um eine Kerze anzuzünden, wobei er ein wachsames Auge auf die offenbar leidgeprüfte Frau hielt. Ein kleiner Menschenauflauf bildete sich um sie. Streak bemerkte den dunkelhaarigen Mann in dem schlichten grauen Anzug, der vor dem Eingang wartete. Er nahm an, daß es irgendein Detektor- und Alarmsystem in der Tür gab und der Mann es nicht wagte, die Schwelle zu überqueren.

Der Mann sah sich um und griff dann plötzlich in seine Tasche.

Streak kopierte seine Bewegung.

Einen Sekundenbruchteil später hätte Predator in das Baptisterium geschossen und sich ein Wurfmesser aus Plastik in das Gesicht des Schützen gebohrt.

Doch nichts dergleichen geschah.

Was Streak sah, und anschließend war ihm absolut nicht klar, wie er es überhaupt mitbekommen hatte, war der junge Mann, der sie gewarnt hatte. Er stand links hinter dem Mann im Anzug und hatte ein breites Grinsen aufgesetzt, während er in seine eigene Jackentasche griff und mit verblüffender Schnelligkeit eine Waffe zückte.

Sie war unmöglich. Nicht die Schnelligkeit, wenngleich Streak Vergleichbares nicht einmal bei einem komplett verdrahteten Cyberzombie gesehen hatte. Die Waffe war unmöglich. Sie war absolut bizarr, ein Anachronismus. Hinzu kam, daß sie niemals in der Jacke hätte verborgen werden können, und falls doch, gab es einfach keine Möglichkeit, sie mit derartiger Präzision zu ziehen, zu zielen und zu schießen.

Die Waffe sah wie eine große lamellenartige Armbrust aus, aber anstelle des üblichen Stegs für das Einlegen des Bolzens gab es vielleicht ein Dutzend glatte, sehr schlanke Metallzylinder, die in einem Bogen von vielleicht dreißig Grad angeordnet waren. Schneller, als es möglich war, versank der Schraubmechanismus an der Basis der Zylinder in die Waffe, und aus den Zylindern löste sich ein Wirbel von Blasen.

Streak starrte sie an wie ein hilfloser, gelähmter Zuschauer, der sich einen Film in Zeitlupe anschaut. Die Blasen trieben träge auf den Mann im Anzug zu, der mitten in der Bewegung erstarrt war, wobei unter seiner halb geöffneten Jacke ein Glitzern von Metall zu sehen war.

Die Blasen umwirbelten Kopf und Rücken des Mannes. Der verdrehte die Augen und fiel zu Boden wie ein Sack Kartoffeln. Der junge Mann verstaute die Waffe wieder in seiner Jacke und hob den linken Zeigefinger an die Lippen. Er blies darauf, lächelte Streak zu und war plötzlich verschwunden. Streak verspürte ein Tosen in den Ohren, und dann war alles wieder normal.

Von irgendwo auf der Piazza näherte sich das Heulen einer Sirene, während Streak sich bemühte, auf den Beinen zu bleiben. Er konnte kaum noch klar denken. Bis jetzt hatte noch niemand den Mann bemerkt, der hinter der Menschentraube um Kristen zusammengebrochen war.

Streak zwang sich, aktiv zu werden. Ihm ging plötzlich auf, daß der Mann möglicherweise in denselben Krankenwagen verfrachtet würde wie Kristen, was nicht in ihrem Sinne sein konnte. Er bahnte sich einen Weg durch die Menge und kniete neben dem gefallenen Mann nieder. Während er sich über die reglos daliegende Gestalt beugte, zog er ein lederüberzogenes Fläschchen aus der Tasche, wobei er der Vorsehung dankte, daß er niemals ohne Alkohol in irgendeiner Form unterwegs war.

Die anderen Männer in Anzügen kamen näher, und Leute drehten sich zu ihm um. Streak öffnete den Verschluß und goß Whiskey über den Mann.

»Schafft diesen Betrunkenen weg«, sagte er laut und mit Abscheu in der Stimme. »Zu dieser Tageszeit und vor der Schwelle eines Gotteshauses. Eine Schande!«

In der Menge erhob sich ein leises Getuschel. Die beiden vorrückenden Männer im Anzug blieben verunsichert stehen. Einen Augenblick zuvor waren sie bereit gewesen, den Elf zu erschießen, und ihr Zögern erwies sich als fatal. Die Sanitäter waren jetzt kein Dutzend Schritte entfernt. Einer der Männer warf dem anderen einen Blick zu, dann machten beide kehrt und zogen sich zurück. Streak atmete erleichtert auf. Sein Italienisch wurde ein wenig überbeansprucht, als er den Sanitätern ein wenig zu überschwenglich dankte.

Die Elfen stiegen zu Kristen in den Krankenwagen und erkundigten sich, ob es einen Rentenfonds für Sanitäter gab, zu dem sie mit einer beträchtlichen Spende beitragen konnten.

Michaels Gesicht war völlig blutleer, als die drei aus dem Krankenhaus zurückkamen, wo die Ärzte ob Kristens wunderbar rascher Genesung mehr als verblüfft gewesen waren. Ein wenig nicht sonderlich plausibler Unsinn über Medizinmänner und Flüche hatte sie rasch davon überzeugt, daß sie es wahrscheinlich mit nicht mehr als einem Fall von hysterisch bedingter

Ohnmacht zu tun hatten. Kristen hatte Serrins aus dem Stegreif improvisierte Geschichte nicht besonders lustig gefunden, doch all das war vergessen, als Streak ihnen erzählte, was er gesehen hatte.

Sie waren ziemlich aufgeregt, als sie in der Villa die Treppe heraufeilten, doch der Anblick ihrer beiden totenbleichen und offenbar erschöpften Gefährten verriet ihnen augenblicklich, daß etwas nicht stimmte.

»Wir haben es eigentlich nicht vermasselt, aber es war verdammt knapp«, sagte Geraint zu ihnen. Der Rauch der Zigarette, die zwischen seinen Fingern hing, kräuselte sich zur Decke. »Mitsuhama war kein Problem, sie haben dort nicht viel. Aber Fuchi – Fuchi weiß etwas, und sie lassen niemanden auch nur in die Nähe. Nicht einmal Michael ist mit dem Ice zurechtgekommen, und das bedeutet, es ist dicker als die Mauern des Towers von London. So etwas habe ich noch nie gesehen.«

»Metaskulptur«, murmelte Michael. »Mit verborgenen implantierten Viren. Ziemlich raffiniert, ständiger Angriff und unempfindlich gegen alles, was ich derzeit habe. Es wird mich einen Haufen Geld kosten, mir Schutz gegen diesen Drek zu kaufen.«

»Es sind nur noch drei Tage bis zur Kernschmelze«, stellte Serrin fest. Niemanden schien das zu interessieren.

»Erzählt, wie war euer Tag?« fragte Geraint schließlich, indem er seine Zigarette ausdrückte. Unter seinen Augen bildeten sich nach Tagen der Anstrengung, unregelmäßiger Schlafgewohnheiten und beständiger Adrenalinausstöße graue Ringe.

»Der NOJ war mit einem Begrüßungskomitee unterwegs«, erzählte ihm Streak.

»Erste Sahne«, stöhnte Geraint. »Wie haben sie uns so schnell gefunden?«

»Vielleicht haben sie das gar nicht«, sagte Serrin. »Sie könnten eigene Spuren verfolgt haben und mehr oder weniger zufällig auf uns gestoßen sein. Aber es ist schon interessant, daß sie Killer in der Nähe des Baptisteriums hatten.

Michael, könntest du in ihr System einbrechen?«

»Wer weiß? Ich habe keine Ahnung, wo es ist. Es wird sich um ein PLTG handeln.«

»Um was, bitte?«

»Um ein privates lokales Telekommunikationsgitter. Das Dreksding zu finden, wird schon schwer genug sein. Ich muß gestehen, daß ich mich dieser Aufgabe im Augenblick nicht gewachsen fühle. Ich habe zum erstenmal Ice gesehen, das wie ein Panzer aussah und das nicht bloß Macho-Gehabe war. Es hat nicht gescherzt.«

»Wir müssen irgendwo in irgendwas eindringen, das irgendwem gehört, der mehr weiß als wir«, sagte Serrin.

»Ich würde mich einfach nur gerne mal mit Blondie unterhalten«, sagte Streak spitz. »Sein Verschwinde-Trick war was ganz Besonderes, echt Sahne.«

Michael blinzelte müde. »Wovon reden Sie?«

Serrin sah Streak an, der sie über die Geschehnisse im Baptisterium informierte.

»Es war diese verdammte Kanone«, sagte er schließlich. »Das merkwürdigste Ding, was ich je gesehen habe. Es hat keine Kugeln verschossen und hatte vielleicht ein Dutzend Läufe, wie ich schon sagte. Ich meine, das ist unmöglich. Solche Dinger habe ich nur in Museen gesehen, und bei denen sind die Läufe gebündelt und bilden keinen Bogen. Ein paar davon sind in der Königlichen Waffenkammer ausgestellt, richtig?«

Geraint nickte. Unter den Ausstellungsstücken in der Königlichen Waffenkammer im Tower von London befanden sich auch einige der ersten deutschen Pistolen und Gewehre mit Mehrfachläufen, ungeschlachte, klobige Dinger. Bemerkenswerte Meilensteine in der Geschichte der Schußwaffenentwicklung.

Serrins Augen glänzten, und er verließ das Zimmer, offenbar in einer ganz bestimmten Absicht. Einen Augenblick später kehrte er mit einem Buch zurück, das er ziemlich weit vorne aufgeschlagen hatte.

»Hat die Waffe so ähnlich ausgesehen wie die hier?« fragte er Streak, indem er ihm das Buch vor die Nase hielt. Der andere Elf schob es ein wenig weiter zurück, so daß er die Illustration in ihrer Gesamtheit besser betrachten konnte. Seine Cyberaugen hätten die zu große Nähe ausgleichen können, aber der Reflex war tief verwurzelt.

»Drek! Das ist sie«, sagte er verwundert. »Nun, ich meine, sie sind sich so ähnlich, daß es keinen Unterschied macht. Vergessen Sie nicht, daß ich sie nicht lange sehen konnte. Aber sie sah genauso aus. Verdammt noch mal. Was, zum Teufel, ist das?«

»Leonardo da Vincis Konstruktionsplan für den *Scoppietti*«, sagte Serrin. »Ich nehme an, jemand fängt jetzt an, ernsthafte Spielchen mit uns zu spielen. Es hat begonnen.«

»Was hat begonnen?« fragte Geraint.

Serrin bedachte ihn mit dem glückseligen Lächeln einer Person, die glaubt, daß sie etwas von großer Bedeutung bemerkt hat, das allen anderen entgangen ist.

»Da draußen ist ein Spiel im Gange«, sagte Serrin, indem er sich einen Stuhl heranzog und sich verkehrt herum darauf hinsetzte, so daß die Ellbogen auf der Rückenlehne ruhten. »Unsere Zielperson ist vollkommen auf Leonardo fixiert, richtig? Das Leichentuch-Icon. Der Tag, an dem das Ultimatum abläuft. Diese Waffe, worum es sich dabei auch gehandelt haben mag. Und noch mehr.«

»Das wissen wir alles längst«, erinnerte ihn Michael.

»Ja, richtig. Also, Leonardo war Großmeister der Priorei von Sion, und die gegenwärtige Priorei hat ein Interesse an unserer Zielperson. Leonardo hat das Turiner Leichentuch auf Geheiß von Papst Innozenz gefälscht – welchem Innozenz, habe ich vergessen.«

»Dem Achten«, ergänzte Michael.

»Genau. Danke. Und die kompromißlose Fraktion der Jesuiten dort draußen dient dem Vatikan und ist über die Vorgänge offenbar sehr erregt. Und die Sache hat noch einen weiteren Aspekt. Leonardo mag schwul gewesen sein oder auch nicht, aber das Thema des Androgynen kehrt in seinem Werk immer wieder. Die *Mona Lisa* ist Leonardo als Frau, okay? Seine Darstellung von Johannes dem Täufer ist außerordentlich feminin – Streak hat sein Gesicht sogar für das eines Mädchens gehalten. Und da ist noch mehr. Verocchios *Taufe Christi* enthält einen von Leonardo gemalten Engel, und der ist ebenfalls androgyn – die Gestalt ist männlich, hat aber ein sehr weibliches Gesicht. Ich habe einen Blick auf das Bild geworfen, nachdem wir die Statue unten gesehen hatten.«

»Blondie hat auch interessant ausgesehen«, sagte Streak.

»Ja, nicht wahr? Zieh ihm ein Cocktailkleid an und setz ihm eine Perücke auf, und er gibt eine hervorragende *petite jeune fille* ab«, sagte Serrin mit einem schiefen Grinsen.

»Sind wir überhaupt sicher, daß es ein Mann war?« fragte Streak plötzlich.

»Ja, er war einer«, warf Kristen kategorisch ein. »Seine Stimme war für eine Frau zu tief. Etwas. Und seine Haltung war die eines Mannes. Die läßt sich nicht vortäuschen.«

»Du warst noch nicht in San Francisco«, sagte Serrin zu ihr. »Sie läßt sich sehr wohl vortäuschen.«

»Transvestiten gibt es auch in Kapstadt, mein Lieber«, konterte sie eisig.

»Wie auch immer. Aber seht euch das Matrix-Icon an. Es ist das Leichentuch mit dem Gesicht einer Frau.

Das ist wiederum Leonardos Thema des Androgynen, nur in einer schockierenderen Form.«

»Und?« wollte Michael wissen.

»Und ich glaube, daß das die Wurzel von allem ist«, sagte Serrin. »Dieses Thema kehrt zu oft wieder. Und es gibt noch einen Aspekt, über den wir uns bisher keine Gedanken gemacht haben: Warum ist die Frau in dem Icon schwarz?«

»Sag es uns«, sagte Michael.

»Ich weiß es nicht«, erwiderte Serrin. »Ich habe ein paar Nachforschungen angestellt, aber mit diesen Dingen ist soviel Unsinn verbunden, daß ich ohne den Rat eines Experten einfach nicht die Spreu vom Weizen trennen kann. Ich meine, wir kennen diesen Drek von wegen ›Woher willst du wissen, daß Gott keine Frau ist‹ zur Genüge.«

Kristen warf ihm einen mißbilligenden Blick zu.

»Tut mir leid, Schatz. Es ist nur so, daß die Leute, die dieses Argument vertreten, zu neunundneunzigkommaneun Prozent hoffnungslose Irre sind«, sagte Serrin ungehalten. »Wenn du dich ein paar Tage in die Literatur vertiefst, wirst du meiner Meinung sein, glaub mir.

Jedenfalls kann es nicht damit getan sein, daß unser Decker einfach Leonardos Persona angenommen und völlig auf ihn fixiert ist. In diesem Fall wären weder die Priorei noch der NOJ in die Sache verwickelt.«

»Das ist ein gutes Argument«, sagte Michael.

Serrin zuckte die Achseln. »Wir wissen es nicht mit Sicherheit. Aber ich wundere mich doch. Offiziell heißt es, daß die Priorei die Blutlinie Christi schützt, richtig? Es geht dabei um den alten Mythos, daß Christus nicht gekreuzigt wurde, sondern nach Europa ausgewandert ist, vielleicht mit Josef von Arimathea, und dort Kinder gezeugt hat, von deren Nachkommen noch einige leben. In den gnostischen Evangelien gibt es Hinweise darauf, und es gibt fast ebenso viele Dateien in der Matrix, die in diesem Zusammenhang von Verschwörungen faseln, wie es Dateien über Trekkie-Drek gibt. Aber selbst nach den Maßstäben verrückter Theorien ist diese doch sehr weit hergeholt. Ich glaube nicht daran, daß das das Große Motiv hinter allem ist. Aber sie schützen irgendwas. Ich frage mich, ob ...«

»Ob es sich um einen Nachkommen Leonardos handelt?« sagte Michael zweifelnd.

»Diese Möglichkeit ist mir durch den Kopf gegangen«, gab Serrin zu. »Aber ich glaube nicht daran. Ich glaube immer noch, daß es *irgendeine* Verbindung zum echten Leonardo geben muß. Das ist kein Irrer, der sich mit Nachahmungen beschäftigt.«

»Wer den Stunt mit der Kanone abgezogen hat, die Blondie bei sich hatte, war kein Irrer, das ist mal sicher!« sagte Streak. »Ich habe keine Ahnung, wie Blondie den Kerl flachgelegt hat, aber glaubt mir, für diese Kanone würde ich mein ganzes Gespartes ausgeben. Wenn jemand so ein Ding erfinden kann, können wir es nicht mit einem Idioten zu tun haben.«

»Ganz zu schweigen von der unbedeutenden Tatsache, daß er die ganze verdammte Matrix zum Absturz bringen kann«, erinnerte sie Michael.

Serrin lächelte schwach. »Das hätten wir fast vergessen, nicht wahr?«

»Wir müssen unbedingt einen Schritt überspringen«, fuhr er fort. »Bis jetzt sind wir Spuren nachgegangen, und immer scheint hinter der nächsten Ecke jemand auf uns zu warten. Wir müssen irgendeine Möglichkeit finden, in diesem Spiel in Führung zu gehen. Und es ist ein Spiel, wenn auch eines mit sehr hohen Einsätzen.«

Serrin zögerte. Die Pause verriet Geraint, daß da noch etwas war, das er nicht preisgab.

»Komm schon, Serrin, was ist es? Es ist Hessler, nicht wahr? Er hat dir etwas erzählt, das du uns nicht sagen willst. Ich glaube, ich verstehe den Grund dafür, aber ...«

»Nein, nicht Hessler. Es war Merlin«, sagte Serrin leise und traurig. Die Veränderung seines Tonfalls war offenkundig. Alle hörten auf zu reden und sahen ihn an.

»Merlin ist ein besseres ›menschliches Wesen‹ als die meisten Leute, glaube ich«, sagte er. »Nun, Elf, Mensch, was soll's? Er ist ein Menschengeist, glaube ich. Ich weiß nichts über seine Vergangenheit, weil er mir darüber nichts erzählt hat. Aber er mag Leute, und er macht sich Sorgen. Er weiß, hinter wem wir her sind, und kann uns nicht sagen, wer es ist, weil er vernichtet würde, wenn herauskäme, daß wir es von ihm erfahren haben.«

»Dann muß Hessler ihn kennen«, stellte Michael fest.

»Ja, das glaube ich auch«, pflichtete Serrin bei. »Er ist offensichtlich Mitglied eines mächtigen hermetischen Ordens. Seine Beherrschung der Metamagie ist außerordentlich, das kann ich euch sagen. Er kann mit den Fingern schnippen und Dinge tun, für die ich eine Woche der Vorbereitung brauchen würde. Er ist beeindruckend. Und er ist noch viel beeindruckender, weil er keine Schau abzieht, sondern nur das tut, was auch wirklich nötig ist. Ich werde in meinem ganzen Leben nicht annähernd so gut sein.« Er schüttelte den Kopf, aber nicht traurig. »Er spielt einfach in einer anderen Liga. Welche das auch sein mag. Ich glaube, in dieser Liga findet irgendein Spiel statt. Und unsere Zielperson ist an diesem Spiel beteiligt.«

»Und was ist der Sinn dieses Spiels?«

»Unser Mann will das Geld«, sagte Serrin. »Das weiß ich. Er will dieses Geld tatsächlich, obwohl ich nicht weiß, wofür.«

»Mit dem Geld könnte man ein mittelgroßes Land kaufen«, stellte Geraint fest. »Also könnte er das Geld für alles mögliche wollen. Machen wir uns nichts vor, mit diesem Betrag könnte man praktisch alles tun.«

»Betrachten wir es mal von der anderen Seite«, sagte Michael. »Was könnte man tun wollen, wofür man so viel Geld *braucht?*«

»Den Mars besiedeln?« sagte Streak achselzuckend. »Drek, aber über diese Größenordnung reden wir.«

»Was würde man tun wollen, wenn man Leonardo wäre?« fragte Kristen. Sie drehten sich zu ihr um und starrten sie an. »Entschuldigt, war das eine alberne Frage?« sagte sie unterwürfig.

»Ganz im Gegenteil«, antwortete Michael. »Serrin, kann ich mir deine Frau eine Weile ausborgen? Würde es dir etwas ausmachen, Kristen? Du hast mehr gesunden Menschenverstand als ich, und ich habe eine Menge Daten, die du dir ansehen solltest.

Wenn dies nicht einfach nur eine Leonardo-Fixierung ist, sondern mehr dahintersteckt, sollten wir versuchen, die Frage zu beantworten. Was hätte Leonardo als nächstes getan? Welches seiner Vorhaben blieb unerfüllt? Wenn wir mit dieser Theorie weiterarbeiten, können wir zumindest etwas tun. Etwas, das ein Signal für diese Person da draußen sein könnte, die an diesem tödlichen Spiel teilnimmt. Und vielleicht bekommen wir sogar eine Antwort.«

»Ihr müßt diese Unterhaltung ohne mich fortsetzen«, warf Geraint ein. »Ich muß baden und mich umziehen. Das Mittagessen wartet.«

»Wir erwarten dich nicht so bald zurück«, sagte Michael liebenswürdig.

»Scher dich zum Teufel.«

»Bei näherer Überlegung«, sagte Michael so ernsthaft, wie er konnte, »wenn der Drek anfängt zu dampfen und du bankrott gehst, die Gräfin besitzt eine Menge Grund und Boden. Sie ist in der Tat eine sehr reiche Witwe. Und dann noch die Heirat mit einer de Medici. Es wäre so unglaublich romantisch.« Er verzog das Gesicht zu einem halb lüsternen, halb neckischen Grinsen.

»Walisisch-italienische Kinder. Man stelle sich nur die Wutanfälle vor, die sie bekommen könnten!«

Alles in allem entschied sich Geraint, den Marmoraschenbecher nicht zu werfen, aber einen Moment lang war die Versuchung sehr groß. Er verließ das Zimmer.

»Kristen, meine Liebe, du hast gerade mit einem Satz mehr Sinn in die Sache gebracht, als es uns in mehreren Tagen gelungen ist«, sagte Michael vergnügt. »Und jetzt wollen wir mal sehen, was wir auf dieser Basis daraus machen können.«

»Da ist nur noch eine Sache«, sagte Serrin zögernd. »Hinsichtlich des Aspekts mit der Blutlinie. Und des Androgynen.«

»Mmmm?«

»Ich habe mich gefragt, einfach nur gefragt, ob es keine Frau sein könnte, weißt du? Die dem Leichentuchmann ihr Gesicht gegeben hat. Und damit getan hat, was ihr Ur-ur-tausendmal-ur-Großvater getan hat, als er die *Mona Lisa* malte. Wäre das nicht passend?«

Die meisten Schlußfolgerungsketten reißen irgendwann, und Serrins war gerade gerissen. Doch als Geraint sich nach seiner Dusche abtrocknete und im Geiste noch einmal die Liste der Besorgungen durchging, die er unterwegs machen wollte, und die die anderen ihre Möglichkeiten durchgingen, war es eine Frau, die sich irgendwo all das ansah und lächelte.

Doch sie lächelte jemand anderem, und der hielt sich in einer anderen Stadt auf.

21

Sie hatte sich kaum verändert. In ihrem Schopf schwarzer Haare waren nur ganz wenige graue und weiße, und ihre blauen Augen waren so strahlend glänzend und bodenlos tief wie immer. Geraint hatte nicht geglaubt, daß es außerhalb von Tir na nOg so dunkelblaue Augen gab, aber er hatte sich geirrt. Und vor vielen Jahren hatte er lange genug hineingesehen, um sicher zu sein.

»Es ist lange her, Geraint«, sagte Cecilia mit ihrer sanften Stimme.

»Ich brauchte die Zeit«, sagte er nur.

Geraint nahm ihre Hand und führte sie durch den marmorgefliesten Flur in den Wintergarten. Er kannte jeden Zentimeter des Hauses, und es hatte sich in den vergangenen Jahren nicht sehr verändert. Einige der Bäume waren stärker gewachsen, als er es sich vorgestellt hatte. Der seltsame Olivenbaum mit seinen zimtgeränderten Blättern hatte geblüht und war jetzt doppelt so hoch. Er setzte sich mit ihr an den bronzierten schmiedeeisernen Tisch und reichte ihr sein Geschenk.

Sie öffnete das Päckchen, schlug die Lagen schillernden Seidenpapiers auseinander und nahm das Kleid heraus. Es war das schlichte, klassische schwarze Kleid, das Frauen schmeichelt, die so klein sind, daß sie es gut tragen können. Sie wollte sich gerade bei ihm bedanken, als ihre Hand das Schmucketui darunter ertastete. Ihr Blick huschte flüchtig zu ihm, dann senkte er sich wieder, als sie das Etui öffnete und die Perlen darin herausnahm. Sie lächelte ihn an.

»Die sind wirklich wunderschön«, sagte Cecilia leise. »Du schmeichelst mir.«

»Unmöglich«, sagte er, indem er das Lächeln erwiderte. Er war unbeschreiblich erleichtert, als er feststellte, daß er sie mit stetem Blick betrachten konnte, ohne das Gefühl zu haben, sein Herz müsse jeden Augenblick zerspringen. »Schmeichelei ist eine Unwahrheit. Sie stehen dir. Weniger hätte einfach nicht ausgereicht.«

Sie stützte die Ellbogen auf den Tisch und das Gesicht auf die Hände. Zwar hatten ihn ihre Augen nicht bis ins Mark getroffen, aber die kleine, aufwärts gerichtete Nase versetzte ihm einen Stich, der ihm nach all den Jahren ins Herz fuhr.

»Du warst schon immer der perfekte Gentleman«, sagte sie, wobei dasselbe stille Lächeln um ihre Lippen spielte. »Ach, es ist schön, dich zu sehen. Du siehst gut aus. Aber ein wenig müde. Was führt dich her?«

»Ach, Gräfin, das ist eine lange Geschichte.« Er grinste und gab ihr Feuer.

»Und wie so viele lange Geschichten keine, die ich hören werde«, schalt sie ihn. »Ihr Briten seid immer so.«

Er sah mit reumütiger Miene weg. »Dessen bin ich mir nicht so sicher, aber in diesem Fall ist es rein geschäftlich.«

»Du bist nicht verheiratet«, stellte sie fest.

»Du auch nicht«, erwiderte er, da er möglichst rasch das Thema wechseln wollte.

»Ich sagte schon, daß du der perfekte Gentleman bist«, sagte sie zu ihm. »Die Männer hier wollen Sex oder Geld oder einen Namen, Reichtum und Ansehen. Und wenn sie mich lieben, ist es rasch vorbei. Ich bin nicht mehr in dem Alter, daß ich dieses Gefühl leicht im Herzen eines Mannes wachrufen, geschweige denn es lange dort wachhalten könnte.«

»Das bezweifle ich«, erwiderte er mit Nachdruck. Cecilia de Medici hatte sich schließlich nicht so stark verändert. Doch er versteifte sich ein wenig, als sie sich ein zweites Glas Wein eingoß, nur wenige Minuten nach dem ersten, das bei ihrem Eintreffen bereits auf sie gewartet hatte. Er hatte an seinem kaum mehr als genippt. Das war auch der Grund gewesen, warum er nach dem Tod ihres Mannes Bernardo, der bei einem der in Italien außerordentlich zahlreichen Verkehrsunfälle ums Leben gekommen war, nicht zu ihr hatte zurückkehren können. Das war ihre fatale Schwäche, und wenn dieses Laster auch noch keine Spuren im Gesicht und am Körper hinterlassen hatten, so würde dies doch nicht mehr lange auf sich warten lassen. Nicht, daß ihn *das* beunruhigt hätte. Es war die Wirkung des Alkohols auf ihre Gefühle gewesen, die schreckliche Depression, die sie überkam, wenn sie betrunken war, und sie tage- oder gar wochenlang nicht verließ, da sie durch die endlose Trinkerei beständig neue Nahrung bekam.

Wenn sie so war, und sie war sehr oft so gewesen, saugte sie ihrer Umgebung Leben und Gefühle aus. Geraint hatte nicht im Fluß enden wollen wie andere vor ihm. Liebhaber waren wegen dieser Frau gestorben. Sie hatte ihm einmal gesagt, als er die blauen Flecke an ihr entdeckt hatte und bereit gewesen war, Bernardo mit bloßen Händen zu erwürgen, daß sie sie manchmal verdiente. Geraint war damals noch jung und begriffsstutzig gewesen, doch in den darauffolgenden Monaten sehr schnell älter und weiser geworden.

Aber es ist hell hier, dachte er jetzt, als er sich in dem sonnigen Wintergarten umsah. Und wenn ich mich nicht sehr irre, ist das Maria, die offenbar immer noch ihr Dienstmädchen ist, und bei Gott, sie war eine Oase geistiger Gesundheit in diesem Haushalt. Und es gibt auch immer noch die prächtigen Gemälde und Skulpturen und die Medici-Papiere, welche die Familie erst kürzlich in einem lange leerstehenden Landhaus entdeckt hat, so daß man sie mir zwangsläufig zeigen wird ... Ich kann es durchstehen. Es müßte reichen, um alle schlimmen Erinnerungen in Schach zu halten. Der Witz ist, die guten nicht hochkommen zu lassen.

»Was hat er unvollendet gelassen?« fragte Michael. Serrin blätterte Bücher, Ausdrucke und Papierstapel durch, und der Engländer forderte aus allen Bibliotheken und Archiven, die ihm einfielen, Material an.

»Es gibt keine einzelne Sache, kein bestimmtes Projekt«, sagte Serrin. »Aber ich bin hier in einer Biografie auf eine interessante Passage gestoßen. Hör dir das an: ›Er hatte die Syntax seiner Arbeit im Laufe seiner Karriere beständig gereinigt, bis er schließlich eine überragende Empfindung erreichte, die alle anderen enthält – und da ein Element seiner Sexualität darin einfloß, kann die Vernunft nicht immer dem überwältigenden Eindruck widerstehen, den sie vermittelt. *Johannes der Täufer* führt zu jeder Versuchung. Ich neige zu der Ansicht, daß dies Leonardos letzte Arbeit war – in einem gewissen Sinn sein letzter Wille und sein Testament. Sein Thema ist nicht mehr ‚ein einsamer Rufer in der Wüste'. Er hat die letzte Schranke menschlichen Wissens erreicht. Er lächelt und zeigt auf den Ursprung von allem, der ihn erstaunt, der aber auch unergründlich ist.‹«

»Und er hat das Lächeln der Mona Lisa. Und auch das Lächeln des Leichentuchmann-Icons.«

»Da ist noch etwas. Der Schreiber sagt, daß *Johannes der Täufer* gemalt wurde, als Leonardo schreckliche Bilder einer Apokalypse entwarf. Er zitiert hier einige Eintragungen aus Leonardos Tagebüchern.

Ja, hier: ›Auf den Bildern werden Wasserströme zu sehen sein, in denen Tische, Betten, Boote und andere aus der Notwendigkeit und der Angst vor dem Tod improvisierte Wasserfahrzeuge schwimmen. Darauf werden sich Männer, Frauen und Kinder voller Angst vor dem gewaltigen Wirbelsturm zusammenkauern, der die Wellen peitscht und mit ihnen die Leichen der Ertrunkenen… Die Wellen branden gegen sie und stoßen sie mit den Leichen der Ertrunkenen herum, und diese wuchtigen Schläge töten jene, in denen noch ein Hauch von Leben steckt… Ach, wie viele Leute man sehen wird, die sich die Ohren zuhalten, um nicht den gewaltigen Lärm zu hören, mit dem die Gewalt des Windes und Regen und Donner den finsteren Himmel erfüllt! Andere verlieren den Verstand und begehen Selbstmord, da sie die Tortur für unerträglich halten. Manche stürzen sich von Klippen oder erwürgen sich mit ihren eigenen Händen, andere packen ihre Kinder und töten sie mit einem einzigen Hieb. Ach, wie viele Mütter schütteln drohend die Fäuste gen Himmel, weinen um die ertrunkenen Söhne, die sie auf den Knien wiegen, und verwünschen heulend den Zorn der Götter.‹

Bei allen Geistern, ich hatte keine Ahnung, daß er je so etwas geschrieben hat.« Serrin schloß das Buch. Die Lektüre schien ihn ziemlich zu bedrücken.

»Aber es ergibt einen Sinn«, sagte Michael. »Es ist die biblische Apokalypse, nicht wahr? Und gleichzeitig malt er Johannes, den Verfasser der Offenbarung? Als Rückversicherung für die Erlösung? Der Täufer mag eine merkwürdige Gestalt sein, aber für mich sieht er unglaublich gelöst aus.«

»Ist dir der Gedanke gekommen, daß unsere Zielperson von etwas erfüllt sein könnte, das ebenso schrecklich und wahnsinnig wie die Apokalypse ist, wenn Leonardo am Ende seines Lebens derartige Vorstellungen hatte? Und was könnte man mit zwanzig Milliarden Nuyen machen?« sagte Serrin, der ein wenig zitterte.

»Drek«, hauchte Michael, der selbst blaß wurde. »Du glaubst doch nicht…«

»Ich weiß es nicht. Wir könnten auch ganz falsch liegen. Wir wissen es ganz einfach nicht. Und was meint sein Biograf, wenn er sagt, daß *Johannes der Täufer* zu jeder Versuchung führt?«

»Hört mal, Leute, ich habe jetzt genug von diesem Quatsch«, sagte Streak plötzlich, indem er sich erhob. »Ihr zwei redet euch einen ziemlichen Blödsinn zusammen. Wie wär's, wenn ihr mir jemanden sucht, den ich erschießen kann? Davon verstehe ich was.«

Michael wollte gerade zu einer scharfen Erwiderung ansetzen, als es leise an die Tür klopfte. Es war ein Dienstmädchen, klein und dunkel, die ein Silbertablett mit einer kleinen Karte darauf in der Hand hielt. Beim Eintreten sah sie sich um.

»Sind Sie der Engländer Michael?« sagte sie an ihn gewandt.

»Das bin ich. Ist das für mich?« erwiderte er verwirrt.

»Bitte«, sagte sie reizend, indem sie das Tablett vor ihm auf den Tisch stellte und dann unbeschwerten Schrittes das Zimmer wieder verließ.

»Wer weiß, daß wir hier sind?« fragte Michael.

»Rühren Sie das nicht an«, knurrte Streak. »Die Karte könnte mit Kontaktgift präpariert sein.«

»Das Mädchen lebt noch«, sagte Serrin sarkastisch.

Streak zog eine Pinzette aus einer seiner zahlreichen Taschen und hielt die Karte hoch, so daß Michael sie lesen konnte.

»Ein kleines Zeichen der Wertschätzung wird heute nachmittag um fünf Uhr für Sie eintreffen«, las Michael laut vor. »Wunderschöne Handschrift.«

»Das ist alles?« fragte Serrin.

»Das ist alles.«

»Von wem stammt die Botschaft?«

»Ich habe nicht den leisesten Schimmer.«

»Schafft mir dieses verdammte Dienstmädchen wieder hierher zurück!« knurrte Streak. Er ging ein paar Schritte in Richtung Tür.

»Lassen Sie mich das machen«, hielt Michael ihn mißmutig zurück. »Ich glaube, ich kann das ein wenig diplomatischer regeln.«

Er ging in den Dienstbotenflügel und kehrte binnen weniger Minuten verwirrt zurück.

»Sie erinnert sich nicht.«

»Ja, toll, jemand ist vor fünf Minuten vorbeigekommen, und sie erinnert sich nicht mehr, wie er aussah?«

»Nein. Sie erinnert sich nicht, daß überhaupt jemand vorbeigekommen ist. Sie erinnert sich nicht, mir die Karte gebracht zu haben. Sie sagt, sie hat Bettwäsche eingeräumt.«

»Haben Sie das richtige Mädchen erwischt?«

»Jetzt hören Sie aber auf«, beschwerte sich Michael. »Ich kann den Unterschied zwischen einem Mädchen, das etwa Mitte Zwanzig, einsfünfundfünfzig groß, schlank und dunkel ist, und einem, das wie ein ehemaliges Mitglied des bulgarischen Kugelstoßerinnenteams für die Olympiade aussieht, wohl erkennen.«

»Können Sie sich darum kümmern?« fragte Streak Serrin. Er zog die offensichtliche Schlußfolgerung, daß dem Mädchen auf magischem Weg eine das Gedächtnis beeinflussende Suggestion implantiert worden war.

»Möglicherweise, aber warum? Er kommt ohnehin um fünf Uhr zurück, richtig?«

»Das nehme ich an«, sagte Streak ein wenig zappelig. »Ich werde den Wichser erwarten, wenn er kommt.«

»Wahrscheinlich wollen wir mit ihm reden«, stellte Serrin klar.

»Mir schwebte ein Taser vor«, verteidigte sich Streak.

»Ich halte es für besser, wenn wir uns für etwas weniger Aggressives entscheiden«, erwiderte Serrin in scharfem Tonfall. »Wie auch immer, wir werden auf Geraint warten. Er müßte bald zurück sein, und es ist erst zwei Uhr.«

»Können wir uns ein paar Sehenswürdigkeiten anschauen?« fragte Kristen ein wenig kläglich. »Ich möchte raus hier und mich umsehen.«

Serrin wollte schon ablehnen, überlegte es sich dann jedoch anders. »Warum nicht, wenn wir einen Wagen nehmen«, sagte er. »Nach dem Vorfall heute morgen halte ich es für besser, nicht zu Fuß zu gehen. Wenn sie bereit waren, uns in einer Kirche zu erschießen, würden sie es überall versuchen.«

»Okay.« Sie war ein wenig enttäuscht und nicht in der Lage, es zu verbergen.

»Hör mal, wenn das alles vorbei ist, kommen wir zurück und sehen uns die Stadt richtig an. Und diese Geschichte ist so oder so bald vorbei«, sagte Serrin beschwichtigend.

»Ja, und ob euch die Jesuiten dann immer noch abmurksen wollen, steht noch in den Sternen«, stellte Streak fest. »Ich will kein Spielverderber sein, aber ...«

»Ich glaube, Geraint ist gerade zurückgekommen«, sagte Michael, der aus dem Fenster sah. »Keinen Flachs, wenn ich bitten darf. Ich habe ihn vorher aufgezogen, aber ich glaube, es war nicht sonderlich lustig für ihn.« Einer Eingebung folgend, beschloß er, insbesondere Streaks Diskretion nicht zu vertrauen, also erhob er sich und raste die Treppen herunter in die Eingangshalle.

Es sah nicht gut aus.

»Alles in Ordnung?«

»Frag nicht. Es hat keinen Sinn. Nichts hat sich geändert. Wenn überhaupt, dann trinkt sie höchstens noch mehr als früher.« Geraints Stimme war voller Trauer und Müdigkeit, aber vor allem Resignation. »Ich will noch heute abend hier ausziehen. Ich werde etwas mit dem Konsulat arrangieren. Geht packen.«

»Um fünf Uhr wird etwas für uns abgeliefert. Ich glaube«, riskierte Michael einen Schuß ins Blaue, »es könnte sich dabei um eine Botschaft von unserer

Zielperson handeln. Wahrscheinlich von dem blonden Mann.«

»Schön«, sagte Geraint, dem jegliche emotionale Energie fehlte, um zu argumentieren. »Packt zusammen, damit wir sofort danach hier raus können. Ich muß ein paar Anrufe erledigen. Wir sehen uns später.«

Er fragte nicht einmal, ob sie während seiner Abwesenheit Fortschritte gemacht hatten, sondern ging direkt auf sein Zimmer und versperrte die Tür hinter sich.

Das ist der Unterschied zwischen uns, dachte Michael, nachdem sein Freund verschwunden war. Wir haben den britischen Gentleman beide bis zum i-Tüpfelchen drauf. Jeder hält nach den tieferen Dingen hinter dieser Fassade Ausschau. Ich habe Glück. Ich habe keinen Tiefgang. Ich *bin* Fassade. So ist es viel weniger aufreibend. Ich ende nicht damit, daß ich mich in meinem Zimmer einschließe.

Mit einem Achselzucken folgte er seinem Freund die Treppe hinauf.

In einem anderen Stadtteil standen drei Männer beschämt vor einer sitzenden Gestalt, den Kopf gerade, doch die Augen zu Boden gerichtet. Ihr Fragesteller trug Kleidung, die jener eines Vatikan-Kardinals ähnelte, doch schlichter und strenger war. Augen so grau wie Granit starrten sie über den Rücken seiner Adlernase an.

»Also habt ihr versagt«, sagte er nur in rauhem Spanisch.

Die Männer schwiegen.

»Und jetzt sind sie vielleicht wieder einen Schritt weitergekommen. Glücklicherweise sind wir ihnen voraus. Wir wissen, wo sich der Ketzer jetzt aufhält. Und wider mein besseres Wissen werde ich euch eine zweite Chance geben. Unnötig zu sagen, daß ich mich dabei nicht allein auf euch verlassen werde. Nadal wird die Einheit befehligen.«

Die Männer sahen einander nicht an und rührten sich nicht, aber ihnen sank das Herz. Es gab kaum einen fanatischeren Befehlshaber als Juan Nadal. Offiziell trug er den Titel Assistent, aber nichts hätte weiter von der Wahrheit entfernt sein können. Nadal war ebenso mächtig wie der General persönlich, und wenn er bei der Gesu das Wort ergriff, hörten alle zu. Jene, die mit Nadal bei der Neuen Inquisition zusammengearbeitet hatten, redeten nicht darüber. Sein Name wurde nur flüsternd ausgesprochen, und wenn, dann voller Furcht.

»Ich brauche wohl kaum hinzuzufügen, daß ihr eine Ewigkeit Zeit haben werdet zu beten, daß euch die gesegnete Gnade des Fegefeuers zuteil werden möge, falls ihr diesmal versagt. Vergeßt nicht, daß die Gläubigen, die Gott enttäuschen, größere Verdammnis erwartet als diejenigen, die Sein Wort nie beachtet haben. Enttäuscht Ihn nicht noch einmal.«

Die Männer wandten sich ab und sagten nichts, während sie sich leise zu der unlackierten Holztür zurückzogen. Einer der drei zuckte kaum merklich, da sich ein Muskel in seiner linken Hand übermäßig gespannt und eine Funktionsstörung davongetragen hatte. Er ballte die Hand zur Faust und sagte nichts.

22

Michael hatte die anderen aus dem Zimmer gescheucht und blätterte geschäftig durch das elektronische Rauschen. Er kannte die LTG-Nummer des Priorei-Systems in Rennes-le-Château, und nun, da er sich erholt hatte, tat er, was er schon viel früher hätte tun sollen.

Irgendwo muß es ein Verzeichnis geben, dachte er. Irgendwo wird aufgelistet sein, wer mit diesem System verbunden war, wer sich eingewählt hat, die Aufzeichnungen *müssen* irgendwo sein. Ach, ich *liebe* dieses blinde Herumtappen, und ich gehe nicht davon aus, daß die Icons die offensichtlichen sein werden.

Er brauchte frustrierend lange, bis er die Nummern gefunden hatte. Was er fand, verärgerte und frustrierte ihn nur noch mehr. In den ersten beiden Systemen, in die er einbrach, war nichts weiter vorhanden als ein einzelnes Icon in den ansonsten leergeräumten Datenbänken. Ein Icon, das einen einfachen steinernen Thron zeigte. Als er dieses Icon zum drittenmal fand, stöpselte er sich aus und kratzte sich irritiert den Kopf.

Zu seiner Überraschung zeigte die Uhr vor ihm vier Uhr achtundvierzig an. Er ging zu den anderen, doch Geraint war nicht bei ihnen.

»Ich hole ihn besser«, sagte er. »Überlaßt das mir.«

Ein wenig besorgt eilte er zu Geraints Zimmer und klopfte leise.

»Ja? Herein.« Die Stimme klang immer noch müde und erschöpft.

Beinahe widerwillig öffnete Michael die Tür. Geraint schob gerade vier Karten zusammen, die vor ihm auf dem Tisch lagen, und hüllte das Spiel wieder in das Seidentuch, in dem er es aufbewahrte. Michael kannte sich gut genug mit Tarot-Karten aus, um zu wissen, um welche vier Karten es sich handelte.

Die Herrscherin, die Hohepriesterin, die Königin der Kelche und schließlich der Engel, der normalerweise Mäßigkeit genannt wird. Nicht schwer zu sehen, was ihn beschäftigt, dachte er. Wie Michael es manchmal bei Dingen tat, von denen er nichts verstand, beging er den Fehler, den äußeren Schein für das Sein zu nehmen. Die Erklärung war zu oberflächlich, aber er würde ohnehin nicht danach fragen.

»Es ist fast fünf. Wir erwarten Besuch, schon vergessen?«

»Ja, danke.« Geraint sah ihn nicht an. Er hing seinen Gedanken nach.

Kann sein, daß ich in fünf Minuten meine weltberühmte Imitation eines Weckers zum besten geben muß, dachte Michael düster. Er verließ Geraints Zimmer.

Streak polierte einen Pistolenlauf. Michael wäre enttäuscht gewesen, hätte er etwas anderes getan. Schließlich hatten sie den Elf nicht wegen seines analytischen Intellekts verpflichtet.

»Ich nehme die Vorderseite, Sie die Rückseite«, grinste er. »Serrin kann hier sitzen bleiben und den Hokus-Pokus übernehmen. Wir kriegen den Knaben, darauf können Sie Ihr Leben wetten.«

»Elegant formuliert«, sagte Michael trocken. »Aber ich glaube, ich muß vorher noch den Dienstboten einiges erklären. Entschuldigt mich einen Augenblick.«

Als die Uhr eine Minute vor fünf anzeigte, erreichte ihre Spannung den Höhepunkt. Serrin bekam keinerlei Zeichen von seinen Beobachter-Geistern, und Streak zuckte fast vor Besorgnis. Schließlich kam eine Kutsche die Straße entlanggefahren. Bemerkenswerterweise schien sie keinen Fahrer zu haben.

»Da kommt er«, sagte Streak mit zusammengebissenen Zähnen zu Geraint neben ihm. »Schön, Kumpel, dann laß mal mehr sehen als deine Visitenkarte.«

Die Kutsche hielt exakt vor dem Vordereingang, und Streak glitt mit bereitgehaltenem Taser in die Tür und nahm die Szenerie mit Adlerblick auf.

Der junge Mann öffnete die Kutschentür. Streak rührte sich nicht.

Er trug ein auffälliges Kostüm, einen dunkelblauen Schlapphut, ein mit Goldfäden durchzogenes Seidenwams und eine hellblaue Hose. Seine Schuhe waren aus feinstem, weichem Leder und hatten vergoldete Schnallen. Ob er lächelte wie im Baptisterium, war nicht zu erkennen. Die goldene Maske, die sein Gesicht bedeckte, verbarg seine Miene.

Er ging ohne ungebührliche Hast zu Streak und gab ihm das mittelgroße Holzkästchen, das er trug. Der Elf nahm es sprachlos entgegen, und der Mann machte kehrt und ging zu seiner Kutsche zurück. Zwei reglose Männer zurücklassend, fuhr die Kutsche in gemächlichem Tempo die Straße entlang, um an der nächsten Kreuzung im Verkehrsgewühl unterzutauchen.

Streak erwachte aus seiner Starre und hätte beinahe das Kästchen fallen lassen. Er stellte es sehr behutsam ab und griff nach seinen Scannern.

»Was, zum ...«

»Ich konnte ihn nicht aufhalten«, ertönte Serrins Stimme hinter ihnen. »Konnte ihn nicht anrühren. Er war von genug Macht umgeben, um alle Barrieren zu durchbrechen. Die Beobachter haben nicht einmal gezuckt. Und er hat auch keine Spur hinterlassen. Ich wollte ihn von einem Beobachter verfolgen lassen, und der sah verwirrter aus, als ich es je erlebt habe. Er geistert irgendwo dort draußen herum, aber ich glaube nicht, daß er auch nur das geringste findet.«

»Er hat denselben Stunt im Baptisterium abgezogen«, knurrte Streak. »Ich würde Blondie gern mal wiedertreffen, wenn er nicht darauf gefaßt ist, der kleine Dreksack.«

»Was ist in dem Kästchen?« fragte Serrin.

»Nichteisenhaltiges Metall«, sagte Streak.

»Öffnen Sie es«, befahl Geraint.

»Ich bin noch nicht fertig mit…«

»Wenn er uns was antun wollte, hätte er uns in der Tür den Hals durchschneiden können«, stellte Geraint fest. »Er wird sich wohl kaum mit einer verdammten Bombe abgeben, oder?«

»Außerdem hat er uns heute morgen davor bewahrt, abgeknallt zu werden«, fügte Serrin hinzu.

»Okay, okay, ihr habt ja recht«, sagte Streak, indem er ein gewaltiges Messer zückte und damit den Holzdeckel des Kästchens aufstemmte.

»Oh, sehr nett«, sagte er, als er den Gegenstand herausholte.

Es handelte sich um eine Art Uhr. Eine Handlänge hoch, ruhte die mit goldenen Filigranarbeiten verzierte Uhr in einem gläsernen Gehäuse. An den beiden Seiten des Zifferblatts und Gehäuses war jeweils ein wunderschön gestalteter Engel angebracht. Unter der Uhr an der Basis des Gehäuses befand sich ein Gefäß mit einer Flüssigkeit, und ein komplizierter, von einem Motor angetriebener Mechanismus drehte sich und beförderte winzige Eimer der Flüssigkeit nach oben, die das Uhrwerk im Innern des Gehäuses antrieb.

»Wunderschön«, sagte Geraint leise. »Die ist ein paar Nuyen wert, das kann ich euch sagen. Ich glaube nicht, daß ich schon jemals so etwas gesehen habe.«

»Ich schon«, erwiderte Serrin belustigt.

»Tatsächlich? Seit wann interessierst du dich für Antiquitäten?«

»Seit ein paar Tagen. Wenn ich mich nicht sehr täusche, ist das eine offenbar hervorragend funktionierende Version von Leonardos Entwurf einer wassergetriebenen Uhr. Laßt sie uns mit den Skizzen in dem Buch vergleichen, das ich heute morgen gekauft habe.«

Sie brauchten nur ein paar Minuten, um die Identifikation zu bestätigen. Die Uhr funktionierte weiterhin perfekt und geräuschlos und ging auf die Sekunde genau.

»Ich wette fünfhundert, daß das verdammte Ding um sechs Uhr oder so hochgeht«, brummte Streak.

»Das haben wir doch alles schon durchgekaut«, sagte Geraint lakonisch. »Also, warum dieses Geschenk? Und warum gerade jetzt?«

»Jetzt, weil wir hier sind. Was das Warum betrifft«, sann Serrin, »habe ich nicht die geringste Ahnung.«

»Nun, darüber können wir uns noch in der Villa Gedanken machen, die ich uns für heute nacht besorgt habe. Ich habe ein paar Worte mit dem Konsulat gewechselt. Habt ihr gepackt?«

»Mehr oder weniger. Michael muß noch sein Deck auseinandernehmen. Hat er dir schon erzählt, was er entdeckt hat?«

Sie gingen langsam die Treppe hinauf, und Michael erklärte Geraint, daß die Systeme der Priorei von Sion außerhalb von Rennes ausgeräumt und geschlossen worden waren und man nur das Thron-Icon zurückgelassen hatte.

»Irgendeine Botschaft oder ein Signal«, meldete sich Serrin zu Wort. »Aber es ist so allgemein gehalten, daß es alles mögliche bedeuten könnte. Es muß eine bestimmte Bedeutung für die Priorei haben, aber ohne jemanden, der es uns erklärt, können wir nicht wissen, was es bedeutet.«

Er schaltete beiläufig das Trideo ein. Sie mußten ein paar Minuten totschlagen, in denen Michael seine Ausrüstung zusammenpackte. Im Trid war gerade das Ende der Lokalnachrichten zu sehen. Dicker rotweißer Rauch schwebte über den Köpfen einen wogenden Masse, die Fahnen schwenkte und wild gestikulierte.

»Das Mailänder Fußball-Lokalderby«, schätzte Serrin. »Normalerweise sterben dabei jedes Jahr nur zwei oder drei Leute.«

»Diese Burschen haben doch keine Ahnung«, knurrte Streak. »Die müßten mal zu den Dogs nach Milwall kommen. Wir wissen, wie man beim Fußball einen anständigen Krawall veranstaltet. Und seht euch doch nur die Menge an, das müssen doch hunderttausend Leute oder noch mehr sein. Viel zu viele.«

»Das San-Siro-Stadion«, sagte Serrin zu ihm. »Beeindruckend, nicht wahr?«

»Nicht schlecht«, sagte Streak. »Oh! Aua, habt ihr die Grätsche gesehen? Das muß man ihnen lassen: Ihre Fußballspieler wissen jedenfalls, wie man ein Bein bricht«, und dann hatte er keine Gelegenheit mehr, sich über dieses Thema auszulassen, da in der Sendung der Schauplatz wechselte. Nach ein paar Augenblicken, in denen sie sich herauszufinden bemühten, worum es ging, brachen sie in Gelächter aus.

»Echt reizendes Icon.«

»Der sich auflösende Drekhaufen? Ja, nicht schlecht. Was, zum Teufel, ist das?«

Das Florentiner Lokaltrideo benutzte ein paar grafische Icons, um die letzte Schlagzeile der Nachrichten zu illustrieren. Da sie einen rivalisierenden Stadtstaat betraf, stand sie an letzter Stelle, war aber so wichtig, daß sie, vom florentinischen Standpunkt aus bedauerlicherweise, nicht gänzlich ignoriert werden konnte.

Wasserwege wurden mit Icons für verschiedene giftige Abwässer gezeigt, von dem Exkrementhaufen angefangen bis hin zu Dampfwolken mit dem Totenschädel-und-gekreuzte-Knochen-Motiv, die sich langsam auflösten. Die Szenerie veränderte sich, um erneut die Kanäle zu zeigen. Serrin schoß von seinem Stuhl kerzengerade in die Höhe.

»Was sagen sie?«

»Ich kann nicht viel verstehen, er quasselt zu schnell«, sagte Streak.

»Rufen Sie die verdammten Untertitel auf«, verlangte Serrin.

»Ich weiß nicht, wie, nicht an diesem Gerät«, beschwerte sich Streak.

»Dann sagen Sie mir, worum es geht.«

»Es geht um die Entgiftung der Kanäle in Venedig.« Streak hielt inne und lauschte angestrengt dem nächsten Brocken aufgeregten Kommentars.

»Große Veränderung. Ein Haufen Drek ist verschwunden. Offenbar kann man jetzt in einen Kanal fallen und stirbt nicht binnen einer Stunde. Touristen kommen wieder nach Venedig, und so weiter. Dieser lokale Kommentator ist ziemlich sarkastisch deswegen.«

Die Szene wechselte erneut, diesmal zur Werbung. Offenbar führte Waschpulver bei einigen spärlich bekleideten jungen Italienerinnen zu einem unerklärlichen Zustand hoffnungsloser Erregung.

»Venedig! Der Hund ist in Venedig«, rief Serrin.

»Wie kannst du so ...«

»Das Buch. Das Buch! Drek! Wie konnten wir das übersehen? Das Buch, das wir gefunden haben.«

»Was haben wir übersehen?« wollte Geraint wissen.

»Das Buch war ein Hinweis für diesen Burschen von der Priorei – Serrault, Seratini, wie auch immer –, wo unser Mann sich aufhält!«

»Worauf willst du hinaus?«

»Ein Traktat über Wasserelementare, richtig?«

»Und?«

»Wir haben gerade eine wassergetriebene Uhr als Hinweis bekommen. Wir hatten bereits einen Hinweis über Wasserelementare. Leonardo hat einige Zeit in Venedig gelebt, und er hat mit Sicherheit genug Zeit damit verbracht, Kanalsysteme zu entwerfen. Einschließlich der Jahre kurz vor seinem Tod. Und was ist mit diesem apokalyptischen Zeug, das ich entdeckt habe?«

»Die Sintflut«, sann Geraint. »Für mich klang es nach dem Mythos der Sintflut. Gefehlt hat eigentlich nur ein Bursche mit einem großen Schiff und einem Paar von jeder Tiergattung.«

»Merlin hat mir außerdem verraten, daß er möglicherweise den Standort gewechselt haben könnte«, fügte Serrin hinzu. »Ich denke, wir sollten es mit Venedig versuchen. Die Stadt ist kaum eine Stunde entfernt, und wenn wir uns irren, können wir schnell wieder hierher zurückkehren. Nicht, daß wir eine konkrete Vorstellung davon hätten, was wir hier als nächstes tun sollen.«

»Können wir herausfinden, wie lange das in Venedig schon so geht?« sagte Geraint. »Das Buch wurde vor ungefähr einer Woche oder so abgeschickt. Wenn du recht hast, muß die Priorei da gewußt haben, daß unser Mann in Venedig ist. Es wäre interessant zu wissen, ob die Entgiftung da schon im Gange war.«

»Wir müßten das nachprüfen können. Was ist mit dem Konsulat?«

»Gute Idee«, grinste Geraint. »Ich glaube, ich habe gerade einen Anruf vom Umweltministerium Seiner Majestät bekommen, den ich schnellstmöglich an die Konsularbeamten weiterleiten muß. Betrachtet die Sache als erledigt.« Er ging forschen Schrittes in sein Schlafzimmer, um den Anruf zu erledigen.

Michael stieß zu ihnen, da er alles gepackt hatte, und sie setzten ihn von der neusten Entwicklung in Kenntnis.

»Ich bin nicht so sicher«, sagte er. »Die logische Gedankenkette ist nicht allzu zwingend.«

»Sie ist nicht zwingend, aber plausibel«, sagte Serrin, »und da Venedig so nah ist, haben wir nichts zu verlieren, wenn wir diesen kleinen Umweg machen.

Zumindest können wir dort ein paar Dinge nachprüfen.«

»Für mich hört sich das gut an«, sagte Streak, indem er mit seinem üblichen bedeutungsvollen Blick eine Ingram tätschelte. »Es gibt noch einen weiteren Grund, warum mir die Idee gefällt, von hier zu verschwinden.«

»Und der wäre?« fragte Michael.

»Während ihr Burschen die Bibel neu geschrieben und bis über beide Ohren in Uhren vertieft wart, habe ich ein wenig aus dem Fenster gesehen. Unsere alten Kumpel, die Gentlemen in den Anzügen, sind jetzt dort draußen, wenn man weiß, wohin man zu schauen hat. Der NOJ hat uns natürlich hierher verfolgt. Was ich erwartet habe. Manchmal, Serrin, erwarten die Leute tatsächlich die Inquisition.«

»Sehr komisch.«

»Aber«, fuhr Streak fort, indem er ein wenig das Gesicht verzog, »wenn ich mich nicht sehr irre, habe ich außerdem einen gewissen Mr. Raoul Huetzlipochtli gesehen, wie er kurz um die Straßenecke gelugt hat. Ich habe diesen Namen immer gehaßt, dieser anmaßende Wichser. Sein richtiger Name lautet wahrscheinlich Pockengesicht oder so – würde jedenfalls zu ihm passen, weil man ein Apollo-Unternehmen auf dem alten Kratergesicht landen könnte. Aber das ist schon ein merkwürdiger Zufall.«

»Und wer, bitte, ist Raoul Hootzlipockle?« machte Michael einen mutigen, wenn auch erfolglosen Versuch, den Namen richtig auszusprechen.

»Ein Spitzenkiller der Azzies. Ein eiskalter Todesengel. Gehört zu den besten zwanzig, vielleicht sogar zu den besten zehn. Nicht überraschend, daß andere Konzerne ihr Augenmerk auf unseren Uhrenliebhaber gerichtet haben. Aber es ist schon ein wenig beunruhigend, daß Aztechnologys führender Psychopath unsere Villa beobachtet. Gibt mir zu denken. Natürlich kann ich mich auch geirrt haben.«

»Glauben Sie, daß Sie sich geirrt haben?« fragte Geraint gelassener, als ihm zumute war.

»Nee.« Streak verstaute die Kanone. »Wäre vielleicht keine schlechte Idee, einen oder zwei von Streaks kleinen Helfern nach Venedig zu importieren.«

»Wen, zum Beispiel?«

»Zum Beispiel zwei spanische Amigos, die uns erst vor kurzem behilflich waren.«

»Vielleicht ist das gar keine schlechte Idee«, sagte Geraint. »Gott, diese Geschichte gerät völlig außer Kontrolle.«

»Natürlich tut sie das. Ich wäre beunruhigt, wenn es nicht so wäre«, stellte Michael fest. Er machte einen bemerkenswert ruhigen Eindruck. »Wenn man bedenkt, wie wenig Zeit noch bleibt, müssen die Execs von Aztechnology, Fuchi, MCT und den anderen wahrscheinlich alle schrecklich häufig die Unterwäsche wechseln. Es ist eigentlich nicht weiter überraschend, daß sie Leute auf der Straße haben. Und kaum weltbewegend, daß ein paar von ihnen nicht weit vom richtigen Ort entfernt sind.«

Michaels Redefluß wurde von seinem tragbaren Faxgerät unterbrochen, das eine Nachricht ausspie. Er überprüfte den Absender, grinste und las die Botschaft.

»Aha, Renraku hat dies über Mozambique geschickt. Die gerissenen Hunde, das war doch einer von meinen Tricks. Sie haben den Einsatz erhöht, meine Damen und Herren. Sie bieten fünf Millionen, wenn wir ihren Arsch retten.«

»Drek, das ist eine Million für jeden«, pfiff Streak.

»Nicht ganz«, erwiderte Michael, indem er ihm mit dem emporgereckten Zeigefinger drohte. »Zwei Millionen für mich, weil es zunächst mal mein Job ist, und ihr Gierhälse könnt euch von mir aus um den Rest prügeln.«

»Ein überzeugender Grund, nicht einfach nur zu

flüchten und zu machen, daß wir von hier wegkommen. Nicht, daß ich es vorgehabt hätte«, sagte Serrin hastig.

»In der Tat. Es wird, glaube ich, Zeit«, sagte Michael, indem er sich eine Tasche über die Schulter warf, um dann ob des daraus resultierenden Ziehens in seinem Rücken das Gesicht zu verziehen, »ein wenig riskanter zu leben. Drek, warum, zum Teufel, auch nicht? Wißt ihr, es hat tatsächlich Leute gegeben, die so dämlich waren, auf der *Titanic* auf den Nachtisch zu verzichten. Vergeßt das nie, Freunde.

Also, auf nach Venedig.«

23

Sie brachen später auf, als ihnen lieb war. Alles schien länger zu dauern, als sie gedacht hatten, und tausend Kleinigkeiten harrten der Erledigung. Geraint mußte anrufen, um ein Abschiedsgeschenk für ihre Gastgeberin zu bestellen. Michael hatte das Bedürfnis, Renraku anzurufen und sie wissen zu lassen, daß, ja, er sei sich bewußt, daß die Zeit knapp werde, und, ja, sie kamen der gesuchten Person näher, und, nein, er könne nicht mehr sagen und, um ganz aufrichtig zu sein, wüßten sie das alles nicht ohnehin schon? Streak mußte mehrere dringende Telekomnachrichten hinterlassen, bevor sich schließlich Juans volltönende Ork-Stimme meldete. Der Abend ging unaufhaltsam in die Nacht über, als sie schließlich in den Wagen stiegen, der sie zum Flughafen brachte.

Das kleine Flugzeug sank aus der blauschwarzen, sternklaren Nacht dem Marco-Polo-Flughafen entgegen. Wegen des flachen Landeanflugwinkels konnten sie die Pracht der Stadt sehen, deren Kanäle und Plätze beleuchtet waren, und zwar nicht nur wie in den meisten Städten üblich von den Autos, sondern außerdem von den Gondeln, die Leute über den Canal Grande und seinen unzähligen Seitenarmen und Zubringern schifften. Sie schienen fast die Wellen der Lagune zu streifen, als sie zur Landung ansetzten.

»Das bringt Erinnerungen zurück«, sagte Michael, als das Licht erlosch und er seinen Anschnallgurt lösen konnte.

Geraints Antwort bestand nur aus einem etwas schroffen »Ja«.

»Tatsächlich?« fragte Streak mit gerunzelter Stirn. Er bemerkte sofort, daß Geraints Antwort nicht von Wohlbehagen kündete.

»Als Studenten haben wir hier eine Woche verbracht«, sagte Michael fröhlich. »Ich habe die Kunst in der Basilika, im Dogenpalast, im Rialto studiert. Jung Geraint hatte ein größeres Interesse an anderen ästhetischen Formen.«

Der Adelige hustete. »Ich glaube nicht, daß wir Zeit für derartige Bagatellen haben«, sagte er ein wenig pompös.

»Aber sicher haben wir«, konterte Streak.

»Ich bezahle Sie nicht dafür, daß Sie sich an meinem Unbehagen weiden«, stellte Geraint klar. »Kommt schon, laßt uns ein Taxi suchen.«

»Keine Gondel?« wollte Serrin wissen.

»Es gibt hier auch Brücken«, sagte Michael freundlich.

»Ja, wahrscheinlich«, murmelte Serrin.

Das übliche Schmiergeld war erforderlich, um die Formalitäten des Zolls zu bewältigen, sogar in einer Sonntagnacht. Zwar sahen die Beamten in der Livree des Dogen prächtig aus, aber ihre prunkvolle Kleidung stand dafür in umso krasserem Gegensatz zu ihren Manieren. Dann mußten sich die fünf in ein kleines Taxi quetschen, das seinen absoluten Mangel an Federungskomfort demonstrierte, als es schnaufend und keuchend nach Südwesten fuhr.

»Drek, mein Hintern fühlt sich an, als hätte ich einen Ziegelstein von einem Zäpfchen darin stecken. Ich bin schon auf Feldwegen in Pakistan bequemer gefahren«, brummte Streak. Als der Fahrer das hörte, gab er ihm in äußerst farbigen Bildern zu verstehen, daß der Elf mehr als herzlich eingeladen sei, auszusteigen und sofort dorthin zu fahren, vorzugsweise in einem Leichenwagen.

»Ja, ja, tut uns leid«, sagte Michael beschwichtigend.

»Nein, es tut uns verdammt noch mal nicht leid«, brüllte Streak. »Wir müssen uns nicht ständig so verdammt englisch benehmen und uns so einen Drek reintun. Jetzt hör mir mal gut zu, Kumpel, da hinten auf dem Rücksitz sitzt ein echter englischer Lord, und er hat was Besseres verdient. Also halt die Klappe, oder ich füll dir den Schädel mit Blei. Schwätzer!«

Den Fahrer schien diese Entgegnung so zu verblüffen, daß er kein Wort mehr sagte und sogar etwas langsamer fuhr, so daß sie nicht mehr ganz so heftig durchgeschüttelt wurden. Michael funkelte den Elf an, der ihm in einem Augenblick verwegener Hemmungslosigkeit einfach die Zunge herausstreckte und ihm den ausgestreckten Mittelfinger zeigte.

Die Fahrt dauerte gnädigerweise bei weitem nicht so lange, wie sie befürchtet hatten. Sie fuhren über die winzigen Brücken Castellos in die eigentliche Stadt und weiter nach Westen nach San Marco, dem Herzen der Stadt, und direkt auf den Markusplatz, um gegenüber der bedrohlichen Höhe des Markusturms mit der mächtigen Basilika direkt hinter ihnen anzuhalten. Sie stiegen aus, und Michael murmelte dem Fahrer eine Entschuldigung zu und gab ihm zu Streaks Leidwesen ein völlig unverdientes Trinkgeld.

Kristen, die als erste aus dem Wagen stieg, wußte kaum, ob sie die Basilika und den Palast zu ihrer Linken oder den großen Turm vor ihr betrachten sollte. Sie schaute von einem zum anderen und wandte sich dann mit einer Miene, die unverhohlenes Staunen ausdrückte, an ihren Mann.

»Das ist unglaublich«, war alles, was sie sagen konnte. Serrin stand hinter ihr, legte die Arme um sie und hielt sie fest, wobei er ihr Entzücken beim Anblick der prächtigen Bauwerke teilte.

»Wenn Sie irgendwas Sarkastisches sagen, bringe ich Sie um«, sagte Michael zu Streak. »Bringen Sie das Gepäck rein.«

»Jawohl, Euer Lordschaft«, grinste Streak, indem er sich ein paar Taschen schnappte und zu dem lärmigen Café ging.

Es hatte sich in dem Jahrzehnt, das vergangen war, seitdem Michael und Geraint im ›Quadri‹ gewohnt hatten, nicht verändert. Die Kundschaft schien dieselbe geblieben zu sein: Studenten, die noch schnell einen letzten Kaffee tranken; eine Clique von abgerissenen Künstlern, die sich ebenso aufputschten; einige schlecht verkleidete Touristen, offenbar reich und daher reif dafür waren, von den hiesigen Raubtieren ausgenommen zu werden; und einige dienstfreie Beamte und Soldaten aus dem Dogenpalast. Letztere gaben sich sehr selbstbewußt in ihren Uniformen, genossen die Blicke des Respekts, die ihnen die Ausländer zuwarfen, und benahmen sich vielleicht nicht ganz so schlecht, wie dies Soldaten an einem zivilisierten Ort normalerweise tun. Es ging laut zu in dem Café, aber nicht gewalttätig, und Michael lächelte, als er sich der Bar näherte, um die reservierten Zimmer zu bezahlen und die Schlüssel dafür in Empfang zu nehmen.

»Sie werden sich nicht an mich erinnern, Claudio, aber ich habe nicht vergessen, wie schön es hier war«, sagte er zu dem Besitzer. Das Haar des Besitzers war jetzt mehr mit Silber durchzogen und seine Hüften waren etwas rundlicher, aber die vergangenen zehn Jahre hatten ihn ansonsten nicht verändert. Seine dunkelbraunen Augen verengten sich ein wenig, als er seinen Gast in Augenschein nahm.

»Nein, nein, ich erinnere mich. Michael! Es ist Michael. Aber ich habe Ihren Nachnamen vergessen«, sagte er entschuldigend.

»Ihre Frau hat unsere Buchung entgegengenommen, glaube ich. Wie geht es Lucrezia?«

»Michael Sutherland! Ich erinnere mich an Sie! Und an diesen adeligen Freund von Ihnen – er war kein Engländer, das weiß ich noch, aber er war so englisch wie jeder Engländer.« Claudio grinste breit. »Ist er bei Ihnen? An *ihn* erinnere ich mich. Ein oder zwei von den Mädchen erinnern sich auch noch an ihn.«

»Ja, davon bin ich überzeugt, und, ja, er ist bei uns, und er ist Waliser«, sagte Michael in einem Rutsch. »Es ist schön, Sie wiederzusehen.«

»Und meiner Frau geht es gut«, sagte Claudio.

»Und ich hoffe, diese Kleinigkeit wird sie freuen«, sagte Michael, indem er Claudio eine kleine, stoffbedeckte Schachtel gab. Der Mann schaute ein wenig mißtrauisch und öffnete dann den Deckel. Darin befand sich die Nachbildung einer kleinen Axt aus reinem Silber mit langem Stiel und ein Begleitbuch. Er hatte gewiß nicht vorgehabt, sie mitzubringen. Er hatte sie in einem Seitenfach seiner Reisetasche gefunden und völlig vergessen, wann oder warum er sie gekauft hatte, aber es schien ein recht passendes Geschenk zu sein.

»Es ist eine Nachbildung der Axt, mit der zwei der Frauen unseres Königs Heinrich des Achten enthauptet wurden«, erzählte ihm Michael in verschwörerischem Tonfall. »Geschaffen von den Silberschmieden des Towers von London. Die ursprüngliche Axt wurde benutzt«, sagte er leise, wobei er Claudio zunickte und gerade noch vermeiden konnte, ihm zuzuzwinkern, »um sich mit Frauen zu befassen, die nicht immer so gehorsam waren, wie ihre Männer es sich vielleicht wünschten.«

Einen entsetzlichen Augenblick lang glaubte er, er habe sich in Claudios Sinn für Humor und in den unnachahmlichen Streitereien getäuscht, die er mit seiner Frau hatte. Im Laufe einer Woche hatten er und Geraint ein halbes Dutzend Küchengegenstände gesehen, die der leidenschaftliche Rotschopf vor der belustigten Kundschaft des Cafés nach ihrem Mann geworfen hatte. Dann brach der Mann in schallendes Gelächter aus, griff über den Holztresen, packte Michael bei den Schultern und küßte ihn auf beide Wangen.

»Sie sind ein gemeiner, boshafter Engländer«, lachte der Mann. »Sie wird entzückt darüber sein. Dafür werde ich schon sorgen.«

»Das hoffe ich.« Michael lachte jetzt ebenfalls, wobei er sich alle Mühe gab, den intensiven Knoblauchgeruch zu ignorieren, den Claudio ausströmte.

»Aha, da ist ja auch Seine Lordschaft.« Claudio strahlte, als sich Geraint, Serrin und Kristen an Streak vorbeischoben, der sich mit den letzten Reisetaschen abmühte. »Hey!« verkündete er der versammelten Kundschaft. »Das ist ein englischer Lord, der in meinem Haus wohnt! Was haltet ihr davon?«

»Ach, Drek!« knurrte Michael. Falls man ihnen nach Venedig gefolgt war, würde es jetzt nicht mehr allzu schwierig sein, sie hier aufzuspüren. Englischer Adel, der Venedig besuchte, war kaum etwas Ungewöhnliches, ein Aufenthalt in diesem Haus hingegen schon. Das war der ganze Sinn gewesen, hier abzusteigen. Geraint funkelte ihn an und mußte sich dann zu einem Lächeln zwingen, als ihm verschiedene Bemerkungen, manche respektvoll, die meisten jedoch zotig, aus allen Ecken des Cafés zugerufen wurden. Er tat das einzig mögliche und verbeugte sich vor der Kundschaft, die daraufhin begeistert johlte und sich dann wieder ihrem Wein widmete.

»Schönen Dank auch«, fauchte er Michael an, als sie die wacklige Holzstiege erklommen. »Warum hängst du nicht gleich ein Plakat auf, um unsere Anwesenheit hier hinauszuposaunen?«

»Das wäre nicht so wirkungsvoll gewesen«, sagte Michael traurig. Als sie den Treppenabsatz erreichten, kochte Geraint immer noch vor Wut. Kristen trat entschlossen einen Schritt vor und baute sich vor ihm auf, die Hände in die Hüften gestemmt.

»Du bist nicht wütend«, sagte sie zu ihm. Sie packte seinen Arm und zerrte ihn zu dem kleinen Fenster, das nach Süden hinausging. »Sieh dir das an«, sagte sie.

»Es ist der Markusplatz«, sagte er, wobei er sich fragte, was sie meinte. Sie starrte ihn an. Es fehlte nicht viel, und er hätte wegsehen müssen. Ihr Körper war starr, und sie wirkte sehr eindringlich.

»Ich sagte, sieh dir das an, *Pampoen*«, wiederholte sie, indem sie ihn auf Afrikaans einen Idioten nannte. »Sieh es dir an, sieh es dir doch nur an. Sieh dir die Pferde an, sie sind fast lebendig.« Sie zeigte auf die vergoldeten Bronzepferde der Markuskirche, die über dem riesigen Eingang der Basilika prangten. »Und sieh dir den Turm an, er reckt sich zum Himmel. Wage es nicht, wütend zu sein, wo das alles so wunderschön ist.«

Geraint verstand, was sie meinte und was sie empfand, und einen Moment lang empfand er so etwas wie Trauer, daß er nicht dasselbe empfinden konnte. Doch nach dem, was er in den Tarot-Karten gesehen hatte, war er von bösen Vorahnungen hinsichtlich der Stadt erfüllt, und außerdem hatte er noch andere Sorgen. Er hatte im Moment keine Augen für das Wunder des Markusplatzes.

»Es tut mir leid.« Er zuckte die Achseln. »Du siehst all das zum erstenmal... Natürlich bist du ergriffen. Warum gehst du nicht hinaus und machst einen Spaziergang über den Platz? Ich bin sicher, daß es ungefährlich ist.«

»Das tue ich«, sagte sie ein wenig ernüchtert. Irgend etwas stimmte nicht mit Geraint, und es verwirrte sie, daß sie keinen Schimmer hatte, was es war.

»Wenn ihr mit dem Herumalbern fertig seid«, sagte Streak in nüchternem Tonfall, während er ein paar Taschen zur nächsten Tür schleifte, »könnten wir vielleicht die Zimmer begutachten.«

Wie auf Stichwort schloß Michael seine Tür auf. »Ich muß ein oder zwei Anrufe machen, und dann werde ich wohl früh ins Bett gehen. Aber wir müssen uns noch überlegen, was wir morgen unternehmen«, sagte er zu Geraint.

»Richtig. Ich denke, ein ministeriales Interesse an

der bemerkenswerten Reinigung der Kanäle ist absolut angemessen. Ich muß das Konsulat anrufen und ein paar Leuten Honig um den Bart schmieren«, erwiderte Geraint. »Okay, dann wollen wir mal.«

»Wir gehen aus«, sagte Kristen zu Serrin. Es war alles andere als eine Frage.

»Das habe ich mir schon gedacht«, sagte er lächelnd.

Die beiden stellten ihre Taschen in ihrem Zimmer ab und gingen dann die Treppe hinunter und hinaus in die Nacht. Auf dem Platz selbst gab es keine Tische, an denen die Leute sitzen und trinken konnten, da dies die Stadtverordnung vor dem Palast untersagte, und so wurde er nur von kleinen Touristengruppen wie sie bevölkert, wenn man von den Wachmännern absah, die dekorativ vor der Basilika postiert waren. Sie schritten über die Mosaiken des Platzes und durch eine Nacht, die ob der Pracht der Bauwerke den Atem anzuhalten schien.

Sie gingen schweigend zur Basilika und blieben zehn Meter vor dem Haupteingang stehen. Die Pferde, die von kleinen Scheinwerfern angestrahlt wurden, reckten sich in den tintigen Nachthimmel, und die schwarz und silbern gekleideten Wachen standen unbewegt vor den Kolonnaden des Eingangs. Die gewaltige Front der Basilika mit ihren erstaunlichen Statuen und Fresken erstreckte sich links und rechts von ihnen.

»Kannst du dir vorstellen, so etwas zu bauen?« fragte Serrin leise, der ebenfalls über das Wunder dieses Platzes staunte. Flaggen und Wimpel hingen über den Türen und Nischen, und als er sie genauer betrachtete, sah er, daß es sich um Porträts und Gemälde handelte. Er trat ein wenig näher, um sich das nächstgelegene anzusehen.

Er vermutete, daß es sich um Reproduktionen von Gemälden der zahlreichen Künstler handelte, deren Arbeiten die Bauwerke der Stadt schmückten. Und das waren fast alle großen Künstler der Renaissance, jener Phase der menschlichen Geschichte, in der Kunst und Wissenschaft nicht vorangeschritten oder aufgeblüht, sondern in den Köpfen vieler brillanter Zeitgenossen geradezu explodiert waren. Es war eine Zeit gewesen, als sich die Fesseln einer korrupten und autoritären Kirche gelockert hatten, und doch war ein Großteil der Kunst dieser Ära religiösen Themen gewidmet gewesen und benutzt worden, um Kirchen und Kathedralen der großen europäischen Städte zu schmücken.

Zufälligerweise war das erste Gemälde, was er auf der in einer leichten Brise flatternden Fahne sah, Leonardos *Johannes der Täufer*. Auf der anderen Seite der Tür befand sich eine stark retuschierte und aufpolierte Reproduktion eines anderen Werks dieses Künstlers.

»*Das Letzte Abendmahl*«, sagte Serrin. »Christus und seine Jünger. Ich glaube nicht, daß das Original so klar aussieht wie das hier.«

Kristen warf einen neugierigen Blick darauf und trat näher, um es sich genauer anzusehen.

»Ich kann Judas nicht entdecken«, sagte sie.

»Ich bin nicht sicher, wo er ist. Ich weiß nicht einmal mehr, ob er daran teilgenommen hat oder nicht«, sagte Serrin. »Ich habe in der Sonntagsschule nicht aufgepaßt.«

»Er muß da sein, aber der Arm ist falsch«, sagte sie, indem sie auf eine Stelle auf der linken Seite des Bildes zeigte.

»Wie bitte?« fragte er und trat selbst vor, um sich anzusehen, was sie meinte.

»Sieh doch. Da oben. Jemand richtet ein Messer gegen den Bauch des Mannes da, aber man kann nur den Arm sehen. Wem der Arm gehört, kann man nicht sehen. Und es ist nicht auf Jesus gerichtet«, fügte sie ein wenig verwirrt hinzu. »Und warum klagen sie ihn alle an? Sieh dir ihre Hände an.«

Er blinzelte unsicher, doch mit einem merkwürdigen Gefühl der Beklemmung und Unruhe. Irgend etwas stimmte nicht mit diesem Bild.

»Sieh doch, sie machen Dolche mit den Händen. Der da auf jeden Fall«, sagte sie eindringlich, indem sie wiederum auf die linke Seite des Bildes zeigte. »Seine Hand ist ein flacher Dolch vor dem Hals dieser Frau. Genau, das ist es! Die beiden auf der linken Seite hassen sie, nicht ihn«, sagte sie jetzt in drängendem Tonfall. »Serrin, was hat das zu bedeuten? Sieh dir sein Gesicht an, das Gesicht des Mannes mit dem grauen Bart, seine Hand schneidet ihr die Kehle durch, und sie ist so traurig, sieh sie dir an. Wer ist sie? Ist das Maria?«

»Ich glaube, ja«, sagte er unsicher.

»Aber sie ist zu jung«, protestierte Kristen. »Das kann nicht seine Mutter sein. Und sieh doch, das ist sie schon wieder. Die Mona Lisa. Ich bin ganz sicher, daß sie es ist. Es sind ihre Augen, obwohl sie geschlossen sind.«

Serrin kamen ein halbes Dutzend Erkenntnisse in ein und demselben Augenblick, und ihm war plötzlich sehr kalt und sogar ein wenig übel.

»Es ist nicht seine Mutter, es ist Maria Magdalena«, sagte er zu ihr, als er sich daran erinnerte, was er in dem Buch gelesen hatte, das er sich gekauft hatte. »Und mir ist das nicht aufgefallen, aber ich glaube, du hast recht. In dem Buch steht nur, daß Leonardo sich selbst als einen der Jünger auf dem Bild verewigt hat. Hier.« Er zeigte auf die rechte Seite des Gemäldes. »Das ist er. Der mit dem kahlköpfigen Mann da am anderen Ende redet.«

»Und warum hat sich der junge Mann da neben ihm vollständig von Jesus abgewandt?«

»Das weiß ich nicht«, murmelte Serrin, doch seine Augen kehrten unwillkürlich wieder zu der Frau auf dem Bild zurück. Plötzlich wurde ihm klar, daß die scheinbar zentrale Gestalt des Gemäldes, der mit offenen, ausgebreiteten Armen dasitzende Christus, der ein wenig leer den Betrachter ansah, fast so, als zucke er die Achseln, nicht das war, worum es in diesem Bild tatsächlich ging. Sein Blick wurde von Magdalena und den anklagenden Händen des Hasses angezogen, welche die Jünger in ihrer Umgebung auf sie gerichtet hatten.

Sie ist es, die leidet, wurde ihm plötzlich klar.

Dieser Mann hat eine Blasphemie gemalt.

»Ich will dein Buch lesen«, sagte sie plötzlich.

»Hmmm? Was? Welches Buch?«

»Das Buch über den Mann, der das gemalt hat. Und die *Mona Lisa* und die anderen Sachen«, sagte sie schlicht.

»Das ist vielleicht gar keine schlechte Idee«, sagte er. Ohne Kristen hätte er mit Sicherheit keine der Absonderlichkeiten dieses Bildes bemerkt. Er nahm sich vor, nach einem Rundgang über den Platz hierher zurückzukehren, so daß er sich jedes Detail dieses und anderer Bilder ansehen und einprägen konnte.

»Aber jetzt will ich auf eines dieser Boote«, verkündete sie strahlend.

»Gondeln«, korrigierte er sie.

»Ich weiß«, sagte sie gereizt. »Ich will mit einer fahren. Sofort. Komm jetzt!«

Er lachte und drückte sie, dann ließ er sich mitziehen. Bei manchen Leuten wäre solch eine Forderung nur Ausdruck einer kindischen Laune gewesen, aber bei ihr war es echte kindliche Begeisterung und das Verlangen, zu erleben und zu erfahren, was sie in den siebzehn Jahren auf den Straßen Kapstadts versäumt hatte.

»Ja, laß es uns tun«, sagte er, und sie gingen über die Piazzetta zur Molo San Marco und zu den Giardinetti, wo sie eine ganze Schar Männer fanden, die nur zu bereit waren, ihr Geld zu nehmen und ihnen dafür auch noch etwas vorzusingen.

Das ist eine echte Touristensache, grinste er in sich hinein, aber was soll's? Heute nacht sind sogar Sterne am Himmel, wir können Wein trinken, und die Kanäle scheinen im Gegensatz zu Michaels Behauptung wirklich nicht zu stinken. Der Bursche, der diese Gondel stakt, hat unzählige Liebespaare an Bord steigen sehen und wahrscheinlich allen dasselbe erzählt, wie zauberhaft die Dame aussieht und wie ihr Gesicht im Licht seiner Laterne leuchtet – schließlich ist er Italiener –, aber das macht mir alles nichts aus.

Die Beklemmung, die das Bild hervorgerufen hatte, hinter sich lassend, grinste Serrin breit, gab dem Mann ein großzügiges Trinkgeld, flüsterte ihm etwas ins Ohr und wurde mit einem strahlenden Lächeln belohnt. Dann ließ er sich in die Polster des kleinen Gefährts sinken, um die Fahrt zu genießen.

»Was hast du zu ihm gesagt?« fragte sie argwöhnisch.

»Daß du eine afrikanische Prinzessin bist und ich mit dir durchgebrannt bin«, flüsterte er ihr ins Ohr. Sie wollte ihn schlagen, als er die Hände in abwehrendem Protest hob.

»Es stimmt! Wir sind durchgebrannt – in gewisser Weise. Wir mußten dich aus dem Land schmuggeln«, stellte er fest. Sie nahm Abstand von dem spielerischen Klaps, den sie ihm hatte verpassen wollen.

»Und du bist eine Prinzessin für mich«, sagte er mit absolut ernster Miene.

Dann knuffte sie ihn trotzdem.

24

Kristen war am nächsten Morgen beim Frühstück so entzückt über alles, daß es nicht einmal Streak übers Herz brachte, ihr mit einigen Sarkasmen die Laune zu verderben. Die Laternen und Cafés der letzten Nacht hatten sie verzaubert, und die unheimliche, geräuschlose Fahrt der Gondel über das Wasser war ihr wie ein Gleiten über Seide vorgekommen. Nach einem taxierenden Blick auf Serrin kam Streak zu dem Schluß, daß der Grund für die leichten Ringe unter seinen Augen ziemlich offensichtlich war. Er widerstand der Versuchung, eine Bemerkung über Männer mit jüngeren Frauen zu machen, und zwar nicht zuletzt deshalb, weil Serrin schließlich ein Elf wie er selbst war und in dieser Hinsicht eine gewisse Verbundenheit zwischen ihnen herrschte.

»Unsere Freunde werden kurz nach dem Mittagessen zu uns stoßen«, sagte Streak zu Geraint. »Früher als ursprünglich geplant, was um so besser ist, oder?«

»Ja, sicher.« Geraint machte sich Sorgen. Er machte sich viele Sorgen und noch mehr, weil er im Grunde nicht wußte, warum. »Ich muß euch für eine Weile allein lassen, fürchte ich. Ich habe versprochen, an einem Frühstück mit einem abscheulichen kleinen Sekretär im Konsulat teilzunehmen. Das ist unabdingbar, wenn wir Unterstützung für unsere Fragen in den Ämtern des Dogen haben wollen. Es sähe merkwürdig aus, wenn sie es nachprüften und feststellten, daß ich mich gar nicht mit dem Konsulat in Verbindung gesetzt habe. Und ich sollte ein paar Tips bekommen, um welche Schreibtischhengste man besser einen Bogen macht.«

Geraint erhob sich, nachdem er nur den überlebensnotwendigen Kaffee getrunken hatte, winkte einmal zum Abschied und huschte durch die Tür.

»Er fühlt sich nicht wohl in seiner Haut«, stellte Kristen fest.

Michael nickte zustimmend. »Es liegt vielleicht an dem, was er gestern erlebt hat.«

»An dieser Frau? Dieser Gräfin? Schon möglich, aber ich glaube es nicht«, sagte sie.

»Sie sind Expertin für solche Dinge, oder?« fragte Streak, der sich nie eine Gelegenheit für eine kleine Spitze entgehen ließ.

»Ich kann erkennen, wenn ein Mann eine Frau im Kopf hat«, schnaubte sie verächtlich.

»Und das ist es nicht?«

»Es ist mehr als das, glaubt mir.«

Claudio kam glücklich strahlend aus der Küche gestürmt.

»Ja, unser Frühstück ist ausgezeichnet, danke«, sagte Michael, indem er der Frage zuvorkam, die er erwartete.

Der Mann winkte verächtlich ab. »Oh, das weiß ich. Das sagt ihr Engländer immer. Ich könnte euch unsere Spültücher in einer Soße aus den Resten unserer Mülltonnen servieren, und ihr Engländer würdet sagen, ausgezeichnetes Frühstück, vielen Dank und kann ich bitte noch eine Portion bekommen? Habt ihr die Neuigkeit schon gehört?«

»Die Neuigkeit?«

»Über die Frau des Dogen«, sagte Claudio mit offensichtlicher Befriedigung.

»Äh, was ist mit der Frau des Dogen?« fragte Michael, der sich in diesem Augenblick wünschte, einen Blick auf die Nachrichten getan zu haben, weil es ihm nicht gefiel, daß jemand anderer eine Information vor ihm hatte.

»Der Doge wünscht sich seit den sechs Jahren, die sie verheiratet sind, einen Sohn«, sagte Claudio mit einem Anflug von Mißbilligung. Offenbar war die Frau des Dogen nicht alles gewesen, was sie hätte sein sollen. Das Bild der silbernen Nachbildung der Axt schoß Michael durch den Kopf. »Und jetzt ist er nicht mehr ohne einen männlichen Nachkommen!«

»Ach, sie haben einen Sohn bekommen? Tja, äh, wunderbar«, murmelte Michael, der nicht so recht wußte, was er sagen sollte.

»Noch besser, sie hat ihm zwei prächtige Söhne geschenkt.« Claudio stand strahlend mit vor der Brust verschränkten Armen da und war so stolz, als sei er selbst der Vater der Zwillinge. »Natürlich haben sie es vorher gewußt, die Ärzte, aber es wurde während ihrer Schwangerschaft geheimgehalten. Aber jetzt hat sie sie geboren, und ganz Venedig wird sehr, sehr stolz sein.«

»Davon bin ich überzeugt«, sagte Michael. »Tja, das ist wirklich toll.«

»Und da habe ich mich gefragt, ob ich mich wohl um eure Kostüme kümmern soll. Mein Vetter Franco hat eine prächtige Sammlung. Ihr könnt aus dem Katalog auswählen. Ich bringe euch ein Exemplar.« Er wandte sich ab.

»Entschuldigen Sie, Claudio, Augenblick mal. Was meinen Sie mit Kostümen?«

»Natürlich ist heute Fasching. Jeder muß ein Kostüm tragen. Ihr werdet ohne Kostüm nicht ausgehen können, nicht nach dem Mittag. Das wären sehr schlechte Manieren.«

»Verpiß dich!« zischte Streak leise.

»Sie sind wirklich wunderschön«, sagte Claudio, der ihn entweder nicht gehört hatte – oder ihn ignorierte. »Tagsüber ist nur eine Augenmaske und ein leichtes Kostüm üblich, aber am Abend und in der Nacht wird natürlich das vollständige Kostüm verlangt. Es wird überall getrunken und gesungen und gefeiert, aber ihr eßt bei mir, ja? Ihr werdet ganz prächtig aussehen. Für die Signora weiße Seide für diese wunderbare Haut, ja? Und die goldenen Masken für die Männer. Ihr solltet euch die Kostüme von Lucrezia aussuchen lassen.« Er zeigte auf die Männer.

»Ich glaube, das ist eine ausgezeichnete Idee«, sagte Michael. Wenn Lucrezia auf sie losgelassen wurde, war es besser, sich absolut willfährig zu geben.

»Streiten Sie lieber nicht mit ihr«, sagte er zu Streak, der sich ein wenig sträubte. »Der ganze Chrom nützt Ihnen nichts. Die Frau könnte Sie fertigmachen. Ich habe sie schon in Aktion gesehen. Sie könnten von einem Eßteller enthauptet werden.«

»Was soll dieser Drek? Fasching? Wir sind nicht wegen eines verdammten Faschings hergekommen«, erwiderte Streak. »Ist es das, wofür ich bezahlt werde? Um mich wie eine Tunte aufzutakeln und so herumzustolzieren?«

»Hören Sie, wenn wir alle Auskünfte von den Büros des Dogen bekommen, sind wir vielleicht nach dem Mittagessen schon wieder weg«, sagte Michael, »also hören Sie auf zu maulen. Vielleicht brauchen wir uns damit überhaupt nicht abzugeben.«

»Tja, dann wollen wir hoffen, daß Seine Lordschaft alles Wissenswerte aus den Bleistiftschwingern herausholen«, sagte der Elf kategorisch.

»Ja, das wollen wir in der Tat hoffen«, stimmte Michael inbrünstig zu.

Geraint kehrte um zehn Uhr zurück. Sein Vorrat an guter Laune war dank eines außergewöhnlich ermüdenden Untergebenen erschöpft, der sich fast während des gesamten Frühstücks über sein niedriges Gehalt und darüber beschwert hatte, daß London dem, was er tat und berichtete, niemals Beachtung schenkte. Geraint hatte sich alle Mühe gegeben, den Mann zu beschwichtigen, doch kaum eine Gegenleistung dafür bekommen, weil der verärgerte Sekretär eindeutig jeden Mitarbeiter des Dogen unterschiedslos haßte.

»Wenn ich nach Hause komme, werde ich dafür sorgen, daß diese Landplage auf einen scheußlichen Posten in Südostasien versetzt wird, wo es heiß und feucht ist und die Malaria und dieses nette Virus wüten, das die Endorphine zersetzt«, raunte er Michael zu. Der Engländer lächelte, wischte sich die letzten Krümel seines ausgiebigen Frühstücks von der Hose und ging zum Ausgang.

Sie schritten über den Platz und beschlossen, durch die Basilika zu den Palastbüros zu gehen. Obwohl sie frühzeitig gegangen waren, um ihre Verabredung einzuhalten, die sie für halb elf Uhr getroffen hatten, kamen sie beinahe zu spät. Die Basilika bot ihnen einfach zu viel zum Anschauen, ob es die Schatzkammer war, die man errichtet hatte, um darin die Beute aus der Plünderung Konstantinopels unterzubringen, oder die Mosaike des Atriums, die fünf Kuppeln des Doms oder auch nur die opulenten Verzierungen der Seitenschiffe. Sie fanden sich kaum eine Minute vor der vereinbarten Zeit auf Rizzos Treppe der Riesen wieder, deren breite und tiefe Stufen zu dem Absatz führten, wo die Dogen gekrönt wurden. Sie hatten nicht einmal die Zeit, innezuhalten und einen Blick auf die Wunder des eigentlichen Palasts zu werfen.

Die Amtszeichen der Regierung Seiner Majestät und seine Vorstellung als Lord Llanfrechfa brachte Geraint schneller an den Angestellten und Schreibtischhengsten vorbei, als Geraint gehofft hatte. Kurze Zeit später saßen Michael und er jemandem gegenüber, der allem Anschein nach ein hochrangiger Funktionär im Arbeitsministerium des Dogen war. Das Büro war schließlich kaum zehn Meter von der *Sala dei tre capi* entfernt, der Kammer, in der der Rat des Dogen tagte, und die Nähe zu derart exaltierten Personen war ein sicheres Zeichen für Einfluß und einen bedeutenden Rang.

»Was kann ich an diesem glücklichen Tag für Eure Lordschaft tun?« fragte der Mann mit der ungezwungenen guten Laune eines Mannes, der gerade erfahren hat, daß er den Nachmittag frei hat.

»Ich vertrete die Regierung Seiner Majestät«, sagte Geraint mit der gebührenden Förmlichkeit. »Wir sind sehr an den Berichten interessiert, die sich mit der Verschmutzung der Kanäle und der Lagune der Stadt befassen. Mein Eindruck, den ich während dieses und anderer Besuche gewonnen habe, ist der, wenn ich das sagen darf, daß Venedig schöner und sauberer ist, als ich es je erlebt habe.«

Der Mann war offensichtlich hocherfreut zu hören, daß Geraint offenbar ein regelmäßiger Besucher Venedigs war, und ihm schien vor Stolz die Brust zu schwellen.

»Nun, das glauben wir gern«, sagte er fröhlich.

»Die Regierung Seiner Majestät ist äußerst interessiert, weil wir ähnliche Probleme mit der steigenden Verschmutzung der Themse haben, die an unserem Regierungssitz ebenso vorbeifließt, wie dieser Palast von Wasser umgeben ist«, fuhr Geraint fort.

»Nun, das ist ein globales Problem«, sagte der Mann, indem er ein wenig die Stirn runzelte. »Ich habe in dieser Angelegenheit sogar Anrufe aus San Francisco erhalten.«

»Tatsächlich?« erwiderte Geraint gelassen. »Nun, Seine Majestät wäre entzückt über jedwede Hilfe, die Sie hinsichtlich dieses bemerkenswerten und faszinierenden Erfolgs leisten könnten. Selbstverständlich wäre meine Regierung bereit, den Dogen für seine sachkundige Hilfe und Beratung angemessen zu entschädigen.«

»Das wäre der normale Lauf der Dinge«, sagte der Mann mit einem dünnen Lächeln.

»Wir haben gehört«, sagte Geraint, indem er die Stimme ein wenig senkte, »daß bemerkenswerte Entwicklungen magischer Techniken zum Tragen gekommen sind. Selbstverständlich würden wir unsere Nase nicht in diese Angelegenheiten stecken.«

»Selbstverständlich nicht.«

»Aber wir haben auch von einer Zusammenarbeit mit Wasserelementaren gehört.«

»Tatsächlich?« sagte der Mann unschuldig.

»In der Tat«, bekräftigte Geraint.

»Nun«, sagte der Mann zögernd, »ich würde Ihnen gern helfen. Ich selbst habe seinerzeit an Ihrer Universität von Oxford Geschichte studiert, müssen Sie wissen.«

Erwischt, wurde Geraint mit überschäumender Freude klar. Die Rivalität zwischen den beiden Universitäten Oxford und Cambridge führte zu einem Zusammengehörigkeitsgefühl bei Absolventen derselben Universität, wie es in der Geschichte der europäischen Zivilisation beinahe einzigartig war.

»Ah! Ihr College?«

»Balliol«, sagte der Mann mit einigem Stolz.

»Mein Privatsekretär ist ein Balliol-Mann«, sagte Geraint knapp, »und mein Chef ebenfalls. Ich habe dort viele Male diniert. Ich muß schon sagen.«

»Ich muß Sie bitten, äußerstes Stillschweigen zu bewahren«, sagte der Mann etwas geschäftsmäßiger, aber immer noch sehr erfreut.

»Ich kann Ihnen vollkommen versichern, daß ...«

»Schon gut«, unterbrach ihn der Mann. »In Kürze wird es ohnehin offensichtlich sein, und ich glaube, ich kann Ihnen vertrauen, Lord Llanfrechfa.« Er warf einen fragenden Blick auf Michael.

»Ah, mein Freund. Mein persönlicher Sekretär auf Reisen«, log Geraint. »Und selbstverständlich die Diskretion in Person.«

Michael gelang es ausgezeichnet, ausdruckslos, aber wachsam dreinzuschauen.

»Bedauerlicherweise kann ich Ihnen nicht weiterhelfen. Lord Llanfrechfa, weil ich nicht weiß, wie das Werk vollbracht worden ist«, sagte der Mann entschuldigend.

»Gibt es jemanden …«

Wiederum kam ihm der Mann zuvor. »Ich bedauere. Wissen Sie, niemand weiß etwas Genaues. Dieser Mann ist zu uns gekommen und sagte, er könne uns bei dem Problem der Verschmutzung helfen. Natürlich glaubten wir, er sei nur ein, äh, Wichtigtuer. Wir bezahlen seit vielen Jahren Magier, die sich darum kümmern, aber die Verschmutzung stellt sich immer wieder ein. Also haben wir ihn nicht ernst genommen.«

»Und dann?«

»Am darauffolgenden Tag, das war erst letzten Mittwoch, brachte uns der Mann einige Flaschen, in denen sich, wie er behauptete, Wasserproben aus der Lagune, dem Canal Grande und einem halben Dutzend Nebenkanälen befanden. Zuerst haben wir ihn ignoriert, aber dann ließen wir die Proben untersuchen. Die Testergebnisse waren verblüffend, also schickten wir eigene Leute aus, um einige Tests durchzuführen. Sie bestätigten, daß der Grad der Verschmutzung um durchschnittlich zweiundsechzig Prozent gesunken war. Bis Freitag war der Verschmutzungsgrad auf zehn Prozent des ursprünglichen Werts gesunken. Die Magier des Dogen bestätigten, daß im Kanalsystem unserer Stadt intensive Elementar-Aktivitäten stattfanden. Eine kleine Gruppe unserer Magier unternahm einen Versuch, ein Ritual auszuführen, um die exakte Natur dieser Aktivitäten und deren Ursprung in Erfahrung zu bringen.« Der Mann hielt inne.

»Und?«

»Sie werden noch längere Zeit im Krankenhaus verbringen.«

»Lieber Himmel!«

»Wir sind äußerst verblüfft«, sagte der Mann schlicht.

»Unser Mann hat uns nicht einmal einen Namen genannt.«

»Aber Sie haben gewiß ein Bild von ihm«, hakte Geraint so sachte wie möglich nach.

»Unglaublicherweise nicht. Natürlich wurde er bei seiner Ankunft von den Sicherheitskameras gefilmt.«

»Genau das wollte ich damit sagen.«

»Bedauerlicherweise waren die Aufnahmen, äh, unbrauchbar.«

Er ist in ihr System gedeckt und hat alles gelöscht, dachte Michael. Offensichtlich will dieser Mann uns das nicht sagen. Das wäre gleichbedeutend mit dem Eingeständnis, daß das Matrixsystem des Dogen auseinandergenommen wurde. Was kein Beamter der Stadt gern zugeben würde.

»Aber Sie haben ihn gesehen«, sagte Geraint. »Wie hat der Mann ausgesehen?«

»Das ist das Außergewöhnliche an der Sache. Jeder beschreibt ihn etwas anders. Es ist so, als habe jeder eine Lichtbrechung durch eine andere Facette eines Prismas gesehen. Jeder hat etwas anderes gesehen.«

Die Metapher kam Michael sehr passend vor. Wie angemessen, dachte er: Eine optische Metapher für unseren Leonardo-Freak.

»Aber es hat sich ein allgemeines Bild herauskristallisiert. Er ist groß, hat lange graue Haare mit einer Stirnglatze, und er ist sehr schlank. Seltsam ist, daß keine Einigkeit über sein Alter herrscht. Manche glauben, er sei alt gewesen, anderen ist er sehr jung vorgekommen.

Und er wurde in Begleitung einer anderen Person gesehen, und die Zeugen stimmen zumindest in bezug darauf überein: ein junger Mann mit langem blonden Haar, das zu einem Pferdeschwanz zusammengebunden war. Das ist keine ungewöhnliche Mode in gewissen italienischen Staaten«, sagte er mit einem Anflug von Mißbilligung.

Blondie, dachte Michael. Das klingt nach dem Mann, der Serrin in Florenz gerettet hat.

»Und ist der Mann noch da?«

»Er wurde zuletzt am Freitag gesehen.«

»Und er wurde auch nicht verfolgt oder beschattet?«

»Ich kann Ihnen versichern, Eure Lordschaft, daß wir ihn haben beschatten lassen. Unglücklicherweise« – der Mann hüstelte verlegen – »war es irgendwie nicht möglich, ihn länger zu verfolgen. Alle Beobachter gerieten rasch in einen Zustand der Verwirrung und Desorientierung. Und nach diesem unglückseligen Vorfall mit den Magiern hielten wir rituelle Magie nicht mehr für eine kluge Vorgehensweise.«

»Das kann ich verstehen.« Geraint lächelte mitfühlend. »Nun, ich kann mir kaum vorstellen, daß es Ihre Schuld ist. Dieser ungewöhnliche Bursche macht den Eindruck, als würde er sich auch den Bemühungen der besten Leute Seiner Majestät entzogen haben.«

Nach dieser Versicherung machte der Mann einen etwas weniger unglücklichen, wenn auch keinen fröhlichen Eindruck.

»Nun, ich muß Ihnen für Ihre Zeit und Mühe danken, Signor«, sagte Geraint. »Ich weiß Ihre Offenheit sehr zu schätzen. Sie haben mir und meiner Regierung eine Menge Zeit und Mühe erspart. Sollte dieser Mann je zurückkehren, wäre ich entzückt, wenn Sie mich informieren könnten. Ich hoffe, Sie haben nichts dagegen, wenn ich Ihnen nach meiner Rückkehr nach London ein kleines Zeichen meiner Wertschätzung und Dankbarkeit schicke. Ich weiß Ihre Offenheit und Aufrichtigkeit wirklich sehr zu schätzen.«

Er meinte es ernst. Der Mann hatte eine Situation dargelegt, die in der Tat früher oder später offensichtlich werden würde. Doch angesichts der wenigen Zeit, die ihnen noch blieb, hatte es früher sein müssen, und durch seine Ehrlichkeit hatten sie vielleicht gerade genug Zeit gespart, um ihren Mann zu finden, bevor die Computersysteme der Welt abstürzten.

Sie schüttelten einander die Hände und gingen dann langsam durch überfüllte Straßen zum Café zurück.

»Das ist ungewöhnlich. Daß sie ihn nicht filmen konnten und alle ihn anders gesehen haben. Und sie konnten ihn nicht beschatten... Was für ein Mann ist das?« Michael schüttelte voller Staunen den Kopf.

»Ein verdammt außergewöhnlicher«, sagte Geraint. »Aber jetzt wissen wir wenigstens mit Sicherheit, daß Blondie bei ihm ist.«

»Ich verstehe nicht, wie er es geschafft hat«, sagte Michael. »Sie müssen ihm die Polizei auf den Hals gehetzt haben. Wahrscheinlich ist sie immer noch hinter ihm her.«

»Natürlich haben sie das, und er ist ihr entwischt«, grinste Geraint.

Mittlerweile waren sie wieder auf dem Markusplatz und sahen, wie Serrin und Kristen gerade den Campanile verließen. Die *Marangona*-Glocke läutete bereits und verkündete den Feiertag für jene, die noch nichts vom Glück des Dogen wußten, und auf dem Platz versammelte sich langsam eine Menschenmenge. Ein paar Leute trugen bereits schwarze Augenmasken und dunkle Umhänge für die tagsüber stattfindenden Feierlichkeiten, und Tische wurden auf den Platz gestellt, wenngleich nicht mehr als ein paar von den anderen Cafés. Die Stadtverordnungen waren gelockert, aber ein paar Wachmänner vergewisserten sich, daß der Platz nicht überfüllt war. Um Mitternacht würde sich hier eine riesige Menge versammeln, und alle Hemmnisse sollten auf ein Minimum reduziert werden.

»Gefällt euch der Stadtbummel?« fragte Michael Kristen.

»Es ist erstaunlich, man kann die ganze Stadt übersehen. Serrin sagt, an einem wirklich klaren Tag kann man bis Padua sehen.« Kristen strahlte förmlich.

»Wahrscheinlich eine leichte Übertreibung«, neckte Michael. »Aber von diesem Turm hat man wirklich eine wunderbare Aussicht. Das heißt, wenn man all diese Stufen erklimmen kann.«

»Erzähl mir mehr davon«, krächzte Serrin.

»Wenigstens habe ich die Entschuldigung eines schlimmen Rückens«, kicherte Michael. »Du wirst alt.« Er knuffte den Elf spielerisch in die Rippen.

»Und ich habe die Entschuldigung eines zerschossenen Beins«, erinnerte ihn Serrin.

»Tut mir leid«, entschuldigte sich Michael. »Das hatte ich vergessen.«

»Ich wünschte, das könnte ich auch.«

Streak winkte ihnen fröhlich über den Platz zu. Seine Jacke war vielleicht ein wenig zu dick und klobig für die morgendliche Wärme, in der er mit zusammengekniffenen Augen saß und den Platz unter Beobachtung hielt.

Er hält Wache, wurde Michael klar, und in der Jacke hat er sein übliches Waffenarsenal. Aber es hat nicht den Anschein, als würde er es heute brauchen. Unser Mann ist oder war zumindest hier. Es war richtig herzukommen. Aber warum hat er das mit den Kanälen getan? Und wie hat er es getan? Und, was das Wichtigste ist, was hat er jetzt vor und wie finden wir ihn? Ihm fiel wieder ein, was Kristen gesagt hatte. *Was würdet ihr tun, wenn ihr Leonardo wärt?* Das Problem dabei war, daß er es ganz einfach nicht wußte. Das Genie hatte alle nur vorstellbaren Interessen gehabt, und jetzt eines auszusuchen, das gerade aktuell war, kam ihm unmöglich vor.

Er ging zu dem Gemälde, *Das Letzte Abendmahl,* das Serrin erwähnt hatte. Es verstörte ihn nicht so stark wie den Elf, aber es gab keinen Zweifel, daß an der Szene irgend etwas drastisch falsch war. Die anklagende Haltung der Jünger zur Linken war offensichtlich. Die anscheinend körperlose Hand mit dem Dolch war offenbar falsch. Sie gehörte zu niemandem auf dem Bild.

Wie ist es möglich, daß niemand das gesehen hat? dachte Michael. Wie ist er damit durchgekommen, wo es die Inquisition gab und boshafte und korrupte Kirchenleute nur darauf gelauert haben, ein Talent zu beschuldigen, für das sie den kleinlichen Neid des von Berufs wegen Selbstgerechten empfanden? Wohin all das auch führen mag, offenbar handelt es sich nicht um kleine Fische. Und irgendwie bekomme ich langsam so eine Ahnung, daß der Zusammenbruch der Matrix, wie Merlin zu Serrin gesagt hat, tatsächlich nicht das Wichtigste sein könnte.

Aber was dann?

Ein äußerst ungewöhnlicher Anblick riß ihn aus seinen Grübeleien. Von der Piazzetta rollte das merkwürdigste Vehikel auf den Platz, das Michael je gesehen hatte. Es sah wie eine mittelgroße gepanzerte Schnecke auf Rädern aus und war mit einer Unmenge Flaggen geschmückt. Die Flaggen waren scheinbar mit abstrakten Mustern bemalt, doch als das Gefährt näher kam, schienen sie wogende Wasserwellen und Lichtbögen zu zeigen. Die Leute auf dem Platz nahmen an, daß es sich um einen ersten Vorgeschmack auf die Faschingsfeierlichkeiten handelte, und jubelten bei seiner Annäherung.

Hinter ihnen griff Streak in seine Jackentasche. Zwei Männer, die mit Maske und Umhang vor dem ›Florian‹ standen, dem Café direkt gegenüber dem ›Quadri‹, kopierten seine Geste.

Das Vehikel hielt an.

Streaks Schalldämpfer senkte den Geräuschpegel der Geschosse auf ein absolutes Minimum. Hinter ihm traktierte ein Mädchen den Fußboden des Cafés und die Teppiche eifrig mit einem Staubsauger. Er hoffte, daß der Staubsauger den Restlärm verschlukken würde.

Als der erste der beiden Männer mit Umhang zu Boden sank, fiel das Vehikel ein paar Meter vor dem Campanile auseinander. Wachen liefen jetzt herbei, um nachzusehen, was vorging.

Eine Kugel verfehlte Kristens Ohr um nicht mehr als ein paar Zentimeter. Serrin hörte das Geräusch und warf sie neben sich zu Boden, wobei er sich hektisch nach dem unbekannten Attentäter umsah. Streak nickte zufrieden, als der zweite Mann mit Umhang zu Boden ging. Neben ihm entwickelte eine verwirrte und offenbar verängstigte Touristin mittleren Alters die ersten Symptome eines angemessen theatralischen hysterischen Anfalls.

Als die gepanzerte Schnecke auseinanderfiel, schienen sich ihre Metallplatten beim Aufschlag auf den Boden einfach in Luft aufzulösen. Ein junger Mann erhob sich im Innern der verschwindenden Wrackteile, der in schwarzer Hose, Jacke und Umhang und mit seiner vollen goldenen Faschingsmaske wie aus dem Ei gepellt aussah. Ein langer Pferdeschwanz blonder Haare hing ihm auf den Rücken. Er verneigte sich vor der jubelnden Menge, küßte einen völlig verblüfften Wachmann auf die Wangen und entfernte sich in östlicher Richtung. Geraint lief hinter ihm her wie ein Jagdhund hinter einem Hasen.

Serrin wirkte einen Barrierenzauber für sich, während Streak aufmerksam die Menge beobachtete. Um die beiden Männer, die vor dem ›Florian‹ auf dem Boden lagen, bildete sich eine Menschentraube, und Wachmänner kamen aus allen Richtungen angelaufen. Michael konnte wenig tun. Wegen seines Rückens war er nicht in der Lage, mit Geraint Schritt zu halten, und so entschloß er sich, zu Serrin und Kristen zu gehen.

Die Schnecke war verschwunden. Man hatte der Illusion gestattet, sich vollständig aufzulösen.

Der junge Mann rannte wie der Blitz und lachte dabei. Geraint wußte, daß er ihn nicht einholen konnte, und wollte seine vergebliche Verfolgung gerade einstellen, als der junge Mann zur Brücke über den Rio del Palazzo eilte. Dann drehte er sich plötzlich um und rief seinem keuchenden Verfolger zu: »Mein Meister läßt herzlich grüßen und hofft, daß er auch weiterhin viel Freude an dem Spiel haben wird«, rief der Fremde fröhlich, um dann jenseits der Brücke in dem Straßenlabyrinth dahinter zu verschwinden. Geraint blieb nichts anderes übrig, als zum Markusplatz zurückzukehren.

Streak, der sich nicht vom Fleck gerührt hatte, sah zu seiner Enttäuschung, daß die zu Boden gegangenen Attentäter in das Café getragen wurden, aus dem sie gekommen waren.

Sie wurden von Freunden in Sicherheit gebracht, und er konnte nichts dagegen tun. Die umstehende Menschenmenge hielt die sich nähernden Wachmänner so lange auf, daß ihre Rückendeckung im Café – und die Attentäter mußten welche haben – sie rechtzeitig wegschaffen würde. Wenn doch nur dieser verdammte Stunt mit der Schnecke nicht die Polizei in die falsche Richtung gelockt hätte! Was, zum Henker, war das überhaupt für ein Ding gewesen?

Trotzdem hatte niemand die Narcoject bemerkt. Sie war hier eine bessere Wette als der Predator. Mit einer nicht tödlichen Waffe konnte man immer auf Notwehr plädieren.

Drek, dachte er, vielleicht hätte ich den Predator trotzdem benutzen sollen.

Nachdem er sich den Platz mittlerweile oft genug gründlich angesehen hatte, ging er das Risiko ein, zu Michael, Serrin und Kristen zu gehen, die mittlerweile wieder auf den Beinen war.

»Alles in Ordnung?«

»Wer, zum Teufel ...«

»Ein paar Burschen drüben im ›Florian‹«, sagte Streak. »Ich habe sie mit ein paar Betäubungsgeschossen aus dem Verkehr gezogen. Sie werden eine ganze Weile schlafen. Ich dachte, ich könnte keine scharfe Munition riskieren. Vielleicht habe ich mich geirrt.«

»Ich bin Ihnen was schuldig«, versicherte ihm Serrin mit Nachdruck. »Ich verstehe nicht, warum mein Warnzauber nicht reagiert hat.«

»Sie haben einen Feinddetektor?« Streak hatte lange genug mit Gefechtsmagiern zusammengearbeitet, um sich mit den grundlegenden Dingen auszukennen. Serrin nickte.

»Dann können sie nicht hinter Ihnen hergewesen sein, oder? Sie haben versucht, Kristen umzulegen«, sagte Streak fröhlich.

»Warum?« Serrin war entsetzt.

»Fragen Sie mich nicht, ich bin nur der Bursche, der verhindert hat, daß man sie mit Blei vollpumpt«, sagte Streak. »Ach, und was war das für ein Ding, das auf den Platz gerollt ist, und wo, zum Teufel, ist es jetzt?«

»Es muß eine Illusion gewesen sein«, sagte Serrin. »Ich hatte keine Zeit, es mir genauer anzusehen. Nicht, wo ich unter Beschuß lag, mich zu Boden werfen mußte, solche Dinge eben, wissen Sie?«

»Beim nächstenmal«, sagte Geraint, als er zurückkehrte und sich der Unterhaltung anschloß, »schießen Sie auf den kleinen blonden Bastard. Wißt ihr, was er zu mir gesagt hat?« Ohne die offensichtliche Antwort abzuwarten, sagte er es ihnen.

»Das Spiel?«

»Ich wußte, daß es etwas in der Art ist«, sann Michael. »Wir müssen irgendwie lernen mitzuspielen.«

»Dieses Ding«, sagte Serrin zögernd, als durchforste er sein Gedächtnis, »dieses gepanzerte Ding erinnert mich an etwas. Ich habe es mir nicht richtig ansehen können, aber ich glaube, es sah aus wie einer von Leonardos Entwürfen. Ich glaube, ich habe etwas in der Art in dem Buch gesehen, das ich mir gekauft habe.«

»Ob das mit zum Spiel gehört?« fragte sich Geraint. »Und was jetzt?«

»Jetzt, Leute, sollten wir ins Café gehen, falls noch mehr Leute mit Umhang auf uns schießen wollen. Wir müssen überlegen, welche Möglichkeiten wir haben, und ein paar Pläne entwickeln, anstatt hier draußen herumzuhängen«, sagte Streak. »Das heißt, natürlich nur, falls ihr keinen Wert darauf legt, daß noch mal auf euch geschossen wird.«

»Laßt uns hineingehen«, sagte Serrin sofort. »Und laßt uns überlegen, wie, zum Teufel, wir dieses Spiel spielen. Schönes Spiel, wenn dabei auf meine Frau geschossen wird.«

»Ich glaube«, sagte Streak, »daß diese Burschen eine ganz andere Art von Spiel spielen. Die Art, bei der vor dem Zubettgehen garantiert Tränen fließen.«

25

Sie beschlossen, nicht innerhalb der Stadt umzuziehen. Zwar war ihr Aufenthaltsort offensichtlich bekannt, aber es würde nicht schwer sein, sie aufzuspüren, wenn sie die Unterkunft wechselten. Michael wies außerdem darauf hin, daß sie Claudio vertrauen konnten und er sie warnen würde, wenn Fremde herumschnüffelten oder sich nach ihnen erkundigten. Serrin beschloß, ein paar Rituale auszuführen, um sie vor magischen Überfällen zu schützen. Sie wußten nicht, wer sie an diesem Morgen angegriffen hatte, aber die jesuitischen Fundamentalisten waren die offensichtlichste Möglichkeit, und ihre Magier würden kaum Schwächlinge sein.

»Jetzt müssen wir selbst aktiv werden. Irgendwas tun, um unserem Mann zu zeigen, daß wir sein Spiel spielen«, sagte Michael.

»Zum Beispiel?« fragte Streak. »Das ist Ihre Sache, Michael. Ich knalle nur Leute ab.«

»Wo wir gerade davon reden, Leute abzuknallen«, sagte Geraint, wobei er das Gesicht verzog, »wann treffen Juan und Xavier hier ein?«

»Jede Minute«, sagte Streak. »Ich hatte recht, nicht? Wir werden sie brauchen.«

»Sieht ganz so aus.«

Bevor Michael seine Überlegungen fortsetzen konnte, klopfte es an der Tür. Streak zog sofort seinen Predator, doch Michael winkte ab.

»Um Gottes willen, kein Attentäter wird *anklopfen*, Streak.«

»Das glauben Sie«, sagte der Elf, der sich dann jedoch setzte und widerwillig eine Illustrierte nahm, unter der er die Kanone verbarg, während er darin zu lesen vorgab. Zu seinem Leidwesen schien das Magazin voller prächtiger Bilder von italienischen Gärten zu sein. Streak hatte viele Interessen, aber die Gärtnerei gehörte ganz eindeutig nicht dazu. Wenn eine Illustrierte keine Waffen, militärische Hardware oder Angehörige des anderen Geschlechts im Zustand der Nacktheit enthielt, war er definitiv nicht interessiert.

Lucrezia steckte den Kopf herein, und ihre Mähne flammendroter Locken war so üppig wie eh und je.

»Ich komme, um mich um die Kostüme zu kümmern, Mister Michael«, sagte sie. »Und ich habe eine Karte für Sie.«

»Vielen Dank«, sagte Michael. Er nahm die Karte, las sie, und seine Augen weiteten sich. Er reichte sie kommentarlos an Geraint weiter.

»Ich nehme doch an der Dame getrennt von Ihnen allen Maß?« fragte die Frau, die eindeutig ein wenig verwirrt ob der Tatsache war, daß sie alle zusammen in einem Zimmer hockten.

»Vielleicht können Sie an mir und meiner Frau Maß nehmen«, schlug Serrin vor, als er sah, daß Michael offensichtlich über das reden wollte, was auf der Karte stand. Die beiden gingen mit Lucrezia in ihr Zimmer.

»Bitte seien Sie um Mitternacht auf dem Platz, wenn ein höchst interessantes Ereignis stattfinden wird«, las Michael Streaks wegen laut vor.

»Unterschrieben von einem gewissen ›Salai‹«, sagte Geraint, der seinem Freund über die Schulter sah.

»Sehr nett. Salai war das, was man als Lehrling Leonardos bezeichnen könnte. Ist viele Jahre lang mit ihm herumgereist. Wenn ich mich recht erinnere, war er ein ziemliches Arschloch. Das heißt, wenn man den Geschichtsbüchern glauben kann.«

»Kommt mir durchaus zutreffend vor«, sagte Geraint inbrünstig.

»Da macht er also seinen nächsten Zug. Die Frage ist, was tun wir bis dahin?« sagte Michael.

»Was es auch ist, wir sollten uns irgendwie mit unserem Mann in Verbindung setzen«, sagte Geraint.

»Das heißt also, etwas Öffentliches.«

»Eine Nachricht über ein BTX-System?«

»Das wäre wohl logisch. Was sollen wir sagen?«

»›Mona Lisa wünscht ein Treffen mit Leonardo?‹« schlug Streak vor. »Solche Botschaften schicke ich gewöhnlich ab.«

»Davon bin ich überzeugt«, sagte Michael mißbilligend, »aber ich glaube kaum …«

»Vielleicht ist das gar nicht so weit hergeholt«, sagte Geraint. »Ich meine, wahrscheinlich sollte es schon etwas in der Art sein. Es muß scherzhaft klingen, würde ich sagen. Diese jämmerliche Farce auf dem Platz sollte wahrscheinlich eine Art Unterhaltung sein.«

Sie fingen an, mit Ideen herumzuspielen, ohne jedoch weiterzukommen, und so war es fast eine Erleichterung, als Lucrezia mit ihrem Katalog und Maßband eintraf. Der Elf war als letzter an der Reihe.

»Passen Sie dort an der Innenseite meines Beins auf, Signora«, sagte Streak schelmisch. »Ich bin ein heißblütiger Elf in der Blüte meines Lebens.«

Grinsend und ohne Anstoß genommen zu haben, hieb sie ihm spielerisch gegen das Ohr. Der Elf zuckte zurück, da ein schrilles Dröhnen durch seinen Schädel hallte.

»Verdammt noch mal, Missus, ich würde nicht im Ernst mit Ihnen streiten wollen!« beschwerte er sich. Danach war er lammfromm und akzeptierte höflich das Kostüm, das sie für ihn ausgesucht hatte.

Als Lucrezia ging, brachen Michael und Geraint in das Gelächter aus, das sie nach der Züchtigung des Elfs mühsam unterdrückt hatten.

»Geschieht Ihnen recht. Ich habe Sie gewarnt«, wieherte Michael.

»Drek, was für ein rechter Haken«, sagte Streak, als Serrin und Kristen sich ihnen wieder anschlossen.

»Die Sachen werden nach dem Mittagessen geliefert«, sagte Serrin. »Was ist Ihnen denn zugestoßen?« Er betrachtete das dunkelrote Ohr des Elfs.

»Nichts«, murmelte Streak.

»Unsere Lucrezia hat ihn ein wenig diszipliniert, weil er so ein frecher Kerl war«, verriet Michael Serrin mit einem Grinsen. »Er wird eine Zeitlang ganz brav sein.«

»Schön«, grinste Serrin. »Und was war mit dieser Karte?«

Sie sagten es den beiden und brachten sie auf den letzten Stand ihrer Diskussion, um den Faden dort wiederaufzunehmen.

»Es muß pointierter sein«, sagte Serrin. »Ach, übrigens, hier ist das Ding, das wir auf dem Platz gesehen haben.« Er schlug das Buch auf der entsprechenden Seite auf und zeigte ihnen den Entwurf für die Militärmaschine, die in der Tat eine große Ähnlichkeit mit den primitiven Panzern aus dem Ersten Weltkrieg aufwies.

»Ich frage mich, ob wir nicht versuchen sollten, Salai zum Abendessen einzuladen«, sagte Serrin. »Und es dann vielleicht ›Magdalenas Abendmahl‹ nennen.«

»Du denkst an das Gemälde auf dem Platz«, sagte Michael.

»Ja. Ich bin überzeugt, daß die eigentliche Hauptperson auf diesem Bild Magdalena ist. Wenn man es sich genauer ansieht, ist es ganz offensichtlich.«

»Jedenfalls ist es nicht das, was es zu sein scheint«, stimmte Michael zu.

»Und wenn wir obendrein noch eine Zeile aus dieser apokalyptischen Abhandlung von Leonardo über die Fluten hinzufügten, würden wir damit zeigen, daß wir mehr begreifen, als unser Mann vielleicht glaubt.«

»Es ist einen Versuch wert«, sagte Geraint.

»Wir müssen die Nachricht über so viele BTX-Systeme wie möglich verschicken und eine Antwortadresse hinterlassen«, sagte Michael. »Wir wissen nicht, ob er die Systeme überwacht, aber …«

»Natürlich überwacht er sie. Wenn er spaßeshalber seine Spuren aus dem System des Dogen löscht, müßten Routineüberwachungen eigentlich ziemlich simpel für ihn sein«, sagte Geraint.

Michael setzte sich vor sein Deck. »Okay. Betrachtet die Sache als erledigt. Ich werde Smithers damit beauftragen.«

»Smithers? Wer, zum Teufel, ist Smithers?« wollte Streak wissen.

»Eines seiner Frames«, antwortete Geraint. »Das hier übernimmt den routinemäßigen Bürokram, also nennt er es Smithers.«

»Fragen Sie jetzt ja nicht nach Tracey«, sagte Serrin.

»Würde mir nicht im Traum einfallen«, erwiderte Streak. »Was für ein verdrehter Bursche er doch ist.«

»Das werde ich mir nicht zu Herzen nehmen«, sagte Michael fröhlich. »Und außerdem ist das besser als langweilig, oder?«

Es dauerte weniger als eine Minute, die Nachricht, die sie schließlich verfaßt hatten, abzuschicken und zu bezahlen. Jetzt konnten sie sich nur noch zurücklehnen und abwarten.

»Und was jetzt?« Streak wurde immer ruheloser und erregter, weil er noch den Adrenalinstoß spürte, den er immer bekam, wenn er auf Leute schoß.

»Ich weiß nicht, ob wir sonst noch etwas tun können. Wir wissen, daß heute nacht auf dem Platz etwas geschehen wird, also …«

Michaels Worte wurden von einem Signal seines Decks unterbrochen, daß Smithers eine Antwort auf seine Nachricht entdeckt hatte. Er lud sie eiligst herunter.

»Drek, das ging schnell«, sagte er. »Mal sehen, was wir hier haben.« Sie versammelten sich alle um ihn.

»›Ihr Verständnis der Dinge ist umfassender, als wir erwartet hatten. Wir sind sehr gespannt auf die weitere Entwicklung. Ihr ergebener Salai.‹ Hmm.«

»Ergeben, so so«, knurrte Geraint.

»Sei nicht so empfindlich«, sagte Michael. »Sieh doch, er ist zufrieden mit uns.«

»Bist du ein Schoßhund oder was?«

»Es scheint zu implizieren, daß wir aufgefordert werden, uns ihm weiter zu nähern. ›Weitere Entwicklung.‹«

»Wir sollten auf seine Antwort antworten«, schlug Serrin vor.

»Gute Idee, aber was?«

»Die Flut. Diese apokalyptische Flut.« Aus irgendeinem Grund drängte sich ihm diese Idee auf. »Das ist so endgültig. Ich glaube, das ist irgendwie der Schlüssel. Vielleicht liegt es auch nur daran, daß er hier war und seltsame Dinge mit den Kanälen angestellt hat, ich weiß es nicht. Laßt uns ein paar Sätze über die Flut abschicken. Und vielleicht fragen, ob sie vermieden werden kann.«

»In Ordnung.« Michael machte sich unter Zuhilfenahme von Serrins Buch an die Arbeit.

Wiederum kam die Antwort nach wenigen Minuten. Michael las sie laut vor.

»›Salai und sein Meister gratulieren Ihnen zu einem intuitiven Sprung, der Ihr gegenwärtiges Verständnis übersteigt, und verleihen ihrer Bewunderung Ausdruck. Sie möchten bei allem Respekt zu bedenken geben, daß gegenwärtig keine weitere Verständigung erforderlich ist. Warten Sie bis Mitternacht.‹ Tja, vielen Dank, meine Herren.«

»Nach Mitternacht bleibt uns nicht mehr viel Zeit«, sagte Geraint.

»Aber jetzt sind wir im Geschäft. Er weiß von uns

und hat gesagt, daß wir einiges verstehen. Einstweilen müssen wir uns damit begnügen.«

»Bis Mitternacht sind es noch fast zwölf Stunden. Was machen wir bis dahin?« Streak ging jetzt in dem Zimmer auf und ab.

»Hören Sie, wenn Juan und Xavier hier eintreffen, warum verschwinden Sie dann nicht einfach und verschaffen sich etwas Bewegung?« sagte Geraint zu ihm. »Ich sehe, daß Sie sie nötig haben.«

»Ja, ja, schon gut. Ich werde nur langsam etwas zappelig. Wenn ich zu lange herumhänge, fange ich immer an einzurosten«, sagte der Elf grinsend.

Wie auf ein Stichwort verkündete ein lautes Klopfen an der Tür die Ankunft der beiden Samurai. Streak öffnete die Tür und stellte fest, daß sie bereits ein vollständiges Faschingskostüm trugen. Die Goldmasken ließen sie noch finsterer als üblich aussehen.

»Lächerlich«, knurrte Juan. »Aber es verbirgt die Waffen.«

»Juan, Kumpel, gut dich wieder an Bord zu haben. Und Xavier, du bist mein Mann«, begrüßte sie Streak. »Heute morgen haben wir bereits in der Schußlinie gestanden.«

»Sahne«, sagte der Ork gutgelaunt. »Sag mir einfach nur, wen wir umlegen sollen.«

Kristen seufzte. Serrin nahm sie bei der Hand und ging mit ihr auf ihr eigenes Zimmer.

»Blutende Herzen«, knurrte Xavier.

»Eine Schande, nicht wahr? Und dabei war sie es, auf die geschossen worden ist«, sagte Streak, der sich offenbar ein wenig der Gesellschaft schämte, in der er sich dieser Tage befand. »Jedenfalls brauche ich etwas frische Luft. Ich will mich für eine Stunde oder so vom Hof machen.«

»Jetzt, wo Juan und Xavier hier sind, könnten wir das eigentlich alle tun«, schlug Michael vor. »Ich bin auch nicht besonders scharf darauf, zwölf Stunden hier oben zu hocken.«

»Ich gehe allein, wenn es Ihnen nichts ausmacht. Wir sehen uns später«, sagte Streak.

»Klar, aber …«

»Es sei denn, Sie wollen ein paar Damen mit hochgradig Nuyen-löslicher Tugend kennenlernen«, sagte der Elf unverblümt.

»Oh, ach so, äh, nein, ich glaube nicht«, stotterte Michael. »Trotzdem vielen Dank für das Angebot.«

»Wir könnten Serrin und Kristen das Rialto zeigen«, schlug Geraint vor. »Das wird im Moment der lebendigste Teil der Stadt sein.«

»Klingt gut. Laß uns eine Gondel mieten und uns ein paar Stunden das Rialto ansehen.«

»Wenn Sie sie nicht versenken«, sagte Geraint lachend zu Juan. Der Ork hatte genug Metall an sich, um etwas Instabileres als das, was die Gondeln zu sein schienen, zu versenken.

»Wenn du diese Texaner gesehen hättest, die heute morgen abgefahren sind«, erinnerte sich Michael an eine Touristengruppe, die er gesehen hatte, »würdest du dir keine Sorgen machen. Sie müssen jeder zweihundert Kilo gewogen haben, und das ohne Kameras und Videoausrüstung.«

Sie verbrachten den ganzen Nachmittag damit, sich die Stadt von ihrer Gondel aus anzusehen, und falls sie jemand beobachtete oder verfolgte, bemerkten sie nichts davon. Sogar die spanischen Söldner, die offenbar nicht an müßige Besichtigungsfahrten gewöhnt waren, schienen von einigen Anblicken beeindruckt zu sein. Die Cafés und Straßentheater waren voll besetzt, als sie an Desdemonas Haus vorbeifuhren, dem palastartigen Gebäude, das nach Shakespeares Figur benannt worden war. Sie passierten die monumentale barocke Marienkirche mit ihrer riesigen Kuppel und die von Napoleon errichteten königlichen Gärten und fuhren unter gleichermaßen winzigen wie prachtvollen Brücken durch, bis sie genug in den Farben, Formen und Strukturen Venedigs geschwelgt hatten. Es war nach sechs Uhr, als sie ausgehungert zurückkehrten, da sie den zweifelhaften Erfrischungen der zahlreichen Buden und Stände am Kanal widerstanden hatten, die alle eine große Auswahl bemerkenswert armseliger Kost anboten.

»Wir nehmen einen Ecktisch«, sagte Michael diplomatisch. »In den Ecken ist es so dunkel, daß Juans Arm nicht auffällt.«

»Schwer zu verkraften, daß Sie mit einem Ork essen müssen, was?« knurrte Juan.

»Damit habe ich kein Problem. Das Problem ist das viele Metall. Verängstigt die Kundschaft, alter Junge«, grinste Michael.

Streak teilte nicht die allgemeine gute Laune.

»Raoul ist hier gewesen«, sagte er zu ihnen.

»Huetzlipochtli?« fragte Juan. Es war mehr ein Zähnefletschen als eine Frage.

»Genau der, groß wie Drek und doppelt so häßlich.«

»Wir kennen ihn«, sagte Xavier, dessen Tonfall keinen Zweifel daran ließ, daß es bei früheren Begegnungen nicht zu gemeinsamen Cocktailpartys und Diskussionen über die Entwicklung des modernen Theaters gekommen war.

»Ihr werdet alle Körperpanzer unter euren Kostümen tragen«, sagte Streak zu Geraint und dessen Freunden.

»Das wird ihnen auch verdammt viel gegen den Kopfschuß nützen, den ihnen jeder vernünftige Hitman verpassen würde«, stellte Juan fest.

»Ja, also laßt uns die Größe des Ziels reduzieren«, erwiderte Streak.

»Wir könnten sie mit einem Kopfschutz ausrüsten, wenn sie die Kapuzen ihrer Umhänge hochschlagen.

Ich habe viele Leute gesehen, die das tun«, schlug Xavier vor.

»Gute Idee. Dann können wir wegen der Masken nicht viel sehen und noch weniger hören. Dann können sie sich von hinten anschleichen und uns aus fünf Metern mit panzerbrechender Munition erledigen«, sagte Streak. »Ich kann mich erinnern, daß ich mich darüber schon irgendwo anders mit euch unterhalten habe. War es in Swazi?«

»Ja«, sagte Xavier mit gelangweilter Stimme.

Kristen spitzte die Ohren. Das war nicht sehr weit von ihrer Heimat entfernt, obwohl zwischen den kleinen, von Banditen und kleinen Heerführern verseuchten Ländereien der Trans-Swazi-Föderation und Kapstadt ein gewaltiger Unterschied bestand. Sie hatte ein paar Flüchtlinge aus Swazi gekannt, wie es von den meisten Leuten genannt wurde, und das waren harte und gemeine Burschen gewesen.

»Also schenken wir uns den Kopfschutz, okay?« sagte Streak.

»Nein, Mann. Besser, wenn sie ihn tragen und wir sie von drei Seiten bewachen«, schlug Juan vor. »Dann können wir sie vernünftig schützen.«

»Was halten Eure Lordschaft davon?« wandte sich Streak an eine höhere Autorität.

»Ich meine, Kristen sollte den Kopfschutz tragen. Schließlich ist heute morgen auf sie geschossen worden. Ich lasse es darauf ankommen. Ich kann mit einem Predator umgehen. Natürlich nicht so gut wie ihr Burschen, aber ich weiß, wie man ihn benutzt.«

»Ich nicht«, sagte Serrin. »Und ich werde auch keinen Kopfschutz benutzen. Ich muß sehen und hören können, ob magische Hilfe erforderlich ist.«

Sie diskutierten das Für und Wider und kamen zu dem Schluß, daß nur Kristen den zusätzlichen Schutz benötigte. Juan hatte die entsprechende Ausrüstung mitgebracht, die jedoch viel zu groß für Kristen war.

»Das ist viel zu schwer, und ich sehe lächerlich damit aus«, beschwerte sie sich.

»Wenn es Ihnen das Leben rettet, kann Ihnen das völlig egal sein. Hören Sie auf Onkel Streak«, sagte dieser neckisch. »Er hat verhindert, daß Ihnen heute morgen der Kopf weggeschossen worden ist. Er weiß, was er tut. Er sagt, das kleine Mädchen sollte das komische Ding auf dem Kopf tragen.«

Er wich ihrem Schlag mühelos aus.

»Kommen Sie schon«, sagte er. »Sie sollten es wirklich tun. Ohne Drek. Wir gehen Risiken ein, das ist unser Beruf. Sie sind nicht wie wir. Sie müssen jetzt sehr vorsichtig sein.«

In seiner Stimme schien aufrichtige Besorgnis zu liegen, und für einen Sekundenbruchteil sah er ein wenig verlegen aus, bevor er wieder zu seinem üblichen Sarkasmus zurückfand.

»Und was Sie betrifft, Graukopf, sorgen Sie besser dafür, daß wir magisch gedeckt sind. Wenn Raoul in der Stadt ist, hat er zwangsläufig den einen oder anderen Gefechtsmagier im Schlepptau, und was diese Burschen können, ist nicht wenig. Ich habe einen Blutgeist gesehen, und ich sage Ihnen, so einen Wichser wollen Sie nicht vor der Brust haben. Einer von uns wird ganz dicht bei Ihnen bleiben, falls Sie sich so verausgaben, daß Sie schlappmachen, aber wenn Sie irgendeinen massiven Zauber wirken, werden Sie jeden Funken Energie hineinlegen müssen, sonst könnten wir ganz schnell hinüber sein.«

»Wir waren schon einmal in so einer Situation«, erinnerte ihn Serrin. »Auf dem Hügel.«

»Das hier ist etwas anderes«, beharrte Streak. »Blutmagie. Das ist so wie, ich weiß nicht, wie biologische Waffen. Unter der Gürtellinie, klar? Eine nette, saubere Schießerei, die mögen wir. Biokiller stinken. Und für Gefechtsmagier ist Blutmagie das, was für uns Biowaffen sind.«

»Ich verstehe«, sagte Serrin. »Dann laßt uns jetzt essen.«

Die Stunden bis Mitternacht vergingen wie im Flug. Sie aßen gut und hielten sich vom Alkohol fern, aber die anderen Gäste des Cafés, die sich um sie drängelten, tranken sich dumm und dämlich. Alle trugen prächtige Faschingskostüme aus Seide, Samt, Satin und Goldfäden, Masken aus Silber, Gold oder Bronze, Kapuzen und Umhänge, und das alles in einem Wirbel aus Farben und von einer Aura des Geheimnisvollen umgeben, da alle maskiert und nur wenige das waren, was sie zu sein schienen.

»Machen Sie bloß keine Frauen an, Michael«, riet ihm Streak. »Die Hälfte von ihnen sind Transvestiten mit einer Überraschungswurst, die Sie nicht zwischen die Zähne bekommen wollen, wenn Sie verstehen, was ich meine.« Er grinste lüstern.

»Der Gedanke wäre mir nie gekommen«, erwiderte Michael gelassen.

»Sie hätten heute nachmittag mit mir kommen sollen«, sagte der Elf fröhlich.

»Vielleicht besser nicht«, sagte Michael.

»Gott, sind Sie manchmal ein freudloser Wichser«, stöhnte Streak.

»Ich amüsiere mich auf verschiedene Arten«, ließ ihn Michael wissen.

»Sie sind aber auch die einzige Person, mit der Sie sich amüsieren«, sagte der Elf spitz.

»Es ist zehn vor zwölf. Laßt uns los«, sagte Juan. »Wie sind die Positionen verteilt?«

»Ich decke links, du hinten, Xavier geht rechts«, sagte Streak. Er beugte sich zu Kristen vor und senkte die Stimme. »Und jetzt gehen Sie sich die Nase pudern und setzen Sie Ihren Kopfschutz auf.«

Kristen verschwand auf der Toilette und kehrte drei

Minuten später zurück. Ihr Kopf sah eindeutig größer aus.

»Ich glaube nicht, daß das in dieser Saison ein durchschlagender Erfolg auf den Pariser Laufstegen wird, aber es ist angemessen. Also los. Ich kann es kaum abwarten zu sehen, was unser Mann für uns um Mitternacht arrangiert hat«, sagte Michael. Sie bahnten sich langsam einen Weg nach draußen in die Menge.

Trompeten stießen bereits in regelmäßigen Abständen Fanfarenstöße aus, um die unmittelbar bevorstehende Ankunft des Dogen und seiner Frau zu verkünden, während sie sich einen Platz in der Menge suchten. Ihre Uhren zeigten fünf Minuten vor Mitternacht.

Um vier Minuten vor zwölf, als die erwartungsvolle Menge ein wenig leiser wurde, marschierten ein schlanker, hochgewachsener Südamerikaner und ein halbes Dutzend Gefolgsmänner von Süden her zur Basilika, wobei sie sich an empörten Menschen auf der Piazzetta vorbeidrängten, um zu ihrem Ziel zu gelangen. Xavier, dem der Campanile die Sicht auf sie versperrte, sah sie nicht. Sie waren ohnehin durch Magie getarnt.

Drei Minuten vor Mitternacht drängte sich ein halbes Dutzend Spanier in Kostümen von Osten her gleichermaßen durch die Menge. Streak sah sie zuerst. Er wußte nicht, wer sie waren, aber er wußte, daß sie nicht gekommen waren, um ihn zu fragen, warum er in den vergangenen fünf Jahren keine Steuern bezahlt hatte. Er hustete, um Juan auf sie aufmerksam zu machen, und rieb die Nase seiner Maske, um die Aufmerksamkeit des Orks nach vorn zu lenken. Juan sah die Männer und arbeitete sich langsam vorwärts. Da sich ihre Aufmerksamkeit auf die Männer richtete, die aus östlicher Richtung kamen, sahen sie die Ankömmlinge von der Piazzetta ebenfalls nicht.

Zwei Minuten vor der vollen Stunde strömten die

Ratsmitglieder des Dogen durch den Haupteingang der Basilika. Die Menge jubelte, als ihr klar wurde, daß in Kürze der Doge selbst erscheinen würde.

Die Jesuiten im Osten hatten keine eindeutige Schußlinie. Dasselbe galt für Streak, Juan und die Männer im Süden, aber das störte sie nicht. Sie wären absolut bereit gewesen, falls nötig jeden zwischen ihnen und ihren Zielen zu töten. Aber es war nicht nötig. Sie brauchten nur eine Person für ihre Blutmagie umzubringen, und diesem Opfer war bereits die Kehle durchschnitten worden.

Serrin überlief ein warnender Schauder, und er wußte sofort, daß ein magischer Überfall auf sie bevorstand. Er errichtete die Barriere in dem Augenblick, als das Ding zwischen ihnen schimmernd Gestalt annahm.

Der materialisierende Geist stank nach Fäulnis und verwesten Innereien, und er hatte nur eine Teilgestalt, die vage humanoid war. Er bestand aus halbgeronnenem Blut oder zumindest hatte es den Anschein. Aus der Mitte der Dings sprudelte ihnen eine heiße, eitrige Flüssigkeit entgegen.

Serrins Barriere hielt dem Schwall mühsam stand. Die Flüssigkeit korrodierte die Mannabarriere wie Säure Metall. Sie zischte und entließ eine Wolke giftiger Gase. Die Leute in ihrer Umgebung gerieten in Panik und schrien, manche fielen in Ohnmacht, andere wurden einfach niedergetrampelt.

Die Männer im Osten drangen weiter vor und zogen ihre Waffen.

Streak und Juan gaben sich alle Mühe, sie ins Visier zu bekommen, da ihnen nicht klar war, daß die eigentliche Bedrohung aus einer ganz anderen Richtung kam. Immerhin hatte Xavier das mittlerweile erkannt, da er das blutende Opfer des Aztechnology-Magiers entdeckt hatte. Seine Maschinenpistole knatterte bereits.

Streak sah die Pistolenläufe vor sich und dachte: Ach, Drek, ich kann sie nicht rechtzeitig aufhalten. Nein, keine Kopfschüsse. Kommt schon, ihr Dreksäcke, zielt tief, zielt tief. Dann schaffen wir euch.

Er griff nach einer Granate. Über seinen Kopf hinweg flog bereits eine ihrem Ziel entgegen. Doch es waren nicht die Waffen, die zählten. Sie dienten hauptsächlich der Selbstverteidigung und wurden noch nicht benutzt. Einer aus der Menge der Spanier ließ einen Strahl aus blauem Feuer los, der südwärts raste und inmitten des Aztechnology-Teams explodierte.

Als er auftraf, blähte er sich auf wie ein Atompilz, der sich erhob und die Köpfe der Männer wie ein elektrifizierter, gasförmiger Heiligenschein umgab. Das grelle Feuer durchschlug die Mannabarriere des Azzie-Magiers, als sei sie gar nicht vorhanden. Es brannte das Fleisch ihrer Köpfe bis auf die Knochen herunter und ließ ihre Oberkörper in Flammen aufgehen.

Als der Blutgeist mit dem Tod seines Beschwörers zu existieren aufhörte, sah Serrin die Verwüstung, die der Zauber des Jesuitenmagiers angerichtet hatte. Er wollte nicht einmal darüber nachdenken, was geschehen würde, wenn sie das nächste Ziel des Magiers waren.

Dann explodierte die Granate inmitten der Jesuiten, und Betäubungsgas wallte zwischen ihnen auf. Doch das Gas erzielte keine Wirkung.

Die Schweinehunde tragen Gasmasken, Nasenfilter, irgendwas, dachte Streak, dessen kampferprobter Verstand die Situation nüchtern und kühl analysierte. Okay, zum Teufel mit euch, Jungens. Dann also Säure. Wenn es nicht zu spät ist.

Natürlich war es das.

Serrin konnte den Magier unglaublicherweise ganz klar erkennen. Schließlich war der Magier in eine Gaswolke gehüllt. Und doch konnte er ihn irgendwie sehen. Der Magier sagte ganz deutlich: »Und jetzt stirbst du, Ketzer.«

Eine Zehntelsekunde, bevor der Zauber ihnen antat, was er dem Magier und den Samurai von Aztechnology angetan hatte, blieb alles stehen. Nichts und niemand bewegte sich mehr. Alle wurden von einer ihnen irgendwie unbekannten Emotion gepackt, und ihre Köpfe wandten sich zu den Türen der Basilika, als würden sie von Händen herumgerissen, denen sie nicht widerstehen konnten.

Eine Gestalt trat durch die Türen. Ob es sich um eine echte Person, einen Geist oder eine Illusion handelte, war zunächst nicht zu erkennen. Sie schritt durch die Luft, vielleicht drei Meter über ihnen, und leuchtete ein wenig. Es war eine Frau, und Serrin erkannte in ihr augenblicklich die Magdalena. In den Händen hielt sie ein goldenes Tablett, das sie der Menge entgegenstreckte, und auf dem Tablett lag der abgetrennte, blutende Kopf von Johannes dem Täufer. Ein entsetzlicher Klageschrei erhob sich, ein seelenzerreißendes Jammern wie aus der Hölle selbst, und sie konnten sich kaum noch auf den Beinen halten. Geraint gelang es, sich die Ohren zuzuhalten, als wolle er versuchen, das quälende Geräusch auf diese Weise auszuschließen.

Die Jesuiten sahen aus, als sei plötzlich der Teufel persönlich zwischen ihnen aufgetaucht. Sie waren völlig unfähig, sich zu bewegen oder zu handeln. Sie waren buchstäblich katatonisch.

Streak faßte sich als erster. Er schob sich durch die Menge der schreienden und in Ohnmacht fallenden Leute und packte Serrin.

»Um Himmels willen, nichts wie weg hier!« schrie er. Serrin packte Kristen und setzte sich in Bewegung. Geraint mußte von dem Elf halb mitgeschleift werden, und Juan half ihm dabei. Xavier kümmerte sich um

Michael. Die Jesuiten standen immer noch wie erstarrt da. Sie sahen aus, als sei ihnen für lange Zeit auch von den besten Psychiatern, die man für Geld kaufen konnte, nicht zu helfen.

Trotz der dringenden Notwendigkeit zu fliehen konnte Serrin dem Drang nicht widerstehen, sich umzudrehen. Er konnte das Bild immer noch nicht als real oder Geist oder Illusion identifizieren, aber er stellte zu seiner Verblüffung fest, daß ein intensives Gefühl des Kummers in ihm aufwallte, als sei ein furchtbares Unrecht geschehen und die Frau gekommen, um sie alle mit der Tragödie und dem Schrecklichen dieses Unrechts zu konfrontieren. Und obwohl er das Unrecht nicht kannte, war der Kummer für ihn schmerzhaft real, und er wollte nicht vor ihr weglaufen und sie im Stich lassen. Doch seine Frau stand unter seiner Obhut, und irgend jemand hatte heute bereits zweimal versucht, sie umzubringen, und so wandte er sich wieder von ihr ab.

»Wohin?« fragte er Streak.

»Ist mir ganz egal«, sagte der andere Elf. »Aus der Stadt. Zum Flughafen und in ein Flugzeug. Ich will nur von hier verschwinden, bevor noch mehr Drek abgeht. Ich weiß nicht, was es ist, aber es ist auf jeden Fall etwas, mit dem wir im Moment nicht fertigwerden.

Also, nichts wie weg hier, zum Teufel!«

Und mehr konnten sie wirklich nicht tun.

26

Aus der Stadt herauszukommen war ein Alptraum. Vom Markusplatz breitete sich die Panik wie eine Flutwelle aus, und sie versuchten, vor ihr wegzulaufen. Das Chaos wurde durch Trideosendungen der an Ort und Stelle befindlichen Kamerateams verschlimmert, die davon ausgegangen waren, daß sie dem Volk seinen stolzen Dogen zeigen würden. Die allgemeine Trunkenheit verstärkte die Neigung zur Hysterie, und der grausige Trideobericht über den Blutgeist leistete wilden Gerüchten über die Rückkehr des Roten Tods und zahlreichen Varianten desselben Themas Vorschub, die sich binnen Minuten wie ein Waldbrand im August ausbreiteten. Venetianer und Touristen rannten überallhin. In ihren Kostümen und Masken ließen sie die Straßen, Brücken und Kanäle der Stadt wie ein Labyrinth aussehen, das von den entflohenen, gestörten Insassen einer riesigen Irrenanstalt bevölkert wurde.

Sie konnten nicht einfach Streaks Rat beherzigen und sich wie der Blitz davonmachen. Michael hatte ein Millionen-Nuyen-Cyberdeck im ›Quadri‹, und dort befand sich auch der Großteil ihrer Aufzeichnungen, Notizen und Unterlagen. Sie schlichen sich durch die Küche auf der Rückseite des Hauses hinein, ohne gesehen zu werden, und stopften ihre Habseligkeiten schneller in ihre Taschen, als sie es je in ihrem Leben getan hatten. Michael gab Claudio als Dankeschön ein enormes Trinkgeld. Beim Anblick des vielen Geldes weiteten sich die Augen des Mannes, und er wurde argwöhnisch.

»Habt ihr etwas damit zu tun? Was ist mit unserer großartigen Stadt passiert?« knurrte er.

»Ich glaube, wir sollten die Opfer dessen sein, was

mit Ihrer großartigen Stadt passiert ist«, sagte Michael zu ihm, »und wir laufen um unser Leben, und das ist keine Übertreibung.«

Das entwaffnete Claudio sofort. Er küßte Michael auf beide Wangen und wünschte ihm viel Glück.

»Ihnen auch, und wenn das alles vorbei ist, kommen wir wieder und erholen uns mal so richtig«, sagte Michael.

Streak konnte es kaum erwarten, endlich zu verschwinden. »Hören Sie, schenken Sie sich das Abschiedsgesülze und lassen Sie uns einfach in den Wagen steigen.«

»O Gott, wir haben ja gar keinen«, erinnerte sich Michael plötzlich.

»Doch, wir haben einen.« Streak hielt Michael ein paar Schlüssel für einen Lancia unter die Nase.

»Dem Himmel sei Dank, daß Sie soviel Verstand hatten, einen zu mieten«, sagte Michael mit einem Seufzer der Erleichterung.

»Wer sagt, daß ich die Karre gemietet habe? Los jetzt, bewegen Sie Ihren Hintern. Ob wir tatsächlich durch die verdammten Straßen kommen, steht in den Sternen«, sagte der Elf.

»Ich hänge einfach den Arm aus dem Fenster, dann gehen sie schon aus dem Weg«, sagte Juan lakonisch.

»Wie sollen wir sieben Personen in den Wagen bekommen?« wunderte sich Geraint.

»Indem ein paar Personen hinten auf dem Schoß von anderen sitzen, aber verschwendet nicht meine und eure Zeit damit, Witze darüber zu reißen. Und jetzt bewegt eure verdammten Ärsche!« brüllte er sie an.

Geraint mochte Streaks Arbeitgeber sein, aber er würde nicht mit ihm streiten. Sie rannten durch die Hintertür des Cafés, zwängten sich in den Wagen und begannen ihre offensichtlich qualvolle und ungemütliche Fahrt zum Flughafen.

»Wohin wollen wir eigentlich?« fragte Serrin.

»Ich weiß es nicht, und es spielt auch keine große Rolle«, sagte Streak. »Grrr«, fügte er plötzlich hinzu, indem er das Steuer herumriß, um einem Fußgänger auszuweichen, der ihnen von einem der überfüllten Bürgersteige vor den Wagen fiel. »Wir können auch nach Padua fahren, das ist nur zwanzig Kilometer entfernt, und da erst einmal unsere Gedanken ordnen.«

Geraint nickte. »Wir suchen uns ein Flughafenhotel und überlegen uns, was wir als nächstes tun.«

Und das taten sie, wenngleich sich die Fahrt, die eigentlich nur ein paar Minuten hätte dauern dürfen, fast eine Stunde lang hinzog, da einige Straßen so dicht mit hysterischen Leuten verstopft waren, daß Umwege und Umkehrmanöver unumgänglich waren. Je länger die Fahrt dauerte, desto nervöser wurden alle.

»Ich glaube, wir werden verfolgt«, sagte Michael ängstlich, als er zum x-tenmal aus dem Rückfenster sah.

»Nein, werden wir nicht«, informierte ihn Juan. »Ich lasse die Spiegel nicht aus den Augen. Es wäre sowieso unmöglich, jemanden zu verfolgen. In diesem Chaos, meine ich.«

»Wir könnten astral beschattet werden.«

»Ich kann nichts entdecken, und du kannst mir glauben, daß ich mir alle Mühe gebe. In diesen Dingen bin ich ziemlich gut«, sagte Serrin mit grimmiger Miene. »Jahrelange Übung.«

»Manchmal kann Paranoia ganz klar ein Vorteil sein«, sagte Michael etwas entspannter.

»Paranoia ist es nur, wenn es eingebildet ist«, knurrte Serrin und schwieg dann zu diesem Thema. Kristen sah während der Unterhaltung zweifelnd von einem zum anderen, enthielt sich aber jeglichen Kommentars.

»Der arme Raoul«, kicherte Xavier. »Junge, den hat's ganz schön erwischt. Was für eine Grillparty.«

»Wißt ihr«, sagte Streak, »wir hatten unglaubliches Glück, daß die Azzies aufgetaucht sind.«

»Ja, klar, ihre Kugel hat Kristens Kopf nur um ein Haar verfehlt«, konterte Serrin.

»Nee, denken Sie doch mal darüber nach, Sie Dämel. Wenn sie nicht gewesen wären, hätte die Inquisition uns getoastet. Wir hatten keine freie Schußlinie, und Sie haben sie nicht gesehen. Aber die Burschen von der Inquisition haben die Azzies gesehen, und die kamen dann zuerst an die Reihe – noch vor uns.«

»Von dieser Warte aus habe ich das noch gar nicht betrachtet«, sagte Serrin.

»Für diese Burschen ist dieser ganze Blutmagie-Kram *echte* Ketzerei. Ganz böse. Sie wollten die Azzies noch mehr als uns. Oder Sie.«

»Ja, aber sie wollten mich tatsächlich«, sagte Serrin, »und das ist keine Paranoia. Ich habe die Worte des Magiers gehört.«

»Ja, das war ganz groß«, erwiderte Streak. »Ein ganz schöner Stunt, dieses Grillfest auf der anderen Seite des Platzes. Warum machen Sie die Leute nicht auch so fertig?«

»Mir fehlen die Jahre der Ausbildung bei der Inquisition, wenn das der richtige Ausdruck ist. Er kommt mir immer noch seltsam vor.«

»Oh, Sie können sie ruhig Inquisition nennen«, erklärte Xavier mit einigem Nachdruck. »Wir kennen diese Burschen. Vergessen Sie nicht, daß sie in unserem Hinterhof angefangen haben. Nadal, Acquaviva, all diese Burschen bei Ignatius. Zu Beginn waren neunundneunzig Prozent aller Jesuiten Spanier. Es war ein politisches Erfordernis, zum Papst zu gehen und die Zentrale in Italien zu errichten, aber ursprünglich war es eine spanische Kiste.«

»Du kennst die Burschen«, sagte Streak.

»Ja, und nicht nur in Aztlan. Ich hab sie auch in den südamerikanischen Staaten gesehen«, grunzte Xavier. »Aus den Amazoniern machen sie sich auch nicht viel. Und auch nicht aus ihren eigenen Brüdern.«

»Es geht doch nichts über ein wenig altmodische Religion, wenn es darum geht, sich gegenseitig auf aufregende, brutale und phantasievolle Art und Weise umzubringen«, erklärte Streak fröhlich.

»Ich dachte, das wäre eure Nummer«, sagte Serrin.

»Hey, bleiben Sie fair!« protestierte Streak in absolut ernstem Tonfall. »Der Sinn der Sache ist, den Gegner so schnell wie möglich außer Gefecht zu setzen – bevor er dazu kommt, dasselbe mit einem selbst anzustellen. Bei diesen Azzies ist es Folter und Sadismus. Sehen Sie sich nur mal ein paar von den Folterinstrumenten an, die diese Leute irgendwann erfunden haben. In Amsterdam gibt es ein Museum, in dem sie eine Menge von dem Zeug zusammengetragen haben. Mich schaudert schon, wenn ich bloß daran denke. Kranke Arschlöcher. Echt beruhigend zu wissen, daß Gott ihnen die Hände geführt hat, als sie die Dinger so sachverständig gebaut haben.«

»Schon gut, ich sehe es ja ein«, stimmte Serrin zu.

Schließlich erreichten sie die Ausläufer des Flughafens. Trotz der späten Stunde wimmelte es dort von panikerfüllten Leuten, die alle aus der Stadt herauswollten. Wenn sie einen regulären Flug hätten buchen wollen, hätten sie keine Chance gehabt, aber da sie ein eigenes Flugzeug hatten, brauchten sie nur Geld an das Bodenpersonal zu verteilen, um die Startfreigabe zu erhalten, und dann die VIP-Lounge zu verlassen und einzusteigen.

»Machen wir jetzt den Hüpfer nach Padua, oder verziehen wir uns irgendwo anders hin?« fragte Streak. Er war abgesehen von Juan, der im Wagen vorne neben ihm gesessen hatte, der einzige, der nicht die Beine ausstrecken mußte, um sich von der quälenden Enge im Fond des Lancia zu erholen, der absolut nicht für sieben Erwachsene konzipiert war.

»Lassen Sie uns die schnellste Möglichkeit nehmen«, beschloß Geraint.

Also blieben sie in Venetien. Michael buchte Zimmer in einem Flughafenhotel, als sie abhoben, und der Flug ging wesentlich schneller als die Autofahrt durch die engen Straßen Venedigs. Doch nun, da die Uhr Viertel vor zwei zeigte, übermannte sie die Erschöpfung. Sie hatten mit Sicherheit genug Aufregung für einen Tag erlebt. Doch obwohl sie müde waren, würden sie Mühe haben einzuschlafen, und das wußten sie. Das Adrenalin kursierte immer noch zu schnell in ihren Adern.

»Morgen ist der erste Mai und wieder ein verdammter Feiertag«, lamentierte Michael. »Und die Frist ist fast verstrichen.«

»Dann laßt uns einen Hektoliter Kaffee bestellen und uns die ganze Sache noch mal durchkauen«, sagte Streak fröhlich. »Wir hören zu, was, Jungens?«

»Dafür, was ihr uns zahlt, könntet ihr über das Briefmarkensammeln reden, und wir würden immer noch zuhören«, sagte Juan mit einem Grinsen.

»Ja, ich würde mir sogar Notizen machen«, stimmte Xavier zu, indem er ein tiefes Kichern ausstieß.

Die Kombination aus Erleichterung darüber, der unmittelbaren Gefahr entronnen zu sein, einer gewissen Erschöpfung durch Müdigkeit und Reisestrapazen und einem rasch verabreichten Koffeinkick hatte sie ziemlich munter gemacht, als es zwei Uhr vorbei war. Das Hotelzimmer war klein, da Michael gleich das erste auf der Liste gebucht hatte, ohne sich um Einzelheiten zu kümmern, und die Luft wurde vom Rauch der Zigaretten und den Ausdünstungen der Leiber rasch schal. Zu Streaks Entzücken hatte Juan auch ein ziemlich hochwertiges Exportprodukt Jamaikas mitgebracht, und er wußte, wieviel er rauchen konnte, ohne sich am nächsten Morgen nutzlos vorzukommen. Er lehnte sich zufrieden zurück und atmete mit einer Miene reinsten Entzückens aus.

»Ich glaube, ich habe dieses Knuspergefühl«, sagte er. »Was meint ihr? Sollen wir uns eine Ladung Knabberzeug bestellen?«

»Ich glaube nicht, daß der italienische Zimmerservice in dieser Beziehung gut bestückt ist. Aber der Flughafen ist voller Einkaufspromenaden«, sagte Michael. »Ich wette, da finden Sie was.«

Langsam und träger als üblich erhob sich der Elf und glitt förmlich zur Tür, um sich auf die Suche nach den Leckereien zu machen, nach denen es ihn gelüstete.

»Wir haben noch nicht darüber geredet, was auf dem Platz passiert ist«, sagte Serrin.

»Was soll schon passiert sein? Ein Trupp Attentäter ist bei lebendigem Leib geröstet worden, und wir mußten um unser Leben rennen«, sagte Geraint sarkastisch.

»Das meine ich nicht. Ich meine den Sinn der Sache«, erwiderte Serrin leise.

»Den Sinn welcher Sache?«

»Ich meine nicht die Idioten und Fanatiker mit den Kanonen und Geistern und Todeswünschen. Ich meine die Demonstration.«

Geraint sah ihn ungläubig an.

»Die Gestalt, die erschienen ist«, sagte der Elf ungeduldig. »Die Frau.«

»Ich fand den abgetrennten Kopf ziemlich daneben«, sagte Michael mit einigem Abscheu.

»Ein sehr kraftvolles Bild. Vor der Kirche des heiligen Markus erschafft unser Mann das Bild einer echten Blasphemie. Die Magdalena mit dem Kopf von Johannes dem Täufer, das war sie nämlich. Kein Wunder, daß die Jesuiten so perplex waren.«

»Ich verstehe es nicht«, sagte Michael.

»Diese Gestalt war die Magdalena. Ich bin ganz sicher. Ich habe sie auf dem Gemälde draußen gesehen, *Das Letzte Abendmahl*. Das war sie, und dieses Gemälde hat etwas sehr, sehr Merkwürdiges.«

»Das ist wahr«, sagte Michael.

»Und das Gemälde von Johannes ist so sonderbar. So androgyn. Dieselbe Sache wie bei dem Icon, das er hinterlassen hat: das Leichentuch mit dem Gesicht der schwarzen Frau. Diese Bilder sind sehr kraftvoll«, sagte Serrin bedächtig, als gestehe er sich selbst etwas ein und sei davon ziemlich überrascht. »Ich verstehe nur nicht, was sie eigentlich aussagen. Sie sind eine offensichtliche Blasphemie. Aber sie wurden nicht geschaffen, um zu schockieren. Das wäre völlig sinnlos, und ich glaube nicht, daß unser Mann seine Zeit mit sinnlosen Demonstrationen verschwendet. Ich wünschte nur, ich könnte ergründen, was genau er damit aussagen will.«

»Also hat er es vielleicht mit der Magdalena«, grübelte Michael. »Ich würde auch sagen, daß sie die zentrale Gestalt des Abendmahl-Gemäldes ist.«

»Und wenn ich mich nicht sehr irre, gibt es Hinweise in der Bibel, daß die Jünger eifersüchtig auf sie waren und sie nicht mochten«, sagte Serrin, indem er die Schublade des Nachtschränkchens öffnete. »Und zum erstenmal in der Geschichte dieses Planeten steht jemand kurz davor festzustellen, daß die Hotelbibel tatsächlich einen Nutzen hat.«

Er blätterte einen Moment darin herum, bis er die wichtigen Passagen fand, und nickte ein paarmal.

»Sie beschweren sich bei Christus, daß sie eine Hure und ein schlechter Mensch sei, und es gefällt ihnen nicht, daß er sich mit ihr abgibt. Lies«, sagte er zu Michael, indem er ihm das Buch zuwarf.

»Es ist lange her, seit ich mich zuletzt damit beschäftigt habe«, gab Michael zu, als er die Stellen im Neuen Testament nachschlug.

»Schön, also haben sie etwas gegen sie, und das Gemälde belegt das. Aber warum hat er sie mit dem abgetrennten Kopf auf dem Platz erscheinen lassen?«

»Da bin ich auch überfragt«, sagte Serrin. »Es war Salome, die den Kopf geschwungen hat, wenn ich mich recht erinnere. Aber unser Mann hat es mit Köpfen. Der Kopf auf dem ursprünglichen Leichentuch war vom Rest des Körpers getrennt. Und unser Mann hat ihn durch einen anderen abgetrennten Kopf ersetzt, wenn ihr so wollt.«

»Die Priorei«, sagte Michael zögernd, indem er die Fäuste ballte und wieder entspannte in dem Bemühen, eine tief in seinem Unterbewußten verborgene Erinnerung hervorzuholen. »Ich erinnere mich an eine Sache bei meinen Nachforschungen, die ich über sie angestellt habe. Über die Priorei von Sion, unsere Chummer in Rennes. Sie behaupten, sie stammen von den Tempelrittern ab, und die Templer wurden beschuldigt, einen abgetrennten Kopf anzubeten, der zu ihnen sprach. Wenigstens ist das eines der Dinge, derer sie beschuldigt wurden.«

»Zusammen mit Sodomie, Steuerflucht, Vetternwirtschaft und ketzerischem Ein- und Ausatmen«, sagte Serrin grinsend. »Ich glaube vielmehr, daß der Papst jede Anklage gegen sie vorgebracht hat, die ihm einfiel, abgesehen davon, lesbisch zu sein.«

»Sie waren Männer!« protestierte Michael.

»Eben«, sagte Serrin trocken.

»Warum spielt unser Mann also mit diesen Bildern, und warum ist er so auf Leonardo fixiert?«

»Das ist die Millionen-Nuyen-Frage«, schloß Serrin. »Und wir kennen die Antwort nicht.« Er hielt inne, während ihm ein anderer Gedanke kam. »Außerdem wissen wir nicht, wo er ist.«

»Blondie war gestern morgen in Venedig«, erinnerte ihn Geraint. »Wenn er da war, dann auch derjenige, den er als seinen Meister bezeichnet.«

»Das ist logisch.«

»Und ich wette, jetzt sind sie nicht mehr da«, folgerte Geraint.

»Das ist ebenfalls ziemlich wahrscheinlich.«

»Wohin sind sie also verschwunden, und haben wir irgendeinen Hinweis auf ihr Reiseziel oder das von ihnen benutzte Fortbewegungsmittel?«

»Nein.«

»Also müssen wir passiv bleiben und auf einen weiteren Zug in diesem verdammten Spiel warten!« knurrte Geraint. »Das gefällt mir ganz und gar nicht. Wir sind wieder da, wo wir angefangen haben.«

Michael schaltete seinen Laptop ein. »Nun, da sie einen Zug gemacht haben, frage ich mich, ob sie vielleicht eine Nachricht für uns hinterlassen haben. Ja, richtig. Gute Idee.« Seine Miene verzog sich zu einem Lächeln. Dann sah er verwirrt aus, sogar ein wenig erbost.

»Denken Sie an die Hejira«, las er die E-Mail vor. »Das war's. Drek.«

»Die Flucht des Propheten«, sagte Serrin. »Mohammed floh von Mekka nach Medina, nicht wahr?«

»Ja, genau, aber was hat das damit zu tun? Und sag mir jetzt nicht, daß er ganz plötzlich zum Islam übergetreten ist.«

»Denk metaphorisch, Michael«, sagte Serrin aufgebracht. »Mohammed hat eine heilige Stadt verlassen. Unser Mann hat Venedig verlassen.«

»Dann sagt er also, daß er so eine Art Prophet ist?« Michael hörte sich mißbilligend an.

»Vielleicht ist er einer.«

»Und vielleicht leidet er auch an ernstlichen Wahnvorstellungen.«

»Vielleicht«, lächelte Serrin. »Aber wir wissen, daß er mit Sicherheit Berge versetzen kann.«

»Na schön. Also steigt er in ein Flugzeug und ...« Michael schaute angesichts der Idee, die ihm soeben gekommen war, ziemlich überrascht drein. »Nein, so einfach kann es nicht sein ...«

Er machte sich bereits an seinem Reise-Cyberdeck zu schaffen.

»Wie einfach?« fragte Geraint verwirrt.

»So einfach, daß er ein Flugzeug genommen hat«, murmelte Michael, indem er auf die Tasten einhämmerte.

»Nun, natürlich nicht, sie brauchten nicht die Hejira zu erwähnen, um uns das mitzuteilen«, sagte Serrin.

»Vielleicht nicht, aber vielleicht ist es etwas ganz Einfaches und dann noch etwas mehr, also laßt es uns herausfinden. Und vielleicht können wir einen vernünftigen Blick auf unseren Mann werfen. Gott sei Dank fotografieren die italienischen Staaten routinemäßig alle Ankommenden und Abfliegenden auf ihren Flughäfen und speichern die Daten ein Jahr lang. Ursprünglich aus Sicherheitsgründen.«

»Heißt das, wir sind auch erfaßt worden?« fragte Geraint beunruhigt, da sich daraus einige unangenehme Implikationen ergaben.

»Klar«, sagte Michael. »Also wollen wir mal nachsehen.«

»Es wird eine Ewigkeit dauern, sich jeden Passagier anzusehen, der heute von Venedig abgeflogen ist«, lamentierte Serrin.

»Nicht unbedingt«, sagte Michael. »Blondie wird bei ihm gewesen sein, richtig? Ich gebe Smithers einfach eine Beschreibung von Blondie, er rattert die Listen durch und sucht nach Personen, die der Beschreibung ähneln, und die Sache ist in ein paar Minuten erledigt. Smithers ist ziemlich gut in solchen Dingen.«

Juan und Xavier hatten sich bis jetzt ruhig verhalten, obwohl sie der Diskussion aufmerksam folgten, die sie nicht vollständig begriffen, aber deren Logik sie nachvollziehen konnten. Jetzt warfen sie sich verwirrte Blicke zu.

Serrin bedachte sie mit einem Grinsen. »Fragt nicht.«

In diesem Augenblick kam Streak mit zwei großen Papiertüten unter dem Arm zurück.

»Sie Gierhals«, sagte Kristen fröhlich, indem sie nach einer der Tüten griff, als er vorbeiging. »Sie haben ein gewaltiges Abendessen verschlungen.«

»Warum stehlen Sie mir dann meine Leckereien?«

»Ich habe Ihnen etwas von Ihrem Dope gestohlen«, erklärte sie kichernd.

»Ach so, dann bedienen Sie sich«, sagte der Elf fröhlich, indem er es sich auf einem Bett gemütlich machte und eine große Tüte Chips öffnete.

Michael lehnte sich zurück und schlug mit den Fingern einen Trommelwirbel auf dem Tisch, während er wartete. Dann nahm das Bild auf dem Schirm Gestalt an, dessen Auflösung mit jedem verstreichenden Sekundenbruchteil besser wurde.

»Tatsächlich finden wir ihn vielleicht gar nicht. Denk daran, wie er das System des Dogen gestört hat«, sagte Serrin.

Michael schüttelte den Kopf. »Diesmal nicht.« Er beobachtete aufmerksam den Bildschirm. »Oh, sehr clever. Sehr amüsant. Der Bastard.«

Sie sahen den unverkennbaren Pferdeschwanz und das fröhlich lächelnde Gesicht des jungen Mannes, den sie als Salai kannten. Er begleitete eine ältere, ebenso schlanke, aber größere Gestalt.

Es war ein ernstes Gesicht: eine gerunzelte Stirn unter einem ziemlich unpassenden Barret, eine Hakennase und ein Kinn, das weder schwach noch außergewöhnlich stark ausgeprägt war. Die grauen Augen wirkten freundlich und hatten einen akademischen Ausdruck. Er hatte das alterslose Aussehen, das manche Männer mittleren Alters annehmen, wenn ihre Haare so grau werden, wie sein langes, fließendes, leicht gewelltes Haar war. Um seine Lippen schien ein Lächeln zu spielen. Es erinnerte sie sofort an das der Mona Lisa, das über die Jahrhunderte hinweg Gelehrte fasziniert und verwirrt hatte.

Was nicht überraschend war, weil es sich unverkennbar um das Gesicht Leonardo da Vincis handelte. Jünger, als ihn sein Selbstporträt im Alter zeigte, aber nichtsdestoweniger Leonardo da Vinci. Michael lehnte sich zurück und lachte. Er schien kurz davorzustehen, zu klatschen und mit den Füßen zu trampeln.

»Sehr clever, sehr gut. Also ist er ins Archiv gedeckt und hat das Bild geändert. Sauber, sauber. Das gefällt mir, mein lieber Junge. Und jetzt wollen wir mal nachsehen, wohin du auf deiner Hejira geflogen bist.

Nach Ahwas«, sagte er ein paar Augenblicke später verwundert. »Unser Mann ist in einem gecharterten Flugzeug nach Ahwas geflogen. Kurz nach Mitternacht.«

»Heute?«

»Natürlich heute«, sagte Michael gereizt.

»Und wo, zum Teufel, liegt dieses Ahwas?« fragte Streak undeutlich, da er gerade einen Schokoladenriegel aß.

»Im südwestlichen Iran an der Grenze zum Irak«, sagte Michael, der bereits auf einer Karte nachgesehen hatte.

»Das ist echtes Banditenland, Chummer«, informierte ihn Juan von der anderen Seite des Zimmers. »Hundert kleine Banditenführer, und die Hälfte schießt immer noch mit Gewehren aus dem letzten Jahrhundert von Pferderücken herunter. Verdammt primitiv.«

Serrin starrte eindringlich auf die Schrift, die jetzt über das Bild auf dem Schirm lief, aber niemand nahm Notiz von ihm bis auf Kristen, die sich alle Mühe gab, ihm über die Schulter zu sehen. Er suchte nach etwas, oder vielmehr wußte er, daß etwas an dem Bild war, und konnte nicht erkennen, was es war, wo es war und was es bedeutete.

Sie zeigte es ihm.

»Ah«, sagte er mit einem Seufzer der Erleichterung. »Ja, natürlich.«

»Was ist los?« fragte Michael, der seine Bemühungen unterbrach, mehr über Ahwas zu erfahren und darüber, ob die Stadt einen Flughafen hatte und wenn ja, was für einen.

»Sein Finger. Der Zeigefinger seiner rechten Hand. Sieh ihn dir an.«

»Er zeigt nach oben. Und?«

Serrin wühlte in seiner Tasche, wobei er den ungeduldigen Michael zu warten aufforderte, und zog schließlich das Buch mit den Abbildungen der Gemälde heraus, das er gesucht hatte.

»Sieh her, Johannes der Täufer. Auf dem Bild ist nur sein Gesicht und dieser erhobene Finger zu sehen.«

»Und? Ein Bild, und ...«

»Dann sieh dir mal sein Gemälde von Johannes dem Täufer in der Wüste an, da ist der Finger auch«, stellte er fest, während er umblätterte.

»Na schön«, sagte Michael, der jetzt verblüfft war. »Was will er damit sagen?«

»Wie war das bei Johannes?« fragte sich der Elf laut. »Ich bin nicht sicher. Aber ich weiß, daß er diese Geste nicht rein zufällig gemacht hat.«

»Ein erhobener Finger, ja?« sagte Streak. »Ich weiß, was ich damit meine.«

»Es ist der Zeigefinger, nicht der Mittelfinger«, sagte Serrin ungehalten.

»Ahwas«, las Michael vor. »Die Stadt hat eine kleine Landebahn, die gegen Ende des letzten Jahrhunderts von der Erkundungsgruppe einer Ölgesellschaft angelegt wurde. Die Lage ist gegenwärtig wohl einigermaßen stabil, was bedeutet, daß sich die Gegend seit mindestens einem Jahr in der Hand derselben Banditen befindet und in dieser Zeit kein Flugzeug abgeschossen wurde. Ich glaube, wir müssen dorthin.«

Die Samurai sahen einander an und lächelten das Krokodil-Lächeln aller Söldner, das besagt: »Der Preis ist soeben gestiegen!«

Geraint interpretierte ihre Miene richtig.

»Ja, Sie machen Überstunden und bekommen Prämien«, sagte er zu ihnen. »Wir werden Sie brauchen.«

»Mit Sicherheit«, sagte Streak fröhlich. »Jawoll, Verrückte mit Riesenkanonen.«

»Ich meinte nicht …«

»Ich meine die anderen«, sagte Streak. »In der Wüste. Übrigens, seid ihr gegen alle Krankheiten geimpft, die man sich dort holen kann?«

»Drek«, stöhnte Michael. »Daran hatte ich nicht gedacht.«

»Wir Profis werden regelmäßig geimpft«, sagte Streak fröhlich. »Schließlich weiß man nie, wohin man als nächstes muß.«

»Wir haben keine Zeit«, warf Geraint ein. »Wir werden einfach ein paar Liter Insektenspray kaufen müssen. Und Desinfektionstabletten für das Wasser. Und …«

»Keine Sorge, Euer Lordschaft. Ich habe Euch nur etwas aufgezogen. Wir haben alles, was wir brauchen. Oder nicht, Jungs?«

»Klar«, grunzte der Ork.

»Tja, dann war es das. Es ist jetzt Viertel nach drei, und ich brauche etwas Schlaf«, sagte Michael müde. »In ein paar Stunden fliegen wir nach Ahwas und schnappen unseren Mann.« Er schaltete sein Deck aus.

Doch in diesem Fall war Michael nicht vorsichtig genug gewesen. Es hätte ihn entsetzt, wenn er es gewußt hätte, wie es ihn später entsetzte, als er es bemerkte, daß jemand in sein eigenes System gedeckt war. Der dafür verantwortliche finstere Mann gab die Informationen ohne Gefühlsregung an seinen Herrn weiter.

»Dann stimmt es also«, sagte der Mann, als habe er nichts anderes erwartet. »Er ist ins Herz der Ketzerei zurückgekehrt. Wie ein Hund, der zu seinem Erbrochenen zurückkehrt. Es ist immer so.«

Er erwog seine Möglichkeiten. Von seinen besten Männern erholte sich die Hälfte immer noch von den Ereignissen in Venedig. Er bezweifelte jetzt, daß Magier und Attentäter den Job für ihn erledigen konnten. Sie hatten ihr Wild lange genug verfolgt, und es war ihnen jedesmal entwischt. Er konnte nicht mehr auf die Fähigkeiten seiner Untergebenen vertrauen.

Er griff zum Telekom, aktivierte seine Privatleitung und sagte zu dem Sekretär des Vatikans, daß er trotz der vorgerückten Stunde mit Seiner Heiligkeit persönlich reden müsse, und zwar in einer Angelegenheit von höchster Dringlichkeit.

Jenseits des Mittelmeers im breiten, fruchtbaren Tal des trägen Flusses Karun wurde ein junger Mann durch den unterirdischen Teil des Gebäudes geführt, von dem er bereits die Kuppel und das Observatorium oben gesehen hatte, außerordentliche Konstruktionen für ein so armes Volk an einem derart verheerten Ort. Er lächelte und umarmte seinen dunkeläugigen Führer, der sehr nervös und offenbar erpicht auf seine Anerkennung war.

»Es ist wunderbar«, sagte Salai. »Es ist genauso, wie es entworfen wurde. Ihr habt eine außerordentliche Leistung vollbracht. Das ist ein Wunder für mich.«

Der Araber lächelte erleichtert, wobei seine ebenmäßigen weißen Zähne im weichen Licht glitzerten.

»Und der Prophet wird bald hier sein?«

»Innerhalb der nächsten Stunde, Tariq. Er wird ein wenig aufgehalten, weil er sich unterwegs noch um ein oder zwei dringende Angelegenheiten kümmern muß.«

»Das ist so ein großer Tag für uns«, sagte der Mann

inbrünstig. »Wir hätten nie gedacht, daß wir diesen Tag erleben würden.«

»Und er bringt große Reichtümer, und in seinem Schlepptau werden die besten Künstler und Gelehrten folgen«, sagte Salai fröhlich.

»Man hat uns lange genug unterdrückt«, sagte der Mann mit einigem Nachdruck.

»Das wart ihr in der Tat, aber jetzt nicht mehr. Das Große Werk wird hier vollbracht, und ihr werdet erhöht sein unter den Menschen«, sagte der junge Mann beschwichtigend. »Ihr seid bereits für eure Treue belohnt worden...«

Er wurde von Tariq unterbrochen, der jeden Anschein von Undankbarkeit oder Ungeduld vermeiden wollte.

»Wir hätten das alles nicht ohne das Geld bauen können, das ihr uns gegeben habt«, sagte er sofort, »und wir haben ein ausgezeichnetes Krankenhaus und eine Schule für die Kinder. Wir wissen, wie großzügig der Prophet seinem Volk gegenüber ist. Es ist nur, ihn bald bei uns zu wissen...« In seinem Gesicht stand reinste Verzückung.

»Und hier ist das Zentrum«, sagte Salai, als er um die letzte Ecke bog. »Ach, Tariq, das ist eine hervorragende Wiedergabe.«

Die Menschen dieses Ortes mußten an diesem Mosaik jahrelang mit aller Sorgfalt gearbeitet haben. Im sanften Licht aus den Nischen leuchteten Tausende winziger Fragmente aus glitzerndem, poliertem Stein und Kristall. Das absonderlich Androgyne von Leonardos *Johannes der Täufer* war in dem runden Schrein im Herzen des Labyrinths perfekt wiedergegeben.

»Wunderbar. Und dann ist da das tiefere Mysterium, Tariq, aber davon werden wir jetzt nicht reden.«

»Wir warten«, sagte der Mann.

27

Also rauschen wir einfach mit einem Foto in ein Banditenland und sagen: ›Entschuldigen Sie, mein lieber gewehrschwingender Bandit, aber haben Sie vielleicht diese Männer gesehen?‹, obwohl wir genau wissen, daß einer von ihnen ohnehin nicht so aussieht«, grübelte Geraint bei einem Junk-Food-Frühstück. Der Flughafen schien nichts Besseres zu bieten zu haben, aber am frühen Mittag – als sie es geschafft hatten, aufzustehen, zu baden, sich anzuziehen und wieder alles zusammenzupacken – war ihnen der Gedanke an ein Mittagessen zuwider und das Junk-Food alles, was sie herunterbekamen.

»Wir haben Blondie, und der ist mit seinem Pferdeschwanz nicht zu übersehen«, erwiderte Michael.

»Er könnte ihn unter die Jacke stecken.«

»Hast du ihn das je tun sehen?«

»Er könnte es trotzdem.«

»Ja, klar, und deshalb hat sein Meister sein Gesicht auch unverändert gelassen, als er die Flughafenaufnahme verändert hat, um es schwerer für uns zu machen«, erwiderte Michael giftig. »Entschuldigung, ich bin immer noch müde. Ich glaube wirklich, er will, daß wir ihn finden.«

»Das ist bizarr.«

»Ist es das wirklich? Hör mal, dieser Bursche muß ein ganz schönes Ego haben. Er ist ein Genie – du brauchst dir nur anzusehen, was er geschafft hat. Er muß ein gewisses Verlangen nach Anerkennung haben. Er muß sich jemanden wünschen, zu dem er sagen kann: ›Sieh mal, wie clever ich bin.‹ Er hat sich nur uns ausgesucht, das ist alles.«

»Gut möglich, aber warum gerade uns? Ich meine,

es müssen doch Dutzende von Teams hinter ihm her sein.«

»Mit Sicherheit. Tatsächlich habe ich Denison von MCT Frankfurt in Venedig gesehen, wenn ich mich nicht sehr irre. Andererseits war Renraku der einzige Konzern, der das Leichentuch-Icon bekommen hat«, endete Michael nachdenklich. »Ich weiß immer noch nicht, warum er das getan hat.«

»Tja, wir haben ohnehin keine andere Möglichkeit«, sagte Geraint. »Und wenn die Matrix zusammenbricht, verliere ich einen Haufen Geld, also schnappen wir uns den Kerl.«

»Tatsächlich haben wir sogar noch einen Tag übrig«, sagte Michael. »Wenn das ein Film wäre, würden wir ihn fünf Sekunden, bevor er auf den Knopf drückt, finden, und man könnte einen Timer rückwärts laufen und die Sekunden herunterzählen sehen.«

»Hmmm«, machte Serrin ohne besonderen Grund. Er war den größten Teil des Morgens in Gedanken gewesen und hatte sich Bilder und Gemälde angesehen und Notizen gelesen. Es war offensichtlich, daß er in Ruhe gelassen werden wollte, bis er die Nuß geknackt hatte, mit der er sich beschäftigte. Kristen war mit diesen Stimmungen mittlerweile mehr als vertraut und hatte gelernt, einfach nur da zu sein, wenn der Elf wieder in die Wirklichkeit zurückkehrte.

»Ich habe die Erlaubnis aller relevanten Staaten, ihren Luftraum zu durchfliegen«, sagte Streak zu ihnen. »Wohlgemerkt, über dem Irak wird es ohnehin ziemlich heikel, also zum Teufel damit. Wir nehmen die südliche Route über Saudi-Arabien. Die türkische Route schmeckt mir nicht, weil wir dann durch Aserbaidschan müssen. Da schießen sie SAMs zur Entspannung ab. Saudi-Arabien ist okay.«

»Haben wir alles, was wir brauchen?« fragte ihn Geraint zum zehntenmal an diesem Morgen.

»Eure Lordschaft, Sie sind bereits mit Chinin und

KZT und einem Dutzend anderer Medikamente vollgepumpt, was auch der Grund dafür ist, warum Sie sich so eifrig mit Drek vollstopfen, den Sie zu Hause nicht mal im Traum anrühren würden. So verdreht reagiert der Körper darauf«, grinste Streak. »Außerdem werden Sie in den nächsten ein oder zwei Wochen zehn, zwölf Stunden pro Tag schlafen. Glauben Sie mir. Ach ja, und Sie pinkeln jetzt grün, aber das ist immer ein guter Party-Trick, wenn man das kann. Wenn ich ein Krankheitserreger wäre, würde ich Sie meiden wie die Pest.«

Er lehnte sich zurück und lachte laut. »Hoppla, verdrehte Metapher. Sie wissen, was ich meine.«

»Prächtig«, sagte Geraint, der in der Tat auf Streaks Geheiß vor dem Frühstück eine bestürzende Anzahl seltsam geformter Tabletten geschluckt und sich dann gefragt hatte, ob er wirklich ein derart naives Vertrauen an den Tag legen sollte. Zumindest wußte er, daß die Spritze aus einer luftdicht versiegelten Pakkung stammte. Es war dieselbe Packung, die er vor Geschäftsreisen in den Fernen Osten selbst schon ein paarmal benutzt hatte.

»Dann laßt uns los. Es hat keinen Sinn, noch mehr Zeit zu verschwenden.«

Sie zahlten die Rechnung, gingen durch den schmalen Gang zur Lounge für die VIPs und Privatpassagiere und dann langsam weiter zu ihrem kleinen Flugzeug. Die letzte Woche ihres Lebens hatte so viele Flugreisen, Taxifahrten und Autotouren beinhaltet, daß sie alle auf ihre Weise Heimweh entwickelten-nicht, daß sich einer von ihnen dieser Tatsache bewußt gewesen wäre. Was sie mehr als alles andere empfanden, war Erleichterung, daß sie endlich den Mann kennenlernen würden, der ihnen auf die eine oder andere Art so viel Ärger bereitet hatte.

Sie waren bereits von mehr als einer Gruppe verfolgt und von mindestens zweien davon angegriffen worden. Sie waren außerdem mindestens zwei anderen Gruppen von Runnern entwischt, welche andere Konzerne auf sie angesetzt hatten, die wußten, daß Michael und seine Freunde einen Vorsprung hatten. Sie hatten nur einen Verfolger übersehen, was nicht so überraschend war, denn schließlich wurden alle Informationen an ihn weitergeleitet, die Michael Renraku zukommen ließ. Da Michael bereits einen sechsstelligen Spesen- und Honorarvorschuß von Renraku bekommen hatte, war er der Ansicht, er müßte dem Konzern dafür Resultate liefern und ihn auf dem laufenden halten. So war es nicht sonderlich schwer gewesen, ihn zu beschatten.

Der Spion lieferte seinen Bericht ab und bat um Anweisungen. Man befahl ihm, auf Verstärkung und auf ein bestimmtes Flugzeug zu warten.

»Drek, das ist eine Militärmaschine. Ich weiß nicht, ob wir in dem Ding landen können«, wandte er ein.

Die Stimme am anderen Ende der Leitung war gelassen, aber stählern. »Kein Grund zur Sorge. Wir haben Unterlagen über die Anlage eingesehen, und die jüngsten Satellitenaufnahmen bestätigen die strukturelle Integrität«, sagte sein Boß in dem erstickten Vokabular des Konzern-Execs. »Wir schicken drei Flugzeuge.«

»Drei?« Der Spion konnte es nicht glauben. Das bedeutete, daß zweihundert Fallschirmjäger plus dem dazugehörigen Hilfspersonal eingeflogen wurden. Da sie angeblich hinter einer einzigen Person her war, kam es ihm gelinde gesagt so vor, als würden sie mit Kanonen auf Spatzen schießen.

»Die Einheimischen könnten feindselig reagieren.«

»Ach, hören Sie doch auf, das sind doch nur Primitive mit verdammten Jagdgewehren!«

»Seien Sie nicht so schulmeisterlich. Wissen Sie, Ihr letztes Profil läßt darauf schließen, daß Sie latente rassistische Tendenzen haben.«

»Kommen Sie mir nicht mit dem Blödsinn«, sagte der Mann mit Nachdruck. »Zwanzig von diesen Burschen könnten einen Haufen Flugzeugentführer in einer Boeing ausschalten, und Sie schicken zweihundert? Was, zum Teufel, geht hier eigentlich vor? In was für einen Schlamassel schicken Sie mich da?«

Sein Mißtrauen war nicht unbegründet. Sein Vorgesetzter hielt einen Augenblick inne, bevor er den Mann beschwichtigte.

»Keine Sorge, Johanssen. Wir ergreifen nur alle erforderlichen Vorsichtsmaßnahmen. Schließlich haben Sie eine ungefähre Vorstellung davon, was hier auf dem Spiel steht.«

»Aber was ist mit Sutherland?«

»Fügen Sie ihm nur dann Schaden zu, wenn es sich absolut nicht vermeiden läßt. Dasselbe gilt für den Waliser. Er ist ein britischer Adeliger, und Ärger in dieser Richtung könnte sich als extrem schlechte Reklame erweisen.«

»Was ist mit den anderen?«

»Wenn sie Ihnen in die Quere kommen, räumen Sie sie aus dem Weg.«

Eine Pause. »Ich brauche eine offizielle Vollmacht hinsichtlich des Verhandlungsspielraums, den ich habe«, sagte Johanssen schließlich. »Was wir dem Mann anbieten können, wenn Gewalt scheitert.«

»Gewalt wird nicht scheitern.«

»Natürlich nicht. Fünfzig Tonnen schwarzes Ice sind gescheitert, aber zweihundert Soldaten werden funktionieren. Vielleicht müssen wir doch verhandeln.«

»Damit beschäftigen wir uns, wenn dieser Fall tatsächlich eintreten sollte. Sie haben eine verschlüsselte Direktverbindung zu mir, und ich stehe vierundzwanzig Stunden pro Tag zur Verfügung.«

Johanssen schaltete das Telekom aus. Er hatte Sutherland bereits zweimal verloren, und als es ihm gelungen war, ihn in Venedig wiederzufinden, hatte er gedacht, seine Aufgabe würde sich auf seine Verfolgung beschränken, bis heute morgen der Anruf aus Chiba gekommen war. Jetzt würde er zweihundert Renraku-Soldaten auf einem anscheinend ganz normalen Angriff auf ein einzelnes Ziel begleiten, und er *wußte* ganz einfach, daß er eine totale Katastrophe erleben würde.

»Selbst um diese Jahreszeit werden um die dreißig Grad herrschen, und ihr könnt von Glück sagen, daß die Stadt an einem Fluß liegt, sonst wäre es noch heißer«, rief Streak ihnen aus dem Pilotensitz zu.

Zwar hatten sie sich mit der Medizin und dem Sonnenschutz, die sie brauchten, und den Waffen, von denen sie hofften, daß sie sie nicht brauchen würden, eingedeckt, aber sie hatten nicht an Schönwetter-Kleidung gedacht. Der Elf hatte ihnen jedoch eine großzügig bemessene Menge von Talkumpuder gegeben, mit dem sie sich bestäuben sollten, um einzudämmen, was er blumig ›Eierfäule‹ durch ausgiebiges Schwitzen nannte. Haut der Sonne auszusetzen, um nicht ganz so zu schwitzen, würde mehr Insektenstiche bedeuten, und zwar trotz der Anstrengungen aller Insektenschutzmittel, mit denen sie sich einschmieren konnten, und dazu ein erhöhtes Sonnenbrandrisiko.

»Was sagen wir nur, wenn wir dort ankommen?« sann Geraint, während er auf die einförmige saudiarabische Sandwüste starrte.

»Das ist eine gute Frage«, sagte Michael. »Ich schätze, daß unser Mann eigene Pläne haben wird. Er wird etwas wollen.«

»Ich dachte, wir wüßten, was er will«, warf Geraint ein. »Einen ziemlichen Haufen Geld.«

»Das hat er verlangt, aber es würde keinen Sinn ergeben, wenn das alles wäre, was er wollte. Warum spielen wir dieses Spiel?«

»Hmm«, machte der Waliser nur.

»Wenn wir also aus dem Flugzeug steigen und unseren Leonardo-Doppelgänger finden, müssen wir uns einen Weg überlegen, wie wir dafür sorgen können, daß er nicht alle guten Karten in der Hand hält.«

»Was haben wir in der Hand?«

»Wenig mehr als unseren angeborenen Witz und unsere Intelligenz, fürchte ich.«

»Dann sind wir angeschmiert«, sagte Streak fröhlich. »Geschätzte Ankunftszeit in zwanzig Minuten. Keine Raketen in Sicht. Dem Himmel sei Dank dafür. Keine Sorge.«

»Wir haben keine Fallschirme«, stellte Michael fest.

»Ja, aber dafür haben wir Abwehrraketen. Ich fliege niemals ohne.«

»Funktionieren sie?«

»Ja. Oder vielleicht sollte ich sagen, daß sie bei diesem Baby die paarmal funktioniert haben, als sie wirklich gebraucht wurden.«

»Glauben Sie wirklich, wir werden beim Anflug beschossen?« fragte Michael ernsthaft.

Streak lachte herzlich. »Nee, glaube ich nicht. Dort, wohin wir fliegen, ist es ziemlich ruhig. In Basra geht es lebhafter zu, aber von diesem Drekloch sind wir ein gutes Stück entfernt.«

Die Ereignisse bestätigten ihn. Als sie sich der Landebahn näherten, die wenig mehr als ein Streifen gestampften roten Lehms war, spürten alle, wie sich ihr Magen vor Anspannung verkrampfte. Es war keine Angst um ihre Sicherheit, sondern die aufgeregte Hoffnung, daß sie endlich am Ende der Spur angelangt waren.

Die Räder des kleinen Flugzeugs hüpften ein paarmal auf der holprigen Landebahn. Streak sorgte absichtlich für Unruhe unter seinen Passagieren, indem er ein paarmal »Oje!« und »O nein!« rief, als stünden sie kurz vor einer Katastrophe. Schließlich stiegen seine Passagiere ein wenig erschüttert und ängstlich aus dem Flugzeug. Zu ihrer Überraschung stand ein in der grellen Sonne silbern und grau schimmernder Rolls-Royce vor den Hütten, die als Flughafengebäude dienten. Gekleidet wie ein englischer Chauffeur und mit vor der Brust verschränkten Armen lehnte der Mann, den sie als Salai kannten, an der Vordertür des Wagens. Er winkte ihnen fröhlich zu, als heiße er alte Kunden willkommen.

»Sie werden erwartet«, sagte er.

Streak zog seinen Predator und ging auf den Mann zu.

»Also schön, du kleiner Wichser, jetzt wollen wir doch mal sehen, wer unser Erpresser ist. Bring mich zu deinem Meister«, knurrte er.

Der junge Mann lachte. Aus den Gebäuden hinter ihm strömten vierzig oder fünfzig Männer, die mit eindeutig prähistorischen Karabinern und Gewehren bewaffnet waren, und schwärmten aus, um einen großen Kreis zu bilden.

»Meine Freunde haben eine etwas antiquierte Technologie, aber ich denke, Sie werden feststellen, daß sie Ihre Fähigkeiten durch ihre bloße Anzahl übersteigen«, sagte Salai gelassen. »Außerdem besteht für so etwas ohnehin keine Veranlassung. Demonstrationen eines derart kindischen Macho-Gehabes lassen Sie nur in meiner Wertschätzung sinken, falls das überhaupt möglich ist. Und jetzt tun Sie mir den Gefallen und steigen in diese äußerst bequeme Limousine, die viel besser ist, als Sie es verdienen, denn Sie müssen zu einer Verabredung.«

Streak zuckte die Achseln, steckte die Waffe ein und rief überflüssigerweise die anderen, die ohnehin in Hörweite waren.

»Er sagt, wir sollen in den Wagen steigen. Was meint ihr?«

»Ich meine, wir steigen ein«, entschied Michael für sie.

Alle folgten ihm. Diesmal gab es keine Probleme, sieben Personen in der geräumigen Limousine unterzubringen. Eine dicke gläserne Trennscheibe trennte sie von Salai, und sie schien absolut schalldicht zu sein, da er auf ihre Fragen nicht reagierte. Ein Lautsprecher gestattete es ihm jedoch, ihnen seinerseits Botschaften zu übermitteln.

»Die Fahrt wird nicht lange dauern, und ich gehe davon aus, daß sie bequem sein wird. Aber ich fürchte, es gibt keinen geeisten Champagner in einem Silberkübel für Lord Llanfrechfa. Sie müssen die Schwierigkeiten berücksichtigen, denen man an einem so abgelegenen Ort begegnet.«

Als sie ihn fragten, warum sie sich an einem so abgelegenen Ort befanden, bekamen sie keine Antwort und begriffen schnell, daß der junge Mann auf Fragen nicht reagierte.

»Das gefällt mir überhaupt nicht«, fuhr Streak auf. »Wir können überallhin gebracht werden.«

»Ich glaube nicht, daß er Schlimmes mit uns vorhat, schließlich hatte er all diese Burschen am Flughafen bei sich«, stellte Michael fest.

»Das stimmt, aber ich sitze trotzdem nicht gern auf dem Hintern und warte, bis mir zehn Tonnen Drek auf den Kopf fallen«, verkündete Streak.

»Ich hätte sie erledigen können«, sagte Juan gelassen. Er hatte seine übliche massige Jacke ausgezogen, und sein fast grotesker Cyberarm war allzu deutlich zu sehen.

»Nun, vielleicht«, sagte Michael in etwas gereiztem Tonfall, »aber wir sind hergekommen, um zu reden.«

»Tja, nur zu, Mister Unterhändler«, sagte Juan ruhig. »Ich schätze, es ist besser, als wenn auf uns geschossen würde.«

Die Straße war extrem schlecht, aber der Wagen wurde längst nicht so durchgeschüttelt, wie es hätte der Fall sein müssen, was ein Beweis für die Fähigkeiten der Ingenieure von Rolls-Royce und der Qualität ihrer Radaufhängungssysteme war. Hin und wieder passierten sie Leute mit Eseln und Karren und Körben, bis sie schließlich das Gebäude in der Ferne sahen.

Die Kuppel auf dem Gebäude schien aus versilbertem Glas oder Rauchglas zu bestehen und sah aus wie ein Observatorium, wie es ein Konzern oder eine Militäreinrichtung auf dem Mond errichtet haben mochte. Seine futuristische HiTech-Erscheinung stand in krassem Gegensatz zu der bescheidenen, schlichten Natur von allem anderen in dem Ort, den sie nun, da sie seine Ausläufer erreicht hatten, übersehen konnten.

»Was, zum Teufel, ist das?«

»Und wie, zum Teufel, ist es geheimgehalten worden?«

»Es wurde geheimgehalten«, verkündete Salai, der damit bewies, daß er sich mit ihnen unterhalten konnte, wenn er das wünschte, »weil die Einheimischen äußerst loyal sind und nicht mit Außenseitern reden.«

»Aber die Satellitensysteme müssen es entdeckt haben.«

»Die sind kein Problem«, sagte Salai lässig. »Es ist nicht schwer, in sie einzubrechen.«

»Ich nehme an, wenn Sie in die Matrixsysteme der Megakonzerne einbrechen können, kann das tatsächlich nicht so schwierig sein«, ließ Michael einen Versuchsballon steigen. Diesmal bekam er keine Antwort.

»Das kommt mir alles viel zu leicht vor, zu ruhig«, sorgte sich Michael, nachdem sie ihre Versuche, Salai mit Fragen zu löchern, nicht weitergebracht hatten. »Wir können nicht einfach erscheinen und unseren Mann hier treffen. Irgendwas muß zwangsläufig schiefgehen. Ich habe nicht das richtige Gefühl.«

»Nicht das richtige Gefühl?« Kristen lächelte. »Normalerweise hört man solche Sprüche nicht von dir, Michael.«

»Normalerweise bin ich auch nicht in so einer Situation.«

»In der du keine Kontrolle hast.«

»In der ich absolut nicht die geringste Kontrolle habe.«

Das Gespräch wurde unterbrochen, als der Wagen vor dem Kuppelbau anhielt und Salai ausstieg, um ihnen die hinteren Türen der Limousine zu öffnen.

»Ach, und hören Sie auf, mir mit Ihrer albernen Kanone vor der Nase herumzuwedeln«, sagte er in gelangweiltem Tonfall zu Streak. »Hier brauche ich keine Leute als Rückendeckung. Eine falsche Bewegung, und eine Sekunde später reißen Ihnen Geister das Fleisch von den Knochen.«

»Er lügt nicht«, sagte Serrin kategorisch. Er war auch in den letzten Minuten so gedankenverloren gewesen wie schon den ganzen Tag über, da ihm Theorien und Gedanken im Kopf herumspukten, aber er nahm die Wesenheiten hier zur Kenntnis und warnte Streak davor, aus der Reihe zu tanzen. Geraint konnte die starke magische Präsenz des Ortes ebenfalls spüren. Er war zwar kein Magier, hatte jedoch latente übersinnliche Kräfte, und etwas, das so stark war, konnte er wahrnehmen. Er fühlte sich unbehaglich.

Die automatischen Türen des Gebäudes öffneten sich, doch bevor Salai sie hineinführen konnte, eilte eine kleine Gruppe Einheimischer zu ihnen, und einer von ihnen packte Michaels Arm, als dieser zur Tür ging.

»Ist das nicht eine großartige Zeit? Gehört ihr zum Propheten?« sagte der Mann eifrig. Seine Augen waren vor Verzückung geweitet. Völlig verblüfft konnte Michael nur ein paar zusammenhanglose Freundlichkeiten murmeln, bevor er durch die Tür schoß wie ein Kaninchen in seinen Bau.

»Was, zum Teufel...«

»Hier entlang«, sagte Salai ohne ein Wort der Erklärung. Sie stiegen in den Fahrstuhl und fuhren eine unbekannte Strecke abwärts, bevor sich die Türen erneut zischend öffneten und den Blick auf die sauberen, kühlen, klimatisierten Gänge eines unterirdischen Komplexes freigaben.

»Wie, in aller Welt, haben Sie das hier draußen gebaut?« fragte Michael erstaunt.

»Diese Leute haben fast zwanzig Jahre lang daran gearbeitet«, sagte Salai zögernd. »Sie sind wirklich sehr pflichtgetreu. Das sind sie schon seit sehr langer Zeit.«

»Sie meinen die Mandäer«, sagte Serrin leichthin, als sei es eine beiläufige Beobachtung.

»Ja«, antwortete ihm Salai mit einem Glitzern in den Augen. »Also haben Sie begonnen, sich ein Bild zu formen.«

»Ich glaube, mir wird endlich die Bedeutung des Bildes vor der Basilika klar.«

»Ah, das war eine ausgezeichnete Arbeit. Mein Meister kann großartige Illusionen wirken – Illusionen, die großartig sind, weil sie die Wahrheit enthüllen. Dann glauben Sie also, Bescheid zu wissen.«

»Nein«, sagte der Elf zögernd, »aber ich glaube, ich habe gelernt, nicht die falschen Fragen zu stellen.«

Salai blieb stehen und musterte ihn durchdringend. »Mag sein, daß ich Sie unterschätzt habe«, sagte er. »Vielleicht sind Sie bereit für den nächsten Schritt. Sie haben den Finger auf die johannitische Ketzerei gelegt.«

»Ich habe davon gelesen«, bekannte Serrin. Es war eine noch junge Bekanntschaft.

»Wovon, um alles in der Welt, redet ihr zwei?« wollte Michael wissen.

»Es geht um den Glauben, daß Johannes der Täufer die wahre göttliche Gestalt war«, sagte Serrin. »Die

Leute hier haben das schon immer geglaubt. Ihre Heilige Schrift ist das *Buch Johannes*. Es war das Bild aus dem Datenspeicher des Flughafens, der erhobene Finger. ›Denk an Johannes.‹ Es hat etwas mit diesem Glauben zu tun. Darum sind wir hier. Das ist das Einzigartige an Ahwas. Der Kult ist sehr klein.«

»Gut, Sie sind immer noch auf halbem Weg«, sagte Salai mit der Erleichterung von jemandem, der herausgefunden hat, daß ein helles, aufgewecktes Kind doch nicht intelligenter ist, als es sein sollte. »Und sie mögen nicht sehr zahlreich sein, aber ein treuer und ergebener Mann ist mehr wert als hundert Feiglinge. Stimmt das nicht, Mister Söldner?«

Er sah Streak an, und der Elf betrachtete ihn jetzt als jemanden, der nicht halb so stutzerhaft und herablassend war, wie er zunächst gedacht hatte.

»Stimmt ganz genau, Kumpel«, sagte der Elf. »Und? Wohin jetzt?«

»Zu meinem Meister. Aber ich kann keine Form von Waffen gestatten. Ich bedauere sehr, aber das bedeutet, daß unser Freund hier« – er warf Juan einen mißbilligenden Blick zu – »draußen bleiben muß. Ich kann dieses Ding«, und er zeigte auf den Cyberarm, »nicht in einem Raum mit meinem Meister dulden.«

»Natürlich«, sagte Michael. Er gab ihm seine Waffe und sagte den anderen, sie sollten seinem Beispiel folgen.

»Das gefällt mir nicht«, knurrte Streak. »Ich fühle mich nackt.«

»Gewöhnen Sie sich daran«, sagte Michael zu ihm. »Wir haben keine andere Wahl. Wir sind nicht hier, um bedroht oder gar getötet zu werden.«

»Weit davon entfernt. Sie sind als Zeugen geladen«, sagte Salai mit einem neuerlichen Anflug aufreizender Herablassung.

»Geschenkt. Wenn die an die Tür klopfen, wird es Zeit, den Predator zu ziehen«, knurrte Streak.

»Ich meinte keineswegs die Zeugen Jehovas«, sagte Salai ungehalten. »Nichts könnte unter den gegebenen Umständen weniger passend sein.

Und nun genug davon. Wenn Sie bereit sind, ist es an der Zeit, daß Sie meinen Meister kennenlernen und ihm die Hochachtung erweisen, die er verdient.«

Michael hatte die Person, die sie kennenlernen würden, bereits als ernsten Fall für die Klapsmühle eingestuft. Offensichtlich war er brillant, aber der Mann, der draußen etwas vom Propheten gefaselt hatte, ließ ihn denken, daß es sich in der Tat um jemanden mit ziemlich gravierenden Wahnvorstellungen handeln mußte. Er konnte nicht wissen, daß dieser Glaube jenem Mann sehr nützlich war und er nicht zuletzt deswegen nicht daran rüttelte, weil er einfachen Leuten Trost spendete, die ihm jetzt seit vielen Jahren ihre Arbeitskraft und ihre Liebe gaben.

Die Türen am Ende des Ganges öffneten sich. Sie bestanden aus Rauchglas und hatten in geschlossenem Zustand nichts von dem Raum dahinter enthüllt, so daß sie keine Ahnung hatten, was sie erwartete, und so wurden sie von der Szenerie, die sich ihren Blicken darbot, vollkommen überrascht.

Die Gestalt saß mit dem Rücken zu ihnen auf einem hochlehnigen Sessel, so daß sie abgesehen von den langfingrigen Händen, die auf den Armlehnen des Sessels ruhten, nur das lange, fließende graue Haar sehen konnten. Die Wände waren mit Zeichnungen und Skizzen übersät, offenbar, Blaupausen für optische Systeme von außerordentlicher Komplexität. Auf dem Schreibtisch vor der Gestalt stand ein Gegenstand, bei dem es sich um ein Cyberdeck handeln mußte, wenngleich sie so eines noch nie gesehen hatten. Daneben sah das beste frisierte Fairlight wie ein Kinderspielzeug aus. An diesem Deck gab es keinen einzigen rechten Winkel. Offenbar bestand es aus Elfenbein oder einem ähnlichen Material und hatte geriffelte Kanten und die unheimliche, unwirkliche Hyperrealität eines außerirdischen Artefakts. Es sah aus, als könne es nur in der extremen geometrischen Perfektion der Matrix existieren und nicht hier draußen in der realen Welt chaotischer Imperfektion. Ein perlmuttartiges Leuchten hüllte es ein, und in dem Halbdunkel des Raums schien für einen kurzen Moment eine Reflexion dieses Lichts den Kopf der sitzenden Gestalt wie ein Heiligenschein zu umgeben. Dann erlosch der Nimbus, und die Gestalt drehte den Sessel um hundertachtzig Grad und wandte sich ihnen zu.

Mein Gott, dachte Michael, das ist der beste kosmetische Chirurgie-Job den ich in meinem ganzen Leben je gesehen habe. Vergeßt die Supermodels und Sim-Sinn-Stars, das ist eine absolut perfekte Nachbildung. Natürlich jünger. Die Fotos waren überhaupt nicht retuschiert.

Ruhig, ernst und die Hände im Schoß gefalten, musterte sie eine Person, die in jeder Hinsicht das perfekte Ebenbild von Leonardo da Vinci war.

28

Ich muß Ihren kosmetischen Chirurgen loben«, sagte Michael. »Hervorragende Arbeit.«

»Halt die Klappe«, sagte Serrin rasch. Er wußte, wenngleich es den anderen – einschließlich Streak – noch nicht aufgefallen war, daß die Person ein Elf war. Die langen, fließenden Haare verbargen das offensichtlichste Merkmal, die Ohren, und das schlichte weite Gewand verbarg die Körperform. Doch Serrin wußte instinktiv, daß der Mann ein Elf war und nicht die Art von Person, die sich mit Belanglosigkeiten wie kosmetischer Chirurgie abgab. Und die sich daraus ergebenden Schlußfolgerungen gaben Serrin sehr zu denken.

»Ich freue mich, daß Sie hier sind«, sagte die Gestalt auf englisch und mit einer ruhigen Stimme, die sie alle mit der Kraft ihrer ernsten Würde in den Bann zog. Der Mann saß zwar nur auf seinem Sessel, war aber von einer Aura umgeben, die Frivolität und Sarkasmen im Keim erstickte.

»Warum sind wir hier?« fragte Michael in der Hoffnung, die Initiative an sich zu reißen, indem er die Fragen stellte.

Der Elf musterte ihn mit stetem Blick. »Tatsächlich aus verschiedenen Gründen. Sie persönlich sind hier, weil ich damit rechne, über Sie mit Renraku zu verhandeln. Außerdem hoffe ich, daß Sie auf einer dauerhafteren Basis herkommen, aber darüber können wir später reden.«

Michael ignorierte diese letzte überraschende Eröffnung. »Wer sind Sie?«

»Sie sehen doch, wer ich bin.«

»Ich sehe, wer Sie zu sein scheinen.«

»Sie sehen, wer ich bin«, wiederholte der Elf ohne

jede Gereiztheit, aber mit einem leichten Unterton von Traurigkeit. »Ich bin, der ich zu sein scheine.«

»Nein. Unmöglich.«

»Warum?«

»Leonardo da Vinci ist seit über fünfhundert Jahren tot.«

Der Elf lächelte dünn. »Wir haben uns an solche Listen gewöhnt«, sagte er nur. »Es gibt Zeiten, in denen sie nötig sind.«

»Ich glaube Ihnen nicht.«

»Im Moment können Sie das vielleicht auch nicht«, sagte der Elf traurig. »Aber das spielt gegenwärtig auch keine Rolle. Sind Sie daran interessiert?«

Michael starrte sehnsüchtig auf das Deck, auf das der Mann mit seiner schlanken Hand deutete.

»Kommen Sie her und sehen Sie es sich an«, lud ihn der Elf ein.

»Ich sehe keine Elektroden zum Einstöpseln«, sagte Michael unsicher, da seine Neugier mit ängstlicher Verwirrung rang.

»Die werden Sie nicht brauchen. Wollen wir nachsehen, was Ihre Freunde in Chiba treiben?«

»Ist das Ihr Ernst? Nein, tut mir leid, das war eine dumme Frage. Sie haben es schon öfter getan, nicht wahr?«

»Es ist sehr einfach«, sagte der Elf. »Jedenfalls brauchen Sie keine Elektroden. Setzen Sie sich einfach.«

Michael setzte sich auf den Stuhl neben dem Elf, während die anderen, die nicht wußten, was sie bei diesem Ritual tun sollten, ruhig blieben und abwarteten, was geschehen würde.

Michael hatte natürlich von den Otaku gehört, den Cyberschamanen, die kein Deck brauchten, um die Matrix zu durchstreifen, sondern eine mystische Verbindung mit ihr für sich in Anspruch nahmen, eine Einheit, die sie seltsame, einzigartige Fähigkeiten ihres autistischen Verstandes benutzen ließ, um darin zu arbeiten. Und der Elf arbeitete auf dieselbe Art und Weise, aber er kanalisierte sein Tun außerdem durch das Deck, obwohl er keine physikalische Verbindung zu ihm hatte. Er führte Michaels Persona – an sich bereits eine Unmöglichkeit, da sich Michaels Deck noch in ihrem Flugzeug auf der Landebahn befand – tief ins Herz des Renraku-Chiba-Systems. Alles darin, die Icons der Konzerndecker und das Ice, bewegte sich im Schneckentempo. Sie rasten durch das System, und der Elf verschaffte sich Zugang zu einigen Personalakten führender Renraku-Execs. Dann zogen sie sich so mühelos aus dem System zurück, wie sie eingedrungen waren. Für Michael war es so, als erwache er aus einem Traum.

»Wie ist das möglich?« sagte er staunend. »Gehören Sie zu den Otaku?«

»Ich habe ihre Fähigkeiten«, sagte der Elf, »wenngleich sie in diesem Deck gebündelt sind. Es arbeitet nach paraoptischen Prinzipien. Der Austausch mit dem Verstand geht mehr oder weniger mit Lichtgeschwindigkeit vor sich.«

»Unmöglich«, sagte Michael in dem Wissen, daß er sich irrte.

»Sie scheinen das sehr oft zu sagen, Michael Sutherland. Trauen Sie Ihren eigenen Sinnen nicht? Egal. Ich werde die Details später mit Ihnen durchgehen«, versprach der Elf. »Aber wenn meine Informationen nicht völlig falsch sind, müssen wir uns im Moment um ein dringenderes Problem kümmern. In etwa acht Minuten wird dieses Gebäude von einer Rakete getroffen, und wenn ich mich nicht sehr irre, ist sie wahrscheinlich mit einem taktischen Atomsprengkopf bestückt.«

»Was?« explodierte Geraint förmlich. All das war zuviel, um es ruhig zu ertragen.

»Oh, das ist reichlich Zeit«, sagte der Elf gelassen. »Sie wird automatisch abgeschossen. Aber einer der Gründe, aus dem ich Sie hier haben wollte, ist der, daß

Sie diesem Ereignis als Zeuge beiwohnen. Sie können einen Blick auf das Wrack werfen und die Einzelheiten für mich verifizieren. Tatsächlich bedeutet das, daß die Soldaten in Ihrer Begleitung eine nützliche Ergänzung sind. Ich hatte sie nicht erwartet, aber das Unerwartete kann sehr lohnend sein.«

»Wer hat die Rakete abgeschossen? Und warum?«

»Die Atomrakete gehört dem Vatikan«, sagte der Elf. »Und sie hoffen, mich daran zu hindern, der Welt eine Menge Dinge mitzuteilen, von denen sie nicht wollen, daß sie jeder erfährt.«

»Das glaube ich einfach nicht«, protestierte Geraint. »Das muß eine Illusion oder Lüge sein.«

»Was der Grund dafür ist, warum mir sehr viel daran liegt, daß Sie sich die Überreste des Wracks ansehen, nachdem die Rakete abgeschossen wurde«, sagte der Elf in sehr ernstem Tonfall. »Ich will unabhängige Zeugen, die der Welt beweisen, daß der Vatikan das, was ich weiß, so ernst nimmt, daß er den Versuch unternimmt, mehrere Tausend unschuldige, hilflose Leute zu ermorden, um zu verhindern, daß etwas davon an die Ohren dieser hungrigen Welt dringt.«

»Ich werde sie mir ansehen«, sagte Streak. »Und ich werde herausfinden, wer sie hergestellt hat und wem sie gehört. In diesen Dingen kann er mich nicht täuschen.«

»Das hatte ich gehofft«, sagte der Elf jetzt in sehr ernstem Tonfall. Die Ernsthaftigkeit des Elfs verfehlte ihre Wirkung nicht. Er brauchte sie dafür, und sie mußten ihn ernstnehmen.

»Aber warum? Was wissen Sie? Und warum sollte dem Vatikan Ihr Wissen eine Atomrakete wert sein? Und was hat das damit zu tun, daß Sie in die Konzernsysteme decken und jeden Konzern der Welt bedrohen?« schleuderte Michael ihm ein Bündel von Fragen entgegen.

»Was das betrifft, so will ich nur das Geld. Ich brauche es. Ich habe Arbeit in einem Maßstab zu verrichten, der alles übersteigt, was ich mir mit den Dingen verdienen kann, die ich in aller Stille nebenbei erledige. Davon ist diese Anlage gebaut worden, aber jetzt brauche ich viel mehr.«

»Je zwanzig Milliarden von insgesamt acht Megakonzernen?«

»Nun, ich habe nicht geglaubt, daß ich das Geld von allen bekommen würde. Tatsächlich wären zwanzig Milliarden ein guter Anfang. Ich denke, ich kann Renraku davon überzeugen, sich mit mir zu einigen«, sagte der Elf. »Alles in allem glaube ich, daß Renraku am ehesten als Verhandlungspartner in Frage kommt. Als Gegenleistung würden sie eine Menge bekommen.«

»Für zwanzig Milliarden können sie das auch verlangen«, sagte Michael verblüfft.

»Nun, da wäre dieses Deck«, sagte der Elf. »Ist das zwanzig Milliarden wert?«

Michael starrte den Elf mit weit aufgerissenen Augen an, und sein Atem ging etwas schneller.

»Teufel noch mal, ja. Ich denke schon.«

»Nun, es ist nur ein Spielzeug«, sagte der Elf, »also kann ich vielleicht sogar auf mehr bestehen.«

»Werden diese acht Minuten nicht etwas, nun, kürzer?« fragte Streak plötzlich. Er ignorierte Michaels ungläubige Miene ob der Bemerkung des Elfs, das Deck sei nur ein Spielzeug.

»Ja, ja, Salai wird sich darum kümmern«, sagte der Elf ungehalten.

»Auf Abwehrraketen kann man sich bei einem Atomsprengkopf nicht unbedingt verlassen«, beharrte Streak.

»Wir schießen sie nicht mit so primitiven Mitteln ab«, erwiderte der Elf.

»Wie dann?«

»Nun«, sagte der Elf mit einem etwas traurigen Lächeln, aber trotz alledem einem Lächeln, »wie sie es heutzutage, glaube ich, ausdrücken, es geschieht alles mit Spiegeln. Fokussierte Laser. Der Sprengkopf wird zerstrahlt. Die Hülle wird jedoch intakt bleiben, so daß Sie sie inspizieren und identifizieren können. Außerdem wird ausreichend radioaktives Material übrig bleiben, so daß Sie eine Probe entnehmen können. Ich glaube, wir haben geeignete Schutzkleidung hier. Um diese Dinge kümmert sich Salai.«

»Wer ist Salai?« fragte Kristen plötzlich, da sie endlich die Sprache wiedergefunden hatte.

»Sie müssen den Namen entschuldigen«, sagte der Elf. »Eine persönliche Vorliebe, als ich ihn adoptierte. Er ist ein Otaku, aber ein sehr vielseitiger junger Mann und bei weitem nicht so antisozial wie die meisten von ihnen. Er hat jedoch einige der negativeren Züge seines historischen Vorgängers an sich.«

»Er spielt, gibt zu viel Geld aus und ist unhöflich zu seinem Meister«, sagte Serrin beinahe lächelnd. Er hatte die Biografien sorgfältig gelesen.

»Ja, alles davon«, sagte der Elf. »Sie haben ein paar Hausaufgaben gemacht, wie ich sehe. Nach Durchsicht der Berichte habe ich das auch nicht anders von Ihnen erwartet. Ich war nicht sicher, daß Mr. Sutherland Sie rekrutieren würde, aber als er es tat, war ich sehr erfreut. Merlin hat eine hohe Meinung von Ihnen, das weiß ich.«

»Sie kennen Hessler.«

»Oh, sehr gut. Wir kennen einander schon, sagen wir, einige Jahre. Ich muß jedoch hinzufügen, daß er mir nichts von dem erzählt hat, was sich zwischen Ihnen und ihm abgespielt hat. Er hat mich nur wissen lassen, daß Sie jemand sind, mit dem man zusammenarbeiten kann. Das war wichtig zu wissen. Ich hoffe sehr, daß er recht hat. Wir alle hoffen es.«

»Hören Sie«, sagte Serrin, »wir tappen fast völlig im

dunkeln. Wir müssen wissen, was vorgeht. Vieles von dem, was Sie sagen, ist für uns unverständlich.«

»Sie mußten mit dem Icon in der Matrix beginnen«, sagte der Elf zu ihm.

»Ja. Es identifizierte Leonardo. Es ist außerdem ketzerisch und in gewissem Sinne eine Täuschung. Das Leichentuch ist eine Fälschung.«

»Natürlich ist es eine«, sagte der Elf. »Papst Innozenz gab es in Auftrag. Innozenz! Ha! Es hatte eine Geschichte, die unbestätigt war und lediglich auf Aberglauben beruhte, aber er war der Ansicht, daß es eine ausgezeichnete Inspiration für die Leichtgläubigen abgeben würde. Er war wirklich ein prinzipienloser alter Bastard, sogar nach den Maßstäben jener Zeit, und das will einiges heißen. Da es den Anschein hat, als würden einige, viele, immer noch an dieses lächerliche Stück Stoff glauben, ist es offensichtlich, daß er wußte, was er tat.«

Ihnen allen fiel auf, daß der Elf redete, als habe er persönlich mit einem katholischen Papst zu tun gehabt, der seit über einem halben Jahrtausend tot war, doch Serrin schien nicht im geringsten verblüfft zu sein. Er setzte seinen Gedankengang fort, und jede Frage war ein zögernder, aber nichtsdestoweniger bedeutender Schritt in seiner Schlußfolgerung.

»Das Gesicht auf dem Leichentuch ist das von Leonardo. Dasselbe gilt für das Gesicht der Mona Lisa, und Sie haben sie auf das Leichentuch-Icon kopiert, nur haben Sie sie schwarz gemacht.«

»Verzeihen Sie mir«, sagte der Elf. »Ich konnte noch nie einer kleinen Eigenwerbung widerstehen.«

»Sie leben hier inmitten einer ketzerischen Sekte, die Johannes den Täufer für den wahren Sohn Gottes hält. Warum?«

»Sie irren sich natürlich«, sagte der Elf glatt und offenbar ohne sich der Tatsache bewußt zu sein, daß er damit Serrins Frage nicht beantwortete. »Aber Sie sind der Wahrheit einen Schritt näher.«

»Warum ist die Magdalena der eigentliche Mittelpunkt des *Letzten Abendmahl?*« kam Serrins nächste Frage plötzlich wie aus der Pistole geschossen. Graue Augen begegneten ihm, fest und geradeheraus, und der Elf sah aus, als sei ihm gerade eine Zentnerlast von den Schultern gefallen. Serrin überlief es plötzlich kalt, als ihm eine Erkenntnis kam, eine Einsicht, die ihm durch Mark und Bein fuhr.

Er ist Leonardo.

Und er ist noch mehr.

»Jetzt nähern wir uns also der Wahrheit«, sagte Leonardo, indem er sich erhob. Er hatte eine erhabene Würde an sich, die sogar auf die Samurai Eindruck machte, die vollkommen reglos dastanden und ihn mit beinahe ehrfürchtiger Miene musterten.

»Sie müssen wissen, daß die Mandäer nicht auf die Paulus-Propaganda hereinfielen. Sie kannten all die Gründe, warum die älteren Geschichten stimmten. Und die Bedeutung dessen, daß Paulus von sich behauptete, der erste christliche Missionar zu sein, als er nach Korinth und Ephesus kam, und doch dort bereits Kirchen vorfand, wie die Apostelgeschichte dummerweise verrät. Und die Kirchen waren die des Johannes. Sie begriffen außerdem die tiefe Bedeutung der Taufe, und die Moslems in dieser Gegend betrachten ihr langes Festhalten an dieser Praxis als äußerst sonderbar. Die zentrale Bedeutung liegt natürlich darin, daß der Täufer immer den Getauften initiiert, weil er mit den Mysterien vertrauter ist. Er ist kein Jünger. Er ist der Träger des Wissens, nicht der Akoluth, der es sucht. Wie daraus die Geschichte entstanden ist, daß Johannes wenig mehr war als ein spiritueller Anheizer, ist eine der liebenswerteren kleinen Geschichten der Vergangenheit.

Johannes war tatsächlich ein Bote und Prophet, aber

nicht dessen, an den die meisten glauben. Die entstehungsgeschichtlichen Hintergründe dessen, was lächerlicherweise als die Evangelien bezeichnet wird, würden eine faszinierende historische Studie ergeben. Denn er hat jemand ganz anderem gedient. Wie ich es auf meine Art ebenfalls tue. Und diese Art wird jetzt sehr wichtig.«

»Das ist doch Wahnsinn«, sagte Michael. »Sie reden, als…«

»Ich weiß, als wäre ich dabeigewesen«, beendete der Elf ungeduldig den Satz. »Sie werden mir nicht glauben, also belasse ich es einstweilen dabei. Es gibt eine einfachere Methode, es Sie wissen zu lassen.«

»Die Magdalena«, beharrte Serrin. »Die Magdalenenfigur. Das Gesicht auf dem Leichentuch. Das Gesicht im *Letzten Abendmahl.*«

»Ja«, flüsterte der Elf. »Ich könnte Sie nach Paris in die Kathedrale von Notre Dame schicken oder auch in hundert Städte in ganz Europa und Kleinasien – obwohl Notre Dame das beste Beispiel ist, weil Paris die Stadt der Liebe ist – und Ihnen sagen, daß sie sich die Schwarze Madonna ansehen sollen, wie sie ihr Volk betrachtet. Es ist ein Bild, das sie nie durch ihre jämmerliche mittelalterliche Jungfrau haben ersetzen können, wie oft sie dieses eine, simple kleine Wort auch falsch übersetzt haben mögen. Weil eine Jungfrau unfruchtbar und freudlos ist, ein Symbol der Angst und der Abscheu vor dem Körper, und die wahre Madonna steht dem Leben, dem Herzen und der Seele aller Leute nah, und ihr Geist befruchtet sie, anstatt ihnen die rechtmäßige Ganzheit ihrer Seelen zu verwehren. Die Magdalena war ihre Priesterin und Johannes ihr Initiat. *Das* ist die Ketzerei. *Das* ist einen Atomsprengkopf mit dem päpstlichen Siegel wert. Und es ist das Geheimnis, das ich in all diesen Entwürfen verankert habe, und ich habe die Päpste und ihre korrupten Lakaien ausgelacht, die mich bezahlt haben, um diese falschen Götzenbilder zu erschaffen. Das Geheimnis war immer da, für jeden, der Augen hatte zu sehen, direkt vor der Nase derjenigen, die sie verleugneten.«

In dem Zimmer roch es plötzlich nach Metall und Ozon. Eine Gestalt begann sich hinter ihm zu manifestieren. So groß der Elf auch war, die Frau hinter ihm schien von einer unirdischen Größe und Fülle zu sein. Sie war prächtig in Satin gekleidet und trug die Perlen und Edelsteine aus dem Schatz eines altertümlichen Potentaten, den dieser in weit entfernten exotischen Ländern zusammengeraubt haben mochte.

Serrin wußte aus Erfahrung, daß es die materialisierte Gestalt eines Großen Geistes war, doch es kam ihm so vor, als sei die emotionale Aufladung bei dieser Gestalt viel stärker als bei den wenigen anderen, denen er bisher begegnet war.

»Sie ist Isis«, flüsterte der alte Elf, der einzige, der überhaupt reden konnte. »Sie ist meine Herrin und meine Passion. Dies ist die Wahrheit. Was man Ihnen bis zum heutigen Tag erzählt hat, sind Lügen. Es ist nun an der Zeit, daß alle Menschen auf dieser Welt die Wahrheit erfahren, und davor haben sehr, sehr viele Leute Angst.«

Die Frau bewegte sich nicht. Ihre ebenholzfarbene Haut war völlig glatt. Sie hatte die Augen geschlossen und die Hände im Schoß gefalten. Sie stand völlig reglos da, und als sie sie ansahen, verspürten sie eine unbeschreibliche Sehnsucht, ein Verlangen danach, daß sie bei ihnen blieb, und nach noch viel mehr. Die Inkarnation verblaßte, reglos bis zum Ende und ohne den geringsten Hinweis darauf, ob sie ihre Anwesenheit oder ihre Existenz zur Kenntnis genommen hatte.

»Es gibt einen okkulten Glauben, der sich hartnäckig gehalten hat, obwohl er nie von vielen Leuten geteilt wurde«, sagte der Elf schließlich, als sie wieder allein in dem Raum waren. »Dieser Glaube besagt, daß die biblischen Ereignisse lediglich eine Nacherzählung der Geschichte von Isis und Osiris sind. In diesem Glauben wird Osiris mit Christus gleichgesetzt. Es gibt ein tieferes Verständnis für diese Zusammenhänge.

Wenn Sie eine einfache Übersetzung wollen, setzen Sie für Osiris Johannes ein, für Isis Magdalena, für Nephthys Salome. Den Rest können Sie selbst einsetzen. Wenn Sie es nicht wissen, werden Sie es bald genug erfahren.«

»Wenn Sie damit an die Öffentlichkeit treten«, sagte Serrin zögernd und in dem Versuch, sich wieder zu fassen, »wird man Sie einfach als einen weiteren Irren betrachten.«

»Das glaube ich nicht«, sagte der Elf gelassen. »Für den Anfang ist es an der Zeit, daß ich der Welt zeige, wie ich für Innozenz das Leichentuch angefertigt habe. Dann wird es die Trümmer der Rakete geben, die Sie verifizieren werden. Und schließlich habe ich einen nicht zu unterschätzenden Vorteil, wenn es um die Lügen geht, die uns die Geschichte erzählt hat.

Schließlich war ich dabei.«

»Das ist mir alles zu hoch«, sagte Michael, indem er hilflos die Achseln zuckte. Den Mienen der anderen nach zu urteilen, ging es ihnen nicht anders.

»Sie zweifeln? Damit kann ich mich identifizieren«, sagte der Elf, der plötzlich grinste. »Schließlich ist es den Evangelien immerhin gelungen, mir dieses Etikett ebenfalls anzuhaften.«

»Aber was wollen Sie hier tun? Warum soviel Geld? Wofür?« drängte Serrin.

»Wegen des Werks«, erwiderte der Elf. »Ich will hier einige der größeren Geister dieser Welt versammeln. Ich erinnere mich noch an die alten Zeiten, an all die großen Künstler und Ingenieure, die den Medici und Borgia zur Verfügung standen. Ich will diese Zeiten wiederaufleben lassen.

Tatsächlich«, fuhr er fast bescheiden fort, »habe ich gehofft, einige von Ihnen einladen zu können, sich mir anzuschließen. Ich glaube, Ihnen, Mr. Sutherland, würde es sehr gefallen, hier zu arbeiten.«

Michael betrachtete das Cyberdeck und staunte. Schön, er ist irre, aber was dieses Ding auch sein mag, ich hätte nichts dagegen, einen Blick darauf zu werfen. Nur ein paar Wochen vielleicht...

»Und über Sie, Serrin, würde ich mich für das Große Werk ebenfalls freuen.«

»Und das wäre?«

»Das ist etwas Tieferes, Geheimnisvolles, ein großes Mysterium«, sagte der Elf ohne die Anmaßung, die bei einer anderen Person vielleicht in diesen Worten gesteckt hätte. »Es gibt Zeiten in der Weltgeschichte, Serrin, in denen der Pegel des Manna steigt, und es gibt Zeiten, in denen er fällt. Wenn das Manna potent und stark ist, entstehen viele Wunder. Ein Erwachen, so haben manche es genannt. Wir befinden uns jetzt in so einer Zeit. Aber aus diesen Zeiten erwachsen auch Gefahren, Gefahren, welche die Vorstellungskraft sprengen. Ich muß mit anderen zusammenarbeiten, um diesen Gefahren entgegenzuwirken.«

»Das klingt einerseits vage und andererseits paranoid«, erwiderte Serrin.

»Mag sein, aber Sie sind für Ihr paranoides Wesen bekannt, und manchmal sind Sie ebenfalls ziemlich vage«, sagte Leonardo spitz. Die Schärfe in seiner Stimme war so überraschend, daß Serrin fast zusammenfuhr und sich seine Lippen für einen Moment zu einem Lächeln verzogen, bevor er wieder seine übliche ernste Miene aufsetzte.

»Sie kennen die Schwelle und die Gefahren der Metaebenen – oder zumindest glauben Sie das.«

»Ich weiß ein wenig über diese Dinge.« Serrin wußte nicht, worauf der andere Elf hinaus wollte.

»Dahinter lauern Gefahren, die sehr groß und sehr

real sind. Gegenwärtig wird die Barriere zwischen uns und diesen Gefahren schwächer und muß gestärkt werden. Um dieses Vorhaben zu verwirklichen, sind immense Anstrengungen erforderlich. Das ist das Große Werk. Aber ich bitte Sie lediglich, eine kurze Zeit hier zu verbringen, einen Monat vielleicht, um alles über diese Dinge zu erfahren und sich zu überlegen, was Sie wollen. Dann können Sie …«

Der Elf brach abrupt ab. Er neigte den Kopf zur Seite, als lausche er etwas, das für alle anderen unhörbar war.

Die Atempause gab Streak Gelegenheit, Serrin etwas mitzuteilen, dessen Bedeutung ihm endlich klar geworden war. »Wissen Sie, ich habe etwas in diesem Buch über das Leichentuch gesehen, das Sie haben«, sagte er. »Haben Sie bemerkt, daß das Gesicht keine Ohren hat?«

Das war Serrin entgangen. Er hatte die Anwesenheit von Dingen bemerkt, die verborgen oder bestenfalls verschleiert waren, aber das Fehlen von etwas war ihm nicht aufgefallen. Wenn dieser Elf tatsächlich der war, der zu sein er behauptete, oder vielmehr, wenn Leonardos Gesicht ein früheres Gesicht von ihm war, dann paßte dieses Detail perfekt. Ein Selbstporträt, bei dem das wesentliche Merkmal mit Bedacht weggelassen worden war.

Und natürlich, welche Ironie mußte darin gelegen haben, daß die Leichtgläubigen über die Jahrhunderte hinweg ein Bildnis seiner selbst verehrt hatten.

»Es könnte Ärger geben«, informierte sie Leonardo. »Mehrere Militärmaschinen sind soeben gelandet. Ich glaube, Renrakus Versuche, Gespräche mit mir zu führen, sind übermäßig enthusiastisch, was nicht ganz unerwartet kommt. Michael, ich würde es sehr begrüßen, wenn Sie hier vermitteln könnten. Mir liegt sehr viel daran, mit ihnen zu reden. Ich hatte gehofft, wir könnten zu einer Vereinbarung gelangen, wie ich es bereits dargelegt habe. Werden Sie mir helfen?«

»Ich werde tun, was ich kann«, sagte Michael nervös.

»Übrigens sagt mir Salai, daß Sie jetzt mit ihm in die Wüste gehen können«, sagte der Elf zu Streak. »Die Rakete ist abgeschossen worden, und wir haben die Schutzkleidung und die Meßinstrumente, die Sie benötigen werden.«

»Führen Sie mich hin, es sei denn, es ist Ihnen lieber, wenn ich Stellung im Bunker beziehe und mithelfe, diese flegelhaften ungebetenen Gäste wegzublasen«, sagte Streak fröhlich. Er hatte seine gute Laune wiedergefunden, nachdem er Serrin mit seiner Erkenntnis überrascht hatte.

Michael und Streak stiegen mit Salai in den Fahrstuhl, und während sie nach oben fuhren, fragte sich Michael, was er sagen sollte. Vor dem Gebäude waren die Renraku-Truppen bereits in Stellung gegangen und eindeutig bereit, mit dem Beschuß zu beginnen, wann immer sie ihn für nötig hielten.

Michael dachte nach und trat schließlich mit ausgebreiteten Armen in die heiße Nachmittagssonne, wo er sich identifizierte und die Tatsache verkündete, daß er ebenfalls für Renraku arbeitete. Johanssen befahl dem kommandierenden Offizier, abzuwarten und auf gar keinen Fall zu schießen.

»Äh, hi, Jungens. Hört mal, ich weiß nicht, wie ich euch das sagen soll, aber was sich in dem Bau vor euch befindet, wollt ihr ganz bestimmt nicht in die Luft jagen.

Offen gesagt, für zwanzig Milliarden ist es fast geschenkt.«

Johanssen sah ihn an, interpretierte seinen Befehl und telefonierte mit Chiba.

29

Der 2. Mai war der Tag, an dem die Matrixsysteme von acht Megakonzernen zum Absturz gebracht werden sollten. Mitternacht kam und ging, und es geschah nicht viel. Um ein Uhr bekamen sieben dieser Konzerne eine Nachricht, die sie davon in Kenntnis setzte, daß ihre Saumseligkeit in bezug auf die verlangte Zahlung tadelnswert sei und infolgedessen ihre Systeme regelmäßig einer vollständigen Durchleuchtung unterzogen würden – und daß sie diese Tatsache bei allen ihren zukünftigen Operationen zu berücksichtigen hätten. In der folgenden Stunde wurden unter dem relevanten Personal nur vier Herzanfälle verzeichnet, was unter Berücksichtigung ihrer üblichen schlechten Angewohnheiten wie Rauchen, Trinken und üppiges Essen auf Spesen kein überdurchschnittliches Ergebnis war. Darüber hinaus war es im Hinblick auf ihr Wesen wahrscheinlich mehr oder weniger das, was sie verdienten.

Der achte Konzern versuchte auszubaldowern, wie, zum Teufel, es sich bewerkstelligen ließ, die Überweisung solch einer Summe vor den Aktionären zu rechtfertigen. Zwei ihrer besten Forscher waren aus dem Bett geholt, in ein Flugzeug verfrachtet und nach Ahwas geflogen worden. Eine Stunde nach ihrer Ankunft stimmten sie mit Michael überein, daß zwanzig Milliarden ein kümmerliches Taschengeld waren.

»Wir können es Forschungs- und Entwicklungslabor nennen und steuerlich als Gewinninvestition und Umrüstung abschreiben.« Das war das Beste, was den Steuerberatern, Buchhaltern und Marketingleuten dazu einfiel.

»Und wer wird den Laden leiten?« kam die offensichtliche Antwort.

»Dieser Elf, der sich Leonardo nennt. Total durchgeknallt, aber unsere Computerspezialisten sagen, er ist ein verdammtes Genie, und wir zahlen ihnen so viel, daß sie Drek von Salami unterscheiden können. Außerdem sagt er, daß er es jederzeit tun kann. Das heißt, in unsere Systeme einbrechen.«

»Was bietet er für zwanzig Milliarden?«

»Das Deck. Ausbildung für einige unserer Spitzenleute. Sofortigen Zugang zu Forschungsergebnissen. Unser Kommandierender konnte einen Blick auf das Laser-Abwehrsystem werfen, was sie dort eingebaut haben. Er sagt, es ist unglaublich. Und nicht nur das, niemand, tatsächlich *niemand*, hat es auf dem Satellitenbild. Er muß gut sein. Denken Sie darüber nach, was wir mit diesem ganzen Kram machen können!«

Das Management dachte darüber nach, was es damit machen konnte, und ein Großteil der Leute gab sich Träumereien hin, wie sie die Konkurrenz vom Markt fegen würden.

Sie fingen an, Ratenzahlungen zu diskutieren.

In London versuchte eine Gruppe von Heimkehrern eine allumfassende Erschöpfung abzuschütteln und die ganze Geschichte für sich zu ordnen. Vieles von dem, was passiert war, brauchte noch seine Zeit, um wirklich einzusinken.

»Es hat den Anschein, als würde sich Renraku einkaufen«, erzählte ihnen Michael. »Sie zahlen die Summe in Raten und bekommen dafür die Forschungsergebnisse. Er sagt, für ihn seien das ohnehin alles nur Spielzeuge. Ihn interessiert nur das Große Werk.«

Nach der Ankunft der Renraku-Abordnung hatten sie noch etwa eine Stunde mit Leonardo verbracht, und dann hatte sie der Elf gebeten, zu gehen und über seine Angebote nachzudenken. Es gäbe soviel zu tun, sagte er, und all das sei zu dringend, um jetzt noch mehr Zeit mit ihnen verbringen zu können.

»Sie mögen nächste Woche kommen oder auch erst in zehn Jahren«, sagte er zu ihnen, wenngleich sich seine Worte in erster Linie an Serrin richteten, »aber kommen werden sie, wenn das Werk nicht rechtzeitig vollendet wird.«

»Ich staune, echt«, sann Michael. »Ich meine, dieses Deck. Es war unglaublich, und dabei bin ich nur getrampt. Die Möglichkeit, damit zu arbeiten, es zu untersuchen… und Renraku würde die Rechnung bezahlen. Sie reden davon, ihm ein riesiges Labor in Ahwas einzurichten. Natürlich würden sie ihn liebend gern nach Chiba holen, aber er wird nicht gehen. Er wird die Leute von Ahwas nicht verlassen. Und ich glaube nicht, daß Renraku versuchen wird, ihn zu entführen, und sie werden sich alle erdenkliche Mühe geben, um zu gewährleisten, daß es auch niemand anders tut.«

»Es war lustig, ihn von Venedig erzählen zu hören«, erinnerte sich Kristen. In diesen letzten Tagen sah man sie fast nur noch mit einem Lächeln auf dem Gesicht.

»Ja. Einfach etwas, das er tun wollte, den ganzen Drek in den Kanälen loswerden. ›Ich konnte es nicht mehr ertragen, sie so zu sehen, so verdreckt.‹«

»Ich wünschte, wir hätten mehr Zeit mit ihm verbringen können«, sagte sie wehmütig.

»Glauben wir das alles eigentlich?« Geraint grübelte immer noch über die Unmöglichkeit all dessen nach. »Sagen wir tatsächlich, das ist Leonardo in Fleisch und Blut, nach einem halben Jahrtausend immer noch am Leben?«

»Ich weiß es nicht, und es beunruhigt mich«, sagte Serrin. Aber ihm ging schon etwas anderes durch den Kopf, und er suchte nach einem Vorwand, um sich zu verabschieden.

»Von dem Gefasel über Johannes und Isis und was

nicht noch alles ganz zu schweigen. Was, um alles in der Welt, soll man davon halten?«

»Der Vatikan hat es immerhin so ernst genommen, daß er versucht hat, ihn zu atomisieren«, stellte Streak fest. »Es war eine Rakete des Vatikans, keine Frage. Ich habe ihm gerade den kompletten Untersuchungsbericht geschickt. Und bin sogar dafür bezahlt worden. Dieser Tage diene ich zwei Herren, Boß.«

Geraint erwiderte Streaks Grinsen.

»Ich bin nicht sicher, ob das, was er sagte, wahr ist«, sagte Michael zögernd. »Klar ist, daß er jedes Wort davon glaubt. Aber selbst wenn es wahr ist, religiöse Überzeugungen und Vernunft sind meiner Ansicht nach eingeschworene Feinde. Er mag Beweise haben, er mag Vorgänge aus erster Hand schildern können, aber ich schätze, blindes Vertrauen wird sich dem nicht beugen. Viele glauben immer noch an das Leichentuch, obwohl es die Wissenschaft schon vor langer Zeit als Fälschung entlarvt hat. Ich glaube, er überschätzt die Vernunft der Leute.«

»Es gibt da einen interessanten Präzedenzfall«, warf Streak ein. »Wollen wir hoffen, daß der Bursche dafür nicht gekreuzigt wird.«

»Ja«, sagte Geraint. »Aber glauben wir das alles?«

Ein längeres Schweigen trat ein. Michael brach es.

»Wir waren da.«

»Sicher.«

»Und wir haben ihn gehört und gesehen.«

»Und was folgt für dich daraus?«

»Ich denke ... ich glaube ihm«, sagte Michael, als wäge er jedes Wort ab. »Und wenn das bedeutet, daß ich glaube, die Geschichte ist eine Lüge und viele Leute haben deswegen gelitten und sind zweitausend Jahre lang getäuscht worden, dann denke ich – dann denke ich, daß ich das auch glaube. Aber beruf dich nicht auf mich.«

»Würde mir nicht im Traum einfallen.« Geraint stieß

ein überraschtes Lachen aus. »Aber ich schätze, ich könnte dir zustimmen.«

Am frühen Nachmittag verabschiedeten sich Serrin und Kristen und fuhren nach Westen. Er wußte nicht, ob er erwartet wurde, doch als er am Ende eines jener wirklich schönen und angenehmen englischen Frühsommernachmittage dort eintraf, wartete zumindest die Katze auf sie. Er hatte gewußt, daß sie das tun würde.

»Hallo, Pussy«, sagte Serrin. »Ich habe dasselbe Geschenk für dich wie beim letztenmal, aber diesmal gehe ich sofort weiter, so daß du dich damit ohne die Peinlichkeit amüsieren kannst, dabei beobachtet zu werden.« Er kniete nieder und legte die Stoffmaus vor die Vorderpfoten der Katze, stand auf und ging weiter, ohne sich noch einmal umzusehen. Die Katze zog die Maus unter einem Lavendelstrauch und fing an, sie zu zerfetzen.

Merlin öffnete die Tür und schaute unsicher, vielleicht sogar ein wenig ängstlich nach draußen. Seine Augen wanderten von einem zum anderen.

»Ist alles in Ordnung?«

»Ich glaube schon«, sagte Serrin, indem er ihm auf die Schulter klopfte. Früher wäre er sich dabei merkwürdig vorgekommen. Dies war kein Wesen aus Fleisch und Blut, aber der Geist war von einer naiven Freundlichkeit, die man bei ihnen nur selten fand. Der alte Elf stand am Fuß der Treppe und war gerade auf dem Weg nach oben. Er wandte sich zu den Besuchern um, und als er Serrin und Kristen sah, lächelte er und winkte sie herein.

»Er hat die Wahrheit gesagt, nicht wahr?« fragte Serrin, der kaum warten konnte, bis er saß, bevor er mit seinen Fragen begann. »Die Geschichte kennt ihn als Leonardo. Ich habe keine Ahnung, welche anderen Namen und Gesichter er noch getragen haben mag.«

»Viele, aber anders als einige andere von uns war er immer sehr vorsichtig in dieser Beziehung«, bestätigte Hessler. »Oft hat er sehr ruhig und beschaulich gelebt, besonders dann, wenn der Mannastand niedrig war, aber nach einer gewissen Zeit wird er immer ruhelos. Es fällt ihm schwer, ein anderes Aussehen anzunehmen. Er ist bei uns für seine Brillanz bekannt. Sie spiegelt sich in seinem richtigen Namen wider, aber den kann ich euch kaum nennen.« Der alte Elf lächelte über die Angemessenheit seiner Formulierung. Widerspiegeln war das ideale Wort.

»Ich frage mich jetzt schon seit einiger Zeit, woher einige unseres Volkes ihren Glauben an die Wiederkehr des Geistes und an die Wege und das Rad der Existenzen haben«, sagte Serrin. »Ich habe ihn noch nie richtig überzeugend gefunden.«

»Es ist ein Glaube, der behutsam gefördert wird«, sagte Hessler versonnen.

»Es ist nicht so, daß wir wieder ins Leben zurückkehren. Aber einige aus unserem Volk leben in der Tat sehr lange«, sagte Serrin gelassen. »Ein oder zweimal habe ich etwas flüstern gehört, eigentlich nicht einmal ein Gerücht. Ich habe das damals nicht ernst genommen. Es kam mir so, nun, abwegig vor.«

Hessler lächelte. »Das freut mich zu hören.«

»Sie gehören auch dazu«, sagte Serrin. Es war eine Feststellung, keine Frage.

»Das tue ich«, bestätigte der Elf. »Natürlich gehe ich davon aus, daß Sie das niemandem erzählen. Falls Sie es doch täten, hätte ich mich in Ihnen ernstlich getäuscht.«

»Natürlich nicht«, protestierte Serrin. »Ich mußte es nur wissen. Für mich.«

»Dann sollten Sie das Angebot, das man Ihnen gemacht hat, sorgfältig prüfen.«

»Von Leonardo? Ich kann mich immer noch nicht daran gewöhnen, ihn so zu nennen.«

»Gewöhnen Sie sich daran. Er war Leonardo und will auch unter diesem Namen bekannt sein.«

»Was ist mit den anderen Dingen«, sagte Serrin zögernd. »Mit seinem Glauben. Was er seine Passion nannte. Isis. Was ist mit ihr?«

»Das«, sagte Hessler bedächtig und in gemessenem Tonfall, »ist etwas, wozu ich Ihnen nichts sagen kann. Ein Verständnis dieser Dinge ist nur durch Initiation möglich. Manche Dinge kann man sich nicht mit Worten mitteilen, weil Worte nicht ausreichen, um ihre Kraft und wahre Natur auszudrücken.«

»Aber hat er recht? Ist die Geschichte des Westens eine einzige Lüge?

Nein, warten Sie, ich weiß.« Serrin lachte nach seinem Geistesblitz. »Sie werden mir sagen, daß das davon abhängt, was man mit Wahrheit meint.«

Hessler stimmte für einen Augenblick in das Lachen ein und wurde dann wieder ernst.

»Das stimmt. Wenn Sie seine Wahrheit kennenlernen wollen, dann gehen Sie besser zu ihm. Nur er kann sie Ihnen vermitteln.«

»Aber sein sogenanntes Großes Werk. Ist das eine Lüge oder eine Illusion? Würde ich meine Zeit verschwenden?«

»O nein«, sagte Hessler sehr rasch. »Das würden Sie nicht. Die Gefahr, von der er spricht, ist nur zu wirklich. Ich wünschte, mehr von uns würden sich ihr stellen. Aber manche sind Dilettanten, manche haben resigniert, manche haben nach so vielen Jahren den Willen verloren, und was ein oder zwei derjenigen betrifft, die einmal zu uns gehört haben ...« Er brach mit einem Kopfschütteln ab. »Nein, darüber werden wir nicht reden ...

Sie waren schon einmal hier«, fuhr er fort, »und haben alles Lebendige vernichtet, was ihnen untergekommen ist. Nein, Serrin, das ist weder eine Illusion noch eine Lüge. Darum nennt er seine Erfindungen

Spielzeuge, und darum hat Merlin Ihnen auch gesagt, die Zerstörung dieser Computersysteme spiele keine Rolle. O ja, ich weiß, daß er das getan hat, er war ziemlich indiskret.« Er lachte wieder. »Aber das erwarte ich von ihm. Das Wunderbare daran ist, daß er mit seiner Indiskretion immer im Rahmen meiner eigenen bleibt.«

Sie lachten jetzt beide, und dann saß Serrin ruhig da, die Hände um die seiner Frau gelegt, und dachte angestrengt nach.

»Also denken Sie, ich sollte gehen.«

»Nicht zuletzt deswegen«, sagte Hessler, »weil Sie sich ein- oder zweimal unabsichtlich Feinde gemacht haben, und ich weiß, daß Sie von einigen mächtigen Magiern gezeichnet worden sind.«

»Von denen aus Tir na nOg, ja.« Serrin fragte sich, woher Hessler von diesem alten Scharmützel wußte, dann wurde ihm klar, daß er überraschter gewesen wäre, wenn es der andere Elf nicht gewußt hätte.

»Gehen Sie zu ihm, und diese Probleme werden sich auflösen wie Tau in der Morgensonne«, sagte Hessler zu ihm. »Wenn Kristen einverstanden ist.«

»Ich hatte daran gedacht, sie zu fragen, wenn wir nach Hause kommen.«

»Sie haben es übersehen, wissen Sie. Merlin hat etwas zu Ihnen gesagt. Er hat Ihnen gesagt, sie sei wichtig, und Sie haben es übersehen. Die Schwarze Madonna.« Hessler bedachte Kristen mit einem Blick, der so alt wie Europa war. »Ihr Gesicht, meine Liebe, hätte ihnen alles verraten können, was sie wissen mußten, wären sie nicht ausschließlich von Vernunft erfüllt gewesen.«

Sie beschenkte ihn mit einem himmlischen Lächeln.

»Ich nehme an, das stimmt«, pflichtete ihr Mann bei. »Ich muß es wissen. Ist es wirklich wahr? Sie weichen mir aus.«

»Ich soll die Verantwortung übernehmen, Ihnen zu

sagen, ob zwei Jahrtausende Geschichte eine Lüge sind?« fragte ihn Hessler.

»Ja.«

»Ich habe lange genug gelebt, um mich nicht dazu verleiten zu lassen, solche Fragen zu beantworten.«

Als Serrin und Kristen Hand in Hand den Weg zurückgingen, war Serrin mit seinen Gedanken weit weg in Schottland, an der zerklüfteten Küste unter dem grauen Himmel, wo selbst ein Sommertag kühl war, und bei der Stille und Einsamkeit des Landes. Er brauchte Zeit zum nachdenken.

»Willst du gehen?« fragte Kristen.

»Michael wird dort sein, da bin ich mir ganz sicher. Er hat mir gegenüber noch ein paar andere Namen erwähnt. Es werden einige bemerkenswerte Köpfe dort sein, wenn es ihm gelingt, auch nur die Hälfte davon zu überzeugen.«

Er rang offensichtlich immer noch mit einer Entscheidung, aber sie drängte ihn.

»Sag es mir. Willst du wirklich gehen?«

»Die Hälfte von mir will, aber die andere Hälfte ist sehr unsicher«, gestand er. »Und dann ist da noch die Frage, was du davon hältst. Verdammt, ich bin so glücklich, wenn ich nur mit dir zu Hause bin. Die Spaziergänge die steinige Küste entlang, dick vermummt gegen das Wetter. Ich habe mich daran gewöhnt. Es paßt so gut zu einem Teil von mir. Aber vielleicht möchtest du wieder an einen sonnigeren Ort. Sag mir die Wahrheit, Kristen.«

»Ich glaube«, sagte sie schelmisch, als er ihr die Beifahrertür des Wagens öffnete, »daß jeder, der die Schwarze Madonna seine Passion nennt, in Ordnung ist, was mich betrifft. Auch wenn er verrückt ist. Vielleicht sogar besonders dann, wenn er verrückt ist.«

Dann stand alles tatsächlich in ihrem Gesicht, ging ihm durch den Kopf. Das schwarze Gesicht war der größte Hinweis, das Gesicht auf dem Icon. Kristen war ständig bei uns, und wir haben es einfach nicht gesehen. Ich hoffe nur, das ist keine Rüge für mich. Wenn ich mir jetzt ihr Gesicht ansehe, glaube ich die Antwort zu kennen.

»Warum versuchen wir es nicht ein oder zwei Monate mit etwas Sonne und sehen dann weiter?« sagte sie für ihn.

Sie stiegen in den Wagen und schnallten sich an. Sie wandte den Kopf und sah ihn ernst an.

»Jedenfalls sagt Merlin, wir sollten wirklich gehen.«

»Du schlaues kleines *Biest*.« Er stieß sie in die Rippen. »Ich dachte, du wolltest dich in der Küche nur von ihm verabschieden.«

»Er wird von Zeit zu Zeit ebenfalls dort sein, sagt er. Er hat mir erzählt, Leonardo könnte das Mal beseitigen, was diese irischen Magier dir verpaßt haben. Als sie dir Blut abgenommen haben, als sich eure Wege gekreuzt haben. Dann wärst du in Sicherheit. Keine stundenlangen Rituale mehr, um dich zu schützen.«

»Es ist nicht nur für mich, das weißt du«, protestierte er schwach. Er fühlte sich beschuldigt, zuviel Zeit allein zu verbringen, und diese Anschuldigung schmerzte um so mehr, weil sie berechtigt war.

»Ich weiß«, sagte sie, indem sie ihm den Arm um die Taille legte. »Aber wäre es nicht toll, sich keine Sorgen mehr machen zu müssen?«

»Ja, das wäre es.« Plötzlich wallten Schmerz und Reue in ihm auf, und er konnte es nicht verbergen. Sie wandte sich ihm zu und umarmte ihn fest.

»Mein Liebling«, sagte sie.

»Ja, zum Henker, es wäre so eine verdammte Erleichterung«, sagte er mit belegter Stimme, und biß dann die Zähne zusammen, um nicht die Beherrschung zu verlieren. Es tat weh, das zuzugeben.

Er ließ den Motor an, und sie fuhren zur Autobahn.

Am frühen Abend saßen Michael und Geraint zusammen und tranken Brandy. Streak hatte sich mit einem saftigen Honorar, das den glatten Fall seiner schwarzen Jacke ruinierte, wieder nach Süden über den Fluß begeben. Daß sie ihn wiedersehen würden, bezweifelten sie nicht.

»Nun«, sagte Michael nach dem letzten Telekomgespräch, »sie arbeiten eine Art Vereinbarung aus. Es geht nur noch um ein paar Einzelheiten. Offenbar will unser Freund, daß ich bei allen zukünftigen Vereinbarungen mit Renraku als Verbindungsmann fungiere.«

»Warum ist er nicht einfach mit dem Deck zu ihnen gegangen und hat sie gefragt?« sagte Geraint. »Warum das ganze Theater und die Spielerei?«

»Zum Teil lag es gewiß an seinen Überzeugungen«, sagte Michael, der über diese Frage bereits lange und gründlich nachgedacht hatte. »Er wollte Zeugen. Du mußt zugeben, daß sich ein Haufen mächtiger Leute verdammt große Mühe gegeben hat, ihn zu finden und ein für allemal aus den Geschichtsbüchern auszulöschen. Leute, die gar nichts mit der Matrixgeschichte zu tun hatten. Die Jesuiten. Die Priorei.«

»Ja, die Priorei? Warum die?«

»So, wie ich es mir zusammenreime, halten sie sich für die Beschützer von Magdalenas Blutlinie. Und ihr Initiationsgeheimnis ist seines, die Heiligkeit der Magdalena anstatt der Jungfrau. Ich glaube, sie wollten einfach nicht, daß das publik gemacht wird. Ich habe ein paar Erkundigungen angestellt«, verriet er dem überraschten Waliser. »Sie sind jetzt nur noch eine kleine Gruppe, und nach dem Angriff der Jesuiten in Rennes waren die Überlebenden nicht organisiert genug, um uns zu verfolgen oder auch nur Steine in den Weg zu legen.

Und dann habe ich mich auch gefragt, was wäre, wenn ich sechshundert Jahre oder noch älter wäre. Was ist, wenn dieser Bursche nicht lügt? Und was wäre, wenn ich so einen Verstand hätte? Ich würde mich zu Tode langweilen. Würde ich mir Spiele ausdenken? Darauf kannst du Gift nehmen. Aber es war nur zum Teil ein Spiel. Zum Teil war es auch verdammt ernst. Diese Kugel hat Kristen nur um ein paar Zentimeter verfehlt, weißt du noch?«

»An irgendeiner Stelle ist es für jeden von uns eng geworden«, stimmte Geraint zu. »Ich glaube, es war kein Spiel im Spaß, sondern ein Spiel im Ernst.«

»Und laß uns nur mal annehmen, daß er wirklich schon so lange lebt. Sagen wir, er ist oder war tatsächlich Leonardo. Kannst du dir vorstellen, wie es ist, sich mit ihm zu unterhalten? Über Michelangelo, Verrochio, die großen Künstler und Baumeister? Über die Borgia und die Medici? Von den Zeiten, die er seitdem durchlebt hat, ganz zu schweigen! Mal angenommen, er war wirklich dort. Mit ihm zu reden wäre unglaublich!«

»Du nimmst sein Angebot ernst.«

»Mit dem ganzen Renraku-Geld tue ich das tatsächlich. Teil einer zweiten Renaissance? Darauf kannst du Gift nehmen. Ich könnte eine Dauerstellung gut gebrauchen.«

Michael stellte sein Glas ab und wechselte das Thema.

»Diese Karten«, fuhr er nachdenklich fort. »In Florenz. All diese Frauen. Ich dachte, du hättest dich mit einer anderen Frage beschäftigt.«

Geraint schüttelte den Kopf, als ihm klar wurde, daß Michael gedacht hatte, es müsse etwas mit der Gräfin zu tun haben. »Ich wußte, daß für unsere Zielperson eine Frau von größter Bedeutung war. So viele von den Großen Arkana, da war alles glasklar. Unglücklicherweise wußte ich ganz einfach nicht, warum das so war. Und bei diesem Spiel hätte ich es wissen müssen. Drek, angeblich beruht es auf ägyptischen Motiven. Eine falsche Behauptung, aber wir waren hinter dem Erschaffer eines falschen Leichentuchs her, und Isis ist eine ägyptische Gottheit.

Es war einfach perfekt«, sagte er. »Und ich habe es nicht gesehen.«

»Du konntest es nicht sehen.«

»Vielleicht nicht. Ach, was soll's, Michael, ich sehe diese verdammte Fünf-Sterne-Flasche, und die werden wir bei Gott heute noch leeren.«

Hessler und Merlin machten einen Abendspaziergang um den Felsenturm, wie sie es jeden Tag um diese Zeit und in dieser Jahreszeit taten, wenn es das Wetter gestattete.

»Wage es nicht, ihm die Wahrheit zu sagen«, sagte der Elf zu dem Geist. »Er kann sie selbst herausfinden.«

Merlin wirkte geknickt.

»Und du hättest ihm nicht sagen dürfen, daß er gehen soll. Das muß er auch alleine entscheiden.«

»Ich habe ihm gar nichts gesagt«, protestierte Merlin.

»Du hast es ihr gesagt«, erwiderte Hessler.

»Nun, sie sollten gehen«, sagte Merlin mit Nachdruck. »Dann wären sie frei, in gewisser Weise. Denk daran, wie angespannt er manchmal ist. Es ist nicht fair Kristen gegenüber. Drei Monate dort, und er wäre völlig verwandelt. Ich glaube, er wäre ein glühenderer Verehrer der Isis als unser Freund, wenn das überhaupt möglich ist. Mit ihr als Inspiration könnte ich es ihm nicht verdenken.«

»Ein wirklicher Quästor«, sagte Hessler leise. »Du könntest recht haben.«

»Ich kann manchmal leichter in die Herzen der Leute schauen als du«, sagte der Geist ein wenig mißmutig, als wolle er sein Recht auf eine eigene Meinung begründen.

»Nein, aber du erkennst die einfachen Dinge schneller«, sagte der Elf gelassen.

»Manchmal reicht das völlig«, sagte Merlin mit fester Stimme.

»Du bist ziemlich aufsässig heute abend«, sagte der Elf, und einen Moment lang sah der Geist niedergeschlagen aus wie ein Kind, das mit der Mißbilligung seiner Eltern konfrontiert wird. Und dann sah er das Lächeln, das um die Mundwinkel des Elfs spielte, und seine Miene heiterte sich auf.

Sie gingen in die hereinbrechende Abenddämmerung, der Geist mit langen Schritten und der Elf mit dem Gehstock, auf den er sich stärker stützte als früher. Eine Katze, die von den Überresten einer durchgekauten Stoffmaus abgelassen hatte, welche mit ihrer zerfetzten Füllung unter einem Brombeerstrauch lag, folgte ihnen dichtauf, und ihre bernsteinfarbenen Augen glitzerten in der goldenen Abendsonne.

Glossar

Arcologie – Abkürzung für ›**Ar**chitectural Ec**ology**‹. In Seattle ist sie der Turm des Renraku-Konzerns, ein Bauwerk von gigantischen Ausmaßen. Mit ihren Privatwohnungen, Geschäften, Büros, Parks, Promenaden und einem eigenen Vergnügungsviertel gleicht sie im Prinzip einer selbständigen, kompletten Stadt.

Aztechnology-Pyramide – Niederlassung des multinationalen Konzerns Aztechnology, die den Pyramiden der Azteken des alten Mexiko nachempfunden ist. Obwohl sie sich in ihren Ausmaßen nicht mit der Renraku-Arcologie messen kann, bietet die Pyramide mit ihrer grellen Neonbeleuchtung einen atemberaubenden Anblick.

BTL-Chips – Abkürzung für ›**B**etter **T**han **L**ife‹ – besser als die Wirklichkeit. Spezielle Form der SimSinn-Chips, die dem User (Benutzer) einen extrem hohen Grad an Erlebnisdichte und Realität direkt ins Gehirn vermitteln. BTL-Chips sind hochgradig suchterzeugend und haben chemische Drogen weitgehend verdrängt.

Chiphead, Chippie, Chipper – Umgangssprachliche Bezeichnung für einen BTL-Chip-Süchtigen.

chippen – umgangssprachlich für: einen (BTL-)Chip reinschieben, auf BTL-Trip sein usw.

Chummer – Umgangssprachlich für Kumpel, Partner, Alter usw.

Cyberdeck – Tragbares Computerterminal, das wenig größer ist als eine Tastatur, aber in Rechengeschwindigkeit und Datenverarbeitung jeder Ansammlung von Großrechnern des 20. Jahrhunderts überlegen ist. Ein Cyberdeck hat darüber hinaus ein SimSinn-Interface, das dem User das Erlebnis der Matrix in voller sinnlicher Pracht ermöglicht. Das derzeitige Spitzenmodell, das *Fairlight Excalibur*, kostet 990 000 Nuyen, während das Billigmodell *Radio Shack PCD-100* schon für 6200 Nuyen zu haben ist. Die Leistungsunterschiede entsprechen durchaus dem Preisunterschied.

Cyberware – Im Jahr 2050 kann man einen Menschen im Prinzip komplett neu bauen, und da die kybernetischen Ersatzteile die ›Leistung‹ eines Menschen zum Teil beträchtlich erhöhen, machen sehr viele Menschen, insbesondere die Straßensamurai, Gebrauch davon. Andererseits hat die Cyberware ihren Preis, und das nicht nur in Nuyen: Der künstliche Bio-Ersatz zehrt an der Essenz des Menschlichen. Zuviel Cyberware kann zu Verzweiflung, Melancholie, Depression und Tod führen.

Grundsätzlich gibt es zwei verschiedene Arten von Cyberware, die **Headware** und die **Bodyware.**

Beispiele für Headware sind **Chipbuchsen,** die eine unerläßliche Voraussetzung für die Nutzung von **Talentsofts** (und auch BTL-Chips) sind. **Talentsofts** sind Chips, die dem User die Nutzung der auf den Chips enthaltenen Programme ermöglicht, als wären die Fähigkeiten seine eigenen. Ein Beispiel für ein gebräuchliches Talentsoft ist ein Sprachchip, der dem User die Fähigkeit verleiht, eine Fremdsprache so zu benutzen, als sei sie seine Muttersprache.

Eine **Datenbuchse** ist eine universellere Form der Chipbuchse und ermöglicht nicht nur Input, sondern auch Output. Ohne implantierte Datenbuchse ist der Zugang zur Matrix unmöglich.

Zur gebräuchlichsten Headware zählen die **Cyberaugen.** Die äußere Erscheinung der Implantate kann so ausgelegt werden, daß sie rein optisch nicht von biologischen Augen zu unterscheiden sind. Möglich sind aber auch absonderliche Effekte durch Gold- oder Neon-Iris. Cyberaugen können mit allen möglichen Extras wie Kamera, Lichtverstärker und Infrarotsicht ausgestattet werden.

Bodyware ist der Sammelbegriff für alle körperlichen Verbesserungen. Ein Beispiel für Bodyware ist die **Dermalpanzerung,** Panzerplatten aus Hartplastik und Metallfasern, die chemisch mit der Haut verbunden werden. Die **Smartgunverbindung** ist eine Feedback-Schaltschleife, die nötig ist, um vollen Nutzen aus einer Smart-

gun zu ziehen. Die zur Zielerfassung gehörenden Informationen werden auf die Netzhaut des Trägers oder in ein Cyberauge eingeblendet. Im Blickfeldzentrum erscheint ein blitzendes Fadenkreuz, das stabil wird, sobald das System die Hand des Trägers so ausgerichtet hat, daß die Waffe auf diesen Punkt zielt. Ein typisches System dieser Art verwendet ein subdermales **Induktionspolster** in der Handfläche des Trägers, um die Verbindung mit der Smartgun herzustellen.
Jeder Straßensamurai, der etwas auf sich hält, ist mit **Nagelmessern** und/oder **Spornen** ausgerüstet, Klingen, die im Hand- oder Fingerknochen verankert werden und in der Regel einziehbar sind.
Die sogenannten Reflexbooster sind Nervenverstärker und Adrenalin-Stimulatoren, die die Reaktion ihres Trägers beträchtlich beschleunigen.

decken – Das Eindringen in die Matrix vermittels eines Cyberdecks.

Decker – Im Grunde jeder User eines Cyberdecks.

DocWagon – Das DocWagon-Unternehmen ist eine private Lebensrettungsgesellschaft, eine Art Kombination von Krankenversicherung und ärztlichem Notfalldienst, die nach Anruf in kürzester Zeit ein Rettungsteam am Tat- oder Unfallort hat und den Anrufer behandelt. Will man die Dienste des Unternehmens in Anspruch nehmen, benötigt man eine Mitgliedskarte, die es in drei Ausführungen gibt: Normal, Gold und Platin. Je besser die Karte, desto umfangreicher die Leistungen (von ärztlicher Notversorgung bis zu vollständigem Organersatz). Das DocWagon-Unternehmen hat sich den Slogan eines im 20. Jahrhundert relativ bekannten Kreditkartenunternehmens zu eigen gemacht, an dem, wie jeder Shadowrunner weiß, tatsächlich etwas dran ist: Never leave home without it.

Drek, Drekhead – Gebräuchlicher Fluch; abfällige Bezeichnung, jemand der nur Dreck im Kopf hat.

ECM – Abkürzung für ›**E**lectronic **C**ounter**m**easures‹; elektronische Abwehrsysteme in Flugzeugen, Panzern usw.

einstöpseln – Bezeichnet ähnlich wie **einklinken** den Vorgang, wenn über Datenbuchse ein Interface hergestellt wird, eine direkte Verbindung zwischen menschlichem Gehirn und elektronischem System. Das Einstöpseln ist die notwendige Voraussetzung für das Decken.

Exec – Hochrangiger Konzernmanager mit weitreichenden Kompetenzen.

Fee – Abwertende, beleidigende Bezeichnung für einen Elf. (Die Beleidigung besteht darin, daß amer. mit ›Fee‹ auch Homosexuelle, insbesondere Transvestiten bezeichnet werden.)

geeken – Umgangssprachlich für ›töten‹, ›umbringen‹.

Goblinisierung – Gebräuchlicher Ausdruck für die sogenannte Ungeklärte Genetische Expression (UGE). UGE ist eine Bezeichnung für das zu Beginn des 21. Jahrhunderts erstmals aufgetretene Phänomen der Verwandlung ›normaler‹ Menschen in **Metamenschen.**

Hauer – Abwertende Bezeichnung für Trolle und Orks, die auf ihre vergrößerten Eckzähne anspielt.

ICE – Abkürzung für ›Intrusion Countermeasure Equipment‹, im Deckerslang auch Ice (Eis) genannt. Grundsätzlich sind ICE Schutzmaßnahmen gegen unbefugtes Decken. Man unterscheidet drei Klassen von Eis: **Weißes Eis** leistet lediglich passiven Widerstand mit dem Ziel, einem Decker das Eindringen so schwer wie möglich zu machen. **Graues Eis** greift Eindringlinge aktiv an oder spürt ihren Eintrittspunkt in die Matrix auf. **Schwarzes Eis** (auch Killer-Eis genannt) versucht, den eingedrungenen Decker zu töten, indem es ihm das Gehirn ausbrennt.

Jackhead – Umgangssprachliche Bezeichnung für alle Personen mit Buchsenimplantaten. Darunter fallen zum Beispiel Decker und Rigger.

Knoten – Konstruktionselemente der Matrix, die aus Milliarden von Knoten besteht, die untereinander durch Datenleitungen verbunden sind. Sämtliche Vorgänge in der Matrix finden in den Knoten statt. Knoten sind zum Beispiel: I/O-Ports, Datenspeicher, Subprozessoren und **Sklaven-**

knoten, die irgendeinen physikalischen Vorgang oder ein entsprechendes Gerät kontrollieren.

Lone Star Security Services – Die Polizeieinheit Seattles. Im Jahre 2050 sind sämtliche Datenleistungsunternehmen, auch die sogenannten ›öffentlichen‹, privatisiert. Die Stadt schließt Verträge mit unabhängigen Gesellschaften, die dann die wesentlichen öffentlichen Aufgaben wahrnehmen. Renraku Computer Systems ist zum Beispiel für die öffentliche Datenbank zuständig.

Matrix – Die Matrix – auch Gitter genannt – ist ein Netz aus Computersystemen, die durch das globale Telekommunikationsnetz miteinander verbunden sind. Sobald ein Computer mit irgendeinem Teil des Gitters verbunden ist, kann man von jedem anderen Teil des Gitters aus dorthin gelangen.

In der Welt des Jahres 2050 ist der direkte physische Zugang zur Matrix möglich, und zwar vermittels eines ›Matrix-Metaphorischen Cybernetischen Interface‹, kurz Cyberdeck genannt. Die sogenannte **Matrix-Metaphorik** ist das optische Erscheinungsbild der Matrix, wie sie sich dem Betrachter (User) von innen darbietet. Diese Matrix-Metaphorik ist erstaunlicherweise für alle Matrixbesucher gleich, ein Phänomen, das mit dem Begriff **Konsensuelle Halluzination** bezeichnet wird.

Die Matrix ist, kurz gesagt, eine informations-elektronische Analogwelt.

Messerklaue – Umgangssprachliche Bezeichnung für einen Straßensamurai.

Metamenschen – Sammelbezeichnung für alle ›Opfer‹ der UGE. Die Gruppe der Metamenschen zerfällt in vier Untergruppen:

a) **Elfen:** Bei einer Durchschnittsgröße von 190 cm und einem durchschnittlichen Gewicht von 68 kg wirken Elfen extrem schlank. Die Hautfarbe ist blaßrosa bis weiß oder ebenholzfarben. Die Augen sind mandelförmig, und die Ohren enden in einer deutlichen Spitze. Elfen sind Nachtwesen, die nicht nur im Dunkeln wesentlich besser sehen können als normale Menschen. Ihre Lebenserwartung ist unbekannt.

b) **Orks:** Orks sind im Mittel 190 cm groß, 73 kg schwer und äußerst robust gebaut. Die Hautfarbe variiert zwischen rosa und schwarz. Die Körperbehaarung ist in der Regel stark entwickelt. Die Ohren weisen deutliche Spitzen auf, die unteren Eckzähne sind stark vergrößert. Das Sehvermögen der Orks ist auch bei schwachem Licht sehr gut. Die durchschnittliche Lebenserwartung liegt zwischen 35 und 40 Jahren.

c) **Trolle:** Typische Trolle sind 280 cm groß und wiegen 120 kg. Die Hautfarbe variiert zwischen rötlichweiß und mahagonibraun. Die Arme sind proportional länger als beim normalen Menschen. Trolle haben einen massigen Körperbau und zeigen gelegentlich eine dermale Knochenbildung, die sich in Stacheln und rauher Oberflächenbeschaffenheit äußert. Die Ohren weisen deutliche Spitzen auf. Der schräg gebaute Schädel hat 34 Zähne mit vergrößerten unteren Eckzähnen. Trollaugen sind für den Infrarotbereich empfindlich und können daher nachts unbeschränkt aktiv sein. Ihre durchschnittliche Lebenserwartung beträgt etwa 50 Jahre.

d) **Zwerge:** Der durchschnittliche Zwerg ist 120 cm groß und wiegt 72 kg. Seine Hautfarbe ist normalerweise rötlich weiß oder hellbraun, seltener dunkelbraun. Zwerge haben unproportional kurze Beine. Der Rumpf ist gedrungen und breitschultrig. Die Behaarung ist ausgeprägt, bei männlichen Zwergen ist auch die Gesichtsbehaarung üppig. Die Augen sind für infrarotes Licht empfindlich. Zwerge zeigen eine erhöhte Resistenz gegenüber Krankheitserregern. Ihre Lebensspanne ist nicht bekannt, aber Vorhersagen belaufen sich auf über 100 Jahre.

Darüber hinaus sind auch Verwandlungen von Menschen oder Metamenschen in Paraspezies wie **Sasquatchs** bekannt.

Metroplex – Ein Großstadtkomplex.

Mr. Johnson – Die übliche Bezeichnung für einen beliebigen anonymen Auftraggeber oder Konzernagenten.

Norm – Umgangssprachliche, insbesondere bei Metamenschen gebräuchliche Bezeichnung für ›normale‹ Menschen.

Nuyen – Weltstandardwährung (New Yen, Neue Yen).

Paraspezies – Paraspezies sind ›erwachte‹ Wesen mit angeborenen magischen Fähigkeiten, und es gibt eine Vielzahl verschiedener Varianten, darunter auch folgende:

a) **Barghest:** Die hundeähnliche Kreatur hat eine Schulterhöhe von knapp einem Meter bei einem Gewicht von etwa 80 kg. Ihr Heulen ruft beim Menschen und bei vielen anderen Tieren eine Angstreaktion hervor, die das Opfer lähmt.

b) **Sasquatch:** Der Sasquatch erreicht eine Größe von knapp drei Metern und wiegt etwa 110 kg. Er geht aufrecht und kann praktisch alle Laute imitieren. Man vermutet, daß Sasquatche aktive Magier sind. Der Sasquatch wurde 2041 trotz des Fehlens einer materiellen Kultur und der Unfähigkeit der Wissenschaftler, seine Sprache zu entschlüsseln, von den Vereinten Nationen als intelligentes Lebewesen anerkannt.

c) **Schreckhahn:** Er ist eine vogelähnliche Kreatur von vorwiegend gelber Farbe. Kopf und Rumpf des Schreckhahns messen zusammen 2 Meter. Der Schwanz ist 120 cm lang. Der Kopf hat einen hellroten Kamm und einen scharfen Schnabel. Der ausgewachsene Schreckhahn verfügt über die Fähigkeit, Opfer mit einer Schwanzberührung zu lähmen.

d) **Dracoformen:** Im wesentlichen wird zwischen drei Spezies unterschieden, die alle magisch aktiv sind: Gefiederte Schlange, Östlicher Drache und Westlicher Drache. Zusätzlich gibt es noch die Großen Drachen, die einfach extrem große Vertreter ihres Typs (oft bis zu 50 % größer) sind.

Die Gefiederten Schlangen sind von Kopf bis Schwanz in der Regel 20 m lang, haben eine Flügelspannweite von 15 m und wiegen etwa 6 Tonnen. Das Gebiß weist 60 Zähne auf.

Kopf und Rumpf des Östlichen Drachen messen 15 m, wozu weitere 15 m Schwanz kommen. Die Schulterhöhe beträgt 2 m, das Gewicht 7,5 Tonnen. Der Östliche Drache hat keine Flügel. Sein Gebiß weist 40 Zähne auf.

Kopf und Rumpf des Westlichen Drachen sind 20 m lang,

wozu 17 m Schwanz kommen. Die Schulterhöhe beträgt 3 m, die Flügelspannweite 30 m und das Gewicht etwa 20 Tonnen. Sein Gebiß weist 40 Zähne auf.

Zu den bekannten Großen Drachen zählt auch der Westliche Drache *Lofwyr*, der mit Gold aus seinem Hort einen maßgeblichen Anteil an Saeder-Krupp Heavy Industries erwarb. Das war aber nur der Auftakt einer ganzen Reihe von Anteilskäufen, so daß seine diversen Aktienpakete inzwischen eine beträchtliche Wirtschaftsmacht verkörpern. Der volle Umfang seines Finanzimperiums ist jedoch unbekannt!

Persona-Icon – Das Persona-Icon ist die Matrix-Metaphorik für das Persona-Programm, ohne das der Zugang zur Matrix nicht möglich ist.

Pinkel – Umgangssprachliche Bezeichnung für einen Normalbürger.

Rigger – Person, die Riggerkontrollen bedienen kann. Riggerkontrollen ermöglichen ein Interface von Mensch und Maschine, wobei es sich bei den Maschinen um Fahr- oder Flugzeuge handelt. Der Rigger steuert das Gefährt nicht mehr manuell, sondern gedanklich durch eine direkte Verbindung seines Gehirns mit dem Bordcomputer.

Sararimann – Japanische Verballhornung des englischen ›Salaryman‹ (Lohnsklave). Ein Konzernangestellter.

SimSinn – Abkürzung für **Sim**ulierte **Sinn**esempfindungen, d. h. über Chipbuchsen direkt ins Gehirn gespielte Sendungen. Elektronische Halluzinogene. Eine Sonderform des SimSinns sind die BTL-Chips.

SIN – Abkürzung für **S**ystem**i**dentifikations**n**ummer, die jedem Angehörigen der Gesellschaft zugewiesen wird.

So ka – Japanisch für: Ich verstehe, aha, interessant, alles klar.

Soykaf – Kaffeesurrogat aus Sojabohnen.

STOL – Senkrecht startendes und landendes Flugzeug.

Straßensamurai – So bezeichnen sich die Muskelhelden der Straßen selbst gerne.

Trid(eo) – Dreidimensionaler Video-Nachfolger.

Trog, Troggy – Beleidigende Bezeichnung für einen Ork oder Troll.

Verchippt, verdrahtet – Mit Cyberware ausgestattet, durch Cyberware verstärkt, hochgerüstet.

UCAS – Abkürzung für ›**U**nited **C**anadian & **A**merican **S**tates‹; die Reste der ehemaligen USA und Kanada.

Wetwork – Mord auf Bestellung.

Yakuza – Japanische Mafia.